REI
DO
ORGULHO

O Arqueiro

GERALDO JORDÃO PEREIRA (1938-2008) começou sua carreira aos 17 anos, quando foi trabalhar com seu pai, o célebre editor José Olympio, publicando obras marcantes como O menino do dedo verde, de Maurice Druon, e Minha vida, de Charles Chaplin.

Em 1976, fundou a Editora Salamandra com o propósito de formar uma nova geração de leitores e acabou criando um dos catálogos infantis mais premiados do Brasil. Em 1992, fugindo de sua linha editorial, lançou Muitas vidas, muitos mestres, de Brian Weiss, livro que deu origem à Editora Sextante.

Fã de histórias de suspense, Geraldo descobriu O Código Da Vinci antes mesmo de ele ser lançado nos Estados Unidos. A aposta em ficção, que não era o foco da Sextante, foi certeira: o título se transformou em um dos maiores fenômenos editoriais de todos os tempos.

Mas não foi só aos livros que se dedicou. Com seu desejo de ajudar o próximo, Geraldo desenvolveu diversos projetos sociais que se tornaram sua grande paixão.

Com a missão de publicar histórias empolgantes, tornar os livros cada vez mais acessíveis e despertar o amor pela leitura, a Editora Arqueiro é uma homenagem a esta figura extraordinária, capaz de enxergar mais além, mirar nas coisas verdadeiramente importantes e não perder o idealismo e a esperança diante dos desafios e contratempos da vida.

ANA HUANG

REI
DO
ORGULHO

REIS DO PECADO
LIVRO 2

Título original: *King of Pride*

Copyright © 2023 por Ana Huang
Copyright da tradução © 2024 por Editora Arqueiro Ltda.

Todos os direitos reservados. Nenhuma parte deste livro pode ser utilizada ou reproduzida sob quaisquer meios existentes sem autorização por escrito dos editores.

coordenação editorial: Gabriel Machado
produção editorial: Ana Sarah Maciel
tradução: Roberta Clapp
preparo de originais: Beatriz D'Oliveira
revisão: Juliana Souza e Luíza Côrtes
diagramação: Ana Paula Daudt Brandão
capa: Cat/TRC Designs
adaptação de capa: Natali Nabekura
impressão e acabamento: Lis Gráfica e Editora Ltda.

CIP-BRASIL. CATALOGAÇÃO NA PUBLICAÇÃO
SINDICATO NACIONAL DOS EDITORES DE LIVROS, RJ

H86r

Huang, Ana
  Rei do orgulho / Ana Huang ; tradução Roberta Clapp. - 1. ed. - São Paulo : Arqueiro, 2024.
  368 p. ; 23 cm.   (Reis do pecado ; 2)

  Tradução de: King of pride
  Sequência de: Rei da ira
  Continua com: Rei da ganância
  ISBN 978-65-5565-616-9

  1. Romance americano. I. Clapp, Roberta. II. Título. III. Série.

24-87738
CDD: 813
CDU: 82-31(73)

Meri Gleice Rodrigues de Souza - Bibliotecária - CRB-7/6439

Todos os direitos reservados, no Brasil, por
Editora Arqueiro Ltda.
Rua Artur de Azevedo, 1.767 – Conj. 177 – Pinheiros
05404-014 – São Paulo – SP
Tel.: (11) 2894-4987
E-mail: atendimento@editoraarqueiro.com.br
www.editoraarqueiro.com.br

Para todas as garotas que acham que inteligência é sexy.
(E que sabem que os quietinhos são os piores.)

Playlist

"I Knew You Were Trouble (Taylor's Version)", Taylor Swift
"You Put a Spell on Me", Austin Giorgio
"Love You Like a Love Song", Selena Gomez
"Body Electric", Lana Del Rey
"Collide", Justine Skye
"Middle of the Night", Elley Duhé
"Shameless", Camila Cabello
"You Say", Lauren Daigle
"Bleeding Love", Leona Lewis
"Be Without You", Mary J. Blige

LINK DO SPOTIFY:

Nota sobre o conteúdo

Esta história possui conteúdo sexual explícito, palavrões, chantagem, menção a câncer e temas que podem ser delicados para alguns leitores.

CAPÍTULO 1

Isabella

— QUER DIZER ENTÃO que você *não* usou as camisinhas que eu te dei? As que brilham no escuro?

— Não. Desculpe. — Tessa retribuiu meu olhar decepcionado com uma expressão de divertimento. — Foi o nosso primeiro encontro. Mas onde você arrumou aquelas camisinhas, afinal?

— Naquela festa com tema de patinação neon, do mês passado.

Eu tinha ido à festa na esperança de que ela me ajudasse a resolver a minha vida. Isso não aconteceu, mas acabei ganhando uma sacola com lembrancinhas deliciosamente brilhantes que distribuí para as amigas. Como havia decidido ficar longe de homens, estava vivendo por meio de outras pessoas, ou pelo menos *pretendendo* viver, porque as supostas amigas não cooperavam.

Tessa franziu a testa.

— Por que estavam distribuindo preservativos numa festa de patinação?

— Porque essas festas sempre acabam virando umas orgias enormes — expliquei. — Vi uma pessoa usando uma daquelas camisinhas bem no meio do rinque de patinação.

— Mentira.

— Juro! — Reabasteci os petiscos, depois fui ajeitar os vários copos e taças. — Doideira, né? Foi divertido, mesmo tendo passado quase uma semana traumatizada com algumas coisas que testemunhei...

Continuei divagando, sem prestar total atenção no que fazia. Depois de um ano como bartender no Valhalla, um clube exclusivo que contava com membros ricos e poderosos do mundo inteiro, a maior parte do meu trabalho era feita no automático.

Eram seis da tarde de uma segunda-feira, horário nobre em outros estabelecimentos mas completamente morto no Valhalla. Tessa e eu sempre usávamos esse tempo para fofocar e nos atualizar sobre o que havia acontecido no fim de semana.

Eu trabalhava ali apenas pelo dinheiro e pretendia ficar só até terminar de escrever e publicar meu livro, mas era bom conviver com alguém de quem realmente gostava. Quase todos os meus colegas anteriores eram bem esquisitos.

– Eu te contei do peladão da bandeira? – perguntei. – Ele é um dos que *sempre* participa das orgias.

– Hã, Isa...

Meu nome saiu em um tom agudo que não combinava nada com Tessa, mas eu estava tão empolgada com a história que não dei atenção.

– Sério, nunca imaginei que veria um pau brilhante em...

Uma tosse educada interrompeu meu discurso. Uma tosse educada e *masculina*, que não pertencia à minha colega de trabalho favorita.

Fiquei estática no mesmo instante. Tessa soltou outro sonzinho nervoso, confirmando o que meu instinto já suspeitava: o recém-chegado era um membro do clube, não nosso gerente tranquilão nem um dos seguranças que apareciam durante o intervalo.

E ele tinha acabado de me ouvir falando sobre paus brilhantes.

Merda.

Senti minhas bochechas arderem. Terminar meu manuscrito não era mais uma questão; o que eu mais queria naquele momento era que a terra se abrisse e me engolisse inteira.

Infelizmente, não houve um único tremor sob meus pés, então, depois de um segundo de humilhação, endireitei os ombros, abri meu melhor sorriso de atendimento e me virei.

Minha boca mal completou sua curva ascendente antes de congelar. Simplesmente desistiu, como um site que não terminou de carregar.

Isso porque, parado a menos de um metro de distância, com uma expressão confusa e muito mais bonita do que qualquer homem tinha o direito de ter, estava Kai Young.

O estimado membro do conselho administrativo do Valhalla Club, herdeiro de um império de mídia multibilionário e dono da incrível capacidade de *sempre* aparecer no meio das minhas conversas mais constrangedoras.

Uma nova onda de vergonha fez meu rosto arder.

– Desculpe interromper – disse ele, seu tom neutro sem revelar qualquer indício do que pensava a respeito de nossa conversa. – Eu gostaria de um drinque, por favor.

Apesar do desejo incontrolável de me esconder atrás do balcão até que ele fosse embora, não pude deixar de me derreter um pouco ao ouvir o som de sua voz. Grave, suave e aveludada, envolta em um sotaque britânico tão elegante que daria inveja na falecida rainha. Ele mergulhou em minha corrente sanguínea como meia dúzia de doses de um uísque potente.

Meu corpo se aqueceu.

As sobrancelhas de Kai ergueram-se um milímetro e percebi que eu havia ficado tão focada em sua voz que ainda não tinha respondido a ele. Enquanto isso, Tessa, aquela traidora, havia desaparecido atrás do bar, me deixando sozinha. *Ela nunca mais vai ganhar camisinhas.*

– Claro. – Dei um pigarro, tentando aliviar a nuvem de tensão que só crescia. – Mas infelizmente não servimos gim-tônica que brilha no escuro.

Ao menos não sem uma luz negra para fazer a tônica brilhar.

Ele me lançou um olhar neutro.

– Lembra a última vez que você me ouviu falando sobre camis... métodos contraceptivos?

Nada. Pela reação dele, parecia até que eu estava tagarelando sobre o trânsito na hora do rush.

– Você pediu um gim-tônica de morango porque eu estava falando sobre...

Eu estava me enterrando em um buraco cada vez mais fundo. Não queria lembrar Kai da vez que ele me ouvira falando de preservativos sabor morango durante o baile de outono do clube, mas eu precisava dizer *alguma coisa* para desviar sua atenção de, bem, da minha situação atual envolvendo preservativos.

Eu realmente deveria parar de falar sobre sexo no trabalho.

– Deixa pra lá – concluí rapidamente. – O de sempre?

Tirando a vez que pedira o tal gim-tônica de morango, Kai sempre pedia uísque, sempre puro. Ele era mais previsível do que a música de Natal da Mariah Carey tocando no fim do ano.

– Hoje não – respondeu tranquilamente. – Vou querer um Death in the Afternoon. – Ele ergueu o livro para que eu pudesse ver o título na capa gasta, *Por quem os sinos dobram*, de Ernest Hemingway. – Acho que combina.

Inventado pelo próprio Hemingway, o Death in the Afternoon era um drinque simples, composto de champanhe e absinto. Sua cor verde iridescente também era o mais próximo de brilhar no escuro que uma bebida comum poderia chegar.

Estreitei os olhos, sem saber se aquilo era uma coincidência ou se ele estava de sacanagem comigo.

Ele me encarou de volta com uma expressão inescrutável.

Cabelo escuro. Rosto bem delineado. Óculos de armação preta fina e um terno de corte tão perfeito que só podia ter sido feito sob medida. Kai era a sofisticação aristocrática em pessoa com todo aquele estoicismo britânico para acompanhar.

Eu geralmente era muito boa em ler as pessoas, mas havia um ano que o conhecia e ainda não tinha conseguido desvendá-lo. Isso me irritava mais do que eu gostaria de admitir.

– Saindo um Death in the Afternoon – falei por fim.

Eu me ocupei com o drinque enquanto ele se sentava em seu lugar habitual, no final do balcão, e tirava um caderno do bolso do casaco. Minhas mãos se movimentavam, mas minha atenção estava dividida entre o copo e o homem que lia em silêncio. De vez em quando, ele parava e escrevia alguma coisa.

Nada disso por si só era incomum. Kai frequentemente aparecia para ler e beber sozinho antes do movimento da noite. Incomum era o momento.

Era segunda-feira à tarde, três dias e duas horas antes de sua visita semanal sagrada, nas noites de quinta-feira. Ele estava quebrando o padrão.

Kai Young *nunca* quebrava o padrão.

Curiosidade e uma estranha falta de ar diminuíram meu passo enquanto eu levava a bebida até ele. Tessa ainda estava no almoxarifado, e o silêncio pesava mais a cada segundo.

– Está fazendo anotações?

Coloquei o drinque sobre um guardanapo e dei uma olhada no caderno dele, que estava aberto ao lado do livro, suas páginas cheias de letras precisas em tinta preta.

– Estou traduzindo o livro para o latim.

Ele virou a página e rabiscou outra frase sem erguer os olhos nem tocar na bebida.

– Por quê?

– É relaxante.

Hesitei, certa de ter ouvido errado.

– Você acha *relaxante* traduzir um romance de 500 páginas para o latim à mão?

– Acho. Se eu quisesse um desafio mental, traduziria um livro de economia. Traduzir ficção é algo que faço no meu tempo livre.

Ele deu a explicação casualmente, como se fosse um hábito tão corriqueiro quanto atirar um casaco nas costas de um sofá.

Meu queixo caiu.

– Uau. Isso é... – Eu estava sem palavras.

Eu sabia que pessoas ricas tinham hobbies estranhos, mas pelo menos eram excentricidades divertidas, como organizar festas de casamento luxuosas para os animais de estimação ou tomar banho de champanhe. O hobby de Kai era só *entediante*.

Os cantos da boca dele se contraíram e a ficha caiu junto, fazendo surgir o constrangimento. *Parece que hoje vai ser assim.*

– Você está de sacanagem comigo.

– Não totalmente. Acho relaxante mesmo, embora não seja um grande fã de livros de economia. Já li o suficiente deles em Oxford.

Kai finalmente ergueu os olhos. Meu coração subiu à garganta. De perto, ele era tão lindo que quase doía encará-lo de frente. Cabelos pretos volumosos caíam em sua testa, emoldurando traços da era clássica de Hollywood. As maçãs do rosto bem marcadas desciam para um queixo quadrado e lábios desenhados, enquanto olhos castanhos-escuros brilhavam por trás dos óculos que apenas aumentavam seu charme. Sem eles, seu potencial de atração seria frio, quase intimidador em sua perfeição, mas com os óculos ele parecia acessível. Humano.

Pelo menos quando não estava ocupado traduzindo clássicos ou gerindo a empresa de mídia da família. Com ou sem óculos, não havia nada de *acessível* em nenhuma dessas coisas.

Senti um formigamento na coluna quando ele pegou o copo. Minha mão ainda estava no balcão. Ele não me tocou, mas o calor de seu corpo me alcançou mesmo assim.

O formigamento se espalhou, vibrando sob minha pele e desacelerando minha respiração.

– Isabella.

– Sim?

Agora que eu estava pensando no assunto, por que Kai precisava de óculos, afinal de contas? Ele era rico o suficiente para pagar uma cirurgia a laser.

Não que eu estivesse reclamando. Ele podia ser chato e um pouco sério demais, mas realmente…

– O cavalheiro do outro lado do bar está tentando te chamar.

Voltei à realidade em um baque desagradável. Enquanto estava ocupada encarando Kai, novos clientes haviam entrado no bar. Tessa estava atrás do balcão, atendendo um casal bem-vestido, enquanto outro membro do clube aguardava.

Merda.

Eu me apressei, deixando para trás um Kai que parecia entretido.

Depois que terminei com meu cliente, outro se aproximou, em seguida mais um. Tínhamos chegado ao horário de happy hour no Valhalla, e eu não tive tempo para pensar em Kai nem em seus estranhos métodos de relaxamento.

Ao longo das quatro horas seguintes, Tessa e eu entramos em nosso ritmo já familiar enquanto atendíamos ao público.

O Valhalla limitava seu número de membros a cem, então mesmo as noites mais movimentadas não eram nada comparadas ao caos com o qual eu costumava lidar nos bares do centro de Nova York. Mas, embora houvesse menos pessoas, os clientes do clube exigiam mais mimos e massagens no ego do que um estudante de fraternidade ou uma solteira bêbada. Quando o relógio já marcava quase nove, eu estava prestes a desmaiar e agradecida demais por ter que trabalhar apenas meio turno naquela noite.

Ainda assim, não conseguia resistir a dar uma espiadinha em Kai de vez em quando. Ele geralmente ia embora depois de uma ou duas horas, mas ali estava ele, ainda bebendo e conversando com os outros membros como se não houvesse outro lugar onde preferisse estar.

Tem algo errado. Além do horário, o comportamento dele naquele dia não se encaixava com seu padrão anterior e, quanto mais de perto eu olhava, mais sinais de problemas eu via: o retesamento em seus ombros, a pequena ruga entre suas sobrancelhas, a tensão em seus sorrisos.

Talvez fosse o choque de vê-lo fora do horário, ou talvez eu estivesse tentando retribuir Kai por todas as vezes em que ele podia ter me feito ser demitida por comportamento inapropriado (também conhecido como falar sobre sexo no trabalho), mas não o fez. Independentemente da motivação, acabei levando outra bebida para ele durante um momento de calmaria.

O timing foi perfeito; seu último parceiro de conversa tinha acabado de sair, deixando Kai sozinho novamente no bar.

– Um gim-tônica de morango. Por minha conta. – Deslizei o copo pelo balcão. Havia preparado o drinque num impulso, imaginando que seria uma forma divertida de melhorar seu humor, mesmo que fosse fazendo piada comigo mesma. – Parece que você está precisando de uma animada.

Ele arqueou a sobrancelha com um ar questionador.

– Você veio fora do seu horário – expliquei. – Você nunca sai do cronograma, a menos que tenha algo errado.

A sobrancelha baixou, sendo substituída por uma pequena ruga no canto dos olhos. Meus batimentos cardíacos vacilaram com aquela visão inesperadamente cativante.

É apenas um sorriso. *Se controla.*

– Eu não sabia que você prestava tanta atenção na minha agenda. – Indícios de uma risada vibraram sob a voz de Kai.

Um calor inundou minhas bochechas pela segunda vez naquela noite. *Quem me mandou ser uma boa samaritana?*

– Não me leve a mal – respondi na defensiva. – Você vem ao bar toda semana desde que comecei a trabalhar aqui, mas nunca apareceu na segunda-feira. Sou apenas observadora. – Eu deveria ter parado por aí, mas minha boca se abriu antes que meu cérebro pudesse impedi-la. – Fique tranquilo, você não faz meu tipo, então não precisa se preocupar que eu dê em cima de você.

Era verdade. Em termos objetivos, eu reconhecia que Kai era um cara atraente, mas eu gostava de homens menos certinhos. Ele era muito careta. Mesmo que não fosse, era terminantemente proibido ter proximidade com os sócios do clube, e eu não pretendia virar minha vida de cabeça para baixo outra vez por causa de um homem, muito obrigada.

Isso não impedia que meus hormônios traidores suspirassem toda vez que o viam. Era bem irritante.

– Bom saber. – O tom risonho ficou um pouco mais nítido quando ele levou o copo aos lábios. – Obrigado. Tenho uma queda por gim-tônica de morango.

Desta vez, meus batimentos não vacilaram, mas cessaram por completo, mesmo que só por uma fração de segundo.

Uma queda? *O que isso significa?*

Não significa nada, uma voz resmungou no fundo da minha mente. *Ele está falando da bebida, não de você. Além disso, ele não faz seu tipo. Lembra?*

Ah, cala essa boca.

Ótimo. Agora minhas vozes internas estavam discutindo umas com as outras. Eu nem sabia que *tinha* mais de uma voz interna. Não havia sinal mais claro de que eu precisava dormir em vez de passar outra noite sofrendo com meu livro.

– De nada – respondi, com um leve atraso. Eu sentia meu coração batendo em meus ouvidos. – Bem, é melhor eu...

– Desculpe o atraso. – Um homem alto e loiro se sentou ao lado de Kai, sua voz tão cortante quanto a geada de outono grudada em seu casaco. – Minha reunião acabou tarde.

Ele me lançou um breve olhar antes de se voltar para Kai.

Cabelo loiro-escuro, olhos azul-escuros, a estrutura óssea de um modelo da Calvin Klein e o calor do iceberg do *Titanic*. Dominic Davenport, o rei de Wall Street.

Eu o reconheci à primeira vista. Era difícil esquecer aquele rosto, mesmo que suas habilidades sociais não fossem das melhores.

Senti alívio e uma irritante pontada de decepção com a interrupção, mas não esperei pela resposta de Kai. Fui para o outro lado do bar, odiando a forma como sua *queda* havia ficado no ar, como se não fosse nada além de um comentário bobo.

Se ele não fazia meu tipo, eu *com certeza* não fazia o dele. Kai namorava o tipo de mulher que participava de comitês de caridade, passava o verão nos Hamptons e combinava pérolas com terninhos Chanel. Não havia nada de errado com nenhuma dessas coisas, mas eu não era assim.

Coloquei a culpa de minha reação exagerada às palavras dele no meu período de seca autoimposto. Estava tão sedenta por contato físico e carinho que provavelmente ficaria tonta com uma piscadela daquele caubói seminu que estava sempre perambulando pela Times Square. Não tinha nada a ver com Kai especificamente.

Pelo resto da noite, não voltei para o lado do bar onde ele estava.

Perto das dez, transferi minhas comandas restantes para Tessa, me despedi e peguei a bolsa na salinha dos fundos, tudo sem olhar para certo bilionário fã de Hemingway.

Eu poderia jurar que senti o calor de seus olhos escuros nas minhas costas quando saí, mas não me virei para confirmar. Era melhor não saber.

O salão estava silencioso e vazio àquela hora da noite. A exaustão deixava minhas pálpebras pesadas, mas, em vez de correr para a saída rumo ao conforto da minha cama, virei à esquerda em direção à escada principal.

Eu *deveria* ir para casa, para atingir minha meta diária de palavras escritas, mas primeiro precisava de inspiração. Não conseguia me concentrar com o estresse de enfrentar uma página em branco anuviando minha cabeça.

As palavras costumavam fluir livremente; escrevi três quartos do meu thriller erótico em menos de seis meses. Então o reli, detestei e joguei tudo fora para iniciar um novo projeto. Infelizmente, a criatividade que alimentou meu primeiro manuscrito desapareceu junto com ele. Nos últimos tempos, eu tinha sorte quando escrevia mais de duzentas palavras por dia.

Subi até o segundo andar.

Os funcionários eram proibidos de usar as dependências do clube durante o horário de trabalho, mas enquanto o bar ficava aberto até as três da manhã, o restante do prédio fechava às oito da noite. Eu não estava quebrando nenhuma regra visitando meu local favorito para tentar relaxar um pouco.

Ainda assim, andei de mansinho pelo espesso tapete persa. Segui em frente, depois mais um pouco, passando pelo salão de bilhar, pelo salão de beleza e pelo lounge em estilo parisiense, até chegar a uma familiar porta de carvalho. A maçaneta de bronze estava fria e lisa quando a abri.

Quinze minutos. Era tudo que eu precisava. Então iria para casa, tomaria um banho e escreveria.

Mas, como sempre, o tempo voou depois que me sentei. Quinze minutos se transformaram em 30, que se transformaram em 45, e fiquei tão imersa no que estava fazendo que nem percebi o rangido da porta se abrindo atrás de mim.

Só notei quando era tarde demais.

CAPÍTULO 2

— NÃO ME DIGA que você me chamou aqui para ficar te olhando ler Hemingway pela décima vez – disse Dominic, lançando um olhar nada impressionado para o meu livro.

– Você nunca me viu lendo Hemingway. – Olhei para o bar, mas Isabella já havia passado para outro cliente, deixando o gim-tônica em seu rastro.

Morangos boiavam preguiçosamente no drinque, seu tom vibrante de vermelho um contraste chocante com os requintados tons terrosos do bar. Eu normalmente evitava bebidas doces; o ardor áspero e o leve âmbar do uísque eram muito mais do meu gosto. Mas, como disse, tenho uma queda por aquele sabor.

Tudo bem, mas, se você mudar de ideia, eu tenho preservativos com sabor de morango. Tamanho extragrande, com nervuras para a sua...

Desculpe interromper, mas gostaria de pedir outro drinque.

Um gim-tônica. De morango.

A lembrança da expressão horrorizada de Isabella me fez rir por dentro, a contragosto. Havia interrompido a conversa dela com a amiga, Vivian, quando as duas falavam sobre camisinhas durante o baile de outono do clube do ano anterior, e ainda me lembrava da interação em detalhes vívidos.

Eu me lembrava de *todas* as nossas interações em detalhes vívidos, querendo ou não. Ela havia aterrissado em minha vida como um tornado, errado meu drinque em seu primeiro dia de trabalho no Valhalla, e não saíra mais da minha cabeça.

Era irritante.

– Eu não te vi lendo. – Dominic acendia e apagava o isqueiro, chamando minha atenção de volta. Ele não fumava, mas carregava aquele isqueiro como uma pessoa supersticiosa se agarra a amuletos da sorte. – Mas imagino que seja isso que você faz quando passa a noite enfurnado na sua biblioteca.

Um sorriso brotou do meu humor instável.

– Você passa muito tempo me imaginando na biblioteca, é?

– Apenas para contemplar como a sua existência é triste.

– Disse o workaholic que passa a maior parte das noites no escritório.

Era um milagre que sua esposa o tolerasse havia tanto tempo. Alessandra era uma santa.

– É um belo escritório. – Acender. Apagar. Uma pequena chama ganhava vida apenas para morrer rapidamente em suas mãos. – Eu estaria lá agora se não fosse pela sua ligação. O que é tão urgente a ponto de você exigir que eu viesse correndo para cá em plena segunda-feira?

Eu havia pedido, não exigido, mas não me dei ao trabalho de corrigi-lo. Em vez disso, enfiei a caneta, o livro e o caderno no bolso do casaco e fui direto ao ponto.

– Recebi a ligação hoje.

A impaciência entediada de Dominic desapareceu, revelando uma centelha de curiosidade.

– Já?

– Sim. Cinco candidatos, incluindo eu. A votação é daqui a quatro meses.

– Você sempre soube que não seria uma coroação. – Dominic acendeu o isqueiro. – Mas a votação é uma formalidade. É claro que você vai ganhar.

Dei apenas um murmúrio evasivo em resposta.

Como filho mais velho e provável herdeiro da Young Corporation, eu tinha passado a vida inteira na expectativa de me tornar CEO. Mas deveria assumir dali a cinco ou dez anos, não em quatro meses.

Uma nova onda de apreensão tomou meu peito.

Leonora Young jamais abriria mão de seu poder tão cedo de forma voluntária. Ela tinha apenas 58 anos. Era inteligente, saudável, amada pelo conselho. Tudo que fazia da vida era trabalhar e perguntar quando eu ia me casar, mas inegavelmente era ela na videochamada daquela tarde, informando a mim e a outros quatro executivos que estávamos concorrendo ao cargo de CEO.

Nenhum aviso, nenhum detalhe além da data e da hora da votação.

Passei a mão distraidamente pelo copo de gim-tônica, encontrando um estranho consolo em suas curvas suaves.

– Quando a notícia vai ser anunciada? – perguntou Dominic.

– Amanhã.

Portanto, pelos quatro meses seguintes, todos os olhos estariam voltados para mim, na expectativa de que eu fizesse alguma merda. Isso jamais aconteceria. Eu era controlado demais.

Embora tecnicamente houvesse cinco candidatos, eu era o favorito. Não só por ser um Young, mas por ser o melhor. Meu histórico como presidente da divisão da América do Norte falava por si só. O núcleo tivera os maiores lucros, as menores perdas e as melhores inovações, ainda que alguns membros do conselho nem sempre concordassem com minhas decisões.

Eu não estava preocupado com o resultado da votação, mas o timing me incomodava, transformando o que deveria ter sido o ponto alto da minha carreira em uma poça lamacenta de nervosismo.

Se Dominic notou meu pouco entusiasmo, não demonstrou.

– O mercado vai ficar agitado.

Eu praticamente podia ver os cálculos passando pela cabeça dele. Fosse outra época, eu teria ligado para Dante primeiro e extravasado minhas preocupações suando no ringue de boxe, mas, desde que ele se casara, afastá-lo de Vivian para uma sessão não programada era mais difícil do que arrancar um osso da boca de um cachorro.

Provavelmente era melhor assim. Dante veria através da minha máscara de serenidade, enquanto Dominic só se importava com fatos e números. Se algo não movimentava os mercados nem expandia sua conta bancária, ele não dava a mínima.

Peguei minha bebida enquanto ele fazia suas previsões. Eu tinha acabado de virar o que restava do gim quando uma súbita risada profunda e gutural roubou a minha atenção.

Meu olhar deslizou por cima do ombro de Dominic e pousou em Isabella, que estava conversando com uma herdeira da indústria de cosméticos na outra ponta do balcão. Ela dissera algo que fez a socialite em geral reservada abrir um largo sorriso, e as duas se debruçaram sobre o balcão feito melhores amigas fofocando durante o almoço. De vez em quando Isabella gesticulava amplamente com as mãos e outra de suas características risadas preenchia o salão.

O som abriu caminho em meu peito, aquecendo-o mais do que o álcool que ela me trouxera.

Com seu cabelo roxo-escuro, seu sorriso travesso e sua tatuagem na parte interna do punho esquerdo, ela parecia tão deslocada ali quanto um diamante em meio a rochas. Não por ser uma garçonete em um local cheio de bilionários, mas porque brilhava demais para um lugar como os confins escuros e tradicionais do Valhalla.

Infelizmente não servimos gim-tônica que brilha no escuro.

Um sorrisinho surgiu em meu rosto antes que eu pudesse reprimi-lo.

Isabella era ousada, impulsiva e tudo o que eu normalmente evitava em conhecidos. Eu valorizava boas maneiras, mas ela pelo visto não tinha nenhuma, como indicava sua aparente predileção por falar de sexo em locais inadequados.

Ainda assim, algo nela me atraía como uma sereia chamando um marinheiro. Algo destrutivo, certamente, mas tão bonito que quase valeria a pena.

Quase.

– Dante sabe? – perguntou Dominic.

Ele havia concluído suas previsões de mercado – eu só ouvira metade – e agora estava ocupado respondendo a e-mails no celular. O sujeito trabalhava mais do que qualquer outra pessoa que eu conhecia.

– Ainda não. – Observei Isabella se afastar da herdeira e ir até o caixa. – Ele tinha um encontro com a Vivian e deixou claro que não queria ser interrompido por ninguém, a menos que fosse questão de vida ou morte... e todas as outras pessoas da lista de contatos já estivessem ocupadas.

– Isso é a cara dele.

– Aham – concordei, distraído.

Isabella terminou o que estava fazendo no caixa, disse algo à outra bartender e desapareceu nos fundos do bar. O turno dela devia ter terminado.

Algo revirou meu estômago. Por mais que tentasse, era impossível entender como outra coisa além de decepção.

Tinha conseguido manter distância de Isabella por quase um ano e era suficientemente versado em mitologia grega para entender o terrível destino que aguardava os marinheiros atraídos pelo canto das sereias. A última coisa que eu deveria fazer era ir atrás dela. Ainda assim...

Um gim-tônica de morango. Por minha conta. Parece que você está precisando de uma animada.

Merda.

– Desculpe ter que encerrar a noite mais cedo, mas acabei de lembrar que tenho um assunto urgente para resolver. – Me levantei e tirei o casaco do gancho sob o balcão. – Continuamos nossa conversa depois? As bebidas desta noite são por minha conta.

– Claro. Quando você puder – respondeu Dominic, soando imperturbável diante da minha partida abrupta. Ele nem ergueu os olhos quando paguei a conta. – Boa sorte com o anúncio amanhã.

Os cliques distraídos de seu isqueiro me acompanharam por metade do salão, até que o barulho crescente do bar os engoliu. Logo eu estava no corredor, a porta fechada atrás de mim, e o único som vinha de meus passos suaves.

Eu não sabia o que faria quando encontrasse Isabella. Apesar de termos conhecidos em comum – sua melhor amiga, Vivian, era a esposa de Dante –, não éramos amigos. Mas as notícias sobre a vaga de CEO haviam me deixado desconcertado, assim como seu presente inesperado mas atencioso.

Eu não estava acostumado com pessoas me oferecendo coisas sem esperar algo em troca.

Um sorriso triste cruzou meus lábios. Ganhar uma simples bebida de uma conhecida tinha sido o ponto alto da minha noite. O que isso dizia a respeito da minha vida?

Subi as escadas até o segundo andar, meus batimentos constantes, apesar de uma vozinha me incitando a dar meia-volta e sair correndo na direção oposta.

Estava seguindo um palpite. Ela poderia não estar lá e, de todo modo, eu não deveria estar indo atrás dela, mas meu comedimento habitual havia se desgastado sob uma vontade mais urgente de me distrair. Precisava fazer algo a respeito daquele frustrante *desejo* e, se não conseguia entender o que estava acontecendo com minha mãe, precisava ao menos descobrir o que acontecia comigo. O que Isabella tinha que me mantinha refém? Naquela noite, talvez fosse a pergunta mais fácil de responder.

Minha mãe havia me garantido que estava bem durante nossa conversa após a reunião. Ela não estava doente, morrendo nem sendo chantageada; estava apenas pronta para uma mudança.

Se fosse qualquer outra pessoa, eu teria acreditado, mas minha mãe não fazia nada por impulso. Isso ia contra sua natureza. Eu também não achava que ela estivesse mentindo; eu a conhecia bem o suficiente para identificar quando isso acontecia, e ela não havia demonstrado nada durante nossa ligação.

Fiquei completamente frustrado. Não fazia sentido.

Se não tinha a ver com saúde nem com chantagem, o que mais poderia ser? Um desentendimento com a diretoria? Necessidade de relaxar, depois de décadas dirigindo uma corporação multibilionária? Um alienígena controlando seu corpo?

Eu estava tão absorto em minhas reflexões que não tinha percebido os acordes suaves de um piano flutuando pelo corredor até que parei bem diante da fonte da melodia.

Ela estava ali, afinal.

Meu coração palpitou uma vez, tão leve e rapidamente que mal notei a perturbação. Minha expressão tensa se dissolveu, substituída por curiosidade e, em seguida, espanto quando o turbilhão de notas se encaixou e reconheci a música.

Ela estava tocando "Hammerklavier", de Beethoven, uma das peças mais desafiadoras já compostas para piano. E tocando bem.

Uma onda gelada de surpresa me fez perder o fôlego.

Raríssimas vezes ouvi "Hammerklavier" sendo tocada na velocidade correta e, quando percebi, impressionado, que Isabella era capaz de superar até mesmo profissionais experientes, quaisquer reservas que eu pudesse ter sobre procurá-la foram esmagadas.

Eu tinha que presenciar aquilo de perto.

Depois de uma breve hesitação, fechei a mão ao redor da maçaneta, girei-a e entrei.

CAPÍTULO 3

A SALA DO PIANO era tão imponente quanto qualquer outra do clube, com luxuosas cortinas de veludo caro descendo em cascata até o chão e arandelas douradas brilhando suavemente contra as paredes cor-de-rosa-escuro. Um orgulhoso Steinway Grand estava no meio do cômodo, suas curvas pretas polidas refletindo o luar prateado.

Sentada na frente dele, de costas para mim e com os dedos percorrendo as teclas a uma velocidade quase vertiginosa de se testemunhar, estava Isabella. Ela havia entrado no último movimento da sonata.

Um trinado cristalino anunciou o início do primeiro tema, que se retorceu e se alongou e se revirou nos duzentos e tantos compassos que vieram depois. Então tudo ficou em silêncio, um intervalo antes que o coro do segundo tema viesse à tona.

Suave, assustador, magnânimo...

Até que o primeiro tema voltou, suas notas apressadas varrendo a existência mais tranquila de seu sucessor com tanta força que era impossível para o segundo não se curvar. Os dois temas entrelaçados, seus temperamentos diametralmente opostos, mas inexplicavelmente belos quando unidos, subindo cada vez mais...

Então um mergulho, uma grande queda livre do penhasco em um magnífico toque de trinados duplos, escalas paralelas e oitavas saltitantes.

Durante todo o tempo, fiquei ali, o corpo congelado e o pulso acelerado pela incredulidade diante do que havia testemunhado.

Eu já tinha tocado aquela sonata. Dezenas de vezes. Mas nem uma única vez havia soado daquele jeito. O último movimento deveria ser repleto de tristeza, vinte minutos emocionalmente desgastantes que lhe renderam superlativos tristes dos comentaristas. No entanto, nas mãos de Isabella, havia se transformado em algo edificante, quase alegre.

Era verdade que sua técnica não era perfeita. Ela pegava pesado demais em algumas notas, leve demais em outras, e não tinha controle suficiente dos dedos para realçar todas as linhas melódicas. Apesar de tudo isso, havia conseguido fazer o impossível.

Tinha pegado dor e transformado em esperança.

A última nota pairou no ar, ofegante, antes de desaparecer e tudo ficar silencioso.

O feitiço que me dominava se quebrou. O ar encheu meus pulmões novamente, mas, ao falar, minha voz soou mais rouca que o normal:

– Impressionante.

Isabella ficou visivelmente tensa antes mesmo que a última sílaba deixasse meus lábios. Ela se virou, mostrando-se completamente alarmada. Ao me ver, relaxou por um segundo e logo voltou a se agitar.

– O que está fazendo aqui?

Achei graça, e os cantos da minha boca se ergueram.

– Eu que deveria estar fazendo essa pergunta.

Não revelei que eu sabia que ela visitava furtivamente a sala do piano havia meses. Descobri por acaso uma noite, quando fiquei até tarde na biblioteca e saí a tempo de pegar Isabella deixando o cômodo com uma expressão culpada. Ela nunca tinha me visto, mas eu já a ouvira tocar várias vezes desde então. A biblioteca ficava bem ao lado; se eu me sentava perto da parede que separava os dois lugares, conseguia ouvir as melodias fracas vindas do outro lado. Elas haviam servido como uma trilha sonora estranhamente reconfortante para o meu trabalho. No entanto, aquela noite era a primeira vez que a ouvia tocar algo tão complexo como "Hammerklavier".

– Temos autorização para usar o salão depois do expediente se não tiver mais ninguém aqui – disse Isabella, empinando o queixo em um gesto desafiador. – Mas parece que agora tem.

Ela vacilou, as sobrancelhas se unindo em um V tenso, então fez menção de se levantar, mas eu balancei a cabeça.

– Fique. A menos que tenha outros planos para esta noite. – Outro vislumbre involuntário de divertimento. – Ouvi dizer que festas neon em rinques de patinação estão na moda hoje em dia.

Um rubor brotou em suas bochechas, mas ela ergueu o queixo e me encarou com um olhar orgulhoso.

– É falta de educação ficar ouvindo a conversa dos outros. Não ensinam isso no colégio interno?

– *Au contraire*, isso acontece muito por lá. Quanto à sua acusação, não sei bem do que você está falando – complementei em um tom suave. – Estava apenas comentando sobre as tendências da vida noturna.

A lógica me dizia que eu não deveria me envolver com Isabella mais do que o necessário. Era impróprio, considerando o emprego dela e o meu papel no clube. E eu também tinha a sensação perturbadora de que ela era perigosa – não fisicamente, mas de alguma outra forma que não conseguia identificar.

No entanto, em vez de me retirar, como meu bom senso ditava, diminuí a distância entre nós e passei os dedos pelas teclas de marfim do piano. Ainda estavam quentes do toque dela.

Isabella relaxou no banco, mas seus olhos permaneceram alertas enquanto observavam eu me aproximar.

– Sem querer ofender, mas não consigo imaginar você em uma boate, muito menos em uma que envolva neon.

– Eu não preciso participar de uma coisa para entendê-la. – Pressionei algumas teclas, deixando que a escala em tom menor sinalizasse a transição para o próximo assunto. – Você tocou bem. Melhor do que a maioria dos pianistas que se aventuram no "Hammerklavier".

– Sinto que vem um "mas" depois dessa frase.

– Mas você foi muito agressiva no início do segundo tema. Deveria ter sido mais leve, mais discreto.

Não era um insulto, apenas uma avaliação objetiva. Isabella ergueu uma sobrancelha.

– Você acha que consegue fazer melhor?

Meu coração acelerou e uma chama familiar se acendeu em meu peito. O tom dela estava entre brincalhão e desafiador, mas foi o bastante para abrir totalmente os portões da minha competitividade.

– Posso? – perguntei, meneando a cabeça em direção ao banco.

Ela se levantou do assento. Tomei seu lugar vago, ajustei a altura do banco e toquei as teclas novamente, com mais atenção desta vez. Toquei apenas o segundo movimento, mas praticava "Hammerklavier" desde criança, quando insistia para que meu professor pulasse as peças fáceis e me ensinasse as composições mais difíceis. Foi mais complicado começar sem o primeiro movimento como prelúdio, mas a memória muscular me ajudou.

A sonata terminou com um grande floreio, e eu sorri, satisfeito.

– Humm. – Isabella não parecia impressionada. – A minha foi melhor.

Ergui a cabeça.

– Como é?

– Desculpe. – Ela deu de ombros. – Você é um bom pianista, mas falta alguma coisa.

A frase foi tão incomum e inesperada que só consegui ficar olhando, minha resposta perdida em algum lugar entre o espanto e a indignação.

– Falta alguma coisa – repeti, estupefato demais para encontrar uma resposta original.

Havia me formado como o primeiro da turma em Oxford e em Cambridge, praticado tênis e polo, e falava sete idiomas fluentemente. Aos 18 anos, havia fundado uma instituição de caridade para financiar projetos artísticos em áreas carentes e estava prestes a me tornar um dos mais jovens CEOs da Fortune 500 no mundo inteiro.

Ao longo de meus 32 anos na Terra, ninguém jamais me dissera que *faltava* alguma coisa.

A pior parte era que, pensando bem, ela tinha razão.

Sim, minha técnica era superior. Eu tinha tocado cada nota com precisão, mas a peça não havia inspirado… nada. Os altos e baixos de emoção que caracterizaram a interpretação dela haviam desaparecido, deixando um rastro de beleza estéril.

Eu nunca tinha notado nada disso quando tocava sozinho, mas, após ver a performance dela, a diferença se tornara óbvia.

Minha mandíbula se contraiu. Eu estava acostumado a ser o melhor, e perceber que *não era*, pelo menos não naquela música em particular, me irritou.

– O que exatamente você acha que está faltando? – perguntei com um tom de voz neutro, apesar do enxame de pensamentos invadindo meu cérebro.

Nota mental: substituir as partidas de tênis com Dominic por treinos de piano até resolver esse problema. Nunca havia feito nada abaixo de perfeito e aquilo não seria exceção.

Covinhas se formaram nas bochechas de Isabella. Ela parecia muito satisfeita com meu descontentamento, o que deveria ter me enfurecido ainda mais. Em vez disso, seu sorriso provocador quase me arrancou outro em resposta, mas consegui me controlar.

– O fato de você não saber é parte do problema. – Ela deu um passo em direção à porta. – Você vai descobrir.

– Espere.

Levantei-me e agarrei o braço dela sem pensar. Ficamos paralisados, nossos olhos presos no ponto em que minha mão envolvia seu pulso. A pele dela era macia ao toque, e sua pulsação acompanhou a súbita escalada de meus batimentos cardíacos.

Um silêncio pesado e tenso cresceu ao nosso redor. Eu era um defensor da ciência, não acreditava em nada que violasse as leis da física, mas poderia jurar que o tempo havia desacelerado, como se cada segundo estivesse envolto em melaço.

Isabella engoliu em seco. Um pequeno movimento, mas o suficiente para que as leis voltassem ao seu lugar e a razão interviesse.

O tempo retornou ao seu ritmo normal e soltei o braço dela tão abruptamente quanto o havia segurado.

– Desculpe – falei, a voz tranquila. Fiz o melhor possível para ignorar o formigamento na palma da minha mão.

– Tudo bem. – Isabella tocou o pulso, sua expressão distraída. – Alguém já te falou que você fala feito um figurante de *Downton Abbey*?

A pergunta foi tão aleatória que levei um tempo para compreendê-la.

– Eu... *O quê?*

– Um figurante de *Downton Abbey*. Sabe, aquela série sobre a aristocracia britânica no início do século XX!

– Eu conheço a série. – Eu não morava em uma caverna.

– Ah, que bom. Só quis explicar, caso você não conhecesse. – Isabella abriu outro sorriso radiante. – Você devia tentar relaxar um pouco. Pode ajudar com o piano.

Pela segunda vez naquela noite, fiquei sem palavras.

Eu ainda estava ali parado, tentando entender como minha noite saíra tanto dos trilhos, quando a porta se fechou atrás dela.

Só quando estava voltando para casa foi que percebi que eu não havia pensado na votação para o cargo de CEO ou no timing dessa situação toda desde que ouvira Isabella na sala do piano.

CAPÍTULO 4

Isabella

— A MAMÃE PERGUNTOU de você outro dia – disse Gabriel. – Você só a visita uma vez por ano, e ela está preocupada com o que você anda fazendo em Manhattan...

Franzi a testa para a página meio vazia na minha frente enquanto meu irmão tagarelava. Já estava arrependida de ter atendido a ligação dele. Eram apenas seis da manhã na Califórnia, mas ele parecia alerta e centrado como sempre. Provavelmente estava na esteira de seu escritório, lendo as notícias, respondendo aos e-mails e tomando um de seus smoothies antioxidantes horrorosos.

Enquanto isso, eu estava orgulhosa de mim mesma por ter saído da cama antes das nove. Foi difícil dormir depois do encontro com Kai na noite anterior, mas fiquei pensando que talvez, apenas talvez, a inusitada experiência pudesse ser suficiente para inspirar algumas frases do meu manuscrito.

Não foi o suficiente.

Meu thriller erótico sobre o relacionamento letal entre um advogado rico e uma garçonete ingênua que virava sua amante formava imagens vagas em minha cabeça. Eu tinha o enredo, tinha os personagens, mas, caramba, não tinha o texto.

Para piorar a situação, meu irmão ainda estava falando.

— Você está me ouvindo? – perguntou ele, com um tom indignado e reprovador.

O calor do notebook atravessava minha calça e chegava à pele, mas eu mal percebia. Estava ocupada demais pensando em maneiras de preencher todo aquele espaço em branco sem ter que escrever mais palavras.

– Estou. – Selecionei todo o texto e aumentei o tamanho da fonte para 36. *Bem melhor*. A página não parecia mais tão vazia. – Você disse que finalmente consultou um médico a respeito de um implante de senso de humor. É uma tecnologia experimental, mas a situação é trágica.

– Muito engraçado. – Meu irmão mais velho nunca achava graça de nada, daí a necessidade desse implante. – Estou falando sério, Isa. Estamos preocupados com você. Você se mudou para Nova York há anos, mas ainda mora em um apartamento infestado de ratos e serve drinques em um bar qualquer…

– O Valhalla Club não é *um bar qualquer* – protestei. Havia passado por seis entrevistas antes de conseguir o emprego de bartender lá; jamais deixaria que Gabriel diminuísse essa conquista. – E o meu apartamento *não está* infestado de ratos. Eu tenho uma cobra de estimação, lembra?

Lancei um olhar protetor para o viveiro de Monty, onde ele estava enrolado, dormindo profundamente. Era óbvio que dormia bem; ele não precisava se preocupar com irmãos irritantes nem com fracasso.

Gabriel continuou como se eu não tivesse dito nada:

– Enquanto trabalha no mesmo livro há séculos. Olha, a gente sabe que você acha que quer ser escritora, mas talvez seja hora de reavaliar. Voltar para casa e pensar num plano alternativo. Ajudar na empresa.

Voltar para casa? Ajudar na empresa? *Nem morta*.

Um gosto amargo subiu pela minha garganta diante da ideia de desperdiçar meus dias em algum cubículo. Eu não estava avançando no manuscrito, mas ceder à "solução" de Gabriel significava desistir dos meus sonhos de vez.

Tive a ideia para o livro havia dois anos, enquanto observava pessoas passando pelo Washington Square Park. Tinha entreouvido uma discussão acalorada entre um homem e alguém que obviamente não era sua esposa, e minha imaginação pegou essa briga e tomou liberdades. A história ganhou tantos detalhes e ficou tão nítida na minha mente que, confiante, contei a todos que conhecia meus planos de escrever e publicar um thriller.

Um dia depois de testemunhar a discussão, comprei um notebook e deixei as palavras fluírem. Entretanto, o que saiu no final não foi o diamante, a obra-prima esplendorosa que eu havia imaginado. O resultado foram pedaços horrendos de carvão, então apaguei tudo.

E as páginas continuaram em branco.

— Eu não *acho* que quero ser escritora; eu *quero* ser escritora — respondi. — Estou apenas explorando a história.

Apesar das minhas atuais frustrações com a escrita, existia algo muito especial em criar novos mundos e me perder neles. Havia anos que os livros vinham sendo minha fuga e, em algum momento, *vou* publicar um. Jamais abriria mão desse sonho para passar meus dias dentro de um escritório trabalhando feito um robô.

— Do mesmo jeito que você quis ser dançarina, agente de viagens e apresentadora de TV? — A reprovação se sobrepôs à indignação. — Você não é mais uma recém-formada. Já tem 28 anos. Você precisa de um rumo.

O gosto amargo se transformou em uma lama seca e azeda na minha garganta.

Você precisa de um rumo.

Para Gabriel, era fácil dizer aquilo. Ele sempre soube o que queria, desde o ensino médio. *Todos* os meus irmãos sempre souberam o que queriam. Eu era a única Valencia à deriva nas águas do mundo pós-faculdade enquanto o restante da minha família seguia em suas respectivas carreiras.

O empresário, o artista, o professor, o engenheiro e eu, a fracassada.

Estava cansada de ser a fracassada, e estava especialmente cansada de admitir que Gabriel tinha razão.

— Eu tenho um rumo. Na verdade... — *Não diga isso. Não diga isso. Não...* — Estou quase terminando o livro. — A mentira saiu antes que eu pudesse me conter.

— Sério? — Só ele era capaz de impregnar uma palavra com tanto ceticismo a ponto de ela se transformar em outra coisa.

Você está mentindo?

A verdadeira pergunta estava nas entrelinhas, cutucando, em busca de fendas no que eu dissera. Havia muitas, claro. Era tudo um maldito buraco gigantesco, porque eu estava mais perto de colonizar Marte do que de terminar meu livro. Mas era tarde demais. Eu mesma tinha me encurralado e a única saída era encarar.

— É. — Dei um pigarro. — Eu tive uma grande iluminação no casamento de Vivian. Acho que foram os ares italianos. Foi tudo tão, hum, inspirador...

As únicas coisas que o casamento havia me proporcionado foram muitas taças de champanhe e uma ressaca fenomenal, mas guardei isso para mim.

– Maravilha – disse Gabriel. – Nesse caso, adoraríamos lê-lo. O aniversário da mamãe é daqui a quatro meses. Por que você não traz o manuscrito quando vier para a festa?

Pedregulhos rolaram de um penhasco e caíram em meu estômago.

– De jeito nenhum. Estou escrevendo um thriller erótico, Gabe. Daqueles que têm *sexo*.

– Estou ciente do que thrillers eróticos contêm. Nós somos a sua família. Queremos te apoiar.

– Mas é…

– Isabella. – Gabriel adotou o mesmo tom que usava para mandar em mim quando éramos mais novos. – Eu faço questão.

Apertei o celular com tanta força que ele estalou em protesto.

Aquilo era um teste. Ele sabia disso, eu sabia disso, e nenhum de nós estava disposto a recuar.

– Está bem. – Injetei uma dose de falsa vitalidade em minha voz. – Não me culpe se você ficar traumatizado a ponto de não conseguir me olhar nos olhos por *pelo menos* cinco anos.

– Vou arriscar. – Então a voz dele ganhou um leve tom de advertência: – Mas se por algum motivo você não conseguir terminar o livro até lá, vamos nos sentar e ter um papo sério.

Depois que nosso pai morreu, Gabriel assumiu não oficialmente o lugar de chefe de família, ao lado de nossa mãe. Ele cuidava de mim e dos meus irmãos enquanto ela trabalhava – nos buscava na escola, marcava consultas médicas, preparava o jantar. Éramos todos adultos agora, mas suas tendências autoritárias vinham piorando à medida que nossa mãe confiava cada vez mais a ele as responsabilidades familiares.

Cerrei os dentes.

– Você não pode…

– Tenho que desligar ou vou me atrasar para uma reunião. Nos falamos em breve. Vejo você em fevereiro.

Ele desligou, deixando para trás o eco de sua ameaça velada. O pânico revirou meu peito, fazendo surgir um nó apertado. Coloquei o celular de lado e tentei respirar em meio à pressão crescente.

Porra, Gabriel. Sabendo como meu irmão era, eu apostava que naquele exato momento ele estava contando à família inteira a respeito do livro. Se eu aparecesse de mãos vazias, teria que enfrentar o descontentamento coletivo. A consternação de minha mãe, a reprovação da minha *lola* e, o pior de tudo, a postura presunçosa e sabe-tudo de Gabriel.

Eu sabia que você não ia conseguir.
Você precisa de um rumo.
Quando vai tomar jeito, Isabella?
Você tem 28 anos.
Se nós conseguimos, por que você não consegue?

O fantasma das acusações entalou em minha garganta, bloqueando a passagem de oxigênio.

Quatro meses. Eu tinha quatro meses para terminar meu livro enquanto trabalhava em tempo integral e lutava contra um caso grave de bloqueio criativo, senão minha família ficaria sabendo que eu era exatamente a fracassada sem rumo que Gabriel pensava.

Eu já odiava voltar para casa todo ano de mãos vazias, sem ter conseguido nada no meu tempo morando em Nova York; não suportava a ideia de ver a mesma decepção refletida no rosto de minha família.

Está tudo bem. Você vai ficar bem.

Oitenta mil palavras até o início de fevereiro. Totalmente possível, certo?

Por um momento, me permiti ter esperança de que meu novo eu seria capaz de fazer aquilo.

Em seguida, soltei um gemido e pressionei as palmas das mãos contra os olhos. Mesmo com eles fechados, tudo que conseguia ver eram páginas em branco.

– Estou *muito* ferrada.

CAPÍTULO 5

Kai

LANCEI UM OLHAR FRIO para o homem sentado à minha frente.

Depois da notícia bombástica sobre o cargo de CEO e da minha interação perturbadora com Isabella no dia anterior, estava torcendo por um dia tranquilo no trabalho, mas essa esperança foi por água abaixo no minuto em que Tobias Foster apareceu sem avisar.

Ele usava um terno Zegna novinho e um Rolex ainda mais brilhante e estava inspecionando o local com um sorriso presunçoso.

– Belo escritório. Bastante apropriado para um Young.

Dava para ler as palavras nas entrelinhas: *Eu fiz por merecer meu cargo; você nasceu com o seu*. Isso era uma bobagem. Eu podia ser um Young, mas comecei de baixo, como qualquer outro funcionário.

– Tenho certeza de que o seu também é ótimo. – Dei a ele um sorriso cordial e olhei para o relógio. Ele perceberia o movimento; com sorte, também entenderia a dica. – O que posso fazer por você, Tobias?

Ele era o chefe da divisão europeia da Young Corporation e meu maior concorrente para a vaga de CEO, então abri uma exceção à minha regra de recusar reuniões não agendadas e o convidei a entrar na minha sala.

Já estava arrependido.

Tobias era o pior tipo de funcionário – bom no trabalho, mas tão grosseiro e irritante que eu gostaria que ele fosse péssimo, para que pudéssemos demiti-lo. Eu admirava sua competência, mas ele estava sempre a um passo de perder tanto a noção que nem mesmo o detetive mais talentoso do mundo conseguiria reencontrá-la.

– Vim só dar um oi. Fazer uma visita. – Tobias pegou o peso de papel de cristal pousado na mesa. – Vim até Nova York para umas reuniões. Tenho certeza de que você está ciente. A divisão europeia vem se expandindo depressa e o Richard me convidou para jantar no Peter Luger. – A risada dele ecoou pelo ar.

Richard Chu era o membro mais antigo do conselho da Young Corporation e bastante ultrapassado quando se tratava de inovação. Havíamos batido de frente várias vezes em relação ao futuro da empresa, mas, independentemente do nível de poder que ele acreditasse ter nas mãos, era apenas um voto entre muitos.

– Não fico surpreso. O Richard gosta de determinado tipo de companhia. *O tipo que lambe as botas dele como se fossem de ouro.* O sorriso de Tobias desapareceu.

– Talvez seja melhor você se apressar – acrescentei. – O trânsito costuma ficar bem congestionado a esta hora. Quer que eu chame um carro para você?

Minha mão pairou sobre o telefone em uma clara dispensa.

– Não precisa. – Ele soltou o peso de papel e fixou em mim um olhar duro, e todos os vestígios de falsa cortesia sumiram. – Estou acostumado a fazer as coisas por mim mesmo. Mas a vida deve ser muito mais fácil para você, não é? É só não fazer nenhuma merda nos próximos quatro meses e o cargo é seu.

Não mordi a isca. Tobias podia falar todas as idiotices que quisesse, mas eu era muito bom no meu trabalho e nós dois sabíamos disso.

– Há mais de trinta anos eu não faço merda – respondi cordialmente. – Não pretendo começar agora.

Sua falsa amabilidade voltou como uma cortina caindo sobre uma janela.

– É verdade, mas para tudo tem uma primeira vez. – Ele se levantou com um sorriso dissimulado. – Vejo você no retiro daqui a algumas semanas. Que vença o melhor.

Retribuí seu sorriso com outro indiferente. Para minha sorte, eu sempre ganhava.

Depois que Tobias saiu, revisei os relatórios financeiros do último trimestre pela segunda vez. A receita dos impressos havia caído 11 por cento, a receita on-line, aumentado 9,2 por cento. Não era ótimo, mas o resultado fora melhor do que o das outras divisões, e teria sido pior se eu não tivesse dobrado as apostas na migração para o meio digital, apesar dos protestos do conselho.

Um toque agudo desviou minha atenção dos relatórios.

Resmunguei ao olhar para o identificador de chamadas. Minha mãe só interrompia meu horário de expediente para compartilhar notícias urgentes ou desagradáveis.

– Tenho ótimas notícias. – Como sempre, ela foi direto ao assunto assim que atendi. – Clarissa está se mudando para Nova York.

Vasculhei meu arquivo mental.

– Clarissa...

– Teo. – O *toc-toc* de saltos contra o mármore enfatizava sua impaciência. – Vocês cresceram juntos. Como você não lembra?

Clarissa Teo.

Uma vaga lembrança de tule rosa e aparelho ortodôntico cruzou minha mente. Suprimi outro resmungo.

– Ela é cinco anos mais nova que eu, mãe. Não é bem verdade que *crescemos juntos*.

Os Teos eram donos de uma das maiores redes de varejo do Reino Unido. Minha mãe era a melhor amiga de Philippa Teo, e as mansões de nossas famílias ficavam lado a lado na elegante Kensington Palace Gardens, em Londres.

– Vocês eram vizinhos e participavam dos mesmos eventos sociais – disse minha mãe. – Para mim conta. Enfim, você não está animado por ela estar se mudando para Manhattan?

– Hum. – Minha resposta evasiva continha o entusiasmo de um réu em julgamento.

Apesar da proximidade de nossas famílias, mal conhecia Clarissa. Quando éramos crianças, eu não tinha interesse em passar tempo com uma garota cinco anos mais nova e, depois de adultos, um oceano havia nos separado – fui fazer mestrado em Cambridge enquanto ela foi estudar em Harvard. Quando ela voltou para Londres, eu já me mudara para Nova York.

Certamente não éramos próximos o suficiente para que suas idas e vindas me causassem qualquer reação.

– Ela não conhece muita gente em Nova York – disse minha mãe, com a sutileza de mil lâmpadas de neon brilhando na escuridão da noite. *Convide-*

-a para sair. – Você deveria mostrar a cidade para ela. O baile de outono do Valhalla Club está chegando. Ela seria uma ótima companhia.

Um suspiro subiu pela minha garganta até a ponta da língua e em seguida o engoli.

– Fico feliz em levá-la para almoçar um dia, mas ainda não decidi se vou com alguém ao baile.

– Você é um Young. – O tom da minha mãe ficou sério. – Além disso, pode se tornar CEO da maior empresa de mídia do mundo daqui a quatro meses. Eu deixei você se divertir, mas *precisa* sossegar em breve. O conselho não vê com bons olhos alguém com um contexto familiar instável.

– Um dos membros do conselho não encontrou a esposa na cama com o jardineiro? A vida de casado parece mais instável do que a vida de solteiro.

– *Kai.*

Esfreguei a boca, me perguntando como meu dia tranquilo e sossegado havia se transformado *naquilo*. Primeiro Tobias, agora minha mãe. Era como se o universo estivesse conspirando contra mim.

– Não estou pedindo que você a peça em casamento, embora com certeza não fosse má ideia – disse minha mãe. – Clarissa é bonita, educada, culta, tem boas maneiras. Seria uma esposa maravilhosa.

– Você não é um aplicativo de namoro. Não precisa listar as qualidades dela – respondi em um tom seco. – Como falei, prometo me encontrar com ela ao menos uma vez.

Depois de tranquilizá-la mais algumas vezes, desliguei.

Minha têmpora latejava de tanta dor de cabeça. Minha mãe parecia me dar escolhas, mas no fundo esperava que um dia eu me casasse com Clarissa. *Todo mundo* esperava. Se não Clarissa, então alguém exatamente como ela, vinda de uma boa linhagem, com educação e criação adequadas.

Eu havia namorado várias mulheres assim. Eram todas bastante agradáveis, mas sempre faltava alguma coisa.

Outra imagem cruzou minha mente, dessa vez de cabelos roxo-escuros, olhos brilhantes e uma risada rouca e irreprimível.

Meus ombros se retesaram. Afastei o pensamento e tentei voltar a me concentrar no trabalho, mas reflexos roxos continuaram brotando até que fechei a pasta, irritado, e me levantei.

Talvez minha mãe tivesse razão. Eu *deveria* levar Clarissa ao baile de outono. Só porque meus namoros anteriores não deram certo não significava que um relacionamento semelhante não funcionaria.

Eu estava destinado a me casar com alguém como Clarissa Teo.

E com ninguém mais.

– Quem foi o filho da mãe que te irritou hoje? – Dante esfregou o queixo. – Você estava vindo para cima de mim como se eu fosse a porra do Victor Black.

– Não aguenta, é? – provoquei, fugindo da pergunta. Ignorei a menção ao CEO baba-ovo de um grupo de mídia rival. – Se o casamento te deixou mole, é só me falar que eu encontro outro parceiro.

O olhar de Dante poderia ter derretido as colunas de mármore que ladeavam o corredor.

Suprimi um sorriso. Irritá-lo era ainda mais terapêutico do que nossas sessões semanais de boxe. Eu só queria que ele não facilitasse tanto. Uma menção semicrítica à esposa ou ao casamento e ele voltava à sua versão carrancuda pré-Vivian.

Normalmente, lutávamos às quintas-feiras, mas eu o convencera a adiar nosso compromisso semanal devido à bomba do dia anterior envolvendo a votação para o cargo de CEO.

– Fique à vontade. Eu prefiro mesmo passar a noite com a Viv. – Uma breve pausa. – E eu não amoleci. Terminamos empatados.

Era o que geralmente acontecia. Isso mexia com meu lado competitivo, mas também era o motivo de eu gostar tanto de treinar com Dante. Um desafio num mundo repleto de vitórias fáceis.

– A fase de lua de mel ainda está firme e forte, então? – perguntei.

Dante e Vivian haviam retornado recentemente da lua de mel na Grécia. O Dante com quem convivi durante quase uma década jamais teria tirado duas semanas de folga do trabalho, mas sua esposa havia conseguido o impossível. Ela o transformara em um ser humano de verdade, com uma vida fora do escritório.

A expressão dele se suavizou.

– Acho que não vai acabar nunca – respondeu Dante, com uma franqueza surpreendente. – Falando nisso, o que você vai fazer em relação à Clarissa?

Havia contado a ele sobre a votação para o cargo de CEO e a ligação de minha mãe mais cedo. Como esperado, Dante demonstrara a empatia de um pedregulho, mas nunca perdia a oportunidade de implicar comigo por causa da determinação da minha mãe em me ver casado.

– Vou levá-la para sair, como prometi. Quem sabe? – Parei na entrada do bar. – Talvez ela seja a mulher perfeita. Quem sabe daqui a um mês nós quatro não estaremos fazendo passeios de casais usando roupas combinando na Times Square?

Dante fez uma careta.

– Prefiro arrancar meu braço e passá-lo por um moedor de carne.

Engoli minha risada.

– Se você diz...

Se eu convencesse Vivian, ela seria capaz de fazê-lo cantar iodelei pelado na esquina da Broadway com a 42nd Street. Para a sorte dele, eu também considerava abominável a ideia de sair em casal e visitar a Times Square.

Geralmente tomamos um drinque juntos depois das sessões de boxe, mas naquela noite ele tinha marcado outra coisa com a esposa, então entrei no bar sozinho.

Cruzei o salão, procurando instintivamente um vislumbre de covinhas e violeta, mas só vi a amiga loira de Isabella e outra atendente com cachos ruivos.

Sentei-me em um banquinho vazio e pedi meu uísque de costume, puro, para a bartender loira. Tereza? Teagan? *Tessa*. Era esse o nome dela.

– Aqui está! – disse ela, animada, colocando a bebida na minha frente.

– Obrigado. – Tomei um gole casual. – Noite movimentada. Tem mais alguém trabalhando hoje?

– Nada. Nunca temos mais de duas pessoas no mesmo turno. – Tessa ergueu as sobrancelhas. – Você está procurando alguém específico?

Balancei a cabeça.

– Só perguntando.

Felizmente, outro cliente logo desviou sua atenção e ela não insistiu mais.

Terminei meu uísque e passei a meia hora seguinte fazendo o networking de praxe e coletando informações – nada como um pouco de álcool para soltar a língua das pessoas, e era por isso que eu tinha um limite estrito de três drinques em público –, mas não conseguia me concentrar. Meus pensamentos continuavam se desviando para determinada sala no segundo andar.

Não por causa de Isabella, claro. Apenas ficara incomodado com o desempenho superior dela e não seria capaz de descansar até aperfeiçoar a peça.

Fiquei mais dez minutos no bar, até que não aguentei mais. Pedi licença para me retirar de uma conversa que estava tendo com o CEO de uma empresa de investimentos de capital privado, saí pela porta lateral e subi as escadas até o segundo andar.

Ao contrário da noite anterior, nenhuma música vazava para o corredor. Uma pontada perigosamente parecida com decepção me percorreu, até que afastei a sensação.

Estendi a mão na direção da porta no momento em que ela se abriu.

Algo – *alguém* – pequeno e macio trombou em mim, e instintivamente passei um braço ao redor de sua cintura para firmá-la.

Olhei para baixo, o cheiro de rosas e baunilha turvando meus sentidos antes que meu cérebro registrasse quem estava em meus braços.

Cabelo escuro e sedoso. Pele bronzeada. Enormes olhos castanhos que se fundiram com os meus, cheios de surpresa e algo mais que enviou uma onda alarmante de calor pelo meu sangue.

Isabella.

CAPÍTULO 6

Isabella

KAI PASSOU O BRAÇO ao redor da minha cintura, me apertando contra seu corpo. Foi como ser engolida por um incêndio. O calor infiltrou-se pela minha camisa e penetrou minhas veias; um rubor emergiu na minha pele, que formigava sob o uniforme de repente pesado.

Eu deveria fazer *alguma coisa* – pedir desculpas por ter trombado nele (mesmo que não tivesse sido minha culpa), dar um passo para trás, sair correndo –, mas minha mente bugou. Só conseguia pensar na firmeza de seu corpo e no *tum, tum, tum* acelerado do meu coração.

Kai baixou o rosto, seus olhos encontrando os meus. Pela primeira vez, ele não estava usando terno e gravata. Em vez disso, vestia uma camisa social branca com as mangas arregaçadas e o primeiro botão aberto. A camisa era tão macia e ele cheirava tão bem que tive uma vontade maluca de afundar o rosto no peito dele. Pior ainda, de pressionar a boca na curva de seu pescoço e ver se o gosto dele era tão bom quanto o cheiro.

Deixei o ar escapar pelos lábios entreabertos. O formigamento se intensificou; tudo parecia quente e pesado, como se eu tivesse mergulhado em um pote de mel deixado ao sol.

A expressão de Kai continuou indiferente, mas vi quando ele engoliu em seco.

Eu não era a única a sentir a faísca entre nós.

Essa constatação bastou para me tirar do transe.

O que eu estava fazendo? Pelo amor de Deus, era o *Kai*. Ele era zero por cento meu tipo (está bem, talvez dez por cento), e estava cem por cento fora de questão.

Eu não cometeria o mesmo erro que minha antecessora, que acabou sendo demitida depois que a gerente a pegou pagando um boquete para um membro do clube. Ela tinha sido imprudente e não conseguiria mais arrumar emprego em nenhum bar daquela área. O Valhalla levava suas regras – e consequências – muito a sério.

Além disso...

Você lembra o que aconteceu da última vez que se envolveu com alguém que não devia?

Meu estômago embrulhou e a névoa finalmente recuou o suficiente para que eu me libertasse dos braços dele. Apesar do aquecedor zumbindo ao fundo, livrar-me dos braços de Kai foi como sair de uma cabana aconchegante e iluminada pelo fogo para atravessar montanhas no auge do inverno.

Arrepios se espalharam por meus braços, mas disfarcei perguntando casualmente:

– Você está me perseguindo?

Encontrá-lo ali uma vez podia ter sido coincidência, mas duas vezes era suspeito. Principalmente em duas noites seguidas.

Esperei que ele me respondesse com sua habitual ironia, mas, em vez disso, um leve toque rosado coloriu as maçãs do seu rosto.

– A gente já conversou sobre isso. Sou membro do clube e estou apenas tirando proveito de suas comodidades – disse ele, de um jeito forçado e formal.

– Esta semana foi a primeira vez que você usou a sala do piano.

Ele ergueu levemente a sobrancelha.

– Como você sabe?

Instinto. Se Kai fosse àquela sala regularmente, eu saberia. Ele alterava a forma de todos os espaços onde entrava.

– Só um palpite. Mas fico feliz que você esteja vindo com mais frequência. Você precisa mesmo praticar um pouco. – Reprimi um sorriso ao ver como os olhos dele faiscaram. – Talvez um dia você chegue ao meu nível.

Para minha decepção, ele não mordeu a isca.

– A esperança é a última que morre. Claro que... – A faísca tornou-se pensativa. Avaliadora. – A noite passada pode ter sido só uma questão de sorte. Você fala muito, mas consegue manter aquele nível de desempenho?

Agora era ele quem sacudia a isca na minha frente, suas palavras brilhando como um peixinho em um anzol.

Eu não deveria cair na dele. Precisava escrever um pouco – estava terrivelmente atrasada em minha meta diária de três mil palavras – e só havia me esgueirado até ali depois do meu turno porque esperava que isso estimulasse minha criatividade. Não tinha tempo para me entregar aos desafios velados de Kai.

Meu lado prático insistia que eu voltasse para casa naquele minuto para escrever; um outro, mais convincente, brilhava de orgulho. Kai não teria me desafiado se não estivesse incomodado, e eu era realmente talentosa em tão poucas coisas que não consegui resistir à vontade de me exibir. Só um pouco.

Abri um sorriso confiante.

– Vamos ver, então. Você escolhe.

O peso do olhar dele me seguiu até o banco. Abri a tampa do piano e tentei me concentrar nas teclas delicadas e familiares em vez de no homem atrás de mim.

– O que você tem em mente? – perguntei.

– "O vento de inverno". – Senti a presença de Kai às minhas costas. Um arrepio de prazer seguido por uma lenta onda de calor que se irradiava pela minha coluna. – Chopin.

Era um dos estudos mais difíceis do compositor, mas dava para tocar.

Olhei para Kai, que se apoiou na lateral do piano e me examinou com o interesse imparcial de um professor avaliando um aluno. O luar banhava seu corpo relaxado, esculpindo suas maçãs do rosto com raios prateados e gravando sombras sob seus olhos inescrutáveis.

O ar ficou nebuloso de expectativa.

Voltei meu olhar para o piano, fechando os olhos e deixando as correntes elétricas me levarem pela peça. Eu não tocava Chopin com frequência, então comecei um pouco enferrujada, mas, assim que acertei o ritmo, um farfalhar suave interrompeu meu foco.

Abri os olhos. Kai havia mudado de lugar e agora estava sentado no banco, seu corpo a poucos centímetros do meu.

Pressionei a tecla errada. A nota discordante me causou um tremor e, embora eu tivesse me corrigido depressa, não consegui mais mergulhar na música. Estava ocupada demais me afogando na consciência da presença dele, no cheiro de floresta após uma tempestade e na maneira como o olhar de Kai parecia perfurar a lateral do meu rosto.

No dia anterior, eu tinha tocado como se ninguém estivesse olhando. Naquele momento, tocava como se o mundo inteiro assistisse, só que não era o mundo inteiro. Era um único homem.

Terminei o estudo, a frustração formigando sob a pele. Kai me observava sem dizer uma palavra, sua expressão indecifrável, exceto por uma pequena ruga entre as sobrancelhas.

– Você me distraiu – falei antes que ele pudesse afirmar o óbvio.

A ruga relaxou, revelando um lampejo de diversão.

– Como assim?

– Você sabe muito bem.

Ele pareceu se divertir ainda mais.

– Só fiquei aqui sentado. Não disse nem fiz nada.

– Você está sentado perto demais. – Lancei um olhar significativo para o pedaço de assento em couro preto entre nós. – É uma tática de intimidação bastante óbvia.

– Ah, claro. A arte secreta de sentar perto demais. Eu deveria entrar em contato com a CIA e informá-los sobre essa tática inovadora.

– Ha-ha – resmunguei, meu ego ferido demais para dar espaço ao humor. – Você não tem mais nada para fazer em vez de ficar aqui enchendo o saco de uma bartender inocente?

– Tenho muitas outras coisas para fazer. – Uma breve luz iluminou as sombras em seus olhos. – Mas escolhi estar aqui.

Suas palavras me atravessaram, apagando as chamas do meu descontentamento.

A luz aumentou, em seguida morreu, submergindo mais uma vez sob poços de escuridão.

– Como você aprendeu a tocar tão bem? – Kai mudou de assunto de maneira tão abrupta que meu cérebro teve que se esforçar para acompanhar. – A maioria das aulas de música obrigatórias na infância não cobre peças tão difíceis.

Fragmentos de memórias surgiram em minha mente. Uma tarde iluminada aqui, uma apresentação noturna ali. Eu mantinha as lembranças trancadas em uma caixa sempre que possível, mas a pergunta de Kai a abriu com muito pouco esforço, o que foi um tanto preocupante.

– Meu pai era professor de música. Sabia tocar qualquer coisa. Violino, violoncelo, flauta. – Uma dor familiar subiu pela minha garganta. – Mas o piano foi seu primeiro amor, e ele nos ensinou desde pequenos. Minha mãe não ligava para música, e acho que ele queria que alguma outra pessoa na família se conectasse da mesma forma que ele.

Vislumbres da minha infância vieram à tona. A voz grave e paciente de meu pai me guiando pelas escalas. Minha mãe me levando para comprar um vestido novo e a família se aglomerando na sala para meu primeiro "recital". Saí do ritmo algumas vezes, mas todos fingiram que não.

Depois, meu pai me deu um grande abraço, sussurrou que estava orgulhoso de mim e nos levou para tomar sorvete. Comprou para mim uma taça com três bolas de sorvete de brownie e calda de chocolate, e me lembrei de ter pensado que a vida nunca seria melhor do que aquilo.

Pisquei para conter uma ardência nos olhos. Eu não chorava em público desde o velório do meu pai e me recusava a recomeçar agora.

– "Nos" ensinou. Você e seus irmãos? – perguntou Kai gentilmente.

Eu não sabia por que ele estava tão interessado na minha história, mas, depois que eu comecei a falar, não conseguia parar.

– Isso. – Contive a onda de lembranças e forcei meus sentimentos a entrarem em ordem. – Tenho quatro irmãos mais velhos, todos homens. Eles faziam as aulas de piano só para deixar nosso pai feliz, eu era a única que realmente gostava. Por isso, eles foram liberados depois de aprender o básico, mas meu pai continuou a me ensinar.

Eu não queria ser uma pianista profissional. Nunca quis, nunca vou querer. Havia certa magia especial em amar algo sem capitalizá-lo, e eu me sentia confortada com a ideia de que havia pelo menos uma coisa em minha vida à qual eu podia recorrer sem expectativas, pressões ou culpa.

– E você? – perguntei, em um tom mais leve. – Tem irmãos?

Eu sabia pouco sobre Kai, apesar da fama de sua família. Para pessoas que haviam construído sua fortuna dissecando a vida alheia, eles eram notoriamente reservados.

– Tenho uma irmã mais nova, Abigail. Ela mora em Londres.

– Entendi. – Imaginei de imediato uma versão feminina de Kai, elegante e vestida da cabeça aos pés com roupas de marca de bom gosto. – Deixa eu adivinhar: vocês também tiveram aulas de piano na infância, além de violino, francês, tênis e mandarim.

Os lábios de Kai se curvaram.

– Somos tão previsíveis assim?

– A maioria das pessoas ricas é. – Dei de ombros. – Sem querer ofender.

– Imagina – disse ele, irônico. – Não há nada mais lisonjeiro do que ser chamado de previsível.

Ele se remexeu na cadeira e nossos joelhos se roçaram. De leve, tão de leve que mal contava como um toque, mas cada célula do meu corpo se contraiu como se eu tivesse sido eletrocutada.

Kai ficou imóvel. Ele não mexeu o joelho, eu sequer respirava, e fomos jogados de volta ao início da noite, quando os braços dele em volta da minha cintura evocaram toda sorte de pensamentos e fantasias inapropriadas.

Línguas emaranhadas. Pele escorregadia de suor. Gemidos abafados e súplicas ofegantes.

Nosso ponto de contato pegava fogo, transformando nossa conversa casual em algo mais intenso. Mais perigoso.

Minha pele ficou eletrizada. De repente, pensei no que alguém de fora pensaria daquela cena. Duas pessoas tão perto no mesmo banco, tão próximas a ponto de suas respirações se fundirem. Um retrato enganosamente íntimo de regras quebradas e boas maneiras ignoradas.

Era essa a sensação que eu tinha, mas, na verdade, não estávamos fazendo nada de errado, embora naquele momento eu me sentisse mais exposta do que se estivesse nua no meio da Quinta Avenida.

Os olhos de Kai escureceram. Nenhum de nós se moveu, mas tive a estranha sensação de que percorríamos uma trilha invisível em direção a um penhasco.

Recomponha-se, Isa. Pelo amor de Deus, você só está conversando com alguém em uma sala de piano, não pulando de bungee jumping da Torre de Macau.

Voltei minha atenção para a conversa.

– Então eu estava certa sobre todas as aulas. Previsível. – As palavras saíram mais ofegantes do que eu pretendia, mas disfarcei com um sorriso animado. – A menos que você também tenha algum hobby interessante que eu não conheça. Você doma cavalos selvagens no seu tempo livre? Faz base jumping do topo daquela torre em Dubai? Organiza orgias em sua biblioteca particular?

As brasas foram abafadas, então esfriaram.

– Lamento decepcionar, mas não. – A voz de Kai poderia ter derretido manteiga. – Não gosto de compartilhar nada.

O chão oscilou, me desequilibrando. Estava tentando encontrar uma resposta, qualquer resposta, quando uma risada alta cortou o salão feito uma guilhotina.

A faísca entre nós desapareceu. Viramos a cabeça em direção à porta e eu instintivamente afastei a perna da dele.

Felizmente, a pessoa que estava no corredor não entrou na sala. O murmúrio de vozes foi sumindo, deixando o silêncio em seu rastro.

Mas o feitiço tinha se estilhaçado e não havia como colar as peças. Não naquela noite.

– Preciso ir. – Levantei-me tão abruptamente que meu joelho bateu na parte inferior do piano. Ignorei a dor que ricocheteou pela minha perna e abri um sorriso protocolar. – Foi muito divertido, mas eu tenho que, hã... dar comida para a minha cobra.

As pítons só precisavam ser alimentadas a cada uma ou duas semanas, e eu já tinha alimentado Monty no dia anterior, mas Kai não precisava saber disso.

Ele não mostrou nenhuma reação às minhas palavras, apenas inclinou a cabeça para o lado e respondeu com um mero "Boa noite".

Esperei estar fora do salão e no fim do corredor para me permitir relaxar. O que eu estava pensando? Minha noite tinha sido uma inacreditável sequência de decisões equivocadas. Primeiro, ir para a sala do piano em vez de voltar para casa e trabalhar no meu manuscrito (em minha defesa, eu geralmente escrevia melhor depois de uma sessão de piano), depois decidir ficar e meio que flertar com Kai.

O esbarrão devia ter abalado meu bom senso.

Já estava na metade da escada quando encontrei Parker, a gerente do bar.

– Isabella. – Os olhos dela brilharam de surpresa. Com seu corpo magro e o cabelo pixie platinado, ela era incrivelmente parecida com a modelo Agyness Deyn. – Não esperava ver você ainda por aqui.

Meu turno havia terminado duas horas antes.

– Eu estava na sala do piano – expliquei, optando por dizer a verdade.

Alguns gerentes do Valhalla ficavam irritados com o fato de os funcionários usarem as instalações, mesmo seguindo as regras, mas Parker sabia do meu hobby e o incentivava.

– Claro. Eu deveria ter imaginado.

Parker era uma ótima gerente. Mil vezes melhor do que Charlie Bizarro ou o Harry Mão-Boba, dos meus empregos anteriores. Além das minhas amigas Vivian e Sloane, ela era uma das poucas pessoas em Nova York que sabiam do meu segredo – e o guardava. Por isso, seria sempre grata a ela.

– Não tive a chance de falar com você mais cedo, mas parabéns adiantado por estar fazendo um ano de trabalho aqui. – Um sorriso aqueceu seu rosto. – Fico muito feliz de ter você na minha equipe.

Um calor brotou em meu estômago, corroendo um pouco do sentimento de culpa.

– Obrigada.

Toma essa, Gabriel. Ele podia não acreditar em mim, mas minha gerente dizia que eu era uma de suas "melhores funcionárias".

As palavras de Parker me acompanharam no caminho até em casa, onde Monty cochilava em seu viveiro e meu manuscrito repousava, faltando 79 mil palavras para o objetivo de 80 mil.

Ser bartender pagava as contas, mas, assim como no caso do piano, eu não tinha interesse em investir nisso como carreira. Ainda assim, era legal ser boa em alguma coisa. Parker trabalhava no Valhalla havia anos; tinha visto muita gente entrar e sair, e estava impressionada comigo.

Eu não podia decepcioná-la.

Isso significava não me meter em confusão, manter o foco e ficar muito, muito longe de certo bilionário britânico.

Mas, quando fui para a cama naquela noite e caí em um sono agitado, meus sonhos não tiveram nada a ver com trabalho e tudo a ver com cabelos escuros e toques roubados.

CAPÍTULO 7

Isabella

– COMÉDIAS ROMÂNTICAS SÃO SUPERESTIMADAS e irrealistas. – Sloane franziu a testa para a montagem de encontros românticos e beijos apaixonados piscando na tela da TV. – Juntam casais fadados ao fracasso, com falsas esperanças de felizes para sempre e grandes gestos cafonas, quando o homem comum não consegue sequer lembrar o aniversário da parceira.

– Aham. – Peguei mais um punhado de pipoca com manteiga extra da tigela entre nós. – Mas são divertidas, e você assiste de qualquer jeito.

– Eu não assisto porque gosto. É uma...

– *Relação de amor e ódio* – dissemos Vivian e eu em uníssono.

Estávamos enroscadas na sala de estar de Sloane, nos empanturrando de besteiras e prestando pouca atenção na comédia romântica de Natal que havíamos escolhido para aquela noite. Para algumas pessoas, talvez fosse cedo demais para filmes de Natal, mas essas pessoas estavam erradas. Já era outubro, o que significava que era praticamente dezembro.

– Você sempre diz isso. – Coloquei uma pipoca na boca, tomando cuidado para não deixar caírem migalhas no meu notebook. – Você não está *totalmente* errada, mas há exceções na vida real. A Viv e o Dante, por exemplo. Eles são a prova de que homens apaixonados e grandes gestos cafonas também existem na vida real.

– Ei! – protestou Vivian. – Os gestos dele não foram cafonas. Foram românticos.

Arqueei a sobrancelha em uma expressão desafiadora.

– Comprar guiozas nos 36 melhores restaurantes de Nova York para você escolher de qual mais gosta? Eu diria que foi as duas coisas. Não se preocupe. – Dei um tapinha nas costas dela com a mão livre de pipoca. – Não estava criticando.

Se havia alguém que merecia uma dose extra de amor e cafonice na vida, essa pessoa era Vivian. De fora, a vida dela parecia perfeita. Ela era linda e inteligente, e dona de uma bem-sucedida produtora de eventos de luxo. Também era herdeira da fortuna da Lau Jewels, mas todo esse dinheiro tinha um preço: ela foi criada por Francis e Cecelia Lau, que eram, por falta de palavra melhor, completos imbecis. A mãe a criticava o tempo inteiro (embora menos do que antes) e seu pai a havia deserdado depois que ela o enfrentou.

Francis tinha sido a principal razão pela qual o começo do relacionamento de Vivian e Dante fora tão difícil, mas, felizmente, eles haviam superado tudo aquilo e agora eram tão enjoativamente doces quando estavam juntos que chegava a dar dor de estômago.

Malditos guiozas. Era muito fofo e deprimente ao mesmo tempo. Eu nunca tinha namorado ninguém que se importasse o suficiente para se lembrar da minha comida favorita (massa), muito menos comprar várias porções dela para mim.

Se eu não tivesse medo de acabar invocando o diabo sem querer (graças à minha *lola*, que se esforçou muito para incutir o temor de Deus em seus netos), eu faria bonecos de vodu dos meus piores ex-namorados.

Por outro lado... Olhei para meu notebook.

Eu tinha algo melhor do que bonecos de vodu. Eu tinha minhas palavras.

– Quer saber? *Talvez...* – Eu me endireitei, meus dedos já se movendo antes que meu cérebro tivesse a chance de alcançá-los. – Eu possa incorporar esse episódio do Dante e da Viv ao meu livro de alguma maneira.

Era isso que eu amava na escrita. Os momentos de iluminação que desvendavam novas seções da história, aproximando-a da conclusão. Empolgação, movimento, *progresso*.

Fazia uma semana desde a ligação de Gabriel. Eu ainda não tinha atingido minha contagem diária de palavras, mas estava chegando perto. Naquela manhã, havia escrito uma quantidade colossal de 1.800 palavras e, se escrevesse mais ou menos mil antes do fim daquela noite, alcançaria meu objetivo.

Sloane franziu as sobrancelhas.

– Guiozas em um thriller erótico?

– Só porque ninguém nunca escreveu isso não significa que *não possa* ser escrito.

O prazo de fevereiro estava cada vez mais próximo e, àquela altura, eu estava disposta a tentar qualquer coisa.

– Talvez um dos personagens possa engasgar com um – sugeriu Vivian, aparentemente nada abalada pela abordagem mórbida do gesto romântico de seu marido. – Ou alguém pode colocar arsênico nos guiozas e dar para um rival desavisado, depois dissolver o corpo com ácido sulfúrico para esconder as evidências.

Sloane e eu ficamos boquiabertas. De nós três, Vivian era a *menos* propensa a ter ideias diabólicas como aquelas.

– Desculpe. – Suas bochechas ficaram rosadas. – Eu tenho assistido a muitas séries policiais com o Dante. Estamos tentando encontrar um hobby normal para ele que não envolva trabalho, sexo ou bater nas pessoas.

– Pensei que ele terceirizasse essa última parte – disse, meio que brincando, digitando uma frase sobre o arsênico.

Dante era o CEO do Russo Group, um conglomerado de bens de luxo. Também era famoso por seus métodos questionáveis de lidar com pessoas que o irritavam. Uma lenda urbana dizia que sua equipe tinha dado uma surra tão feia em um ladrão que o homem ainda estava em coma, anos depois.

Eu ficaria mais preocupada com esses rumores se ele não amasse tanto a Vivian. Bastava olhar para ele para saber que Dante preferiria se jogar do Empire State Building a machucá-la.

Vivian franziu o nariz.

– Muito engraçado, mas eu estava me referindo às sessões de boxe com o Kai.

A menção ao nome me fez digitar mais devagar.

– Eu não sabia que eles lutavam boxe.

Ele estava sempre tão alinhado e arrumadinho, mas o que acontecia quando se despia da civilidade?

Uma imagem surgiu do nada em minha mente, seu torso nu e brilhando de suor. Olhos escuros, mãos ásperas e músculos torneados em consequência de horas no ringue. Sem óculos, nó da gravata afrouxado, a boca apertada contra a minha com uma ferocidade inebriante.

Meu corpo vibrou com um calor repentino. Eu me remexi na cadeira, as coxas queimando tanto por conta do notebook quanto pelas fantasias que abriam caminho em meu cérebro.

– Toda semana – confirmou Vivian. – Falando no Dante, já, já ele vem me buscar para irmos jantar no Monarch. Querem ir com a gente? Ele é amigo do dono, então podemos mudar a reserva sem problemas.

– O quê? – perguntei, desorientada demais pela reviravolta em meus pensamentos para acompanhar o novo tópico.

– Ao Monarch – repetiu Vivian. – Quer ir? Eu sei que você estava louca para comer lá.

Claro. O Monarch (em homenagem à borboleta-monarca, não à realeza) era um dos restaurantes mais chiques de Nova York. Uma reserva precisava ser feita meses antes – a menos, claro, que você fosse um Russo.

Sloane balançou a cabeça.

– Preciso ir buscar meu novo cliente hoje à noite. O voo dele chega em algumas horas.

Ela dirigia uma agência de relações públicas com uma lista de clientes importantes, mas geralmente terceirizava suas tarefas. Aquele cliente devia ser *muito* importante para Sloane ir buscá-lo pessoalmente, embora ela parecesse bem infeliz com o compromisso.

Tirei o notebook do colo e levantei meu cabelo, expondo o pescoço. Uma brisa bem-vinda atingiu minha pele, esfriando meu desejo.

– Pode contar comigo – respondi. – Não trabalho hoje à noite.

Eu não gostava de segurar vela, mas seria uma idiota se recusasse um jantar no Monarch. Fazia muito tempo que eu queria conhecer o restaurante e seria uma boa distração das fantasias perturbadoras que estava tendo com Kai.

Mal podia esperar para contar a Romero – sobre o jantar, não sobre Kai. Além da engenharia, a maior alegria da vida do meu irmão era comida, e ele ia morrer quando...

Espera. Romero.

– Ai, meu Deus, esqueci completamente!

Fui tomada pela adrenalina de lembrar uma tarefa esquecida, o que apagou qualquer pensamento remanescente a respeito de certo bilionário irritante. Estendi a mão e coloquei a mochila no colo.

– Eu prometi ao Rom que daria isso aqui para vocês testarem.

Depois de revirar um pouco a mochila, tirei triunfantemente um vibrador todo hightech, lindamente canelado, rosa-brilhante.

Dois brinquedinhos novos, ainda na embalagem, estavam no fundo da minha bolsa, mas eu gostava de exibir a mercadoria primeiro, por assim dizer.

Romero era engenheiro sênior de design da Belladonna, um importante fabricante de brinquedos adultos, o que era uma maneira elegante de dizer que ele ganhava a vida fabricando vibradores e dildos. Eles dependiam do feedback de avaliadores e, de alguma forma, ele havia me convencido a recrutar minhas amigas para a tarefa.

Em tese, não era tão estranho quanto parecia. Romero era um completo nerd; se tivesse uma supermodelo nua e o mais novo software de design na frente dele, sua prioridade seria dominar o software. Para ele, não havia nada de sexual nos brinquedos. Eram simplesmente produtos que precisavam de aperfeiçoamento antes de chegarem ao mercado.

Dito isso, *eu* não testava seus designs. Até Romero concordava que isso seria bizarro demais, mas minhas amigas e conhecidas não eram problema.

– Não. – Sloane contraiu os lábios. – Não preciso de outro vibrador. Tenho um armário inteiro cheio dessas tralhas e elas ocupam um espaço valioso.

Assim como seu escritório, suas roupas e praticamente tudo em sua vida, o apartamento de Sloane era um exercício de minimalismo absoluto. Além da televisão e, bem, de nós, o único sinal de vida em sua sala de estar completamente branca era o peixe dourado nadando em um canto. O inquilino anterior o havia deixado para trás e fazia dois anos que Sloane vinha ameaçando jogar o Peixe (sim, esse era o nome dele) no vaso sanitário.

– Mas isso aqui é o que há de mais moderno no mercado – argumentei, sacudindo o vibrador. – Você é uma das avaliadoras mais confiáveis do Romero!

Ao contrário de Vivian, que suavizava seu feedback com palavras de incentivo, Sloane era especialista em avaliações contundentes que dissecavam cada produto até o osso. Essa era a mesma mulher que escrevia críticas de várias páginas sobre todas as comédias românticas a que assistia; sua capacidade de evitar magoar desconhecidos oscilava em algum lugar na casa dos 30 graus negativos. Por outro lado, se ela dissesse que gostara de alguma coisa, era certo que não estava mentindo.

Depois de mais bajulações, ameaças e subornos na forma de uma promessa de assistir a todas as novas comédias bobinhas românticas com ela, convenci Sloane a continuar seu reinado como a avaliadora mais temida e reverenciada da Belladonna.

Eu ainda estava comemorando minha vitória naquela discussão quando a campainha tocou.

– Eu atendo.

Vivian estava no banheiro e Sloane anotava qualquer coisa em seu caderno – com base na agressividade com que escrevia, o pobre filme devia estar sendo massacrado –, então pulei do sofá e fui até a porta.

Cabelo escuro e grosso, ombros largos, pele marrom. Um giro rápido da maçaneta revelou o marido de Vivian, que parecia em cada centímetro o CEO bilionário que era, vestindo camisa e calças pretas da Hugo Boss.

– Olá! – cumprimentei, animada. – Você chegou cedo, mas tudo bem, porque o filme acabou de terminar. Sabe que o protagonista meio que me lembrou você? Todo mal-humorado, cheio de problemas com o pai e de cara sempre amarrada... até encontrar o amor da vida dele, é claro.

Na verdade, o protagonista era um fofo, mas eu gostava de tirar sarro de Dante sempre que possível. Ele era bastante sério o tempo todo, ainda que seu temperamento tivesse melhorado drasticamente desde que se casara com Vivian.

Um rubor se espalhou por seu rosto marcante e pela ponte do nariz. A princípio, achei que o havia irritado tanto que ele estava tendo um ataque cardíaco ali mesmo no corredor, mas então notei duas coisas em uma rápida sucessão.

Primeiro, o olhar de Dante estava fixo em minha mão direita, que ainda segurava o protótipo do brinquedo da Belladonna. Segundo, ele não estava sozinho.

Kai estava atrás dele, a gravata impecavelmente reta e o terno bem passado, sua aparência tão perfeita que era difícil acreditar que ele praticasse um esporte tão brutal quanto o boxe.

Meus olhos desceram para as mãos dele em busca de articulações machucadas e cortes ensanguentados, mas vi apenas abotoaduras extremamente brancas e o brilho de um relógio caro. Nem um único amassado ou fiapo fora do lugar.

Será que ele exerça o mesmo nível de controle meticuloso entre quatro paredes ou será que abria mão disso e era mais desinibido?

Ambas as possibilidades faziam um calor inebriante correr em minhas veias. Apertei instintivamente a mão em torno do brinquedo e levantei o olhar a tempo de ver a atenção de Kai se desviando do meu rosto para o vibrador fúcsia com a velocidade agonizante de um acidente de carro em câmera lenta.

O silêncio tomou conta do hall. Talvez fosse minha imaginação, mas eu poderia jurar que o vibrador vibrou um pouco, apesar de não estar ligado, como se não conseguisse conter a animação ao receber toda aquela atenção.

Embora Dante parecesse ter engolido uma vespa, a expressão de Kai não se alterou. Eu poderia muito bem estar segurando uma fruta ou algo igualmente inócuo. Ainda assim, o calor queimou minhas bochechas e minha nuca, fazendo minha pele arrepiar.

– Estávamos testando isso aqui – comentei. Os dois arregalaram os olhos, fazendo com que eu me apressasse em explicar. – *Não uma na outra.* Só... assim por fora. Para ver quantas velocidades tem.

Dante balançou a cabeça e passou a mão pelo rosto. Já Kai curvou o canto da boca, como se estivesse contendo um sorriso.

Uma gargalhada ecoou atrás de mim. Tirei a mão livre da maçaneta, me virei e me deparei com Vivian, que havia retornado do banheiro e observava minha confusão, achando graça demais para alguém que se dizia melhor amiga.

– Não acredito que você não me avisou que eu ainda estava segurando isso aqui – reclamei, sacudindo o vibrador no ar.

Dante soltou um ruído abafado que mais pareceu algo entre o motor de um carro engasgado e um gato moribundo.

– Amigas não deixam outras amigas atenderem a porta com acessórios fálicos na mão. Depois não venha reclamar se o seu marido cair morto aqui por conta de um infarto.

– E como eu teria te avisado? – protestou Vivian em meio a risadas. Ela parecia totalmente despreocupada com a morte iminente do marido. – Eu estava no banheiro. Culpe a Sloane.

Olhei para minha outra amiga traidora. Ela havia concluído a crítica do filme e estava olhando para o celular como se ele tivesse produzido, dirigido e estrelado pessoalmente suas comédias românticas mais odiadas.

Interromper Sloane quando ela estava de mau humor era como jogar uma gazela desafortunada na frente de um leão furioso. *Não, obrigada.* Eu gostava da minha cabeça exatamente onde estava.

– Kai, você vai jantar conosco? – perguntou Vivian, chamando minha atenção de volta para o corredor.

Ela enfim tinha parado de rir e se aproximado do marido, que passou um braço protetor em volta de sua cintura e deu um beijo suave no topo de sua cabeça. Senti uma pontada de inveja, mas consegui reprimi-la.

– Como eu disse às meninas, podemos tranquilamente alterar a reserva.

– Fica para uma outra vez. Dante e eu tivemos uma reunião aqui perto e só passei para dar um oi. – O olhar de Kai se voltou para mim por uma fração de segundo. Em resposta, uma excitação ondulou sob minha pele. – Não quero atrapalhar o encontro de vocês.

– Imagina. Você não vai atrapalhar em nada – disse Vivian. – A Isa vai se juntar a nós, então na verdade seria perfeito. Uma mesa para quatro pessoas é mais fácil do que para três.

Meus ombros enrijeceram. A última coisa que eu queria era passar uma refeição inteira com Kai. Isso já tinha acontecido antes, em um jantar que Dante e Vivian ofereceram logo depois que voltaram da lua de mel, mas foi diferente. Aquilo tinha sido antes dos encontros na sala do piano. Antes de fantasias perigosas e toques acidentais que tiravam meu mundo do eixo.

Os olhos de Kai pousaram nos meus novamente. Uma porta de aço invisível se fechou ao nosso redor, isolando o resto do mundo e nos envolvendo em uma bolha de respirações superficiais e batimentos cardíacos acelerados.

Senti minha pele arrepiar. Enquanto eu lutava para manter uma expressão tranquila, ele me olhava como um estudioso examinando um texto antigo, mas completamente esquecível. Uma pitada de interesse envolta por um mar de indiferença.

– Nesse caso – disse ele, as palavras polidas em sua voz aveludada –, fico feliz em ajudar.

Uma onda importuna de expectativa tomou minhas veias, mas foi amortecida pelo nervosismo. Dante e Vivian sempre se perdiam em seu próprio mundo, logo eu enfrentaria pelo menos duas horas da companhia ininterrupta de Kai.

– Perfeito.

Vivian sorriu, parecendo feliz com algo tão simples como um jantar em grupo.

Abri a boca e depois fechei. Meu desejo de conhecer o Monarch lutava contra a ansiedade de passar uma noite com Kai. Por um lado, eu me recusava a permitir que ele arruinasse minha chance de riscar um item da minha lista de desejos. Por outro...

– Pessoal, eu tenho que ir. – Sloane apareceu ao meu lado, tão silenciosa que não a ouvi se aproximar. Em algum momento dos últimos cinco minutos, ela havia jogado um casaco Max Mara camelo por cima da blusa e das calças e trocado as pantufas por um elegante par de botas de couro. – Meu cliente chegou mais cedo.

Ela meneou a cabeça brevemente para os homens e entregou a mim e a Vivian nossas bolsas, dispensando-nos depressa.

Estávamos acostumadas demais com suas emergências de trabalho para ficarmos ofendidas com o anúncio abrupto. Sloane não era muito afetuosa, e seu rosto deveria estar estampado ao lado do verbete *workaholic* no dicionário, mas, se algo desse errado, eu sabia que podia contar com ela. Ela era extremamente protetora com os amigos.

– Quem é ele, afinal? – perguntei, colocando discretamente o vibrador de volta na mochila enquanto ela trancava a porta. – Alguém que conhecemos?

A maioria de seus clientes eram empresários e figuras da alta sociedade, mas ela ocasionalmente trabalhava com celebridades, como o astro do futebol britânico Asher Donovan e a modelo Ayana (um nome apenas, tipo Iman).

– Duvido muito – respondeu Sloane enquanto íamos em direção ao elevador. – A menos que você siga de perto a seção dos *playboys preguiçosos* nas páginas de fofoca – completou ela com um frio desdém.

Está bem, então. Quem quer que fosse o cliente, claramente era um assunto delicado.

Vivian e eu a acompanhamos enquanto os homens vinham atrás. Normalmente, eu a perturbaria por mais informações, mas estava distraída demais com os passos suaves atrás de mim.

O aroma puro e amadeirado do perfume de Kai me alcançava em uma lufada de ar quente. Engoli em seco, arrepios se espalhando pelas minhas costas. Precisei reunir toda a força de vontade do mundo para não olhar para trás.

Ninguém falou mais nada até chegarmos ao elevador recoberto com painéis de carvalho que acomodava quatro pessoas no máximo. No esforço para nos espremermos no espaço apertado, minha mão roçou a de Kai.

Fui atravessada por uma onda dourada de calor, que eletrizou cada uma de minhas terminações nervosas como fios elétricos sob a chuva. Afastei a mão, mas a sensação permaneceu.

Ao meu lado, Kai olhava para a frente, o rosto esculpido em pedra. Quase acreditei que ele não havia sentido o toque até que sua mão, a que inadvertidamente toquei, se contraiu.

Foi um movimento discreto, tão rápido que eu teria perdido se tivesse piscado, mas que tomou e apertou meus pulmões.

Fiquei sem ar. Desviei os olhos depressa e foquei em um ponto à frente como uma adolescente pega assistindo algo inapropriado. As batidas do meu coração atingiram decibéis ensurdecedores, abafando a conversa entre Dante, Vivian e Sloane.

Pelo canto do olho, vi a mandíbula de Kai se contrair.

Ficamos os dois imóveis e calados até que as portas se abriram e nossos amigos saíram do elevador em direção ao saguão do prédio.

Kai e eu hesitamos, até que ele meneou a cabeça em direção à porta em um sinal universal de *você primeiro*.

Prendi a respiração ao passar por ele, mas, de alguma forma, seu cheiro ainda infiltrou meus sentidos. Minha mente estava tão confusa que quase tropecei em uma samambaia ao sair, recebendo olhares estranhos de Vivian e Sloane.

Suprimi um resmungo, as próximas duas horas se estendendo diante de mim como uma maratona sem fim.

A noite vai ser longa.

CAPÍTULO 8

Kai

NÃO TINHA PLANEJADO ACOMPANHAR Dante depois da reunião, mas, quando ele mencionou a reserva no Monarch, fiquei curioso. Meu trabalho incluía conferir os lugares mais badalados da cidade, e fazia tempo que estava para conhecer o Monarch.

Certamente minha decisão de trocar uma noite relaxante pela cena gastronômica um tanto tediosa não teve nada a ver com o comentário casual que Dante fez sobre buscar Vivian em sua *noite das garotas* com as amigas.

Sloane havia partido para o aeroporto, deixando Isabella e eu no banco de trás do carro de Dante enquanto os recém-casados se aconchegavam na frente. De todas as noites, Dante escolhera aquela para dirigir em vez de confiar em seu motorista.

O silêncio roubava o ar enquanto cruzávamos o trânsito de Manhattan, interrompido apenas pelo som suave das gotas de chuva contra o vidro.

Isabella e eu estávamos o mais distantes possível, mas não faria a menor diferença se o Oceano Atlântico estivesse entre nós. Meus sentidos estavam tomados por seu cheiro e por sua presença – a exuberante sensualidade das rosas misturada com o rico calor da baunilha; o breve e tentador encontro de sua mão contra a minha; a estática que tomava minha pele toda vez que ela estava por perto.

Era enlouquecedor.

Respondi a um e-mail sobre a negociação do DigiStream e coloquei o celular no bolso. Vinha trabalhando na aquisição do aplicativo de streaming de vídeo havia mais de um ano. Estava tão perto de fechar o negócio que já quase saboreava a vitória, mas, pela primeira vez, meus pensamentos estavam sendo consumidos por algo além de trabalho.

Olhei de soslaio para Isabella. Ela olhava pela janela, os dedos tamborilando em um ritmo distraído contra a coxa, uma leve expressão introspectiva no rosto. Sua mochila estava entre nós como um muro de concreto, separando meus pensamentos descontrolados de seu silêncio incomum.

– Quantas velocidades ele tem?

O tamborilar parou. Isabella se virou, suas feições expressando confusão.

– O quê?

– O teste na casa da Sloane. – A lembrança dela atendendo a porta com aquele brinquedo rosa ridículo na mão curvou os cantos da minha boca. – Quantas velocidades ele tem?

Embora eu desaprovasse a lamentável e recorrente falta de pudor de Isabella, parte de mim achava meio encantador. Ela era completa e irrepreensivelmente *ela mesma*, como uma pintura que se recusava a ser embotada pelo tempo. Era fascinante.

Um rubor coloriu as maçãs do rosto e a ponta do nariz dela. Ao contrário da elegância refinada de Vivian ou da beleza loira e fria de Sloane, os traços de Isabella eram uma tela ousada e expressiva para suas emoções. Sobrancelhas escuras franzidas sobre olhos que brilhavam desafiadores e lábios carnudos e vermelhos contraídos formando uma linha firme.

– Doze – respondeu ela em um tom doce o suficiente para provocar uma cárie. – Se quiser, eu empresto. Pode te ajudar a relaxar, para você não enfartar e morrer aos 40 anos de tanto estresse.

Prefiro que você me ajude a relaxar.

O pensamento foi tão súbito, tão absurdo e inesperado que me impediu de responder em tempo hábil.

Em primeiro lugar, eu não precisava *relaxar*. Sim, minha vida era feita de quadrados perfeitos e linhas impecavelmente delineadas, mas isso era muito melhor do que caos e extravagâncias. Bastaria, na verdade, uma única extravagância e as coisas iriam por água abaixo. Havia trabalhado duro demais para deixar algo tão instável quanto uma fantasia passageira arruinar tudo.

Segundo, mesmo que eu *precisasse* relaxar (o que, mais uma vez, não era o caso), faria isso com qualquer pessoa, *menos* com Isabella. Ela estava fora de cogitação, não importava quanto fosse bonita ou intrigante. Não apenas em razão das regras do Valhalla, mas porque ela acabaria com a minha vida de um jeito ou de outro.

Ainda assim, senti o desejo correr por minhas veias em toda a sua glória selvagem e quente ao pensar em me aproximar dela. Em provar, testar e explorar se ela era tão desinibida no quarto quanto era fora dele.

As sobrancelhas de Isabella se arquearam de modo questionador diante do meu silêncio prolongado.

Merda. Reprimi meu desejo traidor com uma férrea força de vontade cultivada durante anos em Oxbridge e me esforcei para retomar o controle de minhas faculdades mentais.

– Obrigado, mas, na minha lista de itens que eu jamais pegaria emprestado, brinquedos adultos estão no topo.

Meu tom plácido era um escudo enganoso para a tempestade que se formava dentro de mim. Ela mudou de posição para me olhar de frente. Sua saia deslizou para cima, expondo mais um centímetro de sua pele perfeita e bronzeada.

Meu sangue esquentou ainda mais e um músculo se retesou em minha mandíbula antes que eu pudesse impedir. Quem usava saia sem meia-calça no meio de um outono excepcionalmente frio? *Só Isabella.*

– O que mais está na lista? – Ela soou genuinamente curiosa.

– Meias, roupas íntimas, lâminas de barbear e perfume – respondi, mantendo os olhos firmemente plantados em seu rosto.

As expressivas sobrancelhas escuras ergueram-se ainda mais.

– Perfume?

– Todo cavalheiro deve ter o próprio perfume. Roubar a assinatura de alguém seria considerado o auge da indelicadeza.

Isabella me encarou por cinco segundos antes de explodir em uma gargalhada que preencheu o carro.

– Meu Deus do céu. Você não existe.

O som gutural e descarado de sua diversão me atingiu no peito e se espalhou como manteiga derretida por minhas veias.

– Se fosse assim, as marcas de perfume estariam entrando em falência – argumentou ela. – Imagine se cada produto tivesse apenas um cliente.

– Sim, mas você está ignorando uma parte importante do que eu disse.

– Arqueei a sobrancelha para imitar a expressão dela. – Eu disse todo *cavalheiro*, não todo mundo.

Isabella revirou os olhos.

– Você é muito esnobe.

– Não. É uma questão de comportamento, não de status. Conheço muitos CEOs e aristocratas que são tudo, menos cavalheiros.

– E você se considera uma exceção?

Não pude evitar. Um sorriso malicioso curvou meus lábios.

– Apenas em determinadas situações.

Pude ver o instante em que ela entendeu as entrelinhas. Isabella foi novamente tomada pelo rubor, que banhou seu rosto em um belo e suave cor-de-rosa. Seus lábios se entreabriram em um suspiro audível e, a contragosto, uma satisfação sombria percorreu meu peito diante da reação dela.

Eu não era o único torturado pela atração entre nós.

Ela abriu a boca assim que o motor do carro foi desligado, engolindo as palavras e cortando abruptamente a corrente elétrica entre nós.

Tínhamos chegado ao Monarch.

Escondi uma pontada de decepção quando um manobrista se aproximou rápido e pegou as chaves da mão de Dante. Quando me virei para Isabella, ela já havia saído do carro.

Soltei o ar de modo controlado e abafei a emoção teimosa em uma caixa trancada com cadeado antes de segui-la para dentro do edifício.

Era melhor que eu não soubesse o que ela estivera prestes a dizer. Não deveria ter cedido e a provocado daquela maneira, mas minha razão e minhas emoções estavam travando uma guerra crescente no que dizia respeito a Isabella. Felizmente, Dante e Vivian estavam mergulhados demais no mundo de recém-casados para perceberem qualquer coisa.

O elevador nos levou até o último andar do arranha-céu: do Monarch, via-se toda a vasta área do Central Park.

Como havíamos chegado cedo para nossa reserva, o maître nos ofereceu taças de champanhe de cortesia enquanto esperávamos na belíssima entrada. Fui o único que recusou. Queria estar com a mente lúcida aquela noite, e só Deus sabia o quanto a presença de Isabella já me inebriava.

A tela do meu celular se acendeu com dois novos e-mails – um com uma resposta sobre o DigiStream e outro com a logística do próximo retiro de liderança executiva. As coisas andavam estranhamente calmas desde que minha mãe anunciara a votação para o cargo de CEO, mas eu apostaria minha primeira edição dos romances de Charles Dickens que pelo menos um dos outros candidatos faria alguma investida durante o retiro.

– Kai?

Ergui os olhos. Uma mulher de aparência um tanto familiar estava na minha frente com um sorriso cheio de expectativa. Tinha uns 20 e tantos anos, longos cabelos negros, olhos castanhos, uma pinta característica no canto da boca.

O momento em que a reconheci veio acompanhado de uma onda de surpresa.

Clarissa, minha vizinha de infância, e, a julgar pelo número de artigos que minha mãe havia me encaminhado sobre os esforços e as realizações filantrópicas dela, também sua primeira opção de nora.

– Desculpe, eu sei que já faz muito tempo que a gente não se encontra. – Ela riu. – Clarissa Teo. De Londres! Você está igualzinho... – Seus olhos me examinaram, satisfeitos. – Mas sei que eu mudei bastante desde a última vez que nos vimos.

Era um eufemismo. A adolescente esquisita, de aparelho, de que eu me lembrava não existia mais. Em seu lugar, havia uma mulher elegante e educada, com um sorriso digno de concursos de beleza e um look saído de uma revista da alta sociedade.

Não ia mencionar que a havia procurado no Google na semana anterior, embora ela parecesse quase tão diferente em pessoa quanto na adolescência. Mais delicada, menor, menos séria.

– Clarissa. Claro, que bom ver você – respondi sem hesitar, disfarçando minha surpresa. De acordo com as informações não solicitadas que minha mãe me fornecera, ela só deveria chegar a Nova York na semana seguinte. – Como está?

Conversamos um pouco por alguns minutos. Aparentemente, ela tinha vindo mais cedo do que o planejado para ajudar com uma grande exposição na Saxon Gallery, onde era responsável pelo contato com os artistas. Ficaria hospedada no Carlyle até que a reforma de seu novo apartamento fosse concluída, e estava tensa com a ideia de se mudar para uma nova cidade, mas tinha a sorte de poder contar com Buffy Darlington como mentora, a respeitada grande dama da sociedade de Nova York, com quem se encontraria para jantar naquela noite. Buffy estava atrasada por conta de uma emergência com seu cachorro.

Ao longo dos anos, eu tivera dezenas de conversas semelhantes àquela, mas só consegui fingir interesse até o momento em que Clarissa começou a comparar os prós e os contras entre malteses e lulus da Pomerânia.

– Perdão. Esqueci de apresentar você aos meus amigos – interrompi discretamente quando ela fez uma pausa para respirar. – Pessoal, esta é Clarissa Teo, uma amiga da família. Ela acabou de se mudar para Nova York. Clarissa, esses são Dante e Vivian Russo e Isabella Valencia.

Eles trocaram cumprimentos educados. Apresentações com nomes completos eram comuns em nosso círculo, onde a família de uma pessoa falava mais a seu respeito do que o trabalho, as roupas e o carro.

Mais conversa fiada, além de uma pitada de constrangimento quando Clarissa lançou um olhar curioso para Isabella. Ela havia reconhecido Dante e Vivian, mas claramente não sabia o que pensar de Isabella, cujos cabelos roxos e saia de couro eram a antítese de seus clássicos tons neutros e pérolas.

– Deveríamos marcar um almoço para colocar o papo em dia – disse Clarissa quando o maître anunciou que nossa mesa estava pronta, salvando-nos daquela conversa forçada. – Faz muito tempo.

– Sim, eu te ligo. – Dei um sorriso educado. – Tenha uma ótima noite.

Minha mãe já havia nos dado o número um do outro, "só por precaução". Eu não estava nem um pouco ansioso por outra rodada de conversa fiada, mas encontrar velhos conhecidos depois de muito tempo era sempre estranho. Talvez eu não estivesse sendo justo com Clarissa. Ela podia muito bem ser uma mulher muito interessante.

– Ex-namorada? – perguntou Isabella enquanto íamos em direção à mesa.

– Vizinha de infância.

– Futura namorada, então.

Arqueei levemente a sobrancelha.

– Uma suposição e tanto a se fazer.

– Mas não estou errada. Ela parece o tipo de mulher com quem você namoraria.

Isabella sentou-se ao lado de Vivian, bem na minha frente. Suas palavras não soaram críticas, tinham apenas um tom objetivo que me afetou mais do que deveria.

– Você parece bastante interessada na minha vida amorosa. – Abri meu guardanapo e coloquei-o no colo. – Por quê?

Ela bufou, rindo.

– Não estou interessada. Só fiz uma observação.

– Sobre a minha vida amorosa.

– Não sei nem se você *tem* uma vida amorosa – disse Isabella. – Nunca ouvi você falar de mulher nenhuma nem nunca te vi no clube com ninguém.

– Gosto de manter minha *vida privada* privada, mas é bom saber que você tem acompanhado de perto minha suposta falta de companhias femininas.

Abri um sorriso, uma resposta automática ao modo adorável como ela gaguejou, voltando em seguida a ficar sério.

Nada de sorrir. Nada de achar que qualquer coisa que ela faz é adorável.

– Você se acha importante demais. – Isabella ergueu o queixo. – E, se quer saber, essa desculpa de vida privada só funciona para celebridades e políticos. Eu garanto que tem bem menos gente interessada nas suas amantes do que você imagina.

– Bom saber. – Desta vez, meu sorriso se libertou de suas amarras diante da indignação tangível de Isabella. – Parabéns por ser uma dessas poucas sortudas.

– Você é insuportável.

– Se eu fosse uma celebridade ou um político, seria ainda mais.

Um brilho de diversão passou pelos olhos de Isabella. Suas bochechas formaram covinhas por um milésimo de segundo antes que ela franzisse os lábios e balançasse a cabeça, e fui atingido por um desejo irresistível de fazer aquelas covinhas surgirem outra vez.

Ao nosso lado, as cabeças de Dante e Vivian viravam de um para o outro como espectadores em uma partida de tênis. Eu tinha quase esquecido que eles estavam ali. As sobrancelhas de Dante franziram-se em confusão, mas os olhos de Vivian brilhavam com uma alegria suspeita.

Antes que eu pudesse investigar melhor, nosso garçom se aproximou com a cesta de pães na mão. A nuvem de tensão que pairava sobre a mesa se dissipou e logo nossa conversa passou a ser sobre temas mais neutros: a comida, o último escândalo social, nossos planos para as festas de fim de ano.

Dante e Vivian iriam para St. Barts; eu estava indeciso. Normalmente, ia para Londres no Natal, mas, dependendo de como as coisas corressem com o DigiStream, talvez tivesse que ficar em Nova York.

Parte de mim apreciava a ideia de alguns dias tranquilos, apenas com trabalho, livros e quem sabe algum espetáculo da Broadway para me fazer companhia. As grandes confraternizações de fim de ano eram altamente superestimadas, na minha opinião.

– E você, Isa? – perguntou Vivian. – Vai para a Califórnia este ano?

– Não, só volto para casa em fevereiro, para o aniversário da minha mãe – respondeu Isabella. Uma breve sombra cruzou seu rosto antes que ela voltasse a sorrir. – É tão perto do Natal e do Ano-Novo que costumamos reunir as três comemorações em um fim de semana prolongado. Minha mãe faz uns turons *incríveis*, e vamos à praia na manhã seguinte à festa para relaxar...

Levei meu copo aos lábios enquanto ela contava sobre as tradições de sua família. Parte de mim ansiava por saber mais do passado dela, como uma pessoa faminta anseia por comida. Como tinha sido sua infância? Ela era próxima dos irmãos? Eles eram parecidos com Isabella ou suas personalidades divergiam como tantas vezes acontecia com irmãos? Queria saber tudo – cada lembrança, cada peça e detalhe que ajudasse a resolver o quebra-cabeça do meu fascínio por ela.

Mas uma parte maior de mim não conseguia esquecer aquela sombra. O breve vislumbre de escuridão sob a superfície brilhante e cheia de vida. Atraía-me como uma luz no fim de um túnel, anunciando salvação ou ruína.

Uma risada estrondosa vinda de outra mesa me tirou daquela espiral.

Balancei a cabeça levemente e coloquei o copo na mesa, irritado com o quanto Isabella vinha ocupando meus pensamentos ultimamente.

Peguei o sal no meio da mesa, determinado a saborear minha refeição como se fosse um jantar qualquer. Isabella – cujo relato havia sido seguido por um de Vivian sobre suas aventuras com Dante na Grécia – estendeu a mão para a pimenta. Nossas mãos se tocaram novamente, um fac-símile do que havia acontecido no elevador.

Fiquei paralisado. Como na primeira vez, um arrepio eletrizante percorreu meu braço, queimando a lógica, a racionalidade, *a razão*.

O restaurante desapareceu quando nossos olhos se encontraram, fazendo um clique quase audível, dois ímãs unidos pela força e não por vontade própria.

Se dependesse da minha vontade, eu continuaria jantando como se nada tivesse acontecido, porque *nada* tinha acontecido. Foi simplesmente um toque, tão inocente quanto uma colisão acidental na calçada. Não deveria ter o poder de transformar meu sangue em fogo líquido ou alcançar meu peito e apertar meus pulmões.

Merda.

– Com licença. – Levantei-me abruptamente, ignorando os olhares assustados de Dante e Vivian. Isabella baixou a mão e voltou a se concentrar na comida, as bochechas rosadas. – Eu volto já.

Uma gota de suor se formou na minha testa enquanto eu cruzava o salão do restaurante. Arregacei as mangas da camisa até os cotovelos; eu estava pegando fogo.

Quando cheguei ao banheiro, tirei os óculos e joguei água gelada no rosto até que meus batimentos voltassem ao normal.

Que merda estava acontecendo comigo?

Durante um ano, consegui me manter distante de Isabella. Ela era o oposto de tudo que eu considerava adequado, uma complicação da qual eu não precisava. Sua extravagância, sua tagarelice, seus papos incessantes e públicos sobre sexo...

Sua risada, seu cheiro, seu sorriso. Seu talento no piano e a forma como seus olhos brilham quando ela está entusiasmada. Eram uma droga do tipo mais perigoso, e eu temia já estar descendo a ladeira escorregadia do vício.

Soltei um grunhido baixo e sequei o rosto com uma toalha de papel.

A culpa era daquela maldita segunda-feira, duas semanas antes. Se eu não tivesse ficado tão surpreso com o anúncio e o momento da votação para o cargo de CEO, não teria procurado Isabella no Valhalla. Se eu não a tivesse procurado, não a teria ouvido na sala do piano. Se não a tivesse ouvido na sala do piano, não estaria me refugiando em um banheiro público, tentando me controlar depois de tocá-la por dois segundos.

Eu me dei mais um minuto para me acalmar antes de recolocar os óculos, abrir a porta... e dar de cara com o diabo em pessoa.

Colidimos com a força de dois jogadores de futebol americano: meu braço em volta da cintura dela, as mãos dela apoiadas em meus antebraços, o ar vibrando com uma perturbadora sensação de déjà-vu.

Minha frequência cardíaca aumentou mesmo enquanto eu xingava silenciosamente o universo por nos jogar um contra o outro o tempo inteiro. Literalmente.

Isabella me encarou, seus olhos parecendo poças de chocolate na penumbra.

– Eu tinha razão – disse ela. Sua voz brincalhona continha uma leve rouquidão que percorreu meu peito como espirais de fumaça. – Você está me perseguindo, *sim*.

Meu Deus, aquela mulher era impossível.

– Só saímos do banheiro ao mesmo tempo. Não dá para classificar como perseguição – respondi com infinita paciência. – Devo lembrar que saí da mesa primeiro? Na verdade, eu que deveria me perguntar se você está me perseguindo.

– Está bem. Mas e o fato de você ter me seguido até a sala do piano? *Duas vezes?*

Um latejar surdo surgiu em minha têmpora. De repente desejei nunca ter aceitado aquele convite para jantar.

– Quantas vezes você vai insistir nisso?

– Quantas vezes forem necessárias para você me dar uma resposta direta. – Isabella ficou na ponta dos pés, aproximando o rosto do meu. Cada músculo do meu corpo se contraiu. – Kai Young, você está a fim de mim?

De jeito nenhum. A mera ideia era absurda, e eu deveria ter dito isso de imediato, mas as palavras não saíam. Hesitei por tempo suficiente para que Isabella arregalasse os olhos. O brilho provocador neles diminuiu, dando lugar ao que parecia ser alarme.

Fui tomado pela irritação. Não estava romanticamente interessado nela – meu interesse era intelectual, nada mais –, mas a perspectiva era *tão* terrível assim?

– Não somos adolescentes – respondi, a voz tensa. – Eu não fico a fim das pessoas.

– Essa também não é uma resposta direta.

Cerrei os dentes. Antes que eu pudesse informá-la de que minha resposta tinha sido, sim, uma resposta direta, se ela lesse nas entrelinhas, um zumbido baixo preencheu o ar, seguido por um ameaçador piscar de luzes. Um murmúrio coletivo cresceu no salão do restaurante.

O corpo de Isabella enrijeceu e ela apertou meu bíceps. Meu pulso estava disparado.

– O que...

Ela não teve a chance de terminar a frase antes que outro zumbido percorresse o corredor, estridente e raivoso, como uma serra partindo madeira.

Então, com um último e crepitante piscar, as luzes se apagaram completamente.

CAPÍTULO 9

Isabella

ALGUNS GRITOS VINDOS DO SALÃO arruinaram o silêncio elegante do restaurante. Eu arfei – não por causa dos gritos ou pela súbita falta de luz, mas pelo peso de um corpo masculino, firme e musculoso me prendendo contra a parede.

Em um minuto, eu estava provocando Kai, uma pequena vingança por conta da pergunta no carro sobre o brinquedo; no minuto seguinte, eu estava pressionada contra ele, peito contra peito, coxa contra coxa, meus pulmões inundados com o aroma inebriante, cítrico e amadeirado.

Nossa proximidade me lembrou da semana anterior, quando nos encontramos em uma posição semelhante na sala do piano. Só que dessa vez não tinha sido por acaso.

O mundo se tornou nebuloso enquanto ficávamos congelados ali, o corpo de Kai formando um escudo protetor sobre o meu. Sem palavras, apenas o rápido movimento de nossas respirações e a adrenalina vazando no ar como um ácido que foi corroendo a neblina até que meus sentidos se aguçaram o suficiente para distinguir formas na escuridão.

Ergui o queixo, meu coração batendo de modo instável quando vi Kai olhando para mim. Estava escuro demais para distinguir os contornos de seu rosto, mas isso não importava. Eu já os havia guardado na memória – as linhas elegantes de suas maçãs do rosto bem marcadas, a boca perfeitamente esculpida, o calor fervendo sob o véu frio de seus olhos escuros e inescrutáveis.

Havia faltado luz – nada assustador, mas chocante o suficiente para desencadear uma resposta de luta ou fuga – e o primeiro instinto dele foi me proteger.

Meu coração se apertou. Fechei a mão no terno bem cortado dele e engoli em seco, a garganta com um nó. Apesar da queda de energia, a eletricidade sibilava ao nosso redor, a uma faísca de pegar fogo.

Kai se mexeu, seu braço ao meu redor como se ele pudesse sentir a tensão crescendo em meus músculos congelados. À primeira vista, ele podia parecer delicado, todo polido com seu charme erudito, mas tinha o corpo de um lutador. Forte e esbelto, com músculos envoltos nos tecidos mais elegantes. Um lobo em pele de cordeiro.

E ainda assim meus alarmes internos permaneceram silenciosos, meu corpo amolecido. Apesar de todo o perigo que ele em tese representava, eu nunca me sentira tão segura.

O zumbido e a escuridão desapareceram tão de repente quanto tinham surgido. A luz fez meus olhos arderem; quando pisquei para me reorientar, a névoa que me envolvia como um sonho se evaporou.

Kai e eu nos entreolhamos por mais um segundo antes de recuarmos como duas pessoas encostando sem querer em uma panela quente.

O oxigênio invadiu meus pulmões, amplificando o trovejar em meus ouvidos.

– Nós devíamos voltar...

– Eles provavelmente estão se perguntando onde...

Nossas vozes se sobrepuseram em uma cacofonia. As bochechas de Kai estavam coradas e sua mandíbula se contraiu antes de ele menear a cabeça em direção ao final do corredor.

Não dissemos nada ao longo do trajeto de volta ao salão, mas o ar estava pesado com aquele silêncio. A lateral do meu corpo voltada para ele formigava com sua presença. Odiava a capacidade que ele tinha de me fazer sentir tanta coisa quando eu havia prometido a mim mesma que nunca mais sentiria nada por homens como ele.

Ricos, bonitos e perigosos demais para minha saúde mental e emocional.

– Aí estão vocês – disse Vivian quando voltamos para a mesa. – Que loucura, não é? Ainda bem que o restaurante conseguiu resolver a queda de energia tão depressa.

Na verdade, a falta de luz havia durado menos de cinco minutos, mas o tempo se estendia tão languidamente quando Kai e eu estávamos sozinhos que fiquei genuinamente surpresa com o fato de o restaurante parecer tão *normal*. Os gritos de antes haviam desvanecido tão rapidamente quanto irromperam e, exceto por alguns clientes com aparência agitada, todos os demais continuavam agindo como se o apagão nunca tivesse acontecido.

– Vocês sabem o que aconteceu?

Alisei meu guardanapo no colo e evitei olhar para Kai, com medo de que mesmo a menor troca de olhares pudesse expor as emoções tumultuadas que se agitavam em mim.

A pontada de ciúme ao vê-lo com Clarissa, mais cedo, a falta de ar quando nos tocamos, a sensação de afundar em um banho quente e profundo do qual não queria sair nunca mais quando ele me abraçou. Eu não deveria estar sentindo nada disso, mas nunca fui muito boa em fazer o que *deveria*.

Era muito difícil parar de pensar nele quando a vida insistia em nos colocar no caminho um do outro sempre que possível.

– Acho que foi um problema elétrico, mas eles têm um gerador reserva. – Dante balançou a cabeça. – De todas as malditas noites para algo assim acontecer, tinha que ser hoje.

– Não atrapalhou tanto assim nosso jantar – disse Vivian, sempre a voz da razão. – Estou feliz que não tenha sido nada sério. O restaurante ofereceu a todos uma reserva gratuita para...

Parei de prestar atenção. Estava ocupada demais me certificando de que nenhuma parte do meu corpo tocasse o de Kai acima ou abaixo da mesa. A julgar pela postura rígida de seus ombros, ele estava fazendo o mesmo.

Meu estômago revirou. *Droga*.

Peguei meu vinho e dei um grande gole, ignorando o olhar surpreso de Vivian. Eu não era muito de vinho, mas tinha pelo menos mais uma hora na companhia de Kai.

E precisava de toda a ajuda que pudesse reunir.

CAPÍTULO 10

Isabella

O RESTO DO JANTAR no Monarch transcorreu sem incidentes, e depois passei uma semana sem ver Kai.

Ele não apareceu no bar para seu habitual drinque de quinta-feira à noite, e eu disse a mim mesma que não dava a mínima. Houve um tempo em que eu teria encarado a indiferença de Kai como um desafio e mergulhado de cabeça em um casinho proibido com ele, mas eu não era mais essa pessoa.

Não, a *nova* Isabella era responsável. Focada. Ela tinha um objetivo e faria de tudo para provar que seu irmão mais velho e sabe-tudo estava errado.

– Pare de ignorar as ligações dele, Isa. – Felix passou por mim carregando uma braçada de tubos vermelhos felpudos. – Você sabe que ele não vai parar de ligar até você atender.

Meu celular vibrou mais uma vez com um zumbido insistente, confirmando as palavras dele.

Ignorei a chamada, como havia feito durante toda a manhã. Tinha aprendido a lição depois de atender a última ligação de Gabriel e acabar com um prazo completamente absurdo para concluir o livro.

Apostava minhas botas de couro pretas favoritas que ele estava ligando para saber como ia o manuscrito. Ao contrário das pessoas normais, Gabriel mandava mensagens em situações de emergência e ligava para assuntos bobos, então eu não me preocupei com a possibilidade de mamãe estar com algum problema de saúde ou de um terremoto ter destruído nossa casa na Califórnia.

– É exatamente por isso que não estou atendendo – respondi a Felix. – Gosto de imaginar a cara dele ficando toda vermelha e suada, como naquela vez em que ele voltou para casa e descobriu que eu tinha encolhido a camisa favorita dele.

Meu segundo irmão mais velho riu e balançou a cabeça.

De todos os meus irmãos, ele era o mais próximo. Não em termos de idade (que seria Romero) ou de temperamento (que seria Miguel), mas de compatibilidade. Ao contrário de Gabriel, com seu jeito controlador, Felix era tão despreocupado que ninguém jamais acreditaria que ele era um artista renomado.

Ele morava no badalado bairro de Silver Lake, em Los Angeles, durante a maior parte do ano, mas mantinha um pequeno ateliê/apartamento em Nova York, já que fazia milhares de exposições na cidade. Havia chegado no dia anterior e estava ocupado com os arremates de uma escultura que faria parte de uma grande exibição de arte no mês seguinte.

Como eu odiava trabalhar em silêncio, havia ido para seu ateliê com meu notebook, um pacote de balinhas azedas e uma determinação implacável de terminar o capítulo dez antes do meu turno no bar. Estava finalmente progredindo no livro e queria aproveitar o gás antes que ele inevitavelmente acabasse.

– Seja legal com ele, Isa. Provavelmente não é nada. – Felix torceu dois dos tubos vermelhos, formando uma hélice. Ele tinha tentado explicar o simbolismo da escultura mais cedo e eu quase desmaiei de tédio. Por mais que o amasse, não fui feita para apreciar aquele tipo de arte. – Aposto que ele quer saber o que você vai dar de presente de aniversário para a mamãe, para não comprarmos a mesma coisa por coincidência.

Não havia lhe contado sobre o ultimato que recebera em relação ao manuscrito, e achava que Gabriel também não.

– Isso não vai acontecer. O dia em que a gente concordar sobre qualquer coisa, incluindo presentes, o inferno vai congelar feito o Ártico. – Mudei de assunto antes que Felix insistisse na questão. Ele era o mediador da família, então estava sempre tentando deixar todo mundo em algum nível de harmonia. – Falando no aniversário da mamãe, você vai levar sua nova namorada?

– Talvez – respondeu Felix, evasivo. Ele vivia trocando de namorada, então não me surpreenderia se já estivesse com outra em fevereiro. – E você? A mamãe não para de falar na sua vida amorosa desde...

Ele.

A palavra implícita pairou entre nós como uma guilhotina prestes a cair. Penetrou meus ossos, escavando memórias há muito enterradas sob pilhas de culpa e vergonha, enquanto um bolo imenso sufocava minha garganta.

O tilintar do gelo contra o vidro. O brilho de um anel de sinete sob as luzes. Os ecos de uma voz grave sussurrando todas as palavras que eu queria ouvir.

Eu te amo. Sinto sua falta. Vamos fugir, só nós dois.

Uma fantasia que terminou em lágrimas, sangue e traição. Dois anos depois, eu ainda estava lidando com as consequências das decisões idiotas de minha versão mais jovem.

O bolo se expandiu, pressionando meu nariz e a parte de trás dos meus olhos até o ateliê ficar embaçado.

Pisquei para afastar as lágrimas e digitei uma palavra aleatória só para ter algo a fazer.

– Não. Eu não apresento mais ninguém para a família.

Por um breve momento, olhos escuros e um perfeito sotaque britânico brotaram espontaneamente em minha mente, mas afastei o pensamento de imediato.

Kai e eu não tínhamos nada. Não éramos sequer amigos. Ele não tinha o direito de invadir meus pensamentos daquele jeito.

Quando ergui os olhos outra vez, Felix me observava com seu olhar sagaz de sempre.

– Já faz dois anos – disse ele gentilmente. – Você não pode deixar aquele babaca arruinar sua confiança em relacionamentos para sempre.

Balancei a cabeça.

– Não é isso.

Ele já havia falado coisas parecidas antes, e minhas mentiras pareciam menos amargas a cada vez que eu as pronunciava. Não era que eu não confiasse em relacionamentos enquanto conceito; tinha mais a ver com não confiar em mim mesma. Mas ele não precisava saber disso.

– Eu ando ocupada. Você sabe, com o trabalho e o livro.

Dava para ver que ele não tinha acreditado, mas, como era habitual em Felix, não insistiu no assunto.

– Bem, se você mudar de ideia, me avise. Eu tenho amigos solteiros.

Aquilo me arrancou um sorriso sincero.

– Você é o único irmão que eu conheço que se oferece para apresentar um amigo à irmã. Mesmo assim, obrigada, mas não, obrigada. Prefiro morrer.

Senti um calafrio com a ideia de dormir com alguém que estivesse ligado de alguma forma a um membro da família. Eu acreditava piamente na separação entre Igreja (a santidade da minha vida sexual) e Estado (a vigilância de minha mãe e de meus irmãos superprotetores).

– Eu sou um excelente juiz de caráter – rebateu Felix, imperturbável diante de meu desprezo. – Eu nunca te apresentaria alguém de que você não fosse gostar.

– Não estou preocupada com isso porque você não vai me apresentar para ninguém. – Olhei de soslaio para o canto superior da tela e xinguei quando vi a hora. – Merda! Eu tenho que ir. Vou me atrasar para o trabalho!

Lá se foi a chance de terminar o capítulo dez.

Pulei do sofá, enfiei o notebook na bolsa e corri para a porta. O ateliê de Felix ficava no centro; o Valhalla ficava em Upper Manhattan. Levaria pelo menos 45 minutos para chegar lá de metrô, isso se não houvesse imprevistos.

– Você vai na minha exposição, né? – perguntou Felix. – A lista de convidados vai ser fechada hoje.

– Estarei lá! – respondi, acenando por cima do ombro.

Quando passei meu cartão na estação de metrô mais próxima, estava sem fôlego e encharcada de suor por baixo do casaco. Parker era tranquila em relação à maior parte das coisas, mas era uma tirana quando se tratava de pontualidade. Minha antecessora havia sido repreendida por chegar dez minutos atrasada por conta de um incêndio no metrô.

Felizmente, os deuses do transporte estavam do meu lado e cheguei ao Valhalla Club alguns minutos antes.

Mas o alívio durou pouco, pois, assim que pisei atrás do balcão, percebi a expressão preocupada de Tessa. Ela arregalou os olhos para mim e os virou para o bar.

Segui seu olhar, mais um pouco... mais um pouco... até o homem sentado com um sorriso presunçoso e os olhos fixos em mim, como um predador avistando uma presa.

Ai, merda.

– Isabella. – A voz fria e sebosa fez com que um arrepio de repulsa percorresse a minha pele. – Você está linda hoje.

– Obrigada. – Meu sorriso foi tão retesado que mais parecia um espartilho da era vitoriana. – O que posso lhe servir, Sr. Black?

Victor Black me analisou com seus olhos escuros. Ele era o CEO da Black & Co., uma empresa de mídia cujos tabloides faziam outros jornais sensacionalistas parecerem dignos do Pulitzer. Tecnicamente, ele era membro do Valhalla sediado em Washington, mas visitava Nova York com frequência. Infelizmente.

– Quero um Sex on the Beach. – Um sorriso se abriu em seu rosto. A repulsa se intensificou. – É o que eu mais gosto.

– Saindo já, já.

Ignorei o duplo sentido óbvio e comecei a preparar a bebida. Quanto mais rápido eu terminasse, mais cedo poderia me afastar dele.

Trinta e tantos anos, cabelo penteado para trás, roupas luxuosas. Victor era um sujeito bonito, mas algo nele sempre me causava arrepios. Talvez fosse a maneira como ele me olhava, como se estivesse imaginando as coisas mais vulgares que poderia fazer comigo, ou talvez fossem as cantadas incessantes, apesar do meu óbvio desinteresse.

Tessa me lançou um olhar solidário do fundo do bar. Ela sabia quanto eu o detestava, mas ele sempre insistia em que eu o servisse quando estava lá, então não havia nada que ela pudesse fazer.

– Quais são seus planos para este fim de semana? – perguntou Victor. – Vou ficar em Nova York até segunda-feira e estou sabendo de alguns eventos interessantes nos próximos dias.

Posso imaginar. Aposto que envolviam pouca ou nenhuma roupa e altas expectativas para seu pau ansioso.

– Vou trabalhar – respondi, o que era verdade.

As gorjetas eram muito melhores no fim de semana, então eu sempre topava os turnos de sexta e sábado.

– Tenho certeza de que você pode tirar uma ou duas noites de folga.

Meu sorriso poderia ter congelado o interior de um vulcão quando entreguei o drinque a ele.

– Infelizmente, tenho contas a pagar, então não, não posso.

Fui tão grosseira quanto me permitia ser com um membro do clube. A maioria deles, incluindo Victor, era mesquinha e egoísta o suficiente para fazer com que alguém fosse demitido por causa de qualquer "mau comportamento".

– Existem outras maneiras de pagar as contas. – Victor roçou deliberadamente minha mão ao pegar o copo. O arrepio de repulsa percorreu minha espinha novamente. – Por exemplo, eu sou bastante generoso em determinadas situações.

Era evidente o que ele queria dizer.

Ondas de náusea agitaram meu estômago, como um navio durante uma tempestade. Eu preferia morrer a deixar que Victor Black colocasse as mãos em mim.

– Obrigada pela ideia, mas, como tenho certeza de que você sabe, o contato próximo entre membros e funcionários é uma violação às regras do Valhalla.

Minha resposta fria contrastou com a raiva que fervilhava em minhas veias. Queria poder atirar a bebida mais próxima na cara dele ou, melhor ainda, lhe dar um tapa com força suficiente para expulsar aqueles pensamentos asquerosos de sua cabeça. Mas, como eu havia dito, tinha contas a pagar e um emprego a manter.

– Agora, se isso é tudo, tenho outros clientes que precisam de atenção.

Só consegui dar dois passos antes de a mão dele agarrar meu pulso.

A náusea se intensificou, e uma torrente de adrenalina latejou em meus ouvidos. Foi preciso toda a minha força de vontade para não acertar a cara dele com minha mão livre.

– As regras não se aplicam a mim – disse Victor casualmente, como se não estivesse me mantendo refém em um local cheio de testemunhas. A arrogância brilhava, intensa e fria, em seus olhos. – Eu posso...

– Solta ela, Victor. – Uma voz familiar, suave e aristocrática, cortou minha tensão como uma lâmina recém-afiada cortando seda. – Tratar alguém com tanta grosseria é vulgar até mesmo para você.

Victor fechou a cara, mas não era burro o suficiente de causar uma cena com outro membro. Ele largou minha mão e se virou.

Kai estava atrás dele, o nó da gravata impecável, um lenço perfeitamente dobrado no bolso do paletó e os olhos duros como diamantes fixos no outro homem sentado.

O calor subiu até a boca do meu estômago, abrandando um pouco da repulsa por conta do toque de Victor.

– É bom ver você aproveitando outras filiais do clube – disse Kai, sua

voz enganosamente agradável, apesar da fúria silenciosa que ele emanava.
– Mas eu seria negligente se não o lembrasse de nossa política contra assédio. Se você a violar, seu acesso à rede será encerrado. Se você a violar com a pessoa errada, será banido permanentemente do Valhalla. – Um sorriso educado, mais frio que o extremo norte do Ártico. – Você sabe o que acontece com os membros excomungados, não sabe?

Victor estreitou os lábios. Eu não sabia o que acontecia com os excomungados, mas a mera ameaça foi suficiente para calá-lo, apesar do ressentimento assassino transbordando em seus olhos.

– Talvez você devesse dar um passeio em outra parte do clube. – Kai alisou a gravata com a mão. – Está tendo uma ótima apresentação de jazz no salão de música.

Não relaxei até que Victor desaparecesse pela porta, deixando um rastro de amargura sufocada em seu rastro.

Kai ocupou o lugar vago. Um zumbido surgiu no ar e meu coração se contorceu em uma posição que teria deixado meu antigo professor de ioga orgulhoso.

– Obrigada – falei baixinho. – Você não precisava ter feito isso.

A maioria das pessoas ficava do lado dos ricos e poderosos, mesmo que eles estivessem errados. Outras simplesmente fechavam os olhos, principalmente para algo tão "pequeno" como agarrar o pulso de alguém. Eu era mulher, minoria e uma funcionária. Não detinha nenhum poder em situações como aquela com Victor, e, embora Kai tivesse feito o mínimo, a triste verdade era que a maioria não era capaz nem disso.

– Não sei do que você está falando – respondeu ele em um tom suave. – Eu apenas o lembrei das regras do clube, cumprindo meu dever como membro do conselho administrativo.

Um sorriso despontou em meus lábios.

– Trabalho árduo.

– Extenuante. Mas eu faço o melhor que posso.

– Tão extenuante que você faltou ao seu compromisso permanente aqui na quinta-feira passada?

As palavras me escaparam sem querer. Desejei poder engoli-las de volta no instante em que saíram da minha boca, mas era tarde demais.

Os resquícios da expressão pétrea de Kai derreteram, revelando um lampejo de prazer caloroso que fez com que eu me contorcesse de leve.

– Me controlando de novo, Isabella?

A maneira aveludada como ele disse meu nome foi quase indecente, evocando imagens de tardes preguiçosas e lençóis de seda. De mãos deslizando pelas minhas coxas e beijos descendo pelo meu pescoço, sua boca fazendo coisas perversas no meu corpo enquanto ele metia em mim. Repetidamente, até...

Merda.

Um calor se acendeu entre minhas coxas. Apertei os dedos na beirada do balcão, mas dei de ombros para a pergunta e me forcei a não me desviar de seu olhar perspicaz.

– Só para poder te evitar. Qualquer um que acha relaxante traduzir clássicos para o latim me apavora.

Uma risada enrugou os cantos dos olhos dele e meu coração acelerou em resposta. Aquilo estava se transformando em uma questão pavloviana. Sempre que Kai fazia alguma coisa, meu corpo traidor reagia como se tivesse sido atingido por um raio.

– Fico feliz em informar que não vou traduzir nada hoje, mas, se ajuda em alguma coisa, saiba que também trabalho com literatura comercial. Traduzi um romance da Nora Roberts uma vez. Foi ótimo para mudar de ritmo.

– Não ajuda, mas obrigada por esse detalhe. Volte quando tiver traduzido um livro erótico com dinossauros.

Kai ficou atônito.

– O quê?

– Deixa pra lá. – Eu não queria pegar tão pesado, tão rápido. O coitado provavelmente enfartaria se descobrisse alguns dos livros fora de sua bolha literária. – Sabe, você nunca me contou por que veio na segunda-feira, na outra semana.

Aquilo vinha me incomodando desde então. Eu tinha coisas mais importantes com que me preocupar, mas não saber o motivo me perturbava, como tentar lembrar o nome de uma música que estava na ponta da língua e não conseguir.

Kai se recuperou admiravelmente rápido da minha piada sobre pornô com dinossauros.

– Que diferença faz?

– Talvez nenhuma, no geral, mas eu sou bartender, o que significa que também sou confiável e uma ótima terapeuta. – Servi o uísque dele e deslizei o copo sobre o balcão. – Uns dias atrás, consolei uma herdeira dos lámens porque ela não conseguiu encontrar o motorista no meio da chuva e teve que usar sua bolsa de cem mil dólares como guarda-chuva. A pior parte é que... – baixei a voz – ... a bolsa era uma edição limitada superespecial e o estilista se recusou a fazer outra para ela.

– Ah, o clássico problema da bolsa – disse Kai, solidário. – Que tragédia.

– Terrível. Deveríamos alertar a Cruz Vermelha.

– Você liga, eu mando um e-mail. Melhor a gente cobrir todas as frentes em um caso dessa magnitude.

Meu sorriso se abriu por completo. Eu odiava admitir, mas Kai era tolerável quando não estava sendo todo certinho. Mais do que tolerável, na verdade.

– Eu vou responder à sua pergunta, mas já vou avisando: meus segredos não são tão interessantes quanto você imagina. – Ele tomou um gole do uísque. – Eu fiquei sabendo que a votação para o cargo de CEO da minha empresa vai acontecer mais cedo do que eu esperava.

As palavras dele despertaram uma lembrança nebulosa de uma matéria do *Wall Street Journal* que eu tinha lido algumas semanas antes. Normalmente, eu pulava direto para a seção de estilo, mas a foto de Kai estava no meio da página inicial do site. Não resisti a dar uma espiada, da qual me arrependi em seguida. A matéria era totalmente entediante.

– Mais cedo quanto? – perguntei.

– Anos. Eu não esperava assumir o cargo antes dos quarenta.

Kai tinha apenas 32.

– Bem, mas isso é bom, não? – argumentei. – É tipo uma promoção antecipada.

Desde que ele ganhasse a votação, o que provavelmente aconteceria. Eu tinha a impressão de que Kai Young nunca perdia nada.

Um canto de sua boca se ergueu.

– Essa é uma maneira de enxergar a situação, mas, se você conhecesse a minha mãe, saberia que ela jamais abriria mão do controle da empresa tão cedo. Ela diz que está tudo bem, mas...

Os olhos dele se nublaram e parei de respirar quando me dei conta do resto da frase.

– Você está preocupado que ela esteja doente.

Ele ficou em silêncio e em seguida assentiu levemente.

– Se estiver, ela não vai me contar. Só quando não conseguir mais esconder. Ela odeia que sintam pena dela, mais do que qualquer outra coisa nesse mundo.

Uma dor profunda e inquietante se espalhou no meu peito quando notei tensão na voz dele.

Não havia nada mais angustiante do que perder um dos pais. Eu nunca sabia dizer o que era pior: a longa espera pelo inevitável, como acontecia com doenças e enfermidades terminais, ou a ruptura repentina de uma família, como acontecia em casos de acidentes e golpes cruéis do destino.

Às vezes, eu desejava que meu pai tivesse ficado doente. Pelo menos assim teríamos nos preparado, em vez de tê-lo perdido sem aviso prévio.

Em um minuto, ele estava lá, me encarando com carinho enquanto eu implorava para que me levasse à Disney no meu aniversário. No seguinte, ele havia partido. Suas esperanças, seus medos, seus sonhos e memórias, tudo reduzido a uma concha oca, um corpo deitado entre pilhas retorcidas de borracha e metal.

Talvez fosse egoísmo da minha parte. Eu não ia querer que ele sofresse, mas, por outro lado, nunca tive a chance de dizer adeus…

Engoli o nó de emoção na garganta e forcei um sorriso. Poderia mergulhar no passado mais tarde, quando não houvesse ninguém com preocupações mais urgentes sentado na minha frente.

– Pode haver dezenas de outros motivos para ela deixar o cargo mais cedo – comentei, em uma tentativa de confortá-lo. – Por exemplo, ela pode estar sendo chantageada. Ou talvez tenha conhecido um jovem bonitão durante as férias e queira passar o resto da vida se divertindo com ele nas Bahamas, em vez de ficar avaliando relatórios de vendas entediantes. – Fiz uma pausa, franzindo a testa. – Seus pais são divorciados, certo? – Eu me lembrava de ter lido algo do tipo na internet. – Se não, esqueça o que acabei de dizer e foque na possibilidade da chantagem.

– Eles são separados, mas bem próximos. – Um lampejo de diversão surgiu em meio à nuvem que pairava nos olhos de Kai. – É estranho que eu esteja torcendo pela chantagem, não acha?

– Não. É a opção com a solução mais fácil, e imagino que você não queira pensar na vida sexual da sua mãe.

Kai ficou pálido.

– Pois é. Bem, se for mesmo chantagem, me conte depois que estiver tudo resolvido. Preciso de algumas boas ideias para o meu livro.

Os olhos escuros e perspicazes dele se aguçaram.

– Que livro?

Merda. Eu não planejara deixar aquilo escapar, mas era muito tarde para voltar atrás.

– Estou escrevendo um thriller erótico.

Coloquei uma mecha de cabelo atrás da orelha um pouco constrangida. Não gostava de falar sobre aquele assunto com ninguém, exceto Sloane e Vivian. Elas não me julgavam, mas algumas pessoas eram arrogantes demais quando se tratava de literatura comercial. Ou então me faziam um milhão de perguntas sobre meu agente, editora e data de lançamento, e eu não tinha nada disso.

– Estou trabalhando nele há algum tempo, mas estou empacada.

Eu havia feito algum progresso desde a ligação de Gabriel. Mais do que nos dois meses anteriores, mas não era o suficiente. Não se eu quisesse terminar antes do aniversário da minha mãe.

Os olhos de Kai se fixaram nos meus. Para minha surpresa, vi apenas curiosidade e um toque de solidariedade. Zero julgamento.

– Empacada em quê?

– Em tudo. – Eu não sabia por que estava contando aquilo, mas nossa interação parecia diferente naquele dia. Mais fácil, mais confortável. – No enredo, nos personagens... – *No que eu quero fazer da minha vida.* – Às vezes parece que esqueci como faço para juntar algumas palavras, mas vou me virar.

Talvez, se eu repetisse isso o suficiente, se tornasse realidade.

– Tenho certeza de que vai. – Um leve sorriso se formou nos lábios de Kai. – Você escolheu bem. De todos os gêneros, o thriller erótico é o que combina mais com você.

Estreitei os olhos.

– Isso foi um insulto ou um elogio?

– Entenda como quiser – respondeu ele em seu tom irritantemente enigmático. – Por que você escolheu escrever? Admito que imaginava você em uma profissão mais... social.

Foi só um detalhe idiota, mas o fato de ele ter me considerado uma escritora, mesmo eu não tendo publicado nada, me fez sentir uma leve palpitação.

Só por isso deixei passar o comentário ambíguo de antes.

– Eu não lia muito quando era criança, mas estava passando por um momento difícil, há alguns anos, e precisava de algo que me distraísse.

Estresse no trabalho, as consequências do fim do meu último relacionamento, ver todos os meus amigos do colégio ficando noivos e perceber que meu pai nunca me levaria ao altar... Foi uma época difícil.

– Uma colega de trabalho me emprestou o thriller favorito dela, e o resto é história – concluí.

Algumas pessoas mergulhavam em livros românticos, outras em fantasias, mas eu achava thrillers estranhamente reconfortantes. Claro, eu estava sem rumo e sobrevivendo com um salário mínimo em uma das cidades mais caras do mundo, mas pelo menos não estava presa em uma cabana com um marido psicopata ou fugindo de um serial killer obcecado por mim.

Era tudo uma questão de perspectiva.

– Agora tudo o que preciso fazer é terminar o meu próprio thriller – completei. – Daí posso pedir demissão e chutar o saco do Victor Black sem me preocupar em perder meu emprego.

O sorriso de Kai aumentou mais um centímetro, mas seus olhos permaneceram sérios por trás dos óculos.

– Você vai terminar – disse ele, com tanta certeza que meu coração parou por uma fração de segundo.

– Como você sabe? – perguntei, com raiva do tom de dúvida em minha voz.

Eu sempre fui sociável, a pessoa que torcia pelos amigos e os incentivava a sair de sua zona de conforto. Mas passava algumas noites em claro, quando a máscara caía e a confiança ia embora, tentando entender quem eu era afinal e o que estava fazendo. Será que havia escolhido o caminho errado? Será que existia um caminho certo para mim ou eu estava destinada a vagar pela vida como um fantasma? Sem sentido, sem propósito, apenas dia após dia de rotina e trabalho pesado. Uma vida desperdiçada em decisões erradas e emoções de curto prazo.

A familiar sensação de ansiedade apertou meu peito.

– Eu sei – respondeu Kai, sua voz calma me tirando daquela crise existencial que havia chegado em um péssimo momento. – Porque você é forte demais para não dar um jeito. Você pode pensar que não, mas é. Além disso… – Um brilho de malícia rompeu sua expressão sóbria. – Você conta ótimas histórias quando não envolvem preservativos.

Kai riu quando atirei um guardanapo de papel nele.

O calor queimava minhas bochechas, mas não era nada comparado ao calor que inundava minhas veias.

Eu estava enxergando um lado diferente de Kai e gostava dele. Até demais.

Mais do que deveria.

CAPÍTULO 11

LEVEI CLARISSA AO BAILE DE GALA ANUAL de outono do Valhalla Club em nosso primeiro encontro. Foi uma jogada arriscada, considerando o tamanho do evento, mas eu não tinha mais como adiar. Todos os dias minha mãe me enchia de mensagens, e eu precisava tirar da cabeça certa morena com tendência a comportamentos inapropriados e um sorriso que tinha tomado meus pensamentos.

Até então, não estava funcionando.

– Esta unidade é tão diferente da de Londres...

Clarissa passou os olhos pelo salão dourado. O tema do baile do ano anterior focara na cena cultural de Nova York nos anos 1920, os *Roaring Twenties*; naquele ano, o evento homenageava a Roma antiga, ornamentado com imponentes colunas de mármore, um Coliseu em miniatura e muito vinho.

– Os nossos eventos são menos... ostensivos – disse ela.

– Nova York é o carro-chefe do Valhalla. Eles gostam de se exibir.

Olhei para o outro lado do salão. Uma multidão já havia se formado ao redor do bar, impedindo que eu visse quem estava de serviço naquela noite.

Até então havia conseguido resistir ao ímpeto de verificar se Isabella estava trabalhando no baile, mas naquele momento desejei ter cedido à tentação mais cedo.

Clarissa era muito agradável. Diferente do que aconteceu no nosso estranho encontro no Monarch, naquela noite a conversa havia fluido com tranquilidade de nossos lugares secretos favoritos em Londres até as notícias mundiais mais recentes, desde o momento em que eu a buscara em casa, meia hora antes. Ela também estava deslumbrante com um vestido rosa de estilo romano e diamantes; inúmeros convidados haviam lançado olhares de admiração para ela quando entramos.

Infelizmente, não importava o quanto eu tentasse me concentrar em Clarissa, minha atenção permanecia dividida entre a mulher ao meu lado e a mulher que passara a residir em meus pensamentos.

Minha mandíbula se contraiu com a lembrança das mãos desprezíveis de Victor tocando Isabella. Eu não gostava de violência fora do ringue, mas vê-lo agarrando o pulso dela despertou uma raiva sombria e abrasadora que me fez querer arrancar o braço dele e enfiá-lo em um picador de madeira.

Felizmente, ele havia voltado para Washington e não estava presente naquela noite, ou eu seria expulso do Valhalla por assassinar um membro do clube.

Passei a mão pela boca e me forcei a pensar em algo diferente. Não era hora nem lugar para fantasias violentas.

Ao longo da hora seguinte, Clarissa e eu circulamos pelo salão enquanto eu a apresentava aos outros membros. Alguns ela já conhecia. O *jet set* internacional era pequeno e todos os anos eles se encontravam nos mesmos eventos sociais: Cannes, o Legacy Ball, o Met Gala, a New York e a Paris Fashion Week. A lista era longa.

Dante e Vivian estavam lá, assim como os Laurents, os Singhs e Dominic e sua esposa, Alessandra. Até o sérvio apareceu, mas foi embora depois de apenas alguns minutos. Fiquei surpreso por ele ter comparecido; o magnata sisudo e calado raramente aparecia em público. Ele havia entrado para o Valhalla no ano anterior e desde então eu não ouvira uma palavra sair de sua boca.

Fiz um grande esforço para evitar o bar, mas quando Clarissa pediu licença para usar o banheiro, não pude resistir a uma rápida olhada. A multidão havia se dissipado e eu me vi examinando todo o salão em busca de um específico borrão roxo.

Cabelos loiros, ruivos, grisalhos... violeta.

Fiquei sem ar. Isabella estava em uma ponta do balcão, conversando com Vivian. Rabo de cavalo alto, olhos brilhantes, sorriso aberto. De alguma maneira, ela fazia com que seu uniforme preto e simples parecesse mais bonito do que qualquer um dos vestidos caros de grife em exibição naquela noite.

Meus pés me levaram ao outro lado do salão antes que meu cérebro fosse capaz de protestar.

Em uma rara mudança de rotina, Isabella notou minha presença antes que eu pudesse ouvi-la fazendo qualquer comentário inapropriado – sobre camisinhas com purpurina, talvez, ou sobre uma reconstituição moderna de antigas orgias romanas –, e sua voz sumiu quando me aproximei.

Senti uma estranha pontada de decepção.

– Oi, Kai. – Vivian sorriu, deslumbrante em um vestido azul-marinho que ia até o chão e usando diamantes condizentes com a posição de herdeira da Lau Jewels. – Você chegou na hora certa. Eu estava indo encontrar o Dante. Sabe como ele é. Não posso deixá-lo sozinho por muito tempo. – Ela escorregou de seu assento. – Divirta-se. Isa, vejo você na casa da Sloane na quinta-feira.

Ela desapareceu em meio à multidão antes que Isabella ou eu pudéssemos dizer qualquer coisa.

Um silêncio constrangedor acompanhou seu rastro. Alisei a gravata, em busca de algo para fazer com as mãos. Embora meu smoking fosse feito sob medida, de repente pareceu muito apertado, como se mal pudesse conter as batidas aceleradas do meu coração.

Eu já havia jantado com presidentes, fechado negócios com CEOs e passado férias com membros da realeza, mas nenhum deles me tirava a compostura como Isabella era capaz de fazer.

– Então, cadê a sua acompanhante? – perguntou ela, sem olhar para mim enquanto preparava um drinque.

De quem... Ah, sim. Clarissa.

– Ela está no banheiro – respondi, me recuperando rápido do lapso. – Achei que seria um bom momento para vir saber de você. Me certificar de que não está distribuindo ilegalmente certas... lembrancinhas nas dependências do clube.

– Ha-ha. – Isabella revirou os olhos, mas um sorriso curvou sua boca. – O que foi que eu te falei naquela noite? Eu *sabia* que você e a Corissa iam acabar namorando.

– O nome dela é Clarissa, e estamos em um encontro, não namorando. É diferente.

– Você sabe como é. Tudo começa com um encontro... – O tom dela era casual, mas detectei uma leve tensão.

– Está com ciúme? – provoquei, mais contente com a ideia do que deveria.

Uma satisfação sombria e divertida tomou conta de mim quando ela fechou a cara.

– Imagina. Vocês são perfeitos um para o outro. Os dois são tão... respeitáveis.

– Você diz isso como se fosse um insulto. De onde eu venho, ser respeitável é uma virtude, não um defeito.

– Você quer dizer segundo os parâmetros de Rupert Giles? – disse Isabella, torcendo o nariz. – Aham, imagino.

Não pude conter um sorriso.

– Uma referência a *Buffy*. Por que isso não me surpreende?

Ela me lembrava muito a personagem que dava nome à série dos anos 1990. Muitas vezes subestimada por conta de sua aparência e estatura, mas extremamente inteligente, com uma força descomunal sob o exterior delicado.

– Porque você sabe que eu tenho bom gosto – respondeu ela em um tom afetado. Isabella me entregou a bebida que estivera preparando. Morangos. Rosa. – Para manter a tradição.

A ideia de compartilhar uma tradição com Isabella, mesmo que fosse algo tão bobo quanto um coquetel, me agradou ainda mais do que seu possível ciúme, mas me mantive neutro enquanto tomava um gole. Tinha o equilíbrio perfeito entre doce e ácido.

– Então quer dizer que agora temos uma tradição. Estou lisonjeado – provoquei.

– Não fique. Tenho tradições com todo mundo, incluindo meu vizinho tarado e o barista da minha cafeteria preferida. – As covinhas de Isabella surgiram quando eu arqueei as sobrancelhas de forma interrogativa. – Sempre que meu vizinho atrapalha meu sono com suas *atividades*, eu coloco Nickelback nas alturas e canto de um jeito bem desafinado até acabar com o clima deles. Geralmente leva cerca de dez minutos. Gosto de pensar que estou fazendo um favor às mulheres, porque os gemidos *não parecem* sinceros. Não há nada pior do que fazer uma verdadeira performance vocal e nem sequer ser paga com orgasmos.

Uma risada escapou da minha garganta enquanto meu sangue esquentava ao som da palavra *orgasmos* saindo de sua boca.

– E o barista?

– A namorada dele é filipina. Ele quer aprender o idioma por causa dela, então eu ensino uma frase nova para ele toda manhã quando chego para o café. Ele está indo muito bem.

Meu sorriso se suavizou com a imagem mental de Isabella ensinando frases aleatórias em filipino para alguém no caixa. Parecia exatamente algo que ela faria. Por trás de toda a ousadia e o sarcasmo, ela tinha um coração enorme.

– Nesse caso, fico honrado por fazer parte de uma lista tão ilustre. – Fiz uma pausa. – Tirando o vizinho tarado.

– Sorte a sua.

O sorriso de Isabella acelerou meu coração. Tentei impedir, mas o controle me escapou pelos dedos como nuvens de fumaça.

Isso sempre acontecia quando estava perto dela.

– Mil desculpas.

O choque de ouvir a voz de Clarissa reativou as minhas defesas. Eu me endireitei, observando as bochechas coradas e a expressão pesarosa da minha acompanhante.

– Sei que é muita falta de educação da minha parte, mas vou ter que ir embora mais cedo – disse ela. – Houve uma emergência na galeria. Um dos nossos artistas desistiu de participar da próxima exposição.

Um vergonhoso suspiro de alívio tomou meus pulmões.

– Não precisa explicar, o trabalho vem primeiro.

Clarissa olhou de relance para Isabella. Seus olhos brilharam ao reconhecê-la, mas ela não disse nada. Em vez disso, abriu um sorriso hesitante.

– Podemos remarcar esse encontro?

– Claro – respondi após uma breve hesitação.

– A velha desculpa do trabalho – disse Isabella depois que Clarissa desapareceu em meio à multidão. – Você deve ser uma péssima companhia.

Ignorei a provocação. A verdade era que eu também estava tentado a ir embora mais cedo. Já tinha conversado com todo mundo que queria ver e, depois de anos participando de bailes semelhantes, não me impressionava com a pompa. Preferia ir para casa e mergulhar em um livro, a não ser por…

Estou trabalhando nele há algum tempo, mas estou empacada.
Agora tudo o que preciso fazer é terminar o meu próprio thriller...
Como você sabe?

Meu maxilar se contraiu enquanto eu repassava a conversa de duas semanas atrás. As aspirações profissionais dela não eram da minha conta, mas Isabella parecera tão perdida naquele momento, e tão triste...

– Que horas termina o seu turno? – A pergunta me escapou sem controle.

– Daqui a uma hora, mais ou menos. – Isabella franziu a testa em uma expressão questionadora. – Por quê?

Não faça isso, alertou a voz da razão. É uma péssima ideia. *Você não deveria contar a ela sobre...*

– Me encontre na escadaria principal depois que sair. Eu tenho uma coisa para te mostrar.

Isabella

EU TINHA UM HISTÓRICO de tomar decisões erradas no que dizia respeito a homens, então aparecer na escada depois do meu turno não foi nenhuma surpresa. Se fôssemos pegos, eu estaria em apuros. Kai, não, obviamente, já que seu status o protegia de quaisquer consequências. Mas eu, uma mera funcionária? Seria expulsa do Valhalla em menos tempo do que levaria para dizer *dois pesos, duas medidas*.

Mesmo assim, a curiosidade era uma fera voraz e me manteve sob suas garras enquanto subíamos as escadas e descíamos o corredor do segundo andar.

– Você por acaso está me atraindo para um local secreto onde vai poder me cortar em pedaços, é isso? Porque não era assim que eu queria passar a noite de sábado. Tenho uma forte aversão a dores físicas.

Kai me lançou um olhar incrédulo.

– Você anda pesquisando demais sobre thrillers.

– Não, apenas ouvindo muitos podcasts de *true crime*. – O que devia dar no mesmo. – Ser cautelosa nunca é demais.

– Eu prometo que não vamos para nenhum local obscuro. Só faço isso nas noites de terça-feira.

– Ha-ha. Muito engraçado – resmunguei, mas fiquei em silêncio quando paramos diante de uma porta familiar. – A biblioteca. – Senti uma onda de decepção. – É isso?

Claro que eu gostava da biblioteca, mas estava esperando descobrir um labirinto de passagens secretas ou um salão oculto e luxuoso, então foi um pouco decepcionante.

Um pequeno sorriso surgiu nos lábios de Kai.

– Confie em mim.

A biblioteca do Valhalla tinha dois andares, culminando em um elaborado teto de catedral incrustado com os brasões das famílias fundadoras. Escadas móveis e escadarias em caracol ornamentadas ligavam o andar principal ao nível superior, repleto de livros encadernados em couro e artefatos de valor inestimável.

Segui Kai por uma das escadarias até a seção de mitologia, onde ele passou os dedos por uma estante de livros tão antigos que seus títulos estavam praticamente ilegíveis. Ele parou diante de um exemplar surrado de *A Ilíada*, girou uma estatueta dourada de leão que havia sobre uma mesa próxima com a outra mão e puxou o livro antes de guardá-lo novamente na estante.

– O que você está...

O suave rangido da estante se abrindo engoliu o resto das minhas palavras. Meu queixo caiu.

Meu Deus do céu.

Um carpete roxo macio abafou meus passos quando entrei, sentindo-me jogada em um filme sobre um bilionário rico e excêntrico que gostava de confundir seus herdeiros com enigmas e passagens secretas.

Então a surpresa *era* uma sala escondida. E não qualquer sala escondida, mas a sala escondida dos meus sonhos.

Uma linda escrivaninha e uma cadeira ocupavam a parede direita, complementadas por uma máquina de escrever vintage e uma luminária de vidro da Tiffany que preenchia a sala com um suave brilho âmbar. Na parede oposta, um antigo baú de couro servia de apoio para pilhas de revistas velhas e objetos dos mais variados. Um sofá de aparência aconchegante ocupava o meio da sala, com uma pilha alta de almofadas e uma manta de caxemira vermelha.

Deixei escapar um suspiro sonhador. Geralmente preferia o barulho e o caos à paz e ao silêncio, mas poderia me enrolar naquele cobertor e ficar ali para sempre.

– Meu bisavô construiu esta sala quando o Valhalla foi fundado – contou Kai, fechando a porta atrás de nós. – Ele era o mais introvertido dos fundadores e queria um lugar onde pudesse ficar sozinho e ninguém conseguisse encontrá-lo. Só o comitê administrativo sabe que ela existe e só minha família sabe como abri-la.

– E eu – falei suavemente, virando-me para encará-lo.

Kai fez uma pausa.

– E você.

As palavras assentaram sob a minha pele, dificultando minha respiração.

– Você não tem medo de que eu conte a alguém?

Ele se encostou na parede, a imagem da elegância casual, seus olhos fixos nos meus o tempo inteiro.

– Você vai contar?

Eu o encarei por um segundo antes de balançar a cabeça lentamente em negativa. Meus nervos zumbiam como fios elétricos sob chuva, espalhando faíscas pelo meu corpo.

Duas pessoas. Uma sala secreta.

Nossa presença ali parecia dolorosamente íntima, como o último encontro de um casal amaldiçoado ou um vislumbre proibido do diário de alguém.

Um sorriso surgiu na boca de Kai.

– A sala não é um tesouro secreto. Não há nada de valor inestimável nem depósitos de ouro aqui. Mas se você estiver precisando de um lugar tranquilo para escrever...

As faíscas se fundiram em um calor dourado e intenso.

Eu não funcionava muito bem no silêncio. Minhas dúvidas e meus questionamentos se multiplicavam na ausência de companhia, ganhando garras e presas que despedaçavam minha criatividade.

Mas o gesto de Kai foi tão atencioso que não tive coragem de contar isso a ele, então simplesmente sorri apesar da dor que crescia em meu peito.

– Obrigada. Isto é... – Minha voz vacilou, sem saber como expressar as emoções que me dominavam.

Não conseguia me lembrar da última vez que alguém tinha sido tão amável comigo sem esperar nada em troca. Não no que dizia respeito à escrita, que até meus amigos às vezes tratavam mais como um hobby do que qualquer outra coisa.

– Isso é incrível.

O calor da atenção dele pousou em minhas costas enquanto eu caminhava pela sala, observando os detalhes, a decoração e os diferentes títulos nas prateleiras. Para minha surpresa, não havia apenas clássicos. Havia também livros infantis, textos acadêmicos, romances e calhamaços de literatura fantástica. Dostoiévski e Austen repousavam ao lado de clássicos chineses como *Jornada ao Oeste* e *O sonho da câmara vermelha*; Neil Gaiman e George R. R. Martin ocupavam a prateleira abaixo de Judy Blume e Beverly Cleary. A coleção eclética abrangia uma impressionante variedade de culturas, gêneros e épocas.

– Não tem nenhum erótico com dinossauros – disse Kai com uma cara totalmente séria. – Vou ter que corrigir esse descuido em breve. Se você tiver alguma recomendação, sinta-se à vontade para me mandar.

Estreitei os olhos para ele.

– Você gosta de fazer piada comigo, não é? – acusei, segurando uma risada.

Outro sorriso leve, seguido por um brilho malicioso que fez meu coração disparar.

– Eu tenho cara de quem gosta desse tipo de coisa?

Kai se afastou da parede e caminhou em minha direção, seus passos leves mas firmes, como uma pantera refletindo sem pressa sobre qual será seu próximo movimento.

O espaço entre nós desabou, assim como qualquer lampejo de leveza, quando ele parou na minha frente. O calor de seu corpo era uma coisa viva e pulsante, nublando minha mente e roubando meu foco até que meu mundo consistisse em nada, exceto olhos escuros, lã macia e o aroma cítrico e amadeirado, limpo e caro.

Minha pele sensível se arrepiou.

– Tem razão. Nem dá para juntar você e *piada* na mesma frase – consegui dizer. Minha cabeça girava como se eu tivesse tomado drinques a noite toda em vez de servi-los. – Não posso te recomendar nenhum dos livros que li. São pesados demais. Você pode ter uma parada cardíaca.

Kai me olhou com uma diversão lânguida e perigosa que senti até os dedos dos pés.

– Você me acha chato, Isabella?

A pergunta saiu em um tom suave. Sombrio. *Sugestivo*, como se ele refletisse sobre todas as maneiras de provar que eu estava errada. Causou um rastro delicioso de eletricidade que desceu pelas minhas costas.

O ar ficou mais pesado. O tique-taque do relógio batia no ritmo do meu coração, me arrastando para mais perto do precipício, de onde não haveria volta.

Balancei a cabeça, tentando formular uma resposta coerente.

– É você que está dizendo.

Minha voz não parecia minha. Estava aguda demais, ofegante demais, a proximidade de Kai havia roubado o oxigênio da sala. Eu não conseguia respirar rápido ou profundamente o bastante para manter a cabeça lúcida.

– Entendo – murmurou ele. – Suponho que não tenha como fazer você mudar de ideia.

A pronúncia nítida e as sílabas bem marcadas de seu sotaque tinham desaparecido. Em seu lugar havia veludo e fumaça, sussurrando promessas silenciosas contra a minha pele e me obrigando a erguer o rosto. Apenas um milímetro, apenas o suficiente para encará-lo e ver o calor brilhando sob seu olhar profundo e sombrio.

Um peso se acumulou em meu ventre, espesso e fervente.

Eu não deveria estar ali. Não com ele, não daquele jeito. Mas eu estava embriagada, e ele era lindo, e o mundo tinha se transformado em um sonho adorável e nebuloso do qual eu não queria acordar.

Seria tão ruim assim me permitir uma indulgência como aquela, uma *única* vez, depois de anos de abstinência? Ver se aquela boca perfeita e séria se suavizaria e se transformaria em algo mais sensual quando pressionada contra a minha?

Meus lábios se entreabriram. Kai baixou os olhos e o tempo diminuiu de ritmo, como sempre acontecia quando estávamos sozinhos.

Não resisti a fechar as pálpebras. Meu corpo contraiu-se diante da expectativa pelo momento em que eu descobriria se aquela sofisticação glacial se derreteria com um beijo.

Mas esse momento nunca chegou.

Ouvi um xingamento baixo. Em seguida, o delicioso calor que me envolvia desapareceu, sendo substituído por uma súbita brisa. O frio banhou meus braços e meu peito.

Quando abri os olhos, a estante já havia se fechado atrás dele.

Kai tinha ido embora.

CAPÍTULO 12

— EXISTE UM MOTIVO para estarmos fazendo isso aqui e não no clube? – perguntou Dominic, lançando um olhar de desdém para a sala de simulação.

Era extremamente moderna e luxuosa, com tecnologias de última geração, uma caixa de vidro com apetrechos de golfe autografados e um bar completo, mas ele não parecia nem um pouco impressionado.

— O Valhalla é mais agradável. Este lugar é razoável, na melhor das hipóteses.

— Não seja esnobe. – Destampei uma garrafa de uísque single-malt. – Às vezes é preciso mudar de ares.

Dominic, Dante e eu estávamos reunidos no novo complexo de entretenimento em Hudson Yards para nosso almoço semirregular e troca de informações. Eu fornecia as notícias e as fofocas, Dominic, insights sobre o mercado, e Dante, os esquemas envolvendo grandes empresas. Era um relacionamento mutuamente benéfico, embora ainda não tivéssemos encontrado um local que atendesse aos padrões de Dominic.

O menino adotado, quieto e desconfiado havia mudado muito desde seus dias nos conjuntos habitacionais de Ohio. Eu nunca havia conhecido ninguém com um gosto mais caro do que o de Dominic, e eu crescera com pessoas que não hesitavam em gastar dezenas de milhões de dólares em obras de arte realmente questionáveis.

— E às vezes as pessoas usam mudança de ares como desculpa para evitar determinado local – disse Dante de sua cadeira próxima à parede. – Faz três semanas que você só põe os pés no clube para lutar boxe.

Servi a bebida em um copo e evitei os olhos de águia dele.

– Tenho outras coisas mais importantes a fazer do que ficar perambulando pelo clube. O fim do ano é uma época movimentada.

– Hummm. – O tom estava carregado de ceticismo.

Ignorei. Não estava mentindo a respeito de minha carga de trabalho. Estávamos a uma semana do Dia de Ação de Graças, logo eu tinha pouco tempo para fechar o acordo com o DigiStream antes que todo mundo entrasse de recesso. A minha equipe havia reforçado a importância de concluir o negócio antes do final do ano por diversas razões financeiras. Não seria um desastre absoluto se as negociações se prolongassem até janeiro, mas "não ser um desastre" não era suficiente quando se tratava de negócios. Eu queria que o acordo fosse fechado antes da votação para o cargo de CEO.

Claro, Dante não estava errado. Eu vinha evitando o Valhalla desde o baile de outono. Desde a noite em que levei Isabella até o meu esconderijo – meu lugar favorito no clube, que nunca tinha mostrado a ninguém – e quase a beijei.

Virei meu drinque de uma só vez. O uísque queimou minha garganta, mas não conseguiu apagar a memória daqueles grandes olhos castanhos e daquela exuberante boca vermelha.

Se eu tivesse inclinado só um pouco a cabeça, teria provado seu gosto. Descoberto se seus lábios eram tão macios quanto pareciam e se ela tinha um sabor tão doce quanto eu imaginava.

Um calor percorreu meu corpo. Contraí a mandíbula e o afastei.

Graças a Deus a razão prevaleceu antes de eu ceder aos meus instintos. Teria sido indelicado levar uma mulher para um encontro e na mesma noite beijar outra, ainda que a primeira já tivesse ido embora.

Teria valido a pena, sussurrou uma voz traiçoeira.

Cale a boca, disparou outra voz. *Você nunca sabe o que é bom para você*.

Esfreguei o rosto. Ótimo. Agora eu estava discutindo silenciosamente comigo mesmo. *Maldita Isabella*.

Dominic terminou sua rodada no simulador. Assumi o lugar dele, ansioso por alguma distração. Não era um grande fã de golfe, mas o CEO do DigiStream adorava e eu queria aprimorar minhas habilidades para o nosso jogo pós-Dia de Ação de Graças, em Pine Valley.

Tinha acabado de me preparar para o arremesso quando o telefone de Dominic tocou.

– Kai.

Algo na voz dele me colocou em alerta máximo. Eu me endireitei, uma sensação fria de pavor fazendo meu estômago se contorcer quando vi Dominic e Dante olhando para seus celulares com expressões sombrias.

Havia acontecido alguma coisa com minha mãe? Talvez ela estivesse doente, afinal; tinha desmaiado e sido levada às pressas para o hospital. Ou talvez fosse minha irmã e meu sobrinho recém-nascido, que estavam indo para a Austrália naquele dia. Havia acontecido um acidente de avião, ou um incêndio, ou...

Meu pavor foi se solidificando conforme os piores cenários passavam pela minha cabeça na velocidade da luz.

Peguei meu celular e li as manchetes espalhadas pela tela. Não era nada com a minha família. O alívio afrouxou o primeiro nó em torno do meu coração, mas durou pouco.

Colin Whidby, cofundador do DigiStream, é levado às pressas para o hospital após overdose...

Estrela da tecnologia e CEO do DigiStream, Colin Whidby, em estado crítico...

– Puta merda. – Dante verbalizou meus sentimentos como só ele era capaz. – Que péssima hora.

– Nem me fale.

Eu não costumava xingar com frequência, mas fiquei bem tentado conforme assimilava as implicações daquilo.

Eu sabia que Colin tinha um sério problema com drogas, o que era bem comum em Wall Street. Eu não gostava disso, mas também não policiava a vida pessoal de meus parceiros de negócios. Eles podiam fazer o que quisessem, desde que não prejudicassem outras pessoas ou os resultados financeiros. Além disso, dos dois cofundadores, Colin era o mais aberto ao negócio. O outro, Rohan Mishra, havia resistido, até que Colin o convencera. Agora, eu teria que lidar com Rohan ou adiar a conclusão das negociações para o ano seguinte, provavelmente *após* a votação para CEO.

Droga.

Mesmo sem o cargo de CEO em jogo, o acordo com o DigiStream era essencial. O conselho podia até não acreditar em mim, mas o serviço de streaming de vídeo era o futuro dos noticiários, uma vez que o mundo vinha substituindo os aparatos midiáticos tradicionais por comunicações voltadas aos cidadãos.

E, naquele momento, o acordo que consolidaria meu legado estava em perigo porque um nerd de 24 anos não conseguia manter o nariz longe da cocaína por tempo suficiente para assinar um contrato que teria nos tornado duas lendas.

– Vai – disse Dante, lendo com precisão meu estado de espírito. – Avise se precisar de alguma coisa.

Respondi com um breve aceno de cabeça, meu pânico inicial se reorganizando em uma lista de tarefas. Quando cheguei ao saguão, já havia pedido que minha assistente enviasse flores a Colin, entrado em contato com o escritório de Rohan para marcar uma chamada e convocado minha equipe para uma reunião de emergência no escritório.

As medidas aliviaram a adrenalina e, quando saí no ar fresco do outono, já havia recuperado minha postura prática e fria de sempre.

Colin estava no hospital, mas não estava morto. O DigiStream ainda estava em funcionamento e Rohan havia participado de todas as reuniões. Eu não precisava atualizá-lo dos últimos desdobramentos. Talvez ele precisasse ser um pouco paparicado, mas o acordo era do interesse de ambos. Mesmo alguém tão teimoso quanto ele seria capaz de concordar com isso.

Talvez eu conseguisse fechar o negócio antes das festas de fim de ano, afinal. E, se não conseguisse, ainda assim me tornaria CEO.

Ficaria tudo bem.

Cheguei ao cruzamento principal e estava prestes a chamar um táxi quando uma risada familiar me atingiu bem no peito.

Eu não notei que havia parado. Só sabia que em um minuto estava me movendo e, no seguinte, estava paralisado, observando Isabella caminhar em minha direção. Seu rosto brilhava de animação enquanto ela conversava com um sujeito de aparência vagamente familiar ao lado dela. Seu casaco vermelho-rubi cintilava em meio às massas vestidas de preto na calçada, mas, mesmo sem isso, ela teria sido o ponto mais brilhante do dia.

Ela riu de novo e um incômodo surgiu em meu peito.

Fiquei tenso, aguardando o encontro que não tardaria a acontecer. Ela estava a apenas alguns passos de distância.

Mais perto.

Mais perto.

Mais perto...

Isabella passou, ainda conversando com seu acompanhante.

Sequer notou minha presença.

– Isabella – chamei, com um tom mais incisivo do que pretendia.

Ela olhou para trás, mostrando-se atônita por um segundo, como se tentasse lembrar quem eu era.

Minha irritação aumentou conforme algo parecido com ciúme – mas que não poderia ser ciúme – fluiu por minhas veias.

– Ah! Oi. – Sua expressão vazia deu lugar a um sorriso surpreso. – Kai Young fora do Upper East Side. Nunca pensei que veria uma coisa dessas.

– Milagres acontecem todos os dias.

Analisei o homem ao lado dela com um olhar frio. Tinha uns 20 e tantos ou 30 e poucos anos. Alto, esguio, com cabelos castanhos encaracolados e uma energia peculiar de artista europeu potencializada por seu lenço xadrez e seus dedos manchados de tinta.

Não gostei dele de cara.

– Este é Leo Agnelli – disse Isabella, seguindo meu olhar. – Ele é o autor de um dos meus livros favoritos, *A redoma de veneno*. Você já leu?

Era por *isso* que ele parecia familiar. Leo era o queridinho do mundo literário havia alguns anos. Ainda era bastante conhecido, mas o hiato de dois anos sem publicar nada fizera com que ele ficasse para trás. Corria o boato de que ele estava trabalhando em um livro novo, mas nada confirmado.

– Li.

Isabella estava ocupada demais falando sobre ele para reparar em minha resposta nada entusiasmada.

– Entrei para um grupo de escrita local para ver se isso me ajudava com o meu bloqueio. Hoje foi meu primeiro encontro, então imagine minha surpresa quando o Leo apareceu lá!

– Sou amigo do organizador – explicou Leo. – Vim a Nova York para umas reuniões e passei para dar um oi.

– Timing perfeito. – As covinhas de Isabella fizeram uma aparição. – Parece coisa do destino.

– Que sorte.

Não entendia a empolgação dela com Leo. Ele era bom, mas não *tão* bom assim.

Ao contrário da maioria dos escritores, que se limitavam a um ou dois gêneros, as obras de Leo abrangiam ficção literária, contemporânea e histórica. *A redoma de veneno* era a obra mais introspectiva de seu catálogo, e Isabella odiava ficção literária.

Eles continuaram a falar como se eu não tivesse dito nada.

– Suas reuniões são sobre seu próximo livro? – perguntou ela.

– Algumas, sim – respondeu Leo com um sorriso. – Estou trabalhando em um livro de memórias de viagem sobre os dois anos que passei no exterior.

Então os rumores sobre um novo projeto eram verdadeiros. Normalmente, eu teria mandado uma mensagem para avisar ao meu editor da seção de livros e cultura, mas estava distraído demais com a expressão radiante de Isabella diante da confirmação.

– Oba! Eu li a coluna que você escreveu para a *World Geographic*. Não acredito que você mergulhou na Silfra – comentou ela. – É um dos itens principais da minha lista de desejos.

Minha mandíbula se contraiu conforme ela tagarelava sobre as aventuras dele. Pessoalmente, não achava que fossem grande coisa. E daí se Leo mergulhava entre placas tectônicas? Ele não *descobriu* a Silfra, pelo amor de Deus.

Isabella afastou uma mecha de cabelo do olho. Sua tatuagem apareceu sob a manga do casaco e tentei não pensar em traçar suas linhas e voltas com a língua.

Eu tinha uma reunião importante, mas não podia deixá-la sozinha com Leo. O timing dele era muito suspeito. Simplesmente *calhou* de ele estar em Nova York para algumas reuniões? Suspeito. E se ele fosse um stalker ou, pior, um serial killer?

Meu celular apitou com uma nova mensagem de minha assistente informando que a equipe de gestão de crises de Whidby já tinha chegado. Com relutância, desviei a atenção de Isabella e digitei uma resposta rápida.

Eu: Chegarei alguns minutos atrasado, mas peça a eles que elaborem um plano inicial de crise. Financeiro, jurídico, tudo. Quero uma lista quando chegar.

Alison: Pode deixar.

Isabella ainda estava falando empolgada das viagens de Leo quando ergui os olhos novamente.

Escalada no monte Kilimanjaro. Bungee jumping nas cataratas de Vitória. Viagem de veleiro pela passagem de Drake até a Antártica.

Ele era um escritor ou o maldito Indiana Jones?

A inconfundível sensação de ciúme corroía meu estômago. Ela nunca havia sorrido para mim do jeito que sorria para ele, e não pude deixar de me perguntar se Isabella o deixaria beijá-la como eu quase fiz.

Eu não devia ter largado ela na biblioteca. Meu senso de autopreservação e moral entrara em ação no último segundo, mas, pela primeira vez na vida, desejei que isso não tivesse acontecido.

Por fim, não aguentei mais. Minha boca se abriu antes que meu cérebro pudesse impedir.

– Vai haver um grande evento neste sábado. É a inauguração VIP de um novo piano bar no Meatpacking District – falei quando Isabella fez uma pausa para respirar. – Tenho um ingresso extra, se você quiser ir.

Não era uma escalada no monte Everest, mas era um evento exclusivo. Leo não era o único que sabia se divertir.

– Ah.

Ela hesitou, claramente pega de surpresa, dada a forma como nossa última interação terminara. Já haviam se passado três semanas desde que eu a deixara na biblioteca sem sequer me despedir. Não fora meu melhor comportamento, mas Isabella tinha um jeito de extrair o melhor e o pior de mim.

– Hã, obrigada pelo convite, mas eu preciso trabalhar...

– Hina Tanaka fará o show de abertura – falei, na esperança de que Isabella a conhecesse. Hina era uma das melhores pianistas do mundo e fazia anos que ela não se apresentava nos Estados Unidos.

– Ah. – Desta vez, o rosto de Isabella se iluminou de empolgação. – Bem, acho que consigo alguém para me cobrir.

– Desculpe, mas só tenho dois ingressos – expliquei a Leo, com um sorriso forçado e educado. – Caso contrário, também o convidaria.

– Imagina – respondeu ele com tranquilidade. – Não gosto muito de piano mesmo. – Ele consultou o relógio. – Tenho uma reunião com meu agente em meia hora, então tenho que correr, mas foi um prazer conhecer você. Isabella, vou te enviar um exemplar autografado de *A redoma de veneno* quando chegar em casa.

– Ele se acha um pouco, não? – comentei depois que Leo foi embora. – Fica se gabando sobre as viagens.

Isabella me lançou um olhar estranho.

– O *Leo*? Ele é uma das pessoas mais pé no chão que já conheci.

– Sim, bem, vocês se conheceram hoje. Como sabe se sua avaliação do caráter dele é precisa?

Ela cruzou os braços sobre o peito.

– Você está se sentindo bem? Porque está se comportando de um jeito muito esquisito.

Ela não estava errada. Eu estava agindo de forma grosseira e mal-educada, mas não conseguia me conter. Vê-la rir e conversar tão facilmente com Leo despertara meus piores impulsos de homem das cavernas.

– Estou bem. Eu... – Retomei a compostura, respirei fundo e me acalmei. – Estou atrasado para uma reunião. Mas me mande o seu endereço e eu vou buscá-la às sete no sábado.

– Não precisa. Posso te encontrar no clube. – Isabella fez uma pausa. – Você não vai me largar lá sem se despedir, vai?

Um rubor tomou minhas bochechas à menção indireta ao que havia acontecido na sala secreta.

– Não.

– E isso não é um encontro?

– Claro que não.

Era apenas uma saída amigável de dois conhecidos em horário e local predeterminados.

Despedi-me brevemente e liguei para Alison no caminho de volta para o escritório.

– Chego em vinte minutos. Enquanto isso, por favor, remarque meu jantar com Russell no sábado. Diga a ele que surgiu uma emergência pessoal.

Eu tinha marcado de passear com o COO da nossa empresa, que estaria de visita à cidade naquele fim de semana, mas os planos haviam mudado.

– Claro. Está tudo bem?

– Sim, tudo bem, mas mudei de ideia em relação à inauguração do piano bar. Pode confirmar a minha presença e de um acompanhante. Obrigado.

Desliguei. Eu deveria estar pensando em estratégias para administrar a crise do DigiStream, mas, enquanto o táxi acelerava em direção ao centro de Manhattan, não conseguia fazer minha cabeça parar de pensar no fim de semana – nem meu coração de martelar com a expectativa daquele encontro completamente inocente, cem por cento platônico.

CAPÍTULO 13

Isabella

O PIANO BAR FICAVA em um porão escondido de estilo *speakeasy* no Meatpacking District, acomodado entre uma cafeteria e uma boutique da moda que vendia jeans rasgados por oitocentos dólares.

Dois seguranças enormes conferiam os convites. Atrás deles, um lance de escadas estreitas levava a um salão luxuoso que parecia saído da Chicago dos anos 1920, com paredes de tijolinhos, lustres de cristal e cabines com bancos de veludo vermelho acomodando convidados abastados e elegantes em trajes de noite de grife. Uma imponente parede de bebidas alcoólicas de cinco níveis se situava em um lado do salão, enquanto um palco com um piano de cauda ocupava o outro. Era deslumbrante, exclusivo, e uma homenagem a tempos gloriosos. Também era terrivelmente entediante.

Dei um bocejo quando mais um pianista subiu ao palco. A noite começara de maneira promissora com uma performance deslumbrante de Hina, que abrira o show mais cedo para poder pegar o voo de volta ao Japão – aparentemente, ela tinha concordado em se apresentar de última hora, como um favor ao dono do clube –, mas o restante do tempo havia se arrastado de forma torturante.

Eu gostava de piano, mas não queria ficar sentada ouvindo apenas composições clássicas uma atrás da outra. Eu precisava de *ação*.

Esvaziei o copo e olhei para Kai, que assistia ao show com uma expressão atenta. Seu perfil era marcado por traços expressivos e maçãs do rosto bem delineadas, de uma beleza clássica que evocava salões de jazz esfumaçados e o glamour da Velha Xangai.

Terno cinza-escuro feito sob medida, moldado nos ombros largos, camisa branca impecável contra a pele bronzeada, o aroma sutil e caro de perfume.

Calor e uísque se acumularam em meu estômago. Meu corpo se contraiu com um prazer incômodo quando me inclinei para a frente, prendendo a respiração para não inalar aquele aroma delicioso mais do que o necessário. Estava convencida de que ele havia batizado seu perfume com alguma droga.

– Quantas músicas faltam? – sussurrei. Eu morreria se houvesse mais de duas.

– Cinco. – Kai não tirou os olhos do palco.

Cinco? Um desânimo gelado apagou meu calor.

Eu nem deveria estar ali. Tessa havia concordado em me cobrir naquela noite, mas eu odiava pedir favores de última hora às pessoas. Além disso, concordar voluntariamente em sair com Kai Young? Pura insanidade, especialmente depois do nosso quase beijo e de sua partida abrupta.

Passei três semanas sem vê-lo depois daquele episódio e tinha certeza de que ele andara me evitando. Isso não impediu meu coração de bater mais forte no dia em que o vi no centro da cidade nem impediu que um onda de satisfação serpenteasse pelo meu corpo diante de sua óbvia antipatia por Leo.

Talvez eu tivesse imaginado coisas, mas poderia jurar que ele estava com ciúme.

Esse pensamento evocou uma estranha excitação sob a minha pele.

– Você está gostando das apresentações? Além da apresentação da Hina – emendei. – Seja sincero.

Kai finalmente olhou em minha direção. Estávamos separados por toda a largura da mesa, mas mesmo assim o impacto de sua atenção adentrou meu corpo, preenchendo cada centímetro com um calor desconfortável.

Cruzei e descruzei as pernas, estranhamente sem ar. Estava desesperada por uma dose de tequila, mas todos os pensamentos envolvendo álcool desapareceram quando seus olhos desceram para minha coxa nua. A fenda do vestido estava aberta e minha pele queimou sob seu olhar sombrio e inescrutável.

O barulho do resto do bar diminuiu como se alguém tivesse baixado o volume de um rádio. Foi necessária muita força de vontade para não mover a perna, de modo que uma parte ainda maior de minha coxa ficasse exposta ao seu calor... ou para me cobrir, e assim não cair na tentação de fazer algo idiota.

Tipo concordar em ir a um encontro em um piano bar quando você tinha prometido ficar longe dele?, zombou a voz irritante em minha cabeça.

Cala. A. Boca.

Eu tinha o péssimo hábito de descumprir as promessas que fazia a mim mesma. Não era uma ótima qualidade, mas pelo menos eu admitia, embora não gostasse nem um pouco de ser criticada por isso.

A sonata terminou, seguida por uma salva de palmas educadas.

Kai ergueu os olhos para os meus outra vez. Aquele ardor lento voltou, deslizando por meus quadris, minha cintura, meus seios e meu pescoço antes de se estabelecer em minhas bochechas. Eu estava usando uma das peças mais sensuais de minha coleção – um vestido de veludo vinho que havia comprado na boutique Looking Glass –, mas parecia até que estava viajando pelo Saara com uma parca comprida.

Senti o suor em meu peito e na minha testa. Ainda bem que não havia pedido a tal dose de tequila, ou poderia entrar em combustão bem ali, no meio do Concerto para piano e orquestra nº 1 de Tchaikovsky.

Algo cintilou nos olhos de Kai.

– As apresentações são boas – disse ele em resposta à minha pergunta há muito esquecida.

Seu tom neutro não revelou nada, mas, quando ele se voltou para a frente outra vez, percebi que deu uma olhadinha no relógio. O pequeno movimento me tirou do meu estupor.

– Ah, meu Deus – sussurrei, me esquecendo de toda a imprudente luxúria. – Você está entediado.

Normalmente, eu ficaria ofendida, porque, com licença, eu era uma excelente companhia, mas mal havíamos conversado a noite toda. O tédio dele não tinha nada a ver comigo (eu esperava) e tudo a ver com duas horas de música clássica entorpecente.

A boca de Kai formou uma linha reta.

– Não estou, não. Estou me divertindo.

– Mentiroso. – Uma risada escapou da minha garganta, atraindo olhares de condenação da mesa ao lado. Eu os ignorei. – Você acabou de olhar o relógio.

– Olhar o relógio não tem uma relação direta com estar entediado.

– Tem, sim.

Eu havia olhado o relógio pelo menos umas dez vezes desde que a apresentação de Hina terminara. E dava para me julgar? Não havia dança, nem conversa nem pedidos de música. Aquilo ali parecia até uma igreja, pelo amor de Deus.

– Admita. Você não está se divertindo.

– Não vou admitir nada. – Kai fez uma pausa e acrescentou: – Além disso, as apresentações estão quase acabando. Podemos ir para outro lugar depois, se você quiser.

Era o máximo que eu conseguiria arrancar dele. *Homens e seu orgulho*. Eles prefeririam morrer a admitir que estavam errados. Enquanto isso, *eu* morreria se tivesse que passar mais um minuto ouvindo uma música triste sem letra.

– Por que não vamos para outro lugar agora mesmo? – sugeri. – A noite está só começando e você já me mostrou a sua Nova York. Deixa eu te mostrar a minha.

Ele franziu as sobrancelhas.

– Esta não é a minha Nova York, e seria grosseiro sair antes do final.

– Não seria nada. Ficamos tempo suficiente para sermos respeitosos. – Cutuquei o joelho dele com o meu. Seus ombros enrijeceram visivelmente sob as linhas bem marcadas do terno. – Vamos. Deixa de ser tão certinho, Young. Prometo que não vai te matar.

– Não, mas você talvez mate – murmurou ele.

Fiquei em silêncio, deixando meus olhos de cachorrinho abandonado falarem por mim. Era o mesmo olhar que havia me livrado de problemas quando brinquei de vestir as roupas da minha mãe, quando era pré-adolescente, e acidentalmente rasguei seu vestido favorito. Ela só me deixou de castigo por, ah, duas semanas, em vez de pelo resto da minha vida.

Após um minuto de silêncio, Kai soltou um suspiro cansado.

– O que você tem em mente?

Minha expressão inocente e suplicante se transformou em um sorriso. *Sucesso! Isabella, um. Kai, zero.*

Repassei meu calendário mental de eventos atrás de um bom lugar para levá-lo. Uma boate seria genérico demais, uma masmorra sexual, muito selvagem. Que tipo de lugar o tiraria de sua zona de conforto sem que ele... *a-há.*

Minha mente parou de súbito em determinada reuniãozinha semanal a quilômetros dali. Meu irmão que havia me apresentado ao lugar e, quanto mais eu pensava, mais perfeito ficava.

Meu sorriso se alargou. *Obrigada, Felix.*

– É surpresa – respondi, evitando a pergunta de Kai. – Você confia em mim?

Eu já estava saindo da cabine e indo em direção à saída, meu sangue fervilhando de empolgação.

Mal podia esperar para ver o rosto de Kai quando chegássemos ao local.

– Não muito.

Mas ele me seguiu, sua expressão nitidamente desconfiada. Ele entregou o tíquete dos casacos à atendente, que voltou em menos de um minuto com meu casaco de patchwork – um de meus achados de brechó, uma peça de couro legítimo que eu havia arrematado por menos de 25 dólares – e o Delamonte feito sob medida de Kai.

– Envolve alguma atividade ilícita, por acaso?

– Claro que não. – Coloquei a mão sobre o peito, insultada. – Estou ofendida por você ter perguntado. Quando participo de atividades ilícitas, faço isso sozinha. Sou esperta o suficiente para não envolver outras pessoas.

Outro suspiro ainda mais cansado.

– Está bem. – Kai vestiu o casaco. – Mas, se envolver coisas que brilham no escuro, eu vou embora.

CAPÍTULO 14

Isabella

QUARENTA MINUTOS DEPOIS, NOSSO TÁXI parou nas entranhas industriais de Bushwick.

– Não – disse Kai, bem direto, olhando para o prédio à nossa frente.

Janelas rachadas brilhavam ao luar e grafites transformavam o exterior de pedra vermelha em uma profusão de cores, cartoons e palavrões. Estava escuro, exceto por uma fileira de luzes acesas no último andar.

– Parece o tipo de lugar onde assassinos em série escondem os corpos das vítimas.

– E depois você diz que *eu* que ouço *true crime* demais.

Desci do carro e sorri quando Kai pagou a corrida ao motorista com uma expressão de sofrimento. Ele poderia reclamar o quanto quisesse, mas já estava ali e não iria embora, ou teria pedido ao motorista que o levasse para casa.

– Juro que não tinha nenhum cadáver na última vez que verifiquei. *Mas isso foi há mais de um mês, então não posso garantir que as coisas não tenham mudado desde então.*

– Se eu soubesse que você era fã de comédia, teria te levado a uma apresentação de stand-up.

– Foi falta de atenção sua, mas quem sabe na próxima vez – brinquei, insinuando que haveria uma próxima vez.

Meu coração idiota e excessivamente hormonal bateu forte com a perspectiva.

Kai e eu ainda não tínhamos falado sobre nosso quase beijo. Depois de três semanas, o que acontecera na biblioteca parecia um sonho febril, fruto de exaustão e fantasias que extravasaram para a vida real. Olhando para ele agora, tão tenso e respeitável em seu casaco de quatro mil dólares, era difícil imaginá-lo perdendo o controle daquele jeito.

– Talvez.

Kai olhou para a porta de metal preto do armazém como se estivesse infestada de cólera. Alguém havia pintado com spray três peitos gigantes, junto com a palavra *Tetaz* em amarelo-fluorescente.

– Que encantador.

– É mesmo.

Deixei de lado a decepção que senti diante de sua falta de reação à minha referência a uma *próxima vez* e digitei o código de segurança no teclado. Um segundo depois, a porta se abriu com um zumbido.

– Sabe o que dizem de peitos: um é pouco, dois é bom, três é demais.

Kai tossiu contra o punho fechado. Se eu não o conhecesse, poderia jurar que estava escondendo uma risada.

A porta se fechou com um estrondo atrás de nós. Descemos o corredor mal iluminado e pegamos o elevador até o último andar, onde uma mulher com marias-chiquinhas azuis e batom preto estava sentada em um banquinho perto da entrada. Não havia cômodos no prédio; cada andar era composto por um espaço gigante, semelhante a um loft, e a mulher parecia extraordinariamente pequena à frente do cenário cavernoso.

Ela ergueu os olhos do bloco de desenho por tempo suficiente para verificar nossas identidades e meu cartão de sócia antes de nos deixar passar.

O estúdio estava vazio, exceto pela mulher na porta e um cara loiro magro e de cavanhaque esfregando tinta azul no próprio tronco como se fosse óleo de bebê. Todos provavelmente estavam lá embaixo, mas eu queria apresentar o espaço a Kai antes de atirá-lo do precipício.

Ele parou na beirada da lona que cobria o piso de concreto cinza. Havia uma divisória temporária de madeira no meio do salão, coberta com telas brancas e balões cheios de tinta pendurados em alfinetes. Abas removíveis fixavam as telas no lugar. Ao lado da parede, uma pequena estante com rodinhas continha copos, diversas garrafas de bebida alcoólica transparente e um pote cheio de papeizinhos dobrados.

Os olhos de Kai foram dos balões para o carrinho, em seguida para o artista loiro, que naquele momento fazia alongamentos de ioga no canto da lona. Uma visão e tanto, considerando que ele não usava nada além de tinta e shorts largos.

Uma leve careta cruzou o rosto de Kai quando o loiro mudou para a postura do louva-a-deus assassino.

– Isabella.

– Oi? – respondi, animada.

– Aonde exatamente você nos trouxe?

– Para uma comunidade criativa! É tipo um daqueles lugares de pintura e vinho, mas melhor. – Apontei para a parede, onde trilhas brilhantes de tinta serpenteavam sobre algumas telas e pingavam na lona. – Você já viu *O diário da princesa*? Com a Anne Hathaway? Tem uma cena com a Mia e a mãe dela, depois que ela descobre que na verdade é uma princesa...

Ele me encarou.

– Deixa pra lá. A questão é que isso aqui é muito parecido com o que fizeram no filme. O objetivo é perfurar os balões com um dardo para que a tinta respingue na tela e crie uma obra de arte abstrata. Se você errar, tem que pegar um pedaço de papel daquele pote e responder sinceramente à pergunta ou tomar uma dose da cachaça especial da Violet. A Violet é a dona do estúdio – expliquei. – A aguardente dela não é qualquer coisa. A última vez que alguém tomou mais de três doses, saiu pelado por Bushwick cantando o hino nacional aos gritos. Acabou preso por atentado ao pudor, mas a melhor amiga da filha do chefe dele pagou a fiança porque eles estavam tendo um caso...

– Isabella – repetiu Kai.

– Oi?

– Detalhes desnecessários.

Justo. Nem todo mundo achava a vida sexual de nova-iorquinos aleatórios tão interessante quanto eu. Talvez porque estivessem *fazendo* sexo e não ouvindo sobre sexo por meio de amigos e desconhecidos.

Para seu crédito, Kai não se virou imediatamente e saiu pela porta diante da perspectiva de jogar dardos em balões a noite toda. Em vez disso, desviou o olhar do artista fazendo ioga, tirou o casaco e colocou-o sobre uma cadeira próxima.

Uma incômoda onda de alívio percorreu meu corpo. Eu não deveria me importar se ele ficaria ou não. Não gostava da companhia dele tanto assim.

Coloquei meu casaco por cima do dele e peguei dois aventais dos ganchos alinhados na parede à nossa direita.

– Como você descobriu este lugar? – perguntou Kai, arregaçando as mangas e pegando o avental que lhe entreguei.

Meus olhos foram diretamente para seus antebraços. Bronzeados, musculosos, com veias saltadas e uma leve camada de pelo escuro...

Uma corrente elétrica percorreu minha coluna antes de eu desviar os olhos. *A nova Isabella não baba por antebraços de homens aleatórios. Não importa que eles sejam perfeitos.*

Kai ergueu a sobrancelha e me lembrei tardiamente de que ele havia feito uma pergunta.

– Meu irmão Felix me apresentou. – Tirei os saltos e amarrei o avental ao redor do corpo, mantendo o tempo todo o olhar fixo nas telas. Era mais seguro assim. – Ele é artista e gosta de vir aqui quando se sente empacado. Ele diz que estar cercado por outras pessoas criativas em um ambiente de baixas expectativas ajuda a liberar as ideias.

O método de Felix nunca havia funcionado para mim, mas eu achava divertido enquanto exercício. Às vezes eu formava dupla com outra pessoa para a parte das perguntas; outras, contentava-me em atirar dardos.

– Ele mora em Los Angeles, mas visita Nova York com frequência e conhece todos os lugares underground.

– Um artista. Uma escritora. Família criativa.

O calor de Kai alcançou a lateral do meu corpo quando ele parou ao meu lado. Mesmo com um avental preto horroroso, ele parecia aristocrático, como um príncipe entre os plebeus.

Ele pegou um dardo da bandeja mais próxima e me entregou.

Peguei-o com cuidado. Nossas mãos não se tocaram, mas minha palma formigou como se tivessem.

– Só eu e Felix. Os meus outros irmãos não são das artes. Gabriel, o mais velho, administra a empresa da nossa família. Romero é engenheiro e Miguel dá aula de ciência política em Berkeley. – Dei um sorriso irônico. – Muitas famílias asiáticas pressionam os filhos a estudar direito, medicina ou engenharia, mas nossos pais sempre nos incentivaram a fazer o que queríamos, desde que não fosse nada ilegal ou antiético. *Habulin mo ang iyong mga pangarap.* Corra atrás dos seus sonhos. É o lema da nossa família.

Deixei de fora a parte sobre termos que realizar esses sonhos até os 30 anos devido a certa cláusula escrita. Foi a maneira de meus pais garantirem que não ficaríamos pulando de uma paixão para outra por não conseguirmos tomar uma decisão. *Como venho fazendo nos últimos dez anos.*

Se não tivéssemos uma carreira aos 30, então...

Engoli o nó na garganta. *Vai ficar tudo bem.* Eu tinha tempo. Se havia algo que me motivava mais do que a perspectiva de dinheiro, fama e sucesso era a oportunidade de provar que meu irmão estava errado.

– E você está? – perguntou Kai.

– O quê?

– Seguindo seus sonhos.

Claro. A resposta estava na ponta da minha língua, mas algo me impediu de dizê-la em voz alta.

Meus olhos encontraram os de Kai por um instante antes de eu desviá-los. Meu coração batia forte, mas tentei ao máximo ignorá-lo. Para isso, concentrei-me em um balão, mirei e joguei meu dardo com toda a força que consegui. Ele ricocheteou inofensivamente na madeira.

Dei um suspiro. *Típico.* Fazia meses que eu frequentava aquele lugar e só acertara o alvo duas vezes.

– Escolhe um. – Apontei para o pote de papel. – Estou ocupada demais remoendo minha falta de coordenação visiomotora.

Miguel e Gabriel haviam ficado com todos os genes atléticos da família. Era muito injusto.

Um brilho de diversão surgiu nos olhos de Kai, mas ele não se opôs. Tirou um pedaço de papel do pote e o desdobrou.

– Qual é o seu maior medo?

Era uma pergunta genérica com muitas respostas genéricas: palhaços, perder mais pessoas que amava, ficar sozinha. Todas eram coisas que me faziam passar noites em claro, especialmente depois que assisti ao filme *It*. Mas a resposta que saiu da minha boca não teve nada a ver com palhaços assassinos nem com morrer sozinha em alguma estrada abandonada.

– Uma vida sem propósito.

Senti o constrangimento aquecer minhas bochechas. A resposta soou tão genérica, como algo que um calouro diria em uma aula de filosofia na faculdade, mas isso não fazia dela menos verdadeira.

– Não é um medo concreto, tipo cair nos trilhos do metrô ou que um ar--condicionado desabe na minha cabeça – continuei, citando duas das preo-

115

cupações mais comuns dos nova-iorquinos. Os lábios de Kai se curvaram de leve. – Mas sei lá. A ideia de morrer sem conquistar *algo* é... – *Deprimente. Sufocante. Aterrorizante.* – Estressante. Principalmente em uma cidade como Nova York, sabe? Todos aqui parecem saber o que estão fazendo ou pelo menos o que *querem* fazer. Vivem por um propósito, não por sobrevivência.

Não conseguia articular por que aquilo me incomodava tanto. Apenas sabia que, às vezes, navegava pelas redes sociais e ficava consumida de inveja por todos os anúncios de noivados, promoções e insira-aqui-outra--grande-mudança-na-vida. Não invejava a felicidade dos meus amigos; fiquei realmente entusiasmada quando Vivian se casou e quando Sloane conseguiu um grande cliente. Mas queria ter algo meu para compartilhar além de piadas e fofocas. Algo significativo que consumisse meus pensamentos à noite e afastasse a ansiedade inquieta e amorfa que me atormentava sempre que eu ficava sozinha por muito tempo.

O sorriso de Kai sumiu.

– Você tem um propósito – disse ele. Em vez de parecer entediado com minhas divagações, ele falou com uma certeza familiar. *Você vai terminar o livro.* – É compartilhar suas histórias.

Era o que eu queria. Porém, se esse era o meu verdadeiro propósito, eu não deveria ser melhor nisso?

Reprimi minha incerteza. Tinha compartilhado o suficiente de minha confusa angústia naquela noite. Não queria passar o sábado chafurdando em autopiedade.

– Você tem razão. Enfim – falei, desviando os olhos e voltando a focar nas telas. – Chega desse papo chato sobre crises existenciais. Sua vez.

O calor do olhar de Kai tocou meu rosto por mais um segundo antes de ele se virar para a frente. Eu estava morrendo de vontade de fazer uma pergunta a ele, mas, claro, seu dardo traçou uma linha perfeitamente reta no ar, perfurando um dos balões com a precisão de um míssil guiado a laser, assim como aconteceu no lançamento seguinte e no que veio depois. Meia hora mais tarde, eu havia errado todos os meus arremessos, enquanto ele não errara nenhum.

– Não é possível – comentei, boquiaberta diante da parede respingada de tinta, completamente incrédula. – Você está trapaceando!

Kai arqueou a sobrancelha escura.

– Como alguém poderia trapacear em um jogo de dardos?

Abri a boca, depois fechei-a, perplexa. *Desgraçado.* Por que ele tinha que ter aquela aparência *e* ser bom em tudo que fazia? Deus realmente tinha seus escolhidos.

– Se eu soubesse, já teria acertado o alvo – resmunguei. – Muito bem. Vamos mudar um pouco as regras, já que você é claramente uma espécie de máquina de lançamento de dardos sobre-humana. – Apontei para os balões. – Se eu acertar o próximo, você responde a uma pergunta. É injusto que você saiba um monte de coisas sobre mim quando eu não sei quase nada sobre você.

Ele deu de ombros elegantemente.

– Parece justo.

Peguei outro dardo da caixa e estreitei os olhos em direção à parede. *Eu vou conseguir. Acertar um balãozinho só não pode ser tão difícil!*

Respirei fundo, mirei, joguei... e observei o dardo cair no chão sem tocar um único centímetro de madeira, lona ou látex.

Droga. Meus ombros murcharam. *Nem perto.*

– Estou começando a achar que você está errando de propósito – comentou Kai, parecendo achar graça.

Franzi o cenho.

– Nem todo mundo é dotado de... – Minha voz sumiu quando ele se posicionou atrás de mim, tão perto que meu cabelo roçou seu peito. Meu coração teve um sobressalto. – O que você está fazendo?

– Ensinando você a lançar dardos, para não terminarmos a noite em doze a zero. – A respiração dele resvalou em meu pescoço. – Vitórias esmagadoras não contam de verdade.

O estúdio era tão grande que fazia frio, apesar do aquecedor desgastado no canto, mas o calor do corpo de Kai afastou cada grama dele.

– Isto não é uma competição.

– Tudo é uma competição. – Kai colocou as mãos em meus quadris e inclinou meu corpo para que eu me posicionasse diagonalmente em relação à parede. – Esta é a postura padrão. Assim fica mais fácil equilibrar seu centro de gravidade e mirar.

Ele estendeu o braço para pegar um dardo e o colocou na minha mão, fechando a palma sobre ela para que pudesse guiar meu braço para cima. Minhas costas pressionaram o peito dele, o que causou arrepios insuportáveis pela minha coluna.

– Não segure o dardo com muita força. Muita pressão atrapalha o seu equilíbrio...

Eu geralmente não prestava atenção em explicações técnicas, mas, para minha surpresa, as instruções calmas e precisas de Kai fizeram sentido. Talvez fosse o sotaque. Deixava tudo melhor.

– Preparada?

A palavra ecoou no ponto sensível acima da minha orelha. Arrepios salpicaram meus braços. Assenti.

Kai soltou a minha mão, mas manteve um leve toque nas minhas costas enquanto eu levava a mão direita para trás, mirava, apontava e disparava.

Perto...

Mais perto...

A tinta azul brilhante jorrou de um balão e derramou-se sobre uma tela vazia.

Fiquei olhando, atordoada demais para registrar o que havia acontecido.

Eu acabei de...

– Ai, meu Deus – arfei, começando a compreender o acontecido. – Eu consegui! Eu consegui!

Dei um gritinho, a alegria superando o choque. Sem pensar, me virei e joguei os braços em volta do pescoço de Kai, meu peito explodindo de orgulho. Acertar um lançamento de dardo era uma conquista pequena, mas de alguma maneira parecia maior. Era a prova de que, com um pouco de orientação e apoio, eu seria capaz de alcançar qualquer coisa aparentemente impossível.

Não era muito, mas, depois de tantos fracassos e obstáculos, eu ficava feliz com qualquer incentivo que conseguisse.

– Cuidado, ou nós é que ficaremos cobertos de tinta – disse Kai, rindo. Ele segurou a minha cintura, me firmando. Eu quase nos derrubei no chão de tanta empolgação. – Então, qual é a sua pergunta?

– Oi? – falei, ainda muito empolgada com minha vitória.

Mesmo rodeado de acrílico, ele cheirava bem. Qualquer que tivesse sido a quantia paga naquele "perfume exclusivo", valera a pena.

– A pergunta que você quer me fazer, agora que acertou o alvo – explicou ele.

Ah, é. Mordisquei meu lábio inferior. Estava dividida entre fazer a primeira pergunta a me ocorrer e gastar algum tempo pensando em algo interessante. Perguntar a ele sobre seus medos ou sobre seu momento mais constrangedor parecia uma oportunidade perdida de ir mais fundo.

– Posso guardar a pergunta para mais tarde?

– Isso vai contra as regras que você estabeleceu antes.

– Não eram regras, eram diretrizes. Além do mais... – Lancei um sorriso travesso para ele. – Regras foram feitas para serem quebradas.

– Por que não estou surpreso em ouvir isso de você? – disse Kai com um suspiro. – Está bem. Uma pergunta de sua escolha, a ser escolhida posteriormente.

– Obrigada. – Dei um sorriso. – Viu? Nem tudo é preto no branco. Ainda há esperança para você.

– Bom saber. Estava ficando preocupado – respondeu ele, irônico.

Meus braços ainda estavam em volta do seu pescoço, as mãos dele ainda na minha cintura. Minha explosão inicial de entusiasmo havia desaparecido e minha respiração tinha desacelerado para acompanhar a dele.

Nossos sorrisos foram sumindo gradualmente conforme uma faísca de algo além de diversão ganhou vida nos olhos dele. O ar pesou ao nosso redor, carregado de eletricidade, e senti um impulso inebriante para ficar na ponta dos pés e...

Um zumbido alto apagou as faíscas. Kai e eu viramos a cabeça em direção a um canto, onde o artista/iogue loiro estava meditando no chão. Eu tinha esquecido completamente que estava ali.

O homem não estava prestando atenção em nós, mas o feitiço havia se quebrado.

Nós nos soltamos e recuamos. O constrangimento logo tomou conta do espaço que se abriu entre nós.

– Bem – disse Kai, tenso, as maçãs do rosto tingidas com um tom vermelho-tijolo. – Foi um final de noite agradável, embora inesperado. Obrigado pela... experiência inovadora. Devo chamar um carro para nos levar para casa?

Eu franzi a testa.

– Como assim nos levar para casa?

– Já passa da meia-noite. Imagino que você esteja cansada.

Em Nova York, a maioria das festas só começava à meia-noite, e eu estava tudo, menos cansada.

Kai estava tentando criar uma saída fácil para a situação.

Se eu fosse esperta, aceitaria, mas a ideia de voltar para casa, para um apartamento vazio, me enchia de apreensão. Eu amava Monty, mas não era de fato possível conversar com uma cobra.

– Exatamente. É meia-noite, o que significa que a noite só está começando. – Um novo sorriso cheio de malícia apareceu em meu rosto. – Ainda não mostrei a verdadeira atração do prédio.

Quase ri com a palidez que o rosto de Kai adquiriu instantaneamente.

– Será que eu quero saber o que é?

– Provavelmente não, mas vai saber de qualquer maneira. – Tirei o avental e o atirei no cesto de roupa suja. – Vamos. Podemos pegar nossas telas mais tarde. Não queremos perder a diversão.

Ele não parecia achar que estava prestes a se divertir, mas seguiu meu exemplo e tirou o avental, embora com óbvia relutância. Deixamos nossos casacos no estúdio e pegamos o elevador até o porão.

– Prepare-se – falei quando o elevador parou.

A linha de consternação entre as sobrancelhas de Kai se tornou ainda mais profunda.

– O que...

As portas se abriram e uma poderosa onda de barulho abafou o resto de suas palavras. Sua consternação se transformou em um pavor visível. Desta vez, não consegui conter a risada.

Durante o dia, o porão mal passava de um depósito. Mas à noite? Era a festa mais badalada e exclusiva do Brooklyn. Sem nome, sem anúncios, apenas música boa, bebidas baratas e zero inibições.

O segurança que mais parecia o Hulk me reconheceu imediatamente. Ele era um grande fã de Felix e carimbou nas nossas mãos o símbolo de entrada antes de nos deixar passar com um sorriso cheio de dentes.

– Isso é... uma rave?

Eu não conseguia ouvir Kai claramente com a música alta, mas sua expressão horrorizada me disse tudo que eu precisava saber sobre o que ele pensava de raves.

– Claro que não! – gritei. – Raves têm mais drogas!

Outra risada escapou da minha garganta. Parecia que ele tinha engolido um limão inteiro.

– Vamos!

Agarrei seu pulso e o puxei em direção ao bar. Não era chique como o do Valhalla, mas as bebidas eram fortes e os preços, baixos. Às vezes, isso era tudo de que precisávamos.

Demorou um pouco para cruzarmos a multidão suada e agitada, mas por fim chegamos ao outro lado. A alcova do bar fornecia abrigo suficiente da música para que as pessoas pudessem se ouvir sem gritar. Pedi dois drinques especiais da casa e entreguei um para Kai.

– A primeira rodada é por minha conta. – Levantei o copo de plástico. Como disse, não era chique, mas pelo menos não estava bebendo direto da garrafa. – Um brinde a sair da zona de conforto.

Kai hesitou, olhando para a bebida da mesma forma que havia olhado para a porta mais cedo, como se ela pudesse matá-lo se chegasse perto demais. Por um segundo, pensei que ele fosse dar para trás, mas então ele balançou a cabeça, murmurou algo que pareceu muito com *foda-se* (se minhas habilidades de leitura labial eram confiáveis) e bateu seu copo no meu.

– A sair da zona de conforto.

Viramos as bebidas ao mesmo tempo. O bourbon queimou meu estômago. O gosto era horrível, mas valia a pena assassinar temporariamente minhas papilas gustativas em nome da embriaguez.

– Meu Deus. – Kai fez uma careta. – O que eles colocam nisso? Ácido?

– Não pergunte. Às vezes, a ignorância é uma bênção.

Arrastei-o de volta para a pista de dança. Kai passou a mão pelo rosto.

– Você ainda vai acabar me matando.

Sorri, emocionada pela ideia de ser poderosa o suficiente para causar a morte de alguém. No sentido figurado, não literal. Gostava de ler sobre homicídios, não de cometê-los.

Foram necessárias várias músicas e vários drinques, mas Kai finalmente relaxou e agiu como uma pessoa normal, não como um diretor tomando conta de um baile de escola.

Eu dei uma risada quando ele me girou e depois me puxou de volta. Até que ele era um ótimo dançarino quando não estava bancando o certinho.

– Nada mal.

– Nada mal? – Ele arqueou uma sobrancelha, ofendido. – Eu ganhei a competição anual de dança da minha universidade por quatro anos consecutivos. Trate de me respeitar.

Revirei os olhos.

– Mas é claro que ganhou.

O talento dele era *ser* talentoso. Era extremamente irritante, mas achava difícil me apegar à raiva quando Kai sorria para mim com aquele brilho infantil nos olhos.

Ele sempre foi lindo, com seus traços elegantes e esculpidos, mas naquela noite ele parecia diferente. Mais real, como se tivesse se despido de camadas suficientes para que eu pudesse vislumbrar seu verdadeiro eu.

A música ficou mais lenta, assumindo uma batida sensual e hipnótica. Nossos corpos se adaptaram à cadência, balançando em um ritmo sensual que fez minha pulsação latejar nos ouvidos. Pela segunda vez naquela noite, nossos sorrisos desapareceram quando uma consciência familiar surgiu entre nós.

As luzes refletiam nos óculos dele, piscando em azul, depois verde, depois vermelho e azul novamente. A camisa úmida de suor estava grudada em seus ombros largos, e uma mecha de cabelo espesso e escuro caía sobre seus olhos, desgrenhado depois de uma hora dançando. Tive a súbita vontade de afastá-la de sua testa.

Meu coração bateu mais rápido, tornando-se mais forte que a música.

O brilho infantil nos olhos de Kai desapareceu, substituído por todo o calor e desejo acumulados que não deveríamos admitir que existiam.

Não deveríamos. Era uma ideia estranha, considerando que eu não conseguia pensar em um único motivo pelo qual não deveríamos fazer alguma coisa. Na verdade, eu não conseguia pensar muito em nada.

Uma sensação de tontura tomou conta de mim quando a mão dele deslizou pelas minhas costas e pelo meu pescoço. Kai baixou a cabeça e meu queixo se ergueu como uma flor se inclinando em direção ao sol.

Nossas respirações se misturaram por um único e ofegante momento.

Em seguida, a boca dele estava contra a minha, e minha mente esvaziou-se por completo. Nada mais existia exceto *aquilo*. O calor, o prazer, a pressão firme de seus lábios e sua língua resvalando suavemente contra a minha.

Meus dedos deslizaram pelo cabelo dele enquanto eu inclinava a cabeça ainda mais para trás, dando-lhe o máximo de acesso possível. Kai tinha gosto de uísque, de hortelã e, meu Deus, *dele*. Algo tão delicioso e indescritível que tive vontade de me afogar nele.

Um gemido escapou da minha boca para a dele. Kai respondeu com um grunhido torturado, suas mãos apertando meu quadril e minha nuca de tal maneira que fez com que um calor se acendesse entre minhas coxas.

Meu primeiro beijo em dois anos. Deveria ter sido estranho ou pelo menos um pouco desconfortável, mas não foi. Em vez disso, pareceu perfeitamente *certo*.

Meus ossos se dissolveram. Se ele não estivesse me segurando, eu teria derretido ali mesmo, no meio da pista de dança.

Não havia como negar. O tenso e respeitável Kai Young, com sotaque elegante e hobbies chatos, tinha um beijo incrível.

Eu teria adorado ficar naquele porão escuro e abafado para sempre, mas uma explosão de ruídos nos arrancou de nossa bolha com a sutileza de um gigante empunhando uma marreta.

Nós nos assustamos quando a música passou de um R&B suave para um pop rock animado.

Kai e eu nos entreolhamos, respirações ofegantes. A mudança de ritmo dissolveu a névoa que nublava meu cérebro e um medo lento tomou minha consciência quando percebi o que acabara de acontecer.

– Nós devíamos...

– Está tarde...

Nossas palavras tropeçaram umas nas outras, perdidas sob as batidas frenéticas. Não importava. Eu sabia o que ele queria dizer, porque as mesmas palavras ecoavam na minha cabeça.

O que foi que nós fizemos?

CAPÍTULO 15

Isabella

EU BEIJEI KAI.

O chato, o certinho do Kai, que sempre me pegava falando as coisas mais inapropriadas. Kai, membro do Valhalla Club. E eu *gostei*.

O mundo havia realmente virado de cabeça para baixo.

Limpei o balcão, meus movimentos lentos e distraídos enquanto as lembranças da noite de sábado se desenrolavam como um carretel invisível de seda. Kai e eu fomos embora da festa depois de pegarmos nossos casacos e telas, e tomarmos diferentes táxis para casa sem trocarmos uma palavra. Quatro dias haviam se passado desde então, mas minha mente não conseguia parar de repassar nosso beijo.

Não tinha só a ver com a questão física. Tinha a ver com a forma como eu havia me *sentido*, como se os braços de Kai fossem o lugar mais seguro do mundo. Já tinha beijado muitos caras antes, mas o nosso beijo foi o único que encaixou tanto. Ou isso, ou eu estava muito, muito bêbada.

Dei um suspiro e olhei ao redor do salão vazio. Era o dia anterior ao de Ação de Graças, o que significava que o clube ficaria morto. Normalmente, eu adorava esse turno porque ganhava para trabalhar muito pouco ou nada, mas o silêncio estava me enlouquecendo.

Mais trinta minutos. Então eu poderia levar meu notebook até minha cafeteria favorita e escrever. Eu não tinha esquecido o prazo de fevereiro, mas andava tão distraída que não tivera tempo de pensar muito nisso.

Percebi um lampejo de cinza com o canto do olho. Ergui os olhos e o ar fugiu de meus pulmões.

Kai. Ele entrou como se fosse o dono do lugar, o que, enquanto membro do comitê administrativo, ele meio que era.

Sem paletó, sem gravata, apenas uma camisa branca com as mangas arregaçadas e suspensórios perfeitamente esticados até as calças cinza-escuro perfeitamente ajustadas. O ar polido de sempre estava de volta, exceto pela pequena linha de expressão marcando sua testa.

Eu me forcei a respirar fundo, apesar do aperto em meu peito.

Não tínhamos conversado ou nos visto desde o beijo, e eu havia subestimado o impacto que a presença dele teria sobre mim. Se eu não tivesse parado de me mover assim que ele entrou, teria acabado derrubando um dos copos Baccarat de trezentos dólares no chão.

Nossos olhos se encontraram. Um silêncio diferente e pesado pairou entre nós, daqueles tecidos com lembranças proibidas e palavras não ditas.

Kai chegou ao bar e sentou-se à minha frente; servi uma dose de uísque e arrastei o copo para ele sem dizer uma palavra.

Ele levou a bebida aos lábios, engoliu, e sua garganta se moveu sensualmente.

Não havia outros clientes para me distrair, então apenas o observei, com lentos fios de desejo se desenrolando em meu ventre enquanto o silêncio se expandia entre nós.

Kai baixou o copo e nos observamos, cautelosos, como se estivéssemos avaliando a expressão um do outro em busca da coisa certa a dizer.

– Por que você não está em Londres? – perguntei por fim, depois do que pareceram horas, mas provavelmente foram apenas alguns minutos. – Para o Dia de Ação de Graças.

O canto da boca dele se curvou, derretendo um pouco da tensão.

– Os britânicos não celebram o Dia de Ação de Graças.

Ah, certo.

– Além disso... – A linha entre suas sobrancelhas voltou por uma fração de segundo. – Estou com uma crise no trabalho para resolver.

– Durante um fim de semana de feriado?

– Crises não costumam ser muito flexíveis. Elas têm pouco respeito pelos nossos compromissos – respondeu ele, seu tom levemente divertido.

– Então você vai trabalhar o fim de semana inteiro? Que triste.

Senti uma pontada no peito ao imaginar Kai passando a noite inteira em frente ao computador enquanto todos comemoravam com suas famílias.

Eu não deveria me sentir mal por ele. Kai ganhava mais em um dia do que a maioria das pessoas ganhava em um ano, mas ainda era um ser humano. Todo mundo merecia uma folga.

– Não é tão ruim quanto parece. Eu gosto do meu trabalho. – Ele esfregou o polegar na borda do copo. – E você? Vai fazer o que no feriado?

– Escrever, ir ao shopping e me preparar para o Natal-aniversário-ano-novo-palooza, em fevereiro. Eu sei, é muita coisa – admiti quando a boca dele se curvou outra vez. – Mas somos preguiçosos demais para inventar um nome melhor. – Hesitei, então acrescentei: – Então, estaremos os dois em Nova York neste fim de semana.

Eu não sabia exatamente por que isso importava. Não era como se fôssemos convidar um ao outro para passar quatro dias em nossas casas comendo, transando e fazendo compras. Certo?

Kai balançou lentamente a cabeça.

– Viajo para San Francisco esta noite – disse ele. – Parte da gestão da crise no trabalho.

– Ah. – A decepção se abateu sobre mim como um peso no estômago.

– Você voltou à biblioteca? – perguntou ele, mudando abruptamente de assunto. – Para escrever?

– Ainda não. – O local me fazia lembrar dele. Mesmo que não fosse tão silencioso, eu duvidava de que seria capaz de escrever lá dentro. – Talvez um dia.

– Entendi.

Dessa vez, foi ele quem pareceu decepcionado. O silêncio caiu novamente, pontuado pelo zumbido do aquecedor. Meu Deus, que tortura. Por que eu não conseguia simplesmente dizer o que queria?

Porque é uma má ideia. Porque é contra as regras. Porque…

Já entendi. Cala a boca.

Kai hesitou.

– Sobre sábado…

– Foi um erro. – Eu o interrompi antes que ele pudesse afirmar o óbvio. – Eu sei disso. Você não precisa dizer nada. Não deveríamos ter feito… o que fizemos.

Ele franziu a testa ainda mais.

– Não era isso que eu ia dizer.

Hesitei por um segundo.

– Não?

O relógio tiquetaqueou em meio ao silêncio que se seguiu. Meu batimento cardíaco o acompanhava, subindo e descendo com a maré de emoções que ameaçava me arrastar.

– Não. – Um músculo se contraiu no maxilar dele. – A menos que você realmente ache que foi um erro.

– Eu...

Por um lado, tinha sido um erro. Kai e eu vínhamos de mundos diferentes. Seu papel como herdeiro dos Youngs provavelmente incluía um casamento com uma herdeira da alta sociedade, como Clarissa. Me envolver ainda mais com certeza acabaria em decepção amorosa. Eu já tinha passado por uma situação como aquela e não queria que isso se repetisse.

Por outro...

Engoli em seco. Não sabia o que Kai e eu tínhamos, mas a ideia de que poderia acabar me cortou o coração como uma foice.

– Você não precisa responder agora. – Kai se levantou e meneou a cabeça em direção ao copo vazio, sua expressão indecifrável. – Coloque na minha conta. Estarei lá em cima.

No momento em que meu cérebro processou suas palavras, ele já havia partido.

Estarei lá em cima.

Aquela frase de despedida se repetiu em minha mente sem parar enquanto eu limpava e fechava o bar. Kai não tinha motivos para me dizer isso, a menos que...

Você não precisa responder agora... Estarei lá em cima.

Uma escolha. Eu podia ir para casa, fingir que o beijo nunca acontecera e seguir com minha vida.

Ou eu podia subir.

A nova Isabella deveria fazer a coisa certa e escolher a primeira opção, mas àquela altura estava óbvio que nenhuma versão minha era boa em fazer o que *deveria*.

Tranquei a porta do bar e segui para o segundo andar. Parte de mim sabia que estava colocando em risco meu trabalho ao fazer isso. Infelizmente, essa parte era tão fraca que eu mal conseguia ouvi-la por conta do tamborilar do meu coração.

Eu podia tentar racionalizar minha atração por Kai o quanto quisesse, mas a verdade era que ele havia feito com que eu me sentisse mais viva do que qualquer outra coisa em anos.

Parei em frente ao salão do piano e coloquei a mão na maçaneta. A batida em meu peito se intensificou. *Nada de voltar atrás agora.*

Abri a porta, entrei... e lá estava ele, recostado na lateral do piano em uma pose enganosamente casual.

Cabelo escuro, olhos escuros, cada centímetro dele uma perdição.

Mesmo que Kai não tivesse me dado a deixa, meu instinto teria me guiado até ele. Olhares se encontrando em um salão de baile lotado, um encontro inesperado em um corredor silencioso... Não importava onde estivéssemos, uma força invisível nos puxava como ímãs.

Nossos olhos se encontraram.

A emoção tomou conta do rosto de Kai. Surgiu e desapareceu, veloz feito um cometa, mas foi o suficiente.

Isso me atraiu para Kai enquanto ele endireitava a postura, seu corpo tenso.

Cinco passos.

Quatro.

Três.

Dois.

Um.

Parei a centímetros de distância, minha mente e meu coração descontrolados. Não falei uma palavra. Não precisava; minha presença já dizia o suficiente.

Ele engoliu em seco.

Um segundo se passou e então... colidimos.

Mãos. Lábios. Dentes.

A boca dele pressionando a minha, meus dedos emaranhados em seus cabelos, e uma urgência se acendeu entre nós até minhas pernas ficarem pesadas e fracas de desejo.

Dessa vez, não havia multidão nem música, apenas a necessidade desesperada e frenética de chegar o mais perto possível dele.

Minhas costas bateram na lateral do piano. Ofeguei, mais pela pressão intensa da ereção de Kai contra minha coxa do que pelo impacto. Nem me dei conta da dor. Meu sangue era fogo líquido, extirpando qualquer sensação que não fosse prazer, desejo, necessidade.

O corpo de Kai moldou-se contra o meu. Ele me envolveu com os braços e um gemido subiu pela minha garganta quando ele prendeu meu lábio inferior entre os dentes e puxou.

O CEO certinho e reservado havia desaparecido. Em seu lugar estava alguém com um beijo cheio de promessas obscenas e más intenções.

Minhas mãos percorreram sua pele quente e seus músculos esculpidos, febris de desejo. Nossos corpos estavam tão pressionados um contra o outro que eu sentia as batidas selvagens de seu coração, mas não era o suficiente.

Kai gemeu quando me arqueei contra ele, querendo *mais*.

– Eu tinha razão. Você vai acabar me matando *mesmo* – murmurou ele.

Ele se afastou. Um protesto subiu pela minha garganta, mas logo desapareceu quando Kai tirou os óculos e os atirou para o lado antes de me beijar outra vez, ainda mais profundamente, sua boca explorando a minha com tanta habilidade que qualquer pensamento racional se dissipou. Mãos fortes e quentes percorreram a parte de trás das minhas coxas e me colocaram sobre o piano. Uma delas ficou em minha coxa, subindo e descendo até resvalar na umidade que encharcava minha calcinha; a outra se enfiou sob a minha blusa e meu sutiã para envolver meu seio.

– Por favor. – Meu tom, metade suspiro, metade gemido, teria sido constrangedor se eu estivesse em sã consciência.

Não conseguia oxigênio suficiente para meus pulmões. Fiquei aérea, cada mínima consciência direcionando-se para o calor que crescia em meu ventre.

– E eu que pensei que jamais ouviria você implorar.

O murmúrio sedoso de Kai percorreu minhas costas e se assentou entre minhas pernas. Eu pulsava de expectativa quando ele empurrou minha calcinha para o lado e esfregou o polegar sobre meu clitóris entumecido.

Minha visão ficou turva.

Não notei quando ele ergueu minha blusa e fechou a boca no meu mamilo nem quando me penetrou com um dedo, fundo o suficiente para me fazer gemer. O tempo perdeu todo o sentido enquanto ele me consumia, lambendo, chupando e me tocando com uma precisão implacável, até que comecei a me contorcer com aquele prazer irracional.

Eu já estava praticamente deitada no piano, e um gemido agudo saiu da minha garganta quando ele pressionou o ponto mais sensível dentro de mim. Eu me debati e me contorci, minha mão apertando sem querer as teclas de marfim expostas.

Notas dissonantes ecoaram pelo ar, mascarando a sinfonia lasciva de gemidos, soluços e sons úmidos que os dedos dele provocavam ao entrar e sair de mim.

Minha excitação me escorria pelas coxas até o tampo laqueado do piano. Eu era pura sensação, perdida em um ritmo que era ao mesmo tempo demais e insuficiente.

– Isso. – Uma rouquidão transformou as palavras suaves de Kai em um comando incisivo. – Goza pra mim.

Não precisou de mais nada.

Meu orgasmo me incendiou como chamas sobre gasolina. Mais forte, mais quente, me atropelando onda após onda, até que eu estava tão exausta que não consegui fazer mais nada além de relaxar, mole e exaurida, enquanto Kai me arrumava.

Um contentamento lânguido dominou meu corpo enquanto ele secava minhas coxas com algo macio – um lenço, talvez – e gentilmente colocava minhas roupas de volta no lugar.

– Bom, essa é uma bela maneira de comemorar o Dia de Ação de Graças – comentei com a voz arrastada. – Muito melhor que o desfile da Macy's.

A risada suave dele tomou minha pele.

– Tecnicamente, hoje é véspera de Ação de Graças.

Kai me ajudou a descer do piano e a ficar de pé, embora meus joelhos estivessem tão fracos que cambaleei um pouco antes de recuperar o equilíbrio.

Em algum momento, depois de me proporcionar um dos melhores orgasmos da minha vida, ele havia recolocado os óculos. Seu cabelo estava despenteado pelas minhas mãos, e manchas rosadas marcavam suas bochechas, mas ele ainda estava em condições muito melhores do que eu.

– Se você ainda tem condições de saber que dia é hoje, tem algo errado. – Baixei os olhos para sua ereção, que pressionava as calças. Senti a garganta seca e uma nova onda de calor percorreu minha barriga. – Que horas é o seu voo mesmo?

Temos tempo para um segundo round? O verdadeiro significado por trás da minha pergunta não passou despercebido por nenhum de nós.

Um calor escureceu os olhos dele, seguido por um sorriso pesaroso.

– Tenho uma videochamada daqui a meia hora. A última antes do feriado. Aparentemente, é o único horário que funciona para todos.

Ele estava recusando sexo por uma *ligação de negócios*?

Tentei não parecer ofendida demais.

– Vamos nos falar na semana que vem, quando tivermos mais tempo – sugeriu Kai. – Isso foi... quer dizer, eu não esperava...

Kai hesitou, parecendo tão adoravelmente confuso que não consegui ficar chateada. Ele tinha razão. A véspera do Dia de Ação de Graças não era o melhor momento para nos aprofundarmos em tudo aquilo. Ele tinha me comido na sala do piano do clube onde eu trabalhava, pelo amor de Deus; o mesmo clube que me expulsaria e me queimaria no mercado se as pessoas descobrissem o que acontecera.

Eu precisava de tempo para pensar sobre o que fazer, quando não estivesse tão inebriada do orgasmo.

Voltei a sentir as pontadas de medo. Como eu sempre me metia naquelas situações?

Tomando decisões erradas, respondeu uma voz na minha cabeça. *Porque nunca tem um plano e se coloca em situações difíceis.*

Não me dei ao trabalho de refutar. Não conseguiria, nem se tentasse.

– Faz sentido.

Coloquei uma mecha de cabelo atrás da orelha, me sentindo de repente insegura. A tensão entre nós havia se liberado de maneira extraordinária depois de se acumular por semanas, talvez até meses, e agora tínhamos que lidar com as consequências. O problema era que eu não era boa nisso. Vivia me metendo em confusão, sem ter nenhuma ideia de como sair.

Kai e eu ficamos em silêncio enquanto terminávamos de arrumar a sala e saíamos. Ele parecia tão sem palavras quanto eu, embora talvez estivesse apenas se preparando mentalmente para a conferência, pensei amargamente.

Saí da sala primeiro, mas dei apenas dois passos antes de parar de forma abrupta. Senti meu estômago embrulhar.

Havia alguém no corredor.

Alto, largo e absolutamente assustador, um gigante me encarava, seu rosto inexpressivo. Seus olhos eram de um azul gelado e perturbador, tão claros que eram quase incolores. Seu cabelo era escuro e muito curto, e uma cicatriz macabra cortava diagonalmente seu rosto, da sobrancelha ao queixo, dividindo-o em duas metades idênticas. Se não fosse pela cicatriz e por aqueles olhos arrepiantes, ele poderia ter se dado muito bem como modelo, tendo aquelas maçãs do rosto.

Baixei os olhos e um calafrio percorreu meu corpo ao ver as grossas queimaduras vermelhas que envolviam seu pescoço feito uma corda. Ao contrário da frieza de seu olhar, as queimaduras pareciam pulsar de raiva sob meu exame minucioso, como se estivessem a segundos de saltar da pele dele e me estrangular.

Em reação, senti uma pressão envolver minha garganta. A dor que ele devia ter sentido ao ganhar aquelas cicatrizes...

Os olhos do homem se transformaram em cristais de gelo. Esperei que ele chamasse minha atenção por encará-lo de maneira tão rude, mas ele simplesmente deu a Kai um breve aceno de cabeça antes de passar por mim e desaparecer na esquina.

O encontro havia durado menos de vinte segundos, mas o toque gelado do olhar me causou um calafrio.

– Quem era aquele?

Quem quer que fosse, era definitivamente um membro do clube – e tinha visto eu e Kai sairmos juntos da sala do piano.

Meu coração bateu forte de pânico.

– Vuk Markovic, mais conhecido como Sérvio. Ele não gosta que as pessoas usem seu nome de batismo. – Kai não deu mais detalhes, mas seu tom indicou que a história era mais complicada do que estava deixando transparecer. – Não se preocupe com ele. Ele não dirá nada. É muito reservado.

Escolhi acreditar, mesmo que apenas em nome da minha sanidade.

Olhei por cima do ombro enquanto caminhávamos em direção às escadas. O corredor estava vazio, mas não conseguia me livrar do arrepio na nuca, daqueles que sentimos quando sabemos que alguém estava nos observando.

CAPÍTULO 16

PASSEI O FIM DE SEMANA de Ação de Graças em um hotel, alternando entre trabalho e Isabella. Especificamente, fantasiando com Isabella enquanto *tentava* trabalhar.

Eu tinha um negócio multibilionário em jogo e só conseguia pensar na mulher que havia invadido minha vida e a explodido em mil pedacinhos.

O beijo. A sala do piano. As duas melhores e piores decisões da minha vida.

Mesmo agora, dias depois, os gemidos de Isabella enquanto gozava na minha mão ecoavam em minha mente. Eu já assistira a inúmeras sinfonias, orquestras e apresentações dos melhores e mais brilhantes artistas do mundo da música, mas nenhum som jamais soara tão doce.

– Você não está prestando atenção. – A voz irritada de Dante cortou a lembrança como um caco de vidro em um pedaço de seda.

– Oi?

Ele me lançou um olhar irritado.

– Estou tentando te ajudar, babaca. O mínimo que você podia fazer era ouvir. Não é por isso que estamos tendo esta reunião?

Tínhamos agendado um brainstorming no escritório dele durante o almoço. Além de nossos encontros semanais no ringue, onde tínhamos carta branca para nos esmurrarmos o quanto quiséssemos, muitas vezes recorríamos um ao outro quando se tratava de negócios. Metade das vezes era impossível seguir os conselhos de Dante, porque suas soluções beiravam a ilegalidade, mas era bom ter alguém de confiança com quem debater.

– Não. Eu só estava com saudades desse seu jeitinho alegre e otimista. – Levantei o copo d'água, simulando um brinde. – Você ilumina o meu dia.

– Vai à merda. – Ele bufou, mas o vestígio de um sorriso despontou em sua boca. – O Mishra ainda está recusando marcar uma reunião com você?

– Por enquanto, sim, mas ele vai ceder.

Colin Whidby permanecia no hospital, mas estável. Ele sobreviveria. O problema era que levaria mais alguns meses para estar totalmente recuperado. Quanto mais esperássemos, maior a chance de algo dar errado.

Minha equipe e eu vínhamos trabalhando sem parar para fechar o acordo com o DigiStream antes do final do ano, mas isso parecia cada vez menos provável. Rohan Mishra, o outro cofundador, estava irredutível em relação a algumas cláusulas do contrato e se recusava a se encontrar pessoalmente comigo. Uma reunião cara a cara equivalia a uma dúzia de telefonemas.

Droga, Whidby. Se ele tivesse mantido o nariz longe da cocaína por tempo suficiente para assinar os papéis, não estaríamos com aquele problema. Se eu arruinasse o negócio, seria motivo de chacota da comunidade empresarial. Reputação manchada. Legado perdido.

Senti um aperto no estômago só de imaginar.

E, ainda assim, apesar do que estava em jogo, não conseguia me concentrar. O que acontecera no Valhalla na semana anterior havia ficado gravado na minha cabeça como uma árvore fincando raízes em solo fresco. Dividia minha atenção, deixando metade da minha mente em glória e a outra repassando sem parar a tarde da última quarta-feira.

O aroma de rosa e baunilha. O lindo rubor na pele de Isabella. O som gutural do meu nome intercalado com seus gemidos.

O calor tomou minha pele.

– Se você está realmente sem saída, eu conheço um cara – disse Dante, trazendo minha atenção de volta ao presente. – Ele pode desenterrar algumas informações que farão com que o Mishra mude de ideia rapidinho.

Claro. Mishra. DigiStream. *Foco.*

– Não me diga que é o Harper – respondi com uma leve careta.

Christian Harper, CEO da Harper Security, era o homem de confiança de Dante para qualquer coisa relacionada a tecnologia e segurança. Eu tinha contato com ele, mas ele era mais próximo de Dante, que havia sido seu primeiro cliente e ficava muito mais confortável com seus métodos escusos. Eu preferia o lado certo da lei. Minha reputação era imaculada e eu pretendia mantê-la assim.

Dante deu de ombros.

– Você sabe que ele pode resolver.

Balancei a cabeça em negativa.

– Consigo lidar com o Mishra sozinho.

Para ser sincero, fiquei um pouco ofendido por ele achar que eu teria que recorrer à chantagem para conseguir que o homem assinasse a papelada. Eu não perdia nunca. Não quando focava em algo. De uma forma ou de outra, o negócio com o DigiStream *seria fechado*.

– O negócio é seu – disse Dante com a voz arrastada. – Mas depois não diga que não lhe dei uma solução.

Uma batida nos interrompeu, seguida pelo suave rangido da porta se abrindo.

Dante se endireitou. Não precisei me virar para saber quem havia entrado; apenas uma pessoa fazia seus olhos brilharem daquele jeito.

– Oi, Vivian – cumprimentei sem tirar os olhos do meu almoço.

Ela riu.

– Oi, Kai.

A esposa de Dante contornou a mesa e se inclinou para lhe dar um beijo na bochecha. Ele virou a cabeça no último minuto para que suas bocas se encontrassem. As bochechas de Vivian enrubesceram e meu sushi de repente pareceu ficar meloso.

– Minha reunião terminou mais cedo, então pensei em fazer uma visitinha-surpresa no almoço – explicou ela, um pouco sem fôlego. Vivian colocou duas sacolas brancas de comida sobre a mesa e me lançou um olhar de desculpas enquanto Dante puxava uma cadeira ao lado da dele. – Eu não sabia que você tinha um compromisso. Posso voltar...

– Não precisa – interrompeu Dante. – A reunião acabou. Kai tem outro compromisso depois daqui. – Ele me encarou. – Feche a porta ao sair, por favor.

Vivian franziu a testa.

– Não seja grosseiro. Olhe para o prato dele. Ainda está pela metade.

– Ele não vai comer tudo isso. Está de dieta. – Dante me lançou um olhar penetrante. – Não é?

– Na verdade, estou faminto hoje – respondi. – E claro que é um absurdo desperdiçar o sushi do Masa, mas estou curioso para saber o que Vivian trouxe. O cheiro está maravilhoso.

Se olhares pudessem matar, o de Dante teria me incinerado naquele instante. Retribuí com um sorriso inocente.

Depois do boxe e da tradução, provocá-lo era meu passatempo favorito.

– Hambúrguer, batata frita e milk-shake do Moondust Diner – disse Vivian, tirando os itens das sacolas. – Fique. Há o suficiente para nós três e não conversamos desde o Monarch.

Fingi não ouvir o grunhido de advertência de Dante. Eu já havia reservado uma hora para a nossa reunião. Seria falta de educação rejeitar a generosa hospitalidade de Vivian.

– Se você insiste. Eu adoro um bom hambúrguer.

Eu ia pagar por isso no ringue mais tarde, mas não estava preocupado. Dante e eu lutávamos de igual para igual, e só a expressão em seu rosto já valia a pena.

Vivian e eu conversamos enquanto ele fazia cara feia. Ela era dona de uma produtora de eventos de luxo e tinha muitas histórias sobre pedidos malucos e clientes exigentes, muitos dos quais eram conhecidos em comum.

Ouvi educadamente, fazendo e respondendo perguntas quando necessário, mas não conseguia impedir que minha mente se desviasse para uma amizade em comum específica.

Vivian e Isabella eram melhores amigas. Será que Isabella havia mencionado o que acontecera na semana anterior? Vivian não estava agindo de maneira diferente comigo, então presumi que Isabella não tinha dito nada às amigas.

Não sabia se deveria ficar aliviado ou ofendido.

– A propósito, vou chegar mais tarde hoje – disse Vivian a Dante. – Vou sair com as meninas. Estamos tentando fazer a Isa acabar com essa fase de celibato.

Minha água desceu pelo lugar errado. Sufoquei uma tosse enquanto Dante franzia as sobrancelhas.

– Como assim "fase de celibato"?

– Ela não sai com ninguém há dois anos por conta de uma... experiência desagradável com um ex – explicou Vivian. – Achamos que chegou a hora de acabar com esse período de seca.

De jeito nenhum. Essa seca já acabou. Comigo.

Minha reação foi tão intensa, tão visceral, que fiquei sem fôlego. Jamais havia sentido a possessividade sombria e irracional que corria pelo meu sangue nem sido tomado pela sombra que turvava minha visão à simples ideia das mãos de outro homem em Isabella. Eu não era ciumento, e um beijo e um orgasmo não constituíam um relacionamento.

Mas não importava. Quando se tratava de Isabella, todos os meus padrões anteriores não valiam de nada.

– Ela quer acabar com esse celibato, ou vocês vão fazer uma intervenção? – perguntei, os olhos no celular, meu tom indiferente, mas tenso com a expectativa da resposta de Vivian.

– Tenho certeza de que ela quer. Ela disse isso no nosso casamento, mas, para variar, tomou champanhe demais e pegou no sono antes que acontecesse. – Vivian riu. – De qualquer forma, o aniversário dela está chegando, então achamos que seria uma boa chance de sairmos com ela.

– Aonde vocês vão? – perguntei casualmente.

Os olhos de Dante se voltaram para mim feito lasers. Ignorei e me concentrei em Vivian.

– Na Verve. É uma boate nova no centro – respondeu ela, aparentemente alheia às crescentes suspeitas do marido. – A Isa vive falando em ir lá desde que abriu.

– É dos Laurents. Já ouvi falar. – Os Laurents haviam construído seu império no setor de restaurantes, mas estavam se expandindo para outros empreendimentos do ramo. – Eu não sabia que o aniversário dela era por agora.

– Dezenove de dezembro. Sagitário inteirinha, como ela gosta de dizer – completou Vivian com um sorriso.

– Por que esse interesse repentino na Isabella? – perguntou Dante. – Está finalmente pensando em dar à sua mãe a nora que ela tanto quer?

Olhei feio para ele. Às vezes, eu sentia falta do tempo em que tudo o que Dante fazia era amarrar a cara e socar pessoas. Agora ele também fazia piadas.

– Não – respondi friamente. – Só estou querendo saber sobre uma conhecida que vejo com frequência. É questão de educação, algo que você talvez devesse aprimorar.

– Ah, claro. Perdão.

Se o sorriso malicioso de Dante fosse só um pouco maior, cairia de seu rosto. O desgraçado estava se divertindo, sem dúvida se vingando por eu ter estragado seu tempo a sós com Vivian.

Não importava. Ele podia fazer as insinuações que quisesse, mas não tinha provas de que eu estava interessado em Isabella. Não era como se eu fosse aparecer na Verve e mantê-la longe de pretendentes em potencial, feito um homem das cavernas.

Eu tinha orgulho demais para isso.

CAPÍTULO 17

UMA ONDA DE CALOR, álcool e barulho me atingiu no segundo em que entrei na Verve.

Em minha defesa, eu realmente não tinha planejado ir à boate naquela noite. Não gostava de espaços lotados, de bêbados chatos nem de remixes que provocavam enxaquecas, coisas que casas noturnas tinham de sobra.

No entanto, enquanto executivo da Young Corporation e editor da *Mode de Vie*, a revista de moda e estilo de vida mais importante do mundo, era meu trabalho ficar por dentro dos locais mais badalados da cidade. Eu não estaria cumprindo meu dever à altura se não fosse conhecer a Verve, concorda?

O baixo grave do hit mais recente sacudia meus ossos enquanto eu abria caminho pela multidão. Para onde quer que olhasse, era confrontado por ruído e gente – mulheres com vestidos justos, homens com jeans ainda mais justos, casais dançando que mais pareciam estar fornicando. Nenhum sinal de Isab... de qualquer pessoa conhecida.

Não que eu estivesse procurando alguém em particular.

Estava na metade do caminho para o lounge VIP quando uma moça esbarrou em mim e quase derramou sua bebida em meus sapatos.

– Opa! Desculpe! – disse ela com voz aguda, seus olhos brilhando de uma maneira que só poderia ser atribuída a drogas, álcool ou ambos. Ela agarrou meu braço com a mão livre e me encarou. – Nossa, você é bonitinho. Tem namorada?

– Que tal a gente procurar as suas amigas? – sugeri.

Eu me libertei gentilmente de sua mão e a conduzi em direção às amigas que estavam no bar (facilmente identificáveis, já que todas usavam as mesmas faixas de despedida de solteira que minha admiradora). Chamei o barman.

– Uma garrafa de água para a senhorita, por favor.

Quando ele voltou, ela já estava ocupada tomando shots com um sujeito vestindo um terno Armani de péssimo caimento.

Duvidei que ela fosse beber a água, mas deixei-a lá mesmo assim. Ser a única pessoa sóbria em uma boate era como ser babá de uma sala cheia de estranhos.

Pedi um uísque para mim, já arrependido da decisão de ir até lá, quando uma voz familiar cortou o barulho.

– Kai? É você?

Eu me virei, meu olhar encontrando a mulher de cabelos castanho-claros brilhantes e olhos azul-acinzentados. Meu rosto relaxou em um sorriso.

– Alessandra, que surpresa boa. Não imaginava que você fosse do tipo que gosta de balada.

A esposa de Dominic retribuiu meu sorriso. Objetivamente, ela era uma das mulheres mais bonitas que eu já havia conhecido. Parecia uma versão mais jovem da mãe, que fora uma das supermodelos brasileiras mais famosas dos anos 1990. Porém, apesar de ter aquela aparência – ou talvez por isso mesmo – e de ser casada com um dos homens mais ricos de Wall Street, um ar de melancolia sempre pairava ao seu redor.

Dominic era meu amigo, mas eu não ignorava seus defeitos. Ele era tão romântico quanto uma pedra.

– Não sou, mas o Dom está ocupado com o trabalho, e já fazia muito tempo que eu não tinha uma noite das garotas… – Ela deu de ombros, um breve lampejo de tristeza cruzando seus olhos. – Achei que seria bom sair de casa. Deus sabe que já passo muito tempo lá dentro.

Noite das garotas. Uma semente de suspeita brotou em meu estômago, mas mantive o tom o mais casual possível.

– Você não precisa explicar nada. Eu entendo. – Fiz uma pausa e então perguntei: – Com quem você veio?

– Com a Vivian e as amigas dela. Nós nos conhecemos no baile de outono do ano passado e mantivemos contato. Quando ela ficou sabendo que eu não tinha planos para esta noite, me convidou para sair com elas. – Alessandra inclinou a cabeça em direção ao elevador. – Quer se juntar a nós? Estamos com uma mesa no lounge VIP.

Vivian e as amigas dela. Ou seja, Isabella.

Aquela informação acendeu um fogo em meu sangue, mas suprimi qualquer reação visível.

– Não quero me intrometer na noite das garotas.

– Você não vai se intrometer. O objetivo é conhecer gente do sexo oposto. Bem, eu e Vivian, não, já que somos casadas – emendou Alessandra, girando a aliança de casamento no dedo. – Mas Sloane e Isabella estão a noite toda tendo que afugentar homens. Bem, Sloane os afugenta, Isabella nem tanto. – Ela riu. – Ela já deve ter dançado com metade dos solteiros daqui.

Uma sensação sombria e indesejada invadiu meu peito.

– Que maravilha – respondi, a voz entrecortada.

Forcei um sorriso, calando a vontade de exigir o nome de cada desgraçado que havia tocado nela. Normalmente, a reviravolta violenta dos meus pensamentos teria me chocado, mas não vinha sendo eu mesmo desde que coloquei os olhos em Isabella.

Uma risada profunda e suave se espalhou pelo ar, atrapalhando minha concentração.

Ergui os olhos com uma pitada de aborrecimento. Estava fazendo um bom progresso em minha tradução de A arte da guerra *antes de ser rudemente interrompido.*

Passei os olhos pelo bar, fixando-me na única pessoa que não conhecia. Cabelo preto e roxo, pele bronzeada e curvas incríveis sob o uniforme preto característico do Valhalla. Brincos de prata brilhavam em suas orelhas e, quando ela levantou a mão para tirar uma mecha de cabelo do olho, reparei nas linhas escuras de uma tatuagem na parte interna de seu pulso.

Sua colega de trabalho disse qualquer coisa e outra gargalhada jorrou dela. Mesmo que isso não tivesse acontecido, eu teria notado que ela era a dona da risada. Ela irradiava uma energia selvagem e desinibida.

Ela gesticulava bastante, o rosto animado. Eu não sabia o que ela estava dizendo ou por que eu a estava observando, mas, toda vez que tentava desviar o olhar, sua presença chamava minha atenção como um arco-íris em um céu cinza.

Um pequeno incômodo percorreu minhas entranhas.

Mesmo sem trocar sequer uma palavra com ela, eu sabia que, quem quer que aquela mulher fosse, com certeza seria um problema para mim.
– Kai? – A voz de Alessandra me levou de volta à boate.
Pisquei para afastar a lembrança e forcei outro sorriso. *Foco.*
– Mas acho que vou me juntar a vocês, afinal. Prefiro passar a noite com amigos do que com estranhos.
– Perfeito. – Ela devolveu meu sorriso. – Vivian vai ficar feliz em te ver.
Falamos amenidades enquanto pegávamos o elevador até o terceiro andar, mas eu não estava prestando muita atenção.
Não tinha entrado em contato com Isabella desde a véspera do Dia de Ação de Graças. Primeiro porque estava sobrecarregado de trabalho e também por precisar de tempo para organizar minhas ideias.
Meu lado racional insistia que eu deixasse as coisas como estavam. Não seria nada bom me envolver ainda mais com ela, principalmente com o conselho observando cada movimento meu. Não podia permitir um escândalo antes da votação para o cargo de CEO, e qualquer coisa relacionada a Isabella – desde seus tópicos de conversa indecentes até sua capacidade de destruir todas as defesas que ergui ao longo da vida com nada além de um sorriso – gritava escândalo. O meu lado *irracional*, no entanto, não dava a mínima.
Pela primeira vez na vida, o lado irracional estava vencendo.
Quando Alessandra e eu entramos no lounge VIP, meus olhos automaticamente examinaram o cômodo em busca de covinhas familiares e cabelos escuros.
Nada.
Vivian e Sloane estavam sentadas em uma mesa de canto, mas Isabella não estava à vista.
Ela podia estar no banheiro ou pegando outra bebida... ou podia estar dançando com alguém em algum outro lugar da boate.
O ciúme se espalhou pelo meu sangue como veneno.
Nunca tivera ciúmes de ninguém em toda minha vida. Não precisava ter; sempre fui a pessoa mais rápida, inteligente e talentosa em qualquer ambiente. Quase não dava atenção a competições porque não *havia* competição.
Mas, naquele momento, eu estava com tanto ciúme de uma pessoa hipotética que não conseguia respirar.

Tentei organizar minhas emoções descontroladas em uma expressão neutra enquanto me aproximava da mesa. Não tinha certeza se conseguira; era intenso e voraz demais, como fumaça saindo de um incêndio.

– Espero que vocês não se importem, mas eu trouxe um convidado. – Alessandra sentou-se ao lado de Vivian, que ergueu as sobrancelhas ao me ver. – Encontrei o Kai lá embaixo e imaginei que quanto mais gente, melhor.

– Estou aqui a trabalho – expliquei, antecipando a pergunta de Vivian. – A *Mode de Vie* vai falar sobre a Verve em uma matéria sobre a vida noturna de Manhattan.

Nota mental: pedir ao editor de entretenimento da Mode de Vie *para publicar uma matéria sobre a vida noturna de Manhattan e mencionar a Verve.*

– Sei. – Ela fez uma expressão divertida. – Bem, como a Ale disse, quanto mais gente, melhor. Espero que você encontre algumas boas informações para a sua... matéria.

– Você está fazendo a pesquisa de campo pessoalmente? – perguntou Sloane, recostando-se e me analisando com um olhar frio e cético.

Alessandra e Vivian estavam vestidas para a noite, mas o coque apertado e as calças pantalonas de Sloane pareciam ter vindo diretamente do escritório.

– Esse trabalho não fica para jornalistas novatos, em vez do presidente do setor?

– Eu gosto de me envolver em projetos nos quais estou interessado.

– Tipo a vida noturna da cidade.

Meu sorriso endureceu.

– Sim.

– Interessante.

Sloane parecia pronta para uma segunda rodada de perguntas, mas, felizmente, uma gargalhada vinda de uma mesa próxima chamou sua atenção antes que pudesse me interrogar ainda mais. Seus olhos se voltaram para a direita e sua expressão congelou tão rapidamente que senti um arrepio nos ossos.

– Só pode ser brincadeira.

Segui o olhar dela em direção ao grupo sentado na mesa oposta à nossa. Eram herdeiros, jovens socialites meio rebeldes e alguns aproveitadores, um dos quais foi expulso sem cerimônia de seu assento por um recém-chegado.

O rapaz estava de costas para mim, mas eu reconheceria suas tatuagens em qualquer lugar. Havia apenas uma pessoa com o brasão de uma família rival tatuada no bíceps.

Xavier Castillo, o filho mais novo do magnata da cerveja mais rico da Colômbia.

Sloane marchou rumo à mesa dele, que se virou, um sorriso se formando em seu rosto, apesar do óbvio descontentamento dela. Eu não consegui ouvir o que diziam, mas, a julgar pelos gestos dela e pela expressão irreverente dele, eu estava a poucos minutos de testemunhar um homicídio.

Alessandra franziu a testa.

– Aquele é o Xavier? Achava que ele estivesse em Ibiza.

Fiquei tão surpreso quanto ela ao vê-lo na cidade. Xavier geralmente passava os dias em um iate, cercado por modelos e outros herdeiros hedonistas. Seu pai havia construído sua empresa do nada, mas a ambição de Xavier pairava em algum lugar abaixo do zero.

– Ele se mudou para Nova York há algumas semanas. É o mais novo cliente da Sloane. – Vivian fez uma careta quando Sloane enfiou o indicador no peito dele, seus olhos afiados o suficiente para perfurar pedra. Xavier bocejou, aparentemente imperturbável. – Eles estão tendo certa dificuldade na adaptação.

Depois de outra interação acalorada, Sloane partiu em direção à saída.

– Já volto – disse ela severamente ao passar pela nossa mesa.

Xavier a seguiu, conseguindo parecer entediado e, ao mesmo tempo, se divertindo com a situação. Ele me cumprimentou com um aceno de cabeça e piscou para Vivian e Alessandra, que o observaram sair com um sorriso irônico no rosto.

– Menos uma – disse ela. – Acho que nossa noite das garotas está indo pelo ralo.

– Falando nisso, onde está Isabella? – perguntei casualmente.

Por mais fascinantes que fossem os problemas dos clientes de Sloane, eu não me importava com o que ela estaria fazendo com – ou para – Xavier, embora não fosse me espantar se ela o perfurasse com o salto do sapato.

– Ela está no segundo andar. – Vivian tomou um gole recatado de sua bebida. – Um cara *lindo* a convidou para dançar, e queríamos dar alguma privacidade a eles, então não fomos atrás dela. Ele não era lindo, Ale? Parecia um pouco o Asher Donovan.

Alessandra franziu as sobrancelhas.

– Ele não era *tão* bonito assim...

Vivian a encarou, séria.

Elas deviam ter se entendido por meio daquela estranha e silenciosa comunicação feminina, porque o rosto de Alessandra logo relaxou. Os olhos dela dispararam em minha direção.

– Mas sim, ele era bem bonito. A Isabella com certeza achou.

Meus dentes cerraram com tanta força que doeu.

– Vocês a deixaram com um desconhecido? Quando foi a última vez que vocês a viram? Ele pode estar *drogando* a Isabella nesse momento.

Elas não liam jornal? A criminalidade estava em alta. Novas variantes do "boa-noite-Cinderela" chegavam às ruas toda semana. Elas eram amigas de Isabella! Deveriam estar cuidando dela, não impingindo-a a cada sósia de Asher Donovan que passava.

Donovan nem era tão bonito, pelo amor de Deus.

– Ela é adulta. Sabe tomar as próprias decisões – disse Vivian calmamente. – A Isa é esperta o bastante para cuidar de si mesma. Além disso, o objetivo desta noite era que ela tivesse uma aventura.

– Ou mais de uma – acrescentou Alessandra.

Os olhos de Vivian brilharam.

– Ou mais de uma.

Nenhuma das duas parecia compreender a gravidade da situação. Uma irritação invadiu meu peito e alimentou a inquietação que borbulhava sob minha pele.

– Com licença. – Levantei-me tão abruptamente que quase derrubei os copos na mesa e a bandeja de um garçom que passava. – Foi um prazer ver vocês duas, mas preciso dar uma volta pela boate. Para a matéria da revista.

– Claro. – O sorriso de Vivian se alargou. – Boa sorte com a matéria.

Deixei-as no lounge, Vivian com uma expressão estranhamente presunçosa, enquanto Alessandra parecia apenas confusa.

Eu estava impaciente demais para esperar o elevador, então peguei as escadas até o segundo andar. Meu telefone tocou com uma ligação de Dominic enquanto eu descia; ignorei, embora seu timing fosse curioso. Ele nunca ligava tão tarde e deveria estar no escritório. Dominic raramente prestava atenção em qualquer coisa além de números quando estava trabalhando.

Mas todos os pensamentos sobre os motivos para ele estar me ligando à meia-noite desapareceram quando cheguei ao meu destino. Ao contrário do espaçoso lounge VIP, o segundo andar fervilhava de bêbados entre 20 e 30 e poucos anos. O reggaeton estrondava pelo salão e o ar exalava sexo, álcool e suor.

Encontrar Isabella tão rapidamente superou todas as probabilidades, considerando quanto o local estava lotado. Mas virei a cabeça e lá estava ela. Mesmo no meio de centenas de pessoas, ela se destacava como um girassol em um campo de ervas daninhas.

Rosto ruborizado, olhos brilhantes, covinhas nas bochechas e um sorriso aberto. Seu cabelo caía pelas costas em ondas soltas, e a vontade de enroscar meu punho naquela seda preta e violeta ardeu dentro de mim. Um puxão e ela seria minha, com a boca pronta para ser tomada, o pescoço à mostra para meus dentes e língua.

Fiquei duro, minha mente cheia de fantasias que não deveriam ser alimentadas. Havia trancado meus impulsos mais inconvenientes em caixas bem lacradas ao longo dos anos, mas bastava olhar para ela que os ferrolhos se desintegravam como pergaminhos em chamas.

A risada de Isabella me alcançou por cima da música. Ela inclinou a cabeça para olhar para o homem à sua frente. Cabelo castanho, camisa mal ajustada, clareamento nos dentes, como um político ou um vendedor de carros. *Lindo porra nenhuma.* Ele tinha cara de babaca.

Meu desejo se transformou em uma pontada de ciúmes, cintilando a uma faísca de distância de se incendiar, quando ele passou um braço em volta da cintura dela e sussurrou algo em seu ouvido.

Isabella devia ter sentido o calor do meu olhar porque, em vez de responder, virou a cabeça para mim. Nossos olhares se encontraram, o dela brilhante de surpresa, o meu, sem dúvida, sombrio com emoções que preferia não examinar muito de perto.

O sorriso dela desapareceu e pude ouvi-la ofegar do outro lado do salão.

Não deveria ser possível, mas eu estava tão sintonizado com ela que podia sentir seu menor movimento em uma boate lotada.

O vendedor de carros disse mais alguma coisa. Isabella desviou os olhos dos meus, mas meus pés já estavam se movendo, cruzando a pista e me levando até ela.

– Aí está você, querida. – Coloquei a mão nas costas de Isabella, logo acima do braço do idiota, que ainda estava enrolado em sua cintura. Meu sorriso educado mascarou a dose letal de possessividade que corria pelo meu sangue. – Você não me disse que tinha feito um novo amigo.

O homem estreitou os olhos. E não tirou o braço de Isabella.

– Quem é você?

– Alguém que vai dar um jeito nessa sua cara já deplorável se você não sair daqui nos próximos dez segundos – respondi. – Caso esse seu Patek Philippe falsificado não marque a hora corretamente, isso seria agora.

Dez segundos foi uma oferta generosa. Eu quis socar o queixo dele no momento em que o vi.

Manchas vermelhas se formaram no rosto do homem.

– Vai à merda. Eu...

O homem se calou quando meu sorriso ficou mais afiado. Eu não gostava de violência fora do ringue, mas ficaria feliz em arrancar os dentes dele e forçá-los goela abaixo.

Meus batimentos aceleraram com a ânsia por sangue.

Ele devia ter lido as intenções em meu rosto, porque rapidamente deixou cair o braço, murmurou uma desculpa qualquer e se afastou às pressas.

– Que porra foi essa? – questionou Isabella, afastando a minha mão e me encarando. – Você estragou o meu encontro.

Um músculo latejou em minha mandíbula.

– Não é um encontro se você não veio para cá com ele.

Pensei que alguém do Valhalla poderia nos ver, mas meus colegas não frequentavam lugares como aquele. Mesmo que frequentassem, estariam no lounge VIP, não na pista de dança geral. Mas, sinceramente, eu estava irritado demais para me importar. O comitê administrativo inteiro poderia estar ao nosso lado e eu ainda estaria focado em Isabella.

Ela empinou o queixo.

– É um encontro se eu *for embora* com ele.

– Se isso foi o suficiente para espantá-lo, ele não merece você – respondi friamente. – Se você tivesse ido embora com ele, teria que aguentar dois minutos de fornicação certamente insatisfatória em um colchão sujo sem estrado, então deveria me agradecer. Pela forma como ele saiu correndo, duvido que tivesse ritmo suficiente para marcar o compasso de uma canção infantil básica, muito menos para fazer sua noite valer a pena.

Isabella ficou de queixo caído, então me encarou por um longo momento antes de cair na gargalhada.

– Uau. Fornicação? Quem fala assim?

– Estou errado?

– Não sei. Como eu disse, você o espantou antes que eu pudesse saber como... – Sua frase foi interrompida por um suspiro quando passei o braço ao redor de sua cintura e a puxei para mim.

– Você acha que teria gostado de ficar com ele, Isabella? – perguntei suavemente. – Teria gemido para ele como gemeu para mim enquanto eu estava com os dedos enterrados na sua bocetinha gostosa? Quando cavalgou na minha mão até ela ficar encharcada? Ainda posso ouvir seus gemidos. A cada maldito segundo do dia.

Um rubor profundo coloriu as bochechas dela, fazendo sumir a diversão anterior. Seus olhos cintilaram com um fogo idêntico ao que vinha arruinando meu bom senso.

– Pare com isso.

– Isso o quê?

Minha mão livre deslizou de sua cintura até a base de suas costas. O calor da pele queimava minha palma, me marcando.

– Pare de dizer essas coisas.

O barulho deveria ter ocultado seu tom ofegante, mas eu a ouvi tão claramente quanto se estivéssemos em uma sala vazia.

Isabella engoliu em seco quando rocei os nós dos dedos por suas costas nuas. O decote de seu vestido descia até a cintura e sua pele parecia seda sob meu toque.

– Que coisas? A verdade? – Baixei a cabeça, minha boca roçando a concha da orelha dela. – Se tem uma coisa de que me arrependo é ter ido embora antes de terminarmos o que começamos na sala do piano.

Se tivéssemos feito isso, talvez as lembranças dela não tivessem me torturado tanto na última semana. Talvez eu tivesse saciado aquela necessidade selvagem e intensa de me gravar nela tão profundamente a ponto de ser o único homem em quem ela conseguia pensar.

Pelo amor de Deus, eu tinha aberto mão de uma noite com meus livros para ir a uma boate. Se isso não fosse um sinal do meu caos irreversível, nada seria.

Ela pareceu tomada por um calafrio. Isabella inclinou a cabeça para trás quando meus lábios deslizaram até o lóbulo de sua orelha e eu o mordisquei.

– Kai...

O som ofegante do meu nome nos lábios de Isabella acabou com o controle que me restava.

Uma onda de luxúria me dominou, varrendo cada rastro de lógica e racionalidade.

Poucas coisas na vida eram certas, mas de uma coisa eu sabia: se não a possuísse logo, e se ela não me quisesse tão desesperadamente quanto eu a queria, eu morreria.

– Suba e diga às suas amigas que você está indo embora. – Eu a peguei pela nuca, minha voz tão baixa e sombria que mal a reconheci. – Você tem cinco minutos, querida, ou descobrirá em primeira mão que eu nem sempre sou o cavalheiro que você pensa.

CAPÍTULO 18

Isabella

NÃO ME LEMBRAVA DA DESCULPA que dera às minhas amigas para ir embora mais cedo. Não me lembrava de muita coisa, na verdade, sobre como havia acabado ali com Kai, à meia-noite e meia, com o coração na garganta e meu corpo vibrando de nervosismo.

Estávamos no Barber, um bar que parecia, bem, uma barbearia, se barbearias servissem bebidas alcoólicas em frascos falsos de xampu e empregassem DJs que mais pareciam modelos.

Ao contrário do caos da Verve, aquele lugar ali exalava exclusividade. Pulseirinhas gravadas, música sensual, ar impregnado com os perfumes dos poucos sortudos que sabiam da existência do local. Estávamos a apenas alguns quarteirões da boate, mas era como se estivéssemos em um outro mundo.

Eu tremia de expectativa quando Kai e eu passamos por uma cortina de veludo que separava o salão principal da área VIP. Ele era uns trinta centímetros mais alto que eu, mas nossos passos seguiam em um ritmo perfeito. De vez em quando, a manga da camisa dele roçava minha pele ou meu cabelo resvalava em seu braço. Nenhum de nós reagia de maneira visível, mas cada pequeno toque era uma gota a mais no poço de tensão que já fervia ao nosso redor.

Você tem cinco minutos, querida, ou descobrirá em primeira mão que eu nem sempre sou o cavalheiro que você pensa.

Sentia uma pressão pulsando entre as pernas. Depois do que acontecera na semana anterior, eu não tinha dúvidas de que Kai era capaz de fazer algumas coisas bem pouco cavalheirescas. Eu amava e odiava o quanto a perspectiva me excitava.

Minha expectativa se espalhou em arrepios da cabeça aos pés quando a cortina se fechou atrás de nós, nos deixando em uma sala que parecia... outra barbearia. Ladrilhos preto e brancos cobriam o chão e cadeiras giratórias pretas formavam estações de trabalho individuais. Em vez de escovas, secadores de cabelo e géis, as estações ostentavam copos, petiscos e bebidas.

A sala estava estranhamente vazia, mas meu coração pulou de surpresa quando Kai foi até uma estação e bateu no espelho, que se abriu, revelando um barman de gravata-borboleta. Ele entregou duas garrafas a Kai e o espelho se fechou novamente.

Eu não conseguia decidir se aquilo tudo era incrivelmente legal ou perturbadoramente bizarro.

O olhar de Kai adquiriu um brilho divertido ao ver minha expressão. Ele me entregou uma das garrafas, que aceitei sem dizer uma palavra.

Não tínhamos nos falado desde que saíramos da Verve, mas, em vez de diminuir meu desejo, o silêncio o ampliava. Sem conversas para me distrair, minha mente girava em uma dezena de direções – em direção ao porão em Bushwick, onde nos beijamos pela primeira vez; à sala do piano no Valhalla, onde ele me proporcionou um dos melhores orgasmos da minha vida; e à pista de dança da Verve, onde sua aparição fez meu coração acelerar mais do que eu gostaria de admitir.

Não tirei os olhos dele enquanto inclinava a cabeça para trás e tomava a bebida. A expressão de Kai transbordava um interesse lânguido, mas seu olhar ardia como se eu estivesse perto demais de um incêndio.

– O que você estava fazendo na Verve? – perguntei por fim, minha curiosidade superando o medo de perturbar o delicado equilíbrio entre nós. – Você não me parece do tipo que gosta de balada.

Vivian havia mencionado uma pesquisa para uma matéria, em que não acreditei nem por um segundo. Presidentes de empresas multibilionárias não faziam o trabalho pesado.

Kai me observou com seus olhos escuros e astutos.

– Não faça perguntas para as quais você já sabe a resposta, Isabella.

Um arrepio percorreu minha pele. Meu Deus, a maneira como ele dizia meu nome era indecente, como um amante perverso roubando beijos em cantos sombrios. Seda suave sobre veludo escuro. Educado nas maneiras, mas estonteantemente sensual.

Eu havia pedido que ele parasse, mas, na verdade, estava viciada em sua voz, em seu toque, em cada detalhe dele. E a maneira como Kai me encarava me fazia pensar que eu não era a única fora de controle.

– Venha aqui. – O comando suave dele me causou um arrepio.

Meus pés se moveram antes que meu cérebro pudesse protestar. Um passo, dois, três, até que nossos corpos quase se tocaram. O calor do corpo dele lambeu minha pele e chamuscou as bordas da minha resistência.

– Não deveríamos estar fazendo isso – falei, ofegante. – É contra as regras do Valhalla.

Isso era o que eu ficava repetindo para mim mesma. Agarrava-me à regra como o sobrevivente de um naufrágio se agarraria a um pedaço de madeira flutuante. Era a minha tábua de salvação, a única coisa que me impedia de me afogar nas ondas ferozes do meu desejo. Mas a força da maré era grande demais e eu já sentia que meus braços estavam cansando. Uma corrente mais forte e eu estava perdida.

– Eu sei – disse Kai calmamente, como se estivéssemos passeando pelo Central Park. – Eu não dou a mínima para as regras.

Meu coração disparou.

– Isso não combina com você. – As palavras saíram tão rápido que quase se embolaram, mas continuei falando, com medo de me afogar se parasse: – Pensei que você adorasse regras, quase como uma religião. É a educação britânica, não é? Aposto que Oxbridge é bastante rígido quando se trata desse tipo de coisa. Você não...

– Isabella.

Engoli em seco.

– Oi?

– Cale a boca e me deixe te beijar.

Então veio a corrente.

Não tive tempo para pensar. Em um minuto, estava de pé; no seguinte, Kai havia pressionado a boca na minha, e meus ossos se dissolveram a uma velocidade tão constrangedora que eu teria derretido no chão se ele não estivesse me segurando.

Nosso beijo no Brooklyn fora uma surpresa doce e hesitante. Aquele beijo ali foi deliberado, com uma precisão tão dolorosa e direcionada que derrubou todas as minhas defesas de um só golpe.

A mão dele enroscada em meus cabelos. A firmeza sensual de sua boca. Seu calor e seu cheiro estonteantes.

Cada fraqueza minha, saqueada e sujeitada à submissão.

Minha cabeça ficou leve e não resisti quando Kai nos conduziu até uma cadeira. Parte de mim se deu conta de que ainda estávamos em público, apesar da sala vazia, e de que alguém poderia entrar a qualquer segundo, mas isso não parecia importante quando ele estava segurando meu cabelo e mordendo meu lábio inferior daquele jeito.

Os arrepios foram se fundindo uns nos outros até que me peguei torturada por um longo e incessante tremor de prazer.

Então ele se afastou e eu respirei fundo antes de me pegar sentada em seu colo. Eu não sabia como havíamos acabado naquela posição, mas não ia reclamar. Não quando a boca de Kai descia pela lateral do meu pescoço e sua ereção pressionava minhas costas, voltando a me deixar sem fôlego.

Eu me apertei a ele, buscando o orgasmo que brilhava no horizonte como uma miragem. Perto o suficiente para senti-lo, mas longe demais para alcançá-lo.

– Abra as pernas para mim, querida.

O sussurro de Kai foi como mel em minhas veias. *Meu Deus, esse sotaque.*

Obedeci. A pressão cresceu entre as minhas pernas enquanto a mão subia preguiçosamente pela parte interna da minha coxa até chegar à minha calcinha encharcada. A intensidade do meu desejo me arrancou um gemido baixo e constrangedor. Ele mal havia me tocado e eu já estava derretendo.

– Isso, assim.

Kai baixou as alças dos meus ombros com a outra mão e gentilmente puxou meu vestido para baixo. Eu não estava usando sutiã, e cada sopro de ar contra meus mamilos entumecidos e sensíveis enviava um choque para o meu ventre. Eu me contorci, desesperada por mais contato, mas não conseguia me ajeitar na posição em que estava.

– Deixa eu sentir o quanto você está molhada.

Ele afastou minha calcinha para o lado.

– Kai – falei, ofegante, quando ele meteu dois dedos em mim. O suor brotou em minha testa com aquela pressão terrivelmente deliciosa. – Não podemos...

Minha frase evaporou quando ele segurou meu seio e apertou. Kai esfregou meu mamilo com o polegar enquanto seus dedos iam ainda mais fundo.

Minha cabeça caiu para trás mesmo enquanto a luxúria e a cautela disputavam o domínio. Nada, exceto uma cortina de veludo, nos separava do restante do bar. Alguém só precisava empurrar a cortina para o lado para ter uma visão obscena de mim sentada seminua no colo de Kai, o vestido puxado até a cintura, as pernas abertas e a pele corada enquanto ele me manipulava feito um brinquedo.

– Alguém vai ouvir.

Um gemido humilhante cortou o ar quando ele enterrou os dedos até o fundo e pressionou o polegar contra meu clitóris inchado.

Pequenas rajadas de fogos de artifício irromperam sob a minha pele. O baixo grave e ritmado saturava o ar, mas meu coração batia tão forte que eu tinha certeza de que as pessoas podiam ouvi-lo do outro lado do bairro.

– Não, não vai. – Kai parecia perturbadoramente calmo, como se estivesse dissecando um texto acadêmico em vez de me dedando em público. – Você quer saber por quê?

Balancei a cabeça. Cravei os dentes em meu lábio inferior com tanta força que o gosto de cobre tomou minha língua.

– Porque você não vai gozar – disse ele suavemente.

Kai beliscou meu mamilo com força, como se fosse um aviso. Choques idênticos de prazer e dor forçaram outro gemido pela minha garganta. A excitação escorria pelas minhas coxas e em suas calças caras e perfeitamente passadas.

– Isso seria muito inapropriado, considerando que estamos em público.

A cortina de veludo farfalhou. A risada de um desconhecido se aproximou perigosamente de onde estávamos sentados, mas não consegui dar importância.

Meu corpo inteiro vibrava de desejo. Eu estava voraz, faminta e ansiando por algo que só Kai podia me dar.

Era algo além do físico. Eu já tinha transado com outros homens, mas nunca *quis* tanto assim. Como se eu fosse morrer se não o tivesse dentro de mim logo.

– Por favor. – A palavra se estilhaçou em um gemido quando ele passou o polegar pelo meu clitóris.

Lentamente. Com firmeza. Uma tortura perfeitamente requintada.

Tentei me virar para encará-lo, mas Kai passou um braço em volta da minha cintura e me prendeu.

– Eu não disse que você podia se virar.

A boca dele voltou para o meu pescoço. As palavras tatuadas em minha pele a cada beijo leve.

Perdi o fôlego.

– As pessoas sempre fazem o que você manda?

Senti quando ele sorriu contra a curva do meu ombro.

– Sim.

A resposta simples não deveria ter sido tão excitante, mas, minha nossa, foi muito. E eu estava cansada de esperar.

Finalmente reuni forças suficientes para tirar o braço dele da minha cintura. Kai permitiu o movimento; eu não era ingênua a ponto de achar que poderia tê-lo vencido, se ele tivesse tentado me impedir.

Com um giro suave, montei nele. Meus seios nus roçaram o algodão branco e macio de sua camisa social.

A respiração de Kai estava controlada, sua expressão, plácida, mas seus olhos brilhavam com tanta intensidade que ameaçavam nos consumir por inteiro.

Ele não estava tão impassível assim.

Saber disso me deu confiança para seguir em frente.

– Engraçado. Também estou acostumada com as pessoas fazendo o que eu peço.

Uma pitada de diversão brotou no olhar dele.

– Você vai me dar uma ordem, Isabella?

– Vou.

Inclinei o corpo para a frente, pressionando os seios contra seu peito. A diversão desapareceu, deixando um rastro de escuridão.

– Me come.

Um segundo se passou.

Kai não se moveu.

Linhas de tensão marcavam sua mandíbula e seu pescoço, mas ele permaneceu mortalmente imóvel quando estendi a mão para tirar seus óculos.

Eu queria vê-lo sem barreiras desnecessárias entre nós.

Deixei os óculos caírem no balcão atrás de mim com um ruído suave.

Foi um som baixíssimo, mas que acabou desencadeando uma reação.

Kai se levantou tão abruptamente que quase caí de seu colo. Ele engoliu meu suspiro com um beijo intenso, e todos os meus pensamentos desapareceram.

Mãos. Lábios. Dentes.

Eu não sabia dizer onde terminavam os dele e começavam os meus. Não importava. Tudo o que importava era *aquilo*. Saboreá-lo, senti-lo, mais inebriante e potente do que qualquer droga.

Enrosquei os braços em seu pescoço e ele colocou minhas pernas em volta de sua cintura enquanto me empurrava contra a parede mais próxima.

Sua precisão anterior se desfez ao nosso redor. Aquilo era luxúria pura, plena, e não havia espaço para algo tão asseado quanto racionalidade.

Kai foi me beijando até meus seios, sua boca uma marca quente contra minha pele. Um arrepio me percorreu quando ele colocou um mamilo na boca, lambendo, sugando e me provocando até que eu estivesse perto de explodir.

Suas mãos agarravam meus quadris com força; meus dentes afundaram na curva entre seu pescoço e o ombro com um desejo desesperado. Éramos suor, calor e entrega selvagem, e eu não queria que acabasse nunca.

Kai tirou uma das mãos do meu quadril. Ouvi vagamente o barulho metálico de um zíper, seguido pelo barulho de papel-alumínio.

A cabeça quente e rígida do seu pau roçou minha boceta. Movi os quadris com um gemido suplicante, mas ele *não se mexia*, merda.

– Olhe para mim – disse Kai asperamente.

Baixei o rosto e pisquei para afastar a névoa dos olhos. Choque e algo mais primitivo me atravessaram.

A luxúria havia arrancado o verniz refinado de Kai, esculpido linhas profundas em seu rosto, tensionando seus traços e transformando seus olhos em poças escuras.

Eu mal o reconhecia, mas a ânsia forte e insistente entre minhas coxas respondeu àquela versão dele com uma entrega imprudente.

O desejo fundiu nossos olhares enquanto ele me penetrava, centímetro por centímetro, de forma torturante. Parecia insuportavelmente íntimo, mas não desviei o olhar até que ele estivesse todo dentro e meus olhos se fechassem instintivamente com um arfar.

Senti uma pontadinha de dor, seguida por uma explosão incandescente de prazer. Tinha passado os últimos dois anos na companhia de brinquedinhos, mas nenhum deles era tão grande ou ia tão fundo. A pressão implacável me deixou sem fôlego, e meu corpo involuntariamente se contraiu e se arqueou enquanto eu lutava para acomodá-lo.

– Por favor.

Eu não tinha certeza se estava implorando para ele parar ou para me fazer gozar. As duas coisas. Nenhuma delas. Não importava. Tudo que eu sabia era que ansiava por algo que só ele poderia me dar, e torcia desesperadamente que ele fosse capaz de perceber isso sozinho, porque eu não conseguia nem lembrar meu nome naquele momento.

Kai agarrou minhas coxas para me manter parada enquanto saía de dentro de mim. Lentamente, até que apenas a ponta do seu pau estivesse dentro. Então ele meteu outra vez. Mais fundo. Mais rápido. Com mais força.

Qualquer coerência que ainda restasse se desfez enquanto ele me fodia contra a parede com tanta força que fazia meus ossos tremerem. Tudo ficou embaçado. Cravei as unhas em seus ombros enquanto gritos e gemidos me escapavam, misturando-se com seus grunhidos e com o baixo grave e ritmado da música.

Meu corpo inteiro estava sensorialmente sobrecarregado. Não importava o quanto eu recebia, não era suficiente. *Mais. Eu preciso de mais.*

Os dentes de Kai roçaram meu pescoço.

– Ainda me acha chato? – sussurrou ele em meu ouvido, me provocando, ao mesmo tempo que me dava uma estocada particularmente selvagem.

Uma sensação escaldante me invadiu. Lágrimas escorreram dos meus olhos e eu me arqueei e me contorci feito um animal selvagem e fora de controle. Coração disparado, unhas cravadas, lábios abertos em um grito imprudente interrompido abruptamente quando Kai cobriu minha boca. Os restos abafados do meu grito vazaram pela palma dele.

– Shhh. – A voz de Kai era suave, quase gentil, em contraste com sua maneira impiedosa de me foder. – Não queremos que alguém entre e veja essa sua bocetinha gostosa sendo arregaçada pelo meu pau, não é?

As palavras inesperadamente vulgares, ditas com um sotaque tão aristocrático, me levaram ao clímax.

– Meu Deus, *Kai*.

O orgasmo me dilacerou, desdobrando-se em onda após onda de um prazer alucinado e arrepiante. O mundo parou, por um segundo suspenso e ofegante, antes de eu voltar à realidade.

As estocadas suaves e profundas tornaram-se erráticas. A respiração dele sibilava entre os dentes, e eu me agarrei a ele, atordoada demais para fazer qualquer coisa além de me segurar quando ele finalmente gozou com um gemido alto.

Nossos peitos subiam e desciam enquanto nos recuperávamos, abraçados. Se não fosse pela parede contra as minhas costas, teríamos caído no chão.

Meu Deus do céu. Tentei falar, mas minhas cordas vocais não funcionavam. Estava completamente exausta e saciada.

Por fim, nossos batimentos cardíacos voltaram ao normal. Kai saiu de dentro de mim e gentilmente me colocou de pé antes de tirar a camisinha e endireitar nossas roupas.

– Sabe... – Ele alisou meu vestido sobre minhas coxas com uma expressão pensativa. – Acho que esse foi o maior tempo que vi você ficar sem falar.

Ele soltou uma risada do fundo do peito quando eu saí do transe pós-sexo e lhe lancei um olhar de deboche.

– Não fique se achando. Isso foi só o resultado de transar pela primeira vez em dois anos. Você não é tão bom quanto pensa.

Era uma mentira descarada, mas eu não podia deixar o ego dele inflar ainda mais, para que Kai não saísse flutuando. Porque aí de onde eu tiraria meus orgasmos?

– Interessante. – Kai pegou seus óculos no balcão e os colocou. – Não foi isso que você disse enquanto gozava no meu pau.

O calor queimou minhas bochechas enquanto meu ventre formigava com as palavras dele.

– Você é insuportável. – Lancei um olhar cauteloso para a saída. – Tivemos sorte de ninguém nos ver.

A possibilidade de ser pega tinha sido inegavelmente excitante, mas ser pega *de fato* teria sido desastroso.

– Isso não ia acontecer. O segurança sabia que não devia deixar ninguém entrar aqui até que eu liberasse – disse ele, dando de ombros. – Quinhentos dólares são uma grande motivação.

Meu queixo caiu.

– Tinha alguém tomando conta daqui o tempo todo?

E ele havia me levado a acreditar que estávamos a um bêbado de distância de sermos expostos. Inacreditável.

– Claro. Eu não podia deixar que alguém nos flagrasse.

– Porque fotos do herdeiro dos Youngs envolvido em atividades carnais em um bar colocariam em risco sua candidatura a CEO.

– Não. Porque se qualquer pessoa te visse daquele jeito, eu teria que matá-la.

Ele disse isso de forma tão simples e casual que levei um tempo para assimilar as palavras. Assim que isso aconteceu, o ar desapareceu dos meus pulmões.

De repente, percebi que eu tinha transado com *Kai Young*. Nos fundos de um bar, ainda por cima. Se alguém me dissesse, há apenas algumas semanas, que eu estaria naquela situação, eu teria dado risada.

Agora meu período de celibato estava acabado, e eu corria o risco de ser pega na armadilha do pós-sexo, também conhecida como ver coisa onde não tinha.

A antiga Isabella teria entrado nessa e aceitado todas as migalhas oferecidas. Às vezes, a ignorância era uma bênção, em especial quando se era jovem, inexperiente e desesperada por amor ou algo próximo a isso.

Mas eu já havia percorrido aquela estrada e ela tinha me levado a um local que não queria visitar nunca mais. Então, embora eu odiasse ser a pessoa que puxava conversas sérias logo após uma transa, fui direto ao assunto. Nosso relacionamento era complicado demais para deixar as coisas ficarem no ar.

– Então, como vai ser agora?

Meu coração batia tão forte que quase doía. Uma linha confusa se formou entre as sobrancelhas de Kai.

– Isso aqui – continuei, apontando de mim para ele. – Nós dois. O que está acontecendo entre a gente?

– Estamos nos recuperando de excelentes orgasmos, acredito.

A decepção pesou com toda força em meu estômago.

– Você é inteligente demais para se fazer de idiota – rebati, magoada com sua atitude indiferente.

Por Kai, eu havia quebrado uma promessa de anos feita a mim mesma, e ele não conseguia me levar a sério o suficiente para ter uma conversa de verdade.

O sorriso de Kai se dissolveu aos poucos. Seus olhos percorreram meu rosto; não sei ao certo o que ele viu, mas o fez se retrair.

– Você tem razão. Me desculpe – respondeu ele em voz baixa. – Mas eu achei que você soubesse.

Foi minha vez de ficar confusa.

– Soubesse o quê?

– Que agora não tem mais volta. – A admissão foi um sopro quente contra a minha pele. – Você não devia ter me deixado te pegar, Isabella. Porque, agora que peguei, não vou conseguir te largar mais.

CAPÍTULO 19

EU ESTAVA FODIDO, tanto literal quanto figurativamente.

Se Isabella já dominava meus pensamentos antes de transarmos, agora eles estavam completamente consumidos por ela. Já fazia uma semana desde que a levara ao Barber e nem um minuto se passou sem que a lembrança de seu gosto me assombrasse.

Passei a mão pela boca e tentei me concentrar no discurso de encerramento de minha mãe. Era o último dia do retiro de liderança anual da empresa, que naquele ano estava sendo realizado em nosso escritório de Manhattan. Executivos de alto nível tinham vindo do mundo inteiro para quatro dias de seminários, workshops e networking, pelos quais eu passara com tranquilidade.

Eu podia estar distraído, mas mesmo assim era capaz de vender mais, ser mais esperto e apresentar desempenhos melhores do que qualquer outro membro da Young Corporation de olhos fechados.

Meu telefone apitou com uma nova mensagem.

– ... confiem em seus pontos fortes específicos enquanto líderes para construir uma empresa ainda maior e melhor, que reflita o direcionamento do mercado... – A voz de minha mãe entrava e saía de foco enquanto eu verificava as mensagens.

Isabella: você está sozinho?

Um pequeno sorriso curvou meus lábios.

Eu: Não. Estou no retiro da empresa.

Eu não a via desde o início do retiro, mas trocávamos mensagens todos os dias. Nossas conversas consistiam principalmente em memes e vídeos engraçados (enviados por ela), artigos interessantes e recomendações de comida (enviados por mim) e flertes disfarçados (enviados por nós dois). Normalmente, eu não era um grande fã de longas conversas por mensagem, porque elas inevitavelmente perdiam o sentido, se é que havia algum, em primeiro lugar, mas ansiava pelas mensagens dela com uma expectativa constrangedora.

Isabella: perfeito. então eu tenho uma foto para você ;)

Uma foto surgiu na tela. Instintivamente tirei o celular da mesa, mas, para meu alívio e decepção, não era nada escandaloso.
Isabella estava recostada no sofá da sala secreta da biblioteca, as covinhas marcadas em um sorriso travesso e os cabelos espalhados como seda tingida de ametista. Sua mão livre segurava uma garrafa de Coca-Cola.

Isabella: temos aqui uma futura autora best-seller trabalhando pesado

Meu sorriso aumentou mais um centímetro.

Eu: Estou vendo. Suas mãos devem estar cansadas de digitar em seu teclado invisível.
Isabella: pra começar brainstorming também é trabalho senhor juiz
Isabella: além disso tive uma ideia para uma cena de sexo incrivelmente detalhada
Isabella: mas como você está sendo muito grosseiro vou guardar pra mim

Um calor percorreu minha virilha, mas consegui reordenar minhas emoções em uma expressão neutra.

Eu: Talvez você devesse gastar a mesma quantidade de tempo cuidando da pontuação e da capitulação correta das palavras. Ouvi dizer que são habilidades necessárias para escritores...

Isabella: ...
Isabella: você é muito abusado sabia
Isabella: estou te mandando mensagens não escrevendo uma tese de doutorado
Isabella: e sim removi toda a pontuação de propósito
Isabella: espero que te incomode :)

Uma risada brotou em minha garganta, o ruído suave anormalmente alto naquele silêncio.

A reunião. Merda.

Ergui os olhos e encontrei o restante da sala me encarando. Minha mãe estava com uma expressão de reprovação, o que significava que eu levaria uma bronca mais tarde.

– Quer compartilhar alguma coisa conosco? – perguntou Tobias em um tom arrastado, de seu assento ao lado dela. – Um novo negócio emocionante, talvez? As coisas finalmente se resolveram com o DigiStream?

Do outro lado de Tobias, Richard Chu sorriu. Normalmente os membros do conselho não participavam dos retiros de liderança, mas o comitê de votação para CEOs optara por participar naquele ano para que pudessem "avaliar melhor suas opções".

A presença de Richard era a única razão pela qual Tobias tinha sido corajoso o suficiente para me interpelar. O maldito se escondia atrás de seu protetor como uma criança embaixo das saias da mãe. Provavelmente era por isso que Richard gostava tanto dele; sabia que poderia controlá-lo.

– Estamos no caminho certo para fechar em breve – respondi tranquilamente. – Grandes negócios como o DigiStream levam tempo. Entendo que você não tenha experiência nessa área, mas é para isso que servem esses retiros. Para aprender.

O sorriso malicioso de Tobias não se alterou.

– Engraçado você dizer isso. – O brilho em seus olhos me causou um calafrio incômodo. Seu ego era tão frágil que ele reagia ao menor insulto, mas naquele momento aceitara minha alfinetada sem pestanejar. – Você pode não ter notícias importantes para dar hoje, mas eu tenho. – Ele alisou a gravata, seu relógio de ouro cafona brilhando presunçosamente sob as luzes. – Fico feliz em anunciar que, após meses de negociações a portas fechadas, chegamos a um acordo com a Black Bear Entertainment.

As palavras ecoaram por um momento de espanto antes que a mesa explodisse em aplausos. Apenas minha mãe, outro candidato a CEO e eu permanecemos em silêncio.

A Black Bear Entertainment era uma das empresas de entretenimento mais prolíficas do mundo. Sua aquisição acrescentaria uma lista enorme e diversificada de conteúdo muito necessário para o nosso serviço de vídeo por assinatura, que historicamente era um dos setores mais fracos da empresa. Fazia anos que estávamos tentando melhorá-lo.

Como atual CEO, minha mãe já devia saber da negociação. Eu não estava preocupado com a possibilidade de o DigiStream ser ofuscado, pois ele valeria pelo menos três vezes mais depois que o acordo fosse fechado, mas o fato de Tobias fazer um anúncio importante como aquele antes de mim me irritou bastante. Eu já tinha ouvido rumores de que ele estava atrás da Black Bear; só não esperava que tivesse sucesso.

Dei uma olhada para o outro candidato em silêncio. Paxton James estava sentado ao lado de Richard com uma expressão indecifrável. Além de mim, o vice-presidente executivo de desenvolvimento de negócios era a pessoa mais jovem da sala. Ele era perspicaz, espirituoso e inovador. De todos os candidatos, era de quem eu mais gostava, embora soubesse que não deveria subestimá-lo como fizera com Tobias. Ele passava metade do tempo agindo como se não quisesse o cargo de CEO, mas não havia subido tão depressa na empresa sem uma boa dose de ambição.

Ele provavelmente estava tentando ser discreto, avaliando o que aquela notícia bombástica envolvendo a Black Bear significava para suas chances na votação.

Analisei a reação dos outros candidatos ao comunicado de Tobias.

Laura Nguyen, nossa diretora de comunicação, estava sentada com as costas rígidas, seu desdém mal disfarçado por um sorriso tenso. Ela havia catapultado o perfil da Young Corporation ao longo dos últimos cinco anos e gostava de Tobias ainda menos do que eu. Prova de que ela tinha bom senso quando se tratava de imprensa *e* de pessoas.

Ao lado dela, Russell Burton afundou-se no assento. Ele atuava como diretor operacional da empresa havia mais de uma década. O quieto e despretensioso pai de dois filhos era o tipo de homem que lidava melhor com sistemas do que com pessoas. Sua candidatura era uma formalidade, depois de tantos anos de serviço competente, mas, a julgar por quanto ficava verde cada vez que alguém mencionava a votação, ele preferia enfiar uma faca no olho a assumir o fardo de ser CEO.

– Parabéns. – Minha voz cortou o barulho. A sala ficou silenciosa novamente e ofereci a Tobias um sorriso cortês. – A aquisição é um grande benefício para a empresa. Estou animado para ver no que vai dar.

Não dei a ele a satisfação de uma reação mais dramática. Não ganhava nada em agir de forma mesquinha e invejosa. Sequer estava com inveja, apenas irritado.

A reunião foi oficialmente encerrada. Conversas sussurradas e ruídos de metal contra o carpete preencheram a sala enquanto todos se apressavam em sair para o happy hour. A festinha pós-retiro era opcional, mas ninguém perdia a oportunidade de confraternizar.

Tínhamos reservado um bar na mesma rua e, pelas duas horas seguintes, interagi com os presentes, tentando não pensar em Isabella. Eu preferia passar a noite com ela, mas minha presença ali era necessária.

Paxton se aproximou de mim em um momento de calmaria e foi direto ao assunto.

– Você acha que a Black Bear vai fazer alguma diferença para o Tobias?

– Sim, mas não o suficiente.

– Não se precipite. Ele é um desgraçado ardiloso.

Olhei para o meu colega. Por trás da postura descontraída, ele tinha os instintos de um tubarão.

– Ele me lembra de uma outra pessoa que conheço.

Paxton sorriu, sem se preocupar em negar.

– Eu só estou aproveitando a oportunidade. Vice-presidente executivo de uma empresa da Fortune 500 antes dos 35 anos? Nada mal para um garoto de Nebraska. CEO seria legal, mas não estou apostando nisso. Dito isso... – Ele meneou a cabeça para onde Tobias conversava com Richard e dois outros membros do comitê de votação. – Tenho baixa tolerância para esse tipo de palhaçada. Se não puder ser eu, prefiro que seja você.

Eu o examinei por cima dos óculos.

– Você quer uma aliança.

– Um acordo – corrigiu ele. – Aliança parece muito formal. Mas vou ser direto. Neste momento, dois votantes estão me favorecendo. Pode não parecer muito, mas, em caso de empate, cada voto adicional conta. Posso convencê-los a votar em você.

– E imagino que você vai fazer isso porque tem um bom coração – falei secamente.

– Também, e pela promessa de uma promoção – disse Paxton sem pestanejar. – Presidente de vendas para publicidade, quando Sullivan se aposentar. Ele já está com um pé na rua, e você sabe que eu tenho talento para isso.

– Você está se adiantando um pouco, não? O Sullivan ainda deve ter uns bons cinco anos na empresa.

Paxton me lançou um olhar bem-humorado.

Justo. Sullivan estava quase com os dois pés na rua. Nossos anunciantes o adoravam, mas eu dava a ele mais dois anos no máximo.

– Já conversamos bastante sobre trabalho nessa última semana – falei. – Aproveite as bebidas e a comida esta noite. Discutiremos quaisquer assuntos de negócios mais tarde.

Dei uma resposta propositalmente vaga. Gostava de Paxton como pessoa, mas minha confiança nele não ia muito longe.

– Claro. – Ele ergueu o copo, aparentemente tranquilo com minha reação morna à sua proposta. – Fico no aguardo.

As festividades terminaram por volta das nove. Os membros da diretoria foram indo embora, um por um, até restar apenas alguns pingados.

Finalmente. Poderia pedir licença e ir embora sem parecer mal-educado. Tinha feito networking suficiente para um ano inteiro.

– Kai. – Minha mãe me parou na saída. – Uma palavrinha.

Suprimi um suspiro. *Estava tão perto...*

Acompanhei-a até um canto tranquilo do bar, fora do campo de visão dos demais executivos.

O sorriso profissional que ela exibira a noite inteira havia desaparecido, deixando linhas de tensão em seu rastro.

– Não se preocupe – falei. – O acordo com a Black Bear não será nada comparado ao do DigiStream, quando for fechado. O conselho sabe disso.

Ela arqueou uma elegante sobrancelha escura. Com sua pele lisa e seu cabelo preto brilhante, cortesia da melhor esteticista e colorista de Londres, ela poderia se passar por alguém no final dos 30, em vez de quase 60.

– Ele *vai ser* fechado?

– Claro – respondi, ofendido pela pergunta. – Quando foi que eu falhei?

– Dizem que o Mishra não está cedendo e que o Whidby corre o risco de ser removido permanentemente do cargo de CEO. Se isso chegou aos meus ouvidos, chegou aos do conselho. Eles não estão nada satisfeitos.

Meus ombros ficaram tensos.

– Eu sei. Tenho planos de contingência para todos esses cenários.

– Tenho certeza de que sim, mas não é suficiente. – Minha mãe franziu os lábios. – Não tem a ver só com os negócios, Kai. A votação para CEO não é algo objetivo como um demonstrativo de P&L.

– Estou ciente.

– Não acho que esteja. – Ela então baixou a voz: – A votação não é uma questão de mérito. É uma questão de política. Seu sobrenome é uma vantagem e uma desvantagem. Alguns membros do conselho são favoráveis a você porque é um Young, e eles valorizam a estabilidade. Mas outros se ressentem exatamente pelo mesmo motivo. Estão usando o atraso do DigiStream e suas… visões modernas sobre o futuro da empresa para pleitear sangue novo. E esse grupo está ganhando mais espaço a cada dia.

Uma onda fria varreu o ar e penetrou em meus ossos.

– O que você quer dizer com isso?

– Quero dizer que você precisa parar de se valer do seu nome e do seu histórico e começar a se conciliar com quem não está a seu favor, ou pode muito bem acabar perdendo a eleição.

A palavra *perder* cravou-se em mim como as presas de uma fera.

A história se lembrava dos vencedores. Os perdedores desapareciam na obscuridade, seus nomes perdidos com o tempo, como estátuas por onde passaram muitas mãos. Mortos em todos os sentidos, como se nunca tivessem existido.

A pressão sufocou meu peito.

– Eu não vou perder – garanti, minha voz mais fria do que pretendia. – Eu nunca perco.

– Cuide para que seja assim mesmo. – Minha mãe não parecia cem por cento convencida. – Já falei mais do que deveria. Devo ser neutra, mas é o nome da nossa família que está em jogo. Imagine o que as pessoas dirão se um Young perder o cargo de CEO da Young Corporation. Nunca nos recuperaremos dessa humilhação.

Ela me encarou com o mesmo olhar direto que fazia inimigos e aliados tremerem diante dela.

– Faça campanha, Kai. Faça o que for preciso para deixá-los felizes. Eu sei que você se considera acima disso, mas não deixe seu orgulho atrapalhar a vitória. A menos que você queira Tobias lhe dando ordens do escritório principal.

Meu estômago se revirou.

Eu odiava a palavra *campanha* quase tanto quanto a palavra *perder.* Era tão… indigno. Os sorrisos forçados, as bajulações, os clichês que ambas as partes conheciam, mas fingiam ser sinceros.

Mas minha mãe sabia exatamente como me atingir; eu preferia engolir um frasco de veneno a acatar uma única ordem de Tobias Foster.

O ar gelado da noite esfriou minha raiva quando saí. Ainda assim, estava incomodado, e voltar para casa, para meu apartamento, não tinha o mesmo apelo de sempre.

Peguei o celular e abri minhas últimas mensagens.

Eu: Você ainda está no Valhalla?

Eu deveria estar exausto de socializar, mas conversar com Isabella nunca me esgotava como conversar com outras pessoas.

Isabella: Não, acabei de chegar em casa
Isabella: Não trabalho hoje à noite…

O convite implícito era claro.

Eu: Chego em vinte minutos

CAPÍTULO 20

Isabella

A CAMPAINHA TOCOU às cinco para as dez, exatamente vinte minutos depois de eu enviar a Kai meu endereço.

Meu coração pulou quando abri a porta e o encontrei parado no corredor, os cabelos desgrenhados e as bochechas coradas pelo vento. Vê-lo pessoalmente pela primeira vez em quase uma semana foi como voltar a respirar depois de passar muito tempo prendendo o ar.

Uma euforia invadiu meus pulmões.

– Oi – disse, sem fôlego.

Um sorriso curvou os lábios dele.

– Oi.

– Alguém já te disse que sua pontualidade é assustadora?

– Não com essas palavras. – Ele deu de ombros casualmente. – Se for um problema, eu posso sair e voltar...

– Não se atreva. – Agarrei o pulso dele e o puxei, rindo, para dentro do apartamento. – E não fique se achando. Eu só não quero desperdiçar a faxina.

Kai pareceu ainda mais convencido.

– Você fez faxina só por minha causa? Estou lisonjeado.

Meu sangue subiu todo para o pescoço e o colo. Se ele me tocasse naquele momento, provavelmente se queimaria. *Ele bem que merece.*

– Eu não disse isso. Eu já estava precisando mesmo dar uma arrumada. O timing foi pura coincidência.

– Entendi.

– Enfim... – Ignorei o brilho sugestivo em seus olhos, então deliberadamente virei de costas para ele e gesticulei para o espaço recém-arrumado. – Bem-vindo à minha humilde residência. São 55 metros quadrados de puro luxo e aluguel em dia, bem no coração do East Village.

Eu tinha dado sorte com aquele apartamento. A amiga de uma amiga morava ali antes de voltar para o Arizona, e eu o peguei antes que fosse colocado de volta no mercado. Pagar 1.600 dólares por uma casa no centro da cidade com boa luz natural, lavanderia interna e sem infestação de baratas ou ratos? Para os padrões de Nova York, era uma pechincha.

Kai se aproximou e examinou os pequenos detalhes que eu havia acrescentado para deixar o apartamento mais aconchegante: a coleção de copinhos de shot que comprava em viagens, o teclado elétrico sob a janela, a pintura a óleo que Vivian e Sloane encomendaram e me deram de aniversário uma vez, de gozação. Era um retrato de Monty como um aristocrata vitoriano, usando uma gola branca com babados. Era a coisa mais ridícula do mundo, então simplesmente amei.

O apartamento provavelmente era do tamanho do closet de Kai, mas eu tinha imenso orgulho dele. Era meu, pelo menos enquanto pudesse pagar o aluguel, e fiz dele meu lar em uma cidade que mastigava e cuspia recém-chegados ingênuos mais rápido do que eles conseguiam desfazer as malas.

– Este apartamento é muito você – comentou Kai, seu olhar caloroso e divertido pousando no vaso dourado cheio de penas de pavão ao lado da porta.

Senti meu coração palpitar.

– Obrigada.

Em seguida, já que seria rude da minha parte não apresentar o verdadeiro dono da casa, fui até o viveiro e peguei a píton que descansava em meio à folhagem.

– Esse aqui é o Monty.

Eu o havia comprado alguns meses depois de me mudar para Nova York. Pítons não exigiam muita atenção e davam pouquíssimos gastos, o que combinava perfeitamente com minha agenda e meu salário de bartender. Monty não era tão fofinho quanto um gato ou um cachorro, mas era bom voltar para casa e ter um animal de estimação, mesmo que tudo o que ele fizesse fosse comer, beber e dormir.

Ele deslizou por cima do meu ombro e olhou com curiosidade para Kai, cuja boca se abriu em um sorriso.

– Monty, a píton. Que fofo.

– Meu pai era muito fã de *A vida de Brian* – admiti.

Eu não era uma fã tão fervorosa, mas sempre gostei de trocadilhos, e meu pai teria achado graça se ainda estivesse vivo.

– Interessante. Pensei que você fosse do tipo que gostasse de lulus-da-pomerânia.

– Porque sou adorável e tenho um cabelo lindo?

– Não, porque você é pequena e barulhenta.

O sorriso de Kai se transformou em uma risada quando dei um tapa no braço dele.

– Se comporta ou mando o Monty te atacar.

– Uau, que ameaça, mas eu ficaria mais preocupado se ele fosse uma víbora em vez de uma pitonzinha amigável – implicou ele.

Como que para provar o argumento de Kai, Monty esfregou a cabeça em sua mão estendida.

– Traidor – resmunguei. – Quem é que te dá comida?

Mas não consegui reprimir meu próprio sorriso diante daquela visão adorável.

A maioria das pessoas tinha pavor de cobras, porque as achavam feias, venenosas ou malignas. Algumas cobras eram mesmo, mas julgar uma espécie inteira por algumas maçãs podres era como julgar todos os humanos só pelos assassinos em série. Era extremamente injusto, e eu tinha uma queda por qualquer pessoa que tratasse Monty com respeito, em vez de fazer cara de quem queria ligar para o controle de animais na primeira chance.

Depois de alguns minutos, coloquei Monty de volta em seu viveiro, onde ele bocejou e se enrolou alegremente em uma bola. Ele tinha sido bem socializado e sua tolerância a ser segurado era maior do que a de outras cobras, mas eu tentava não estressá-lo com muito contato com desconhecidos.

– Como foi o retiro?

Lavei as mãos e me voltei para Kai, que também lavava as dele.

– Quatro dias de treinamento de liderança parecem um método especial de tortura invocado das profundezas do inferno corporativo – comentei.

Dinheiro *nenhum* seria suficiente para me fazer participar de algo assim.

Quer dizer... Tudo bem, eu participaria por um milhão de dólares, mas nada menos que isso.

– Não é tão ruim assim – disse Kai com outra risada. – Teve uma reunião bem esclarecedora sobre diversificação e consolidação de escopo.

Torci o nariz de desgosto.

– Não acredito que estou transando com um cara que usa a expressão "diversificação e consolidação de escopo". Foi a esse ponto que cheguei para arrumar um relacionamento em Nova York?

Um sorriso malicioso surgiu no rosto dele.

– Você não reclamou enquanto gritava meu nome, umas noites atrás.

Se dois meses antes alguém me dissesse que o enfadonho Kai Young estaria sorrindo para mim daquele jeito, eu teria perguntado que droga a pessoa estava usando. Naquele momento, eu lutava para conter o rubor em meu rosto e não conseguia.

– Não fica se sentindo – falei em um tom arrogante. – Você precisa repetir a performance antes de começar a se gabar. Quem sabe? Vai que foi só daquela vez?

– Talvez – respondeu ele, se aproximando. Minha frequência cardíaca disparou e o ar mudou, ficando nebuloso de expectativa. – Vamos testar sua teoria?

Eis uma coisa importante sobre os humanos: quase sempre deixamos de lado o bom senso em favor da gratificação instantânea.

Eu sabia que comer pizza toda semana não era saudável, mas mesmo assim comia.

Eu sabia que deveria escrever todas as manhãs antes de maratonar alguma série na Netflix, mas não escrevia.

E eu sabia que me envolver com Kai era a pior ideia na história das ideias ruins, mas estava me afogando sozinha há anos e estar com ele era o único momento em que conseguia respirar.

Não resisti quando ele me beijou ou quando suas mãos ágeis e habilidosas tiraram nossas roupas com alguns puxões aqui e ali. Minhas mãos se juntaram às dele, mapeando avidamente sua pele nua e seus músculos torneados.

Nossa primeira vez tinha sido explosiva, o auge de meses de expectativa. Agora, nossas ações eram doces e lânguidas, sem as restrições causadas pelo medo e intensificadas pela semana que passamos separados. A noite se estendia à nossa frente em uma tela de possibilidades infinitas, e nós a pintamos com beijos e suspiros, até que o prazer nos atropelou em um só golpe.

Quando acabou, afundei ainda mais na cama enquanto Kai saía de cima de mim, sentindo minhas pernas pesadas com um calor lânguido.

– Não conte a Viv e a Sloane, mas você é a melhor visita que já recebi. Não foi só daquela vez. Dez de dez.

Eu não me importava que o ego dele ficasse ainda mais inflado. Estava ocupada demais flutuando em uma nuvem de êxtase pós-sexo.

A risada de Kai me fez sorrir. Cada reação desinibida que eu arrancava dele era mais um mistério desvendado. A máscara estava caindo, revelando cada vez mais o verdadeiro Kai, e eu gostava dele mais do que queria admitir.

– Pode deixar, não conto a ninguém.

Apesar das rugas de diversão em seus olhos, senti uma tensão em sua voz. Uma linha se formou entre as sobrancelhas dele, fraca, mas claramente visível.

– Tudo bem? – perguntei. – Você parece estressado demais para alguém que acabou de transar. Dependendo da sua resposta, vou ficar extremamente ofendida ou um pouco preocupada.

– Não é você. É coisa do trabalho.

– Mas é claro. Você nem seria considerado um empresário de Nova York se não estivesse preocupado com o trabalho o tempo todo – brinquei antes de ficar séria outra vez. – É o DigiStream?

– Em parte, sim. – Houve uma longa pausa. Então, baixinho, tão baixinho que eu quase não conseguia ouvi-lo, Kai disse: – Minha mãe disse que talvez eu perca a eleição para CEO.

A confissão me tirou do meu torpor pós-sexo.

Eu me sentei, o lençol deslizando do meu peito na pressa. O rosto dele se iluminou um pouco, depois relaxou quando puxei o lençol de volta. Eu teria achado adorável, se não estivesse tão indignada.

– Por quê? Você é a melhor pessoa para o cargo! – argumentei, embora não soubesse nada sobre o trabalho dele nem quem eram os outros candidatos. Só não conseguia imaginar ninguém mais inteligente ou mais capaz do que Kai.

Além disso, ele era um *Young*. Seu sobrenome brilhava imenso e luminoso no arranha-céu da empresa, que podia ser visto a quilômetros de distância. Como ele poderia perder?

– Políticas do escritório.

Ele me deu um breve panorama da situação, o que não diminuiu minha raiva.

– Isso é ridículo – afirmei quando ele terminou de me contar. – Por que gente rica gosta tanto de puxação de saco? Depois de um tempo, não fica dolorido?

O canto da boca de Kai se contraiu.

– Ótimas perguntas, querida. Imagino que as respostas sejam: por causa do ego; e sim, fica dolorido, mas elas não se importam. – Os dedos dele entrelaçaram-se aos meus sobre os lençóis. – Mas obrigada por ficar indignada por mim.

– Sua mãe pode estar errada – falei, embora parecesse improvável.

Ser gentil com os egocêntricos membros do conselho não era o fim do mundo, mas era irritante que Kai tivesse que recorrer à bajulação quando seu histórico deveria falar por si só.

– Você já descobriu por que ela vai deixar o cargo tão cedo?

– Não. Ela só quer me contar na hora certa. E, sabendo como ela é, essa hora pode nunca chegar.

– E o seu pai? O que ele acha?

Kai nunca falava dele. Enquanto Leonora Young administrava seu império de mídia sob os holofotes, o marido era uma figura muito mais misteriosa. Eu só tinha visto uma ou duas fotos dele.

– Ele está em Hong Kong. Dirige uma empresa de serviços financeiros lá, separada da Young Corporation. Meus pais são divorciados – explicou Kai quando ergui as sobrancelhas. A mãe dele morava em Londres, muito longe de Hong Kong. – Já faz dez anos, mas às vezes, quando necessário, eles fazem aparições públicas juntos. A separação deles é um segredo conhecido.

– É muito tempo para uma separação sem divórcio.

– Eles se ressentem demais para ficarem juntos, mas se amam demais para terminar de vez. Além disso, dividir seus ativos seria muito complicado – disse Kai secamente. – Não é saudável para nenhum de nós, mas Abigail e eu estamos acostumados, e, comparando com outras famílias disfuncionais, não é tão ruim assim.

Considerando que o pai de Vivian havia chantageado Dante para que ele se casasse com ela antes de eles realmente se apaixonarem, eu diria que ele estava certo.

– Por que eles se separaram? – perguntei, me aconchegando contra o peito de Kai, deixando sua voz e seus batimentos cardíacos ritmados me embalarem.

Geralmente, eu preferia sair à noite do que ficar em casa, mas poderia ficar deitada ali ouvindo-o falar para sempre. Kai raramente se abria sobre sua vida pessoal, então eu não queria desperdiçar nem um segundo daquilo.

– Minha mãe trabalhava demais, meu pai ficou ressentido, e por aí vai. – Kai soou indiferente, como se estivesse contando a história de outra família em vez da própria. – Chega a ser constrangedor, na verdade, porque o motivo é bem clichê, mas clichês existem por um motivo.

– Verdade – murmurei.

Meu pai havia largado o emprego de professor para criar a mim e aos meus irmãos enquanto minha mãe trabalhava. Não se ressentira dela, mas vez ou outra demonstrara algum sinal de irritação quando ela perdia um jantar ou um passeio, no início da carreira.

– Chega de falar de mim – disse Kai. – Como foi o restante da sua sessão de escrita?

– Hummm... boa – respondi, me esquivando. Tinha tentado rascunhar qualquer coisa na sala secreta, mas, como esperado, não consegui fazer muita coisa no silêncio. Ouvir música em meus fones tinha ajudado, mas só um pouco. – Como eu disse, fiz mais brainstorming do que escrevi. Mas isso também conta.

– Hummm. – Kai baixou a cabeça e deu um beijo preguiçoso no meu ombro. – Eu lembro que você mencionou uma cena de sexo detalhada...

Um novo calor se acendeu em minha barriga.

– E eu lembro que não vou te contar nada sobre ela porque você foi muito mal-educado – respondi em tom afetado.

– Minhas mais sinceras desculpas. Eu não deveria ter te ofendido assim.

Ele acariciou meu seio com a mão livre. O prazer me atravessou e se manifestou na forma de um suspiro.

– Talvez eu possa te recompensar...

Ele podia, e ele me recompensou, várias e várias vezes, até que as estrelas se apagaram e o primeiro sinal do amanhecer apareceu na janela.

CAPÍTULO 21

A SEMANA SEGUINTE FOI UM GRANDE BORRÃO de sexo, trabalho e mais sexo. Quando não estava com Isabella, estava ocupado organizando uma estratégia de campanha. Era um mal necessário, mas, após enviar presentes de Natal personalizados aos membros votantes do conselho, só precisaria dar continuidade a ela depois do Ano-novo. Todos estariam distraídos demais com as festas de fim de ano.

Por outro lado, precisava cumprir outras obrigações sociais. Por mais que eu gostasse de passar todo meu tempo livre com Isabella, a natureza ilícita do nosso relacionamento não me permitia levá-la a nenhum dos eventos para os quais era convidado, incluindo a grande exposição de inverno da Saxon Gallery.

Aceitei uma taça de champanhe de boas-vindas da recepcionista e dei uma olhada na exposição. Normalmente, a galeria atendia ao público do centro da cidade, mas os grandes nomes em sua vitrine de inverno haviam atraído alguns nomes de peso internacionais e da parte rica da cidade. Avistei Dante e Vivian andando de mãos dadas pela galeria. A supermodelo Ayana flutuava pelo salão em um vestido vermelho de tule um tanto etéreo, enquanto Sebastian Laurent era o centro das atenções a um canto.

Até Vuk Markovic fez uma de suas raras aparições, embora não parecesse inclinado a interagir com ninguém. Ficou em um canto, seus olhos invernais dissecando os outros convidados como um cientista examinando insetos sob um microscópio.

– Kai, estou tão feliz de você ter vindo!

Clarissa surgiu ao meu lado, elegante, embora um pouco cansada, em um vestido de festa preto e um fone de ouvido. Ela trabalhava na galeria, como diretora do departamento que lidava com os artistas, e eu não teria vindo ao evento se ela não tivesse me convidado pessoalmente. Não a via desde o baile de outono, mas me sentia tão culpado por tê-la iludido naquela noite que aceitei.

– Imagina. A exposição está incrível. Você e o restante da equipe fizeram um trabalho maravilhoso.

Conversamos amenidades por um tempo, até que um silêncio constrangedor se instalou entre nós.

Nossas trocas nunca eram tão confortáveis ou empolgantes como as que eu tinha com Isabella, mas conversáramos com bastante facilidade no baile de gala. No entanto, Clarissa parecia distraída aquela noite, como se sua mente estivesse a milhares de quilômetros do corpo.

– Não posso conversar muito. Tenho que garantir que os artistas tenham tudo de que precisam. Pessoas criativas podem ser bastante temperamentais.

Ela sorriu, mas havia um tom estranho em sua voz. Seu olhar percorreu a galeria como se estivesse procurando por alguém antes de pousar em mim novamente. Uma expressão peculiar endureceu suas feições.

– Vamos tomar um drinque um dia desses. Ainda lhe devo um encontro por ter saído mais cedo do baile do Valhalla.

– Eu adoraria – respondi, um pouco incomodado por concordar com o que ela provavelmente achava ser um encontro romântico quando eu estava envolvido com Isabella. – Avise quando estiver livre.

Depois que ela se afastou, ainda com uma expressão distraída, cortei caminho em direção a Dante e Vivian. Só avançara metade do caminho quando alguém esbarrou em mim e quase derrubou a bebida da minha mão.

– Me desculpa! – Uma voz familiar me fez olhar para a direita. – Eu... Kai?

– Isabella?

Nós nos encaramos com expressões igualmente espantadas. Ela havia me dito que também tinha um evento aquela noite, mas nunca em um milhão de anos esperei vê-la ali. Um vestido de veludo preto cobria suas curvas, revelando quilômetros de pele bronzeada, enquanto botas pretas de salto agulha a aproximavam do nível dos meus olhos. Ela era claramente uma convidada, embora estivesse vestida mais para uma festa underground do East Village do que para uma exposição em uma galeria no Chelsea.

– O que você está fazendo aqui? – perguntou Isabella, que se recompôs primeiro.

– Eu poderia te fazer a mesma pergunta.

– Eu vim com o meu irmão. Ele está... em algum lugar. – Ela fez um gesto ao redor do salão. – Me perdi dele faz um tempo, mas há muito vinho e petiscos para me manter ocupada.

– Estou vendo. – A diversão amenizou minha surpresa. A mão livre dela carregava um prato com uma pilha tão alta de aperitivos que lembrava a Torre de Pisa. – Tem certeza de que pegou comida suficiente, querida?

Um leve tom rosado tomou as bochechas de Isabella e a ponta de seu nariz.

– Na verdade, não. Eu estava pegando mais quando *alguém* entrou no meu caminho.

– Que grosseria.

– Muita. As pessoas não têm mais boas maneiras hoje em dia.

– Sem dúvida, um sinal do colapso social iminente. – Minha boca se curvou em um lento sorriso de apreciação quando baixei o rosto. – Por outro lado, você está linda. Ainda bem que não pôs essa roupa antes de eu sair, ou nenhum de nós estaria aqui agora.

Eu tinha passado o dia no apartamento dela antes de ir para casa me trocar para o evento. Naquele momento, gostaria de ter ficado noite adentro. Tinha algumas ideias de atividades que não deixavam nada a desejar à criatividade de qualquer artista.

A falsa indignação de Isabella derreteu-se sob um rubor mais intenso. O ar ficou mais pesado, quente e denso antes de ela balançar a cabeça.

– Shhh. – Os olhos dela percorreram o salão. – Alguém vai acabar te ouvindo. O Dante e a Viv estão *bem ali*.

– Dante e Vivian estão ocupados demais olhando um para o outro para notarem qualquer outra coisa.

Mas Isabella tinha razão. Embora estivéssemos tendo uma conversa inocente – por enquanto –, chamar qualquer atenção para nós seria imprudente. Vuk já havia nos visto saindo juntos da sala do piano. Felizmente, o homem não falava nunca e jamais se metia na vida alheia, a menos que fosse necessário, mas nem sempre teríamos essa sorte.

Um dos outros convidados se afastou de sua acompanhante e veio direto em minha direção. Era o repórter de artes e cultura da principal publicação da empresa, o que significava que eu precisava entretê-lo.

– Tem uma alcova no fundo da galeria, atrás da escultura da onda – murmurei enquanto o repórter se aproximava. – Me encontre lá em uma hora.

Isabella não respondeu. Ela se virou, mas não antes de eu ver um brilho a mais em seus olhos.

Durante os cinquenta minutos seguintes, circulei pelo salão sem muito entusiasmo, antes de pedir licença para ir ao banheiro. Em vez de virar à direita, deslizei para a alcova dos fundos. A exposição estava sendo realizada no salão principal, então aquela área em particular estava silenciosa, exceto pelo zumbido baixo do aquecedor. A escultura de uma onda desconstruída escondia a alcova dos transeuntes, tornando-a o local perfeito para um encontro.

Isabella já estava esperando quando entrei.

– Eu estava brincando nas duas primeiras vezes, mas não pode ser coincidência. Você está me seguindo, *sim* – implicou ela.

Diminuí a distância entre nós com três passos longos.

– Você está se achando muito importante, Srta. Valencia.

O sorriso dela aumentou, marcando lindas covinhas em suas bochechas.

– Mas é sem motivo?

– De jeito nenhum.

Em resposta, a respiração dela roçou meu peito. O aroma de rosas e baunilha atiçou meus sentidos, e eu tive certeza de que nem as deusas gregas já tiveram um cheiro tão divino.

Minhas mãos formigavam com o desejo de fechar o punho naquelas ondas escuras e sedosas e mapear cada curva e vale de seu corpo – a linha elegante de seu pescoço, a curva suave de seu ombro, a reentrância de sua cintura e a sinuosidade de seus quadris. Veludo e seda, prontos para serem tomados.

O desejo pulsava como algo vivo dentro de mim, mas mantive os braços junto ao corpo, assim como ela. Nos esgueirarmos por um evento cheio de conhecidos e jornalistas já era bastante perigoso, mas tentar ficar longe dela era como pedir ao oceano que pare de beijar a costa.

Impossível.

Baixei meu rosto enquanto ela erguia o dela, unindo nossos olhos. Não dissemos nada. Não nos tocamos. E ainda assim aquele era o ponto alto da minha noite.

– Estou tentado a ir embora antes do discurso oficial dos artistas – murmurei. – Mas seria falta de educação da minha parte, não acha?

– Talvez. – Isabella engoliu em seco quando coloquei uma mecha de cabelo atrás de sua orelha. Não pude evitar; precisava de algum tipo de contato com ela ou enlouqueceria. – Mas a educação é superestimada.

Ótimo, porque não havia nada de educado nos pensamentos que passavam pela minha cabeça naquele momento.

– Ora, que inesperado.

A voz arrastada apagou o calor de nossa intimidade com mais eficácia do que um balde de água gelada. Baixei a mão e Isabella e eu nos afastamos como marionetes puxadas em direções diferentes.

– Kai Young e uma empregada se acariciando em público. Jamais imaginei que veria algo assim.

Victor Black estava parado na entrada da alcova. Seus olhos brilhavam com um deleite malicioso enquanto vagavam de mim para Isabella. Ele devia ter acabado de chegar; eu não o vira mais cedo.

Um fio de pavor se enroscou em meu peito.

Tecnicamente, Isabella e eu não estávamos fazendo nada de errado, mas Victor tinha um talento para transformar situações inocentes em fofocas quentes e difamatórias.

– Não estamos no Valhalla – disse Isabella friamente. – Aqui, eu sou uma convidada. Se quiser que alguém te mostre onde fica a saída, recomendo verificar com um dos funcionários muito bem identificados com seus crachás.

– Desculpe. É muito fácil esquecer isso quando você está vestida como uma prostituta. – O sorriso de Victor emanava rancor enquanto sua atenção se voltava para mim. – Não admira que você tenha ficado tão irritado quando me viu falar...

Cruzei a sala mais depressa do que ele pôde reagir. O restante de sua frase se dissolveu em um grunhido de dor quando o joguei contra a parede, pressionando seu pescoço com meu antebraço.

– Segundo erro da noite, Black – falei calmamente. – Jamais desrespeite *nenhuma* mulher na minha presença.

Muito menos a Isabella.

Uma fúria gelada cravou cacos afiados em meu peito e lavou o salão de vermelho. As feições de Victor se transformaram em um mapa de pontos vulneráveis – olhos, nariz, mandíbula e têmporas. Um golpe certeiro poderia destruir todos e qualquer um deles.

A presença de Isabella era a única coisa que me mantinha semicontrolado. Uma reação exagerada confirmaria as suspeitas de Victor, e a satisfação a curto prazo de desfigurar seu rosto seria nada diante das consequências a longo prazo.

Ele devia ter chegado à mesma conclusão. Apesar da pontada de medo em seus olhos, ele não recuou.

– Claro. – Sua voz saiu aguda e esganiçada graças à garganta bloqueada. – Você tem razão. Certamente o grande Kai Young é inteligente demais para fazer algo tão idiota quanto se envolver com uma *bartender* do Valhalla tão perto da votação para o cargo de CEO. – Ele sufocou outro suspiro de dor quando pressionei o braço com mais força em seu pescoço.

– Kai.

O mar vermelho desapareceu de meu campo de visão ao som da voz ansiosa de Isabella.

Soltei o braço e olhei para Victor. Ele se endireitou e tossiu antes de continuar:

– Os membros votantes do conselho são bastante conservadores quando se trata de escândalos. Um dos candidatos a executivo-chefe da Greentech perdeu o cargo, alguns anos atrás, devido a um caso com a babá. Quinze anos de trabalho duro jogados fora.

Eu me lembrava daquilo. O escândalo havia passado meses ocupando os noticiários.

A diferença era que eu não era casado. Eu podia namorar quem quisesse.

Diga isso para o Valhalla e para o conselho, sussurrou uma voz maliciosa.

Cerrei os dentes. O triunfo lentamente substituiu a apreensão no rosto de Victor. Ele havia acertado o alvo e sabia disso.

– Você é um CEO – disse Isabella, parando ao meu lado. – Então obviamente conselhos administrativos de empresas não se importam *tanto* assim com escândalos. Seu carro não explodiu no início do ano?

O rosto de Victor ficou escarlate. A explosão de seu Porsche havia estampado as manchetes na época. Ele nunca encontrou o responsável, mas sua lista de inimigos tinha quilômetros de extensão. Poderia ter sido qualquer um.

Normalmente, eu abominava destruição despropositada de propriedade, mas achava difícil sentir empatia em relação a ele. Ninguém tinha morrido. As únicas coisas feridas foram seu ego, seu carro e sua reputação, não que esta última fosse muito boa, para início de conversa.

– Isa! – Um homem de camisa e calça de linho entrou no salão, interrompendo a resposta de Victor. – Aí está você. Eu estava te procurando.

Reconheci-o imediatamente como Oscar, um dos artistas da galeria. Alto e magro, com cabelo preto na altura dos ombros preso em um rabo de cavalo e um colar de conchas *puka* adornando o pescoço, ele parecia mais um turista no Havaí do que a atração principal de uma exposição de arte exclusiva no Chelsea.

Ele passou ao lado de Victor, que pareceu surpreso, e pôs um braço sobre os ombros de Isabella. Minha coluna ficou tensa.

– Vou fazer meu discurso em breve. Queria ter você lá comigo, considerando que você inspirou uma das peças.

Ela torceu o nariz.

– Não, obrigada. Odeio discursos, e esta noite é sua.

A violência latente de antes se dissipou e foi substituída por outro tipo de tensão.

– Isabella, eu não sabia que você conhecia o Oscar – falei com um sorriso tenso, lutando contra a vontade de arrancar o braço dele de cima dela.

– Nós somos mais do que conhecidos. Ele é uma das minhas pessoas favoritas no planeta. – Ela sorriu para Oscar.

Meu maxilar ficou retesado.

– Que adorável.

E eu sou o quê? Nada?

Eu não gostava do homem das cavernas ciumento e territorialista que me tornava sempre que a via sorrindo para outro homem, mas nada na minha atração por ela era racional.

Isabella hesitou diante do meu tom brusco, antes que uma pitada de diversão surgisse em seus olhos.

– O Oscar é…

– Ah, desculpe! – Uma bela mulher asiática parou abruptamente ao lado da escultura de onda. Victor havia desaparecido. Não notei sua saída, mas já foi tarde. – Não queríamos interromper. Pensamos, humm, que essa área fosse estar vazia.

Um delicado tom de rosa coloriu suas bochechas. Ao lado dela, um homem de aparência familiar, com cabelos castanhos e olhos azuis frios nos examinou como se fosse nossa culpa interrompê-los, embora tivéssemos chegado primeiro.

Típico de Volkov.

– Alex, Ava, que bom ver vocês. – Disfarcei minha irritação com Oscar e Isabella com um sorriso. *Por que o braço dele ainda está nos ombros dela?* – Eu não sabia que vocês estavam na cidade.

– Ava queria ver a exposição, então aqui estamos. – Exceto por um toque de suavidade ao dizer o nome da esposa, a voz de Alex Volkov era fria o suficiente para fazer a temperatura do salão despencar.

Ele era um bilionário do mercado imobiliário, notoriamente arredio, e possuía o calor de uma caverna de gelo do Ártico, mas havia melhorado consideravelmente desde que começara a namorar Ava, alguns anos antes.

Não éramos amigos, mas nos tratávamos bem. Ele era dono do arranha-céu que abrigava a sede da Young Corporation em Nova York, bem como de metade da rua onde eu morava. Tinha por ele a mesma consideração que tinha por Christian Harper, mas pelo menos de Alex eu sabia o que esperar em troca. Christian era um lobo em pele de cordeiro feita sob medida. Dante havia sugerido várias vezes usá-lo para cavar os podres de Rohan Mishra e dos outros candidatos a CEO, mas eu recusara todas elas.

Dante ficava à vontade em ultrapassar limites éticos, mas eu não admitia vencer trapaceando. Não havia glória em falsas vitórias.

Falando no diabo.

– Está tendo uma festinha secreta aqui atrás e ninguém nos convidou? Estou ofendido. – O forte sotaque de Dante precedeu sua aparição, com Vivian ao seu lado. – Eu estava me perguntando mesmo para onde todo mundo tinha ido.

– Acho que a grande maioria dos convidados ainda está na área principal da exposição – respondi secamente, me perguntando como meu encontro íntimo com Isabella havia se transformado naquele circo.

Então, como se o lugar não estivesse lotado o suficiente, Clarissa entrou feito um raio, com uma expressão severa.

– Ops. – Oscar finalmente tirou o braço dos ombros de Isabella. – Acho que estou em apuros. – Ele não parecia exatamente preocupado.

– Aí está você – disse ela com uma voz tensa. – Seu discurso é daqui a três minutos. Você precisa vir comigo. Agora.

Eu nunca tinha visto Clarissa tão irritada, embora, para ser justo, não falasse com ela havia anos antes de ela se mudar para Nova York.

– Estarei lá. – Oscar não se mexeu. Ela não se mexeu.

Após um momento de silêncio, ele deu um suspiro e a seguiu. Os demais os acompanharam lentamente.

Fiquei para trás para poder andar ao lado de Isabella.

– Vocês parecem próximos – comentei. – Como foi mesmo que se conheceram?

Os olhos dela brilharam de diversão outra vez.

– Kai, Oscar é o meu irmão. O nome verdadeiro dele é Felix, mas ele usa o nome do nosso pai como pseudônimo artístico. É a maneira dele de fazer uma homenagem.

Irmão?

Uma onda de choque me percorreu. Olhei para a nuca de Oscar... Felix.

– Como...

– Os pais dele morreram quando ele era bebê – explicou ela. – Meus pais eram padrinhos dele antes de adotá-lo legalmente. Ele já era parte da família desde antes de eu nascer. – As covinhas dela reapareceram. – Está vendo? Não tem motivo para ficar com ciúmes.

Senti minha pele esquentar.

– Eu não estava com ciúmes.

– Claro que não. Você olha para qualquer homem como se quisesse rasgá-lo em pedaços e depois assar tudo numa churrasqueira.

– Se não estivéssemos em público – falei, a voz baixa e calma –, eu colocaria você no meu colo e te puniria apenas pela sua insolência.

A respiração de Isabella falhou de forma audível.

– Vai sonhando.

Um sorriso surgiu em meus lábios, mas foi uma vitória de Pirro, porque não poder cumprir a ameaça era tão torturante para mim quanto para ela.

Entramos no salão principal da exposição, onde Oscar/Felix já havia iniciado seu discurso.

Enfiei a mão no bolso e tentei me concentrar nas palavras dele, em vez de na mulher parada ao meu lado. Uma onda de surpresa me tomou quando meus dedos roçaram o que parecia ser um pedaço de papel.

Discretamente o peguei e desdobrei. Os outros convidados estavam ocupados demais ouvindo os discursos dos artistas para perceberem como fiquei tenso ao ler o bilhete.

Sem nome, sem assinatura, apenas duas frases simples.

Tome cuidado. Nem todo mundo é o que parece.

CAPÍTULO 22

Isabella

NA SEGUNDA METADE DE DEZEMBRO, tanto a empresa de Kai quanto o Valhalla ficaram desertos, dando-nos bastante espaço para nos vermos sempre que quiséssemos. Todo mundo tinha ido para St. Moritz ou St. Barts, mas nós evitamos os pontos mais famosos da cidade por precaução.

Em vez disso, fizemos um bom uso da minha cama – o único item de mobília no qual eu havia investido algum dinheiro – e dos vários cantos escondidos do clube. De vez em quando, marcávamos encontros em locais remotos: o Jardim Botânico de Nova York, no Bronx, casas de chá e *dumplings* em Flushing, um show de comédia underground no Harlem.

Eram regiões que eu nunca teria visitado sozinha devido à distância, e adorei explorá-las com Kai. No entanto, meu lugar favorito ainda era, sem dúvida, aquele onde tudo havia começado.

Entrei em nossa sala secreta. A estante se fechou atrás de mim e meu coração acelerou quando vi que Kai já estava lá. Estava sentado na poltrona, lendo um daqueles clássicos entediantes que tanto amava. De camisa social e suspensórios, com as mangas arregaçadas e os óculos apoiados na ponta do nariz, ele era como o professor mais sexy do mundo.

– Se meus professores na faculdade fossem iguais a vocês, eu teria passado muito mais tempo em sala do que matando aula na praia – comentei.

Kai colocou um marcador na página que estava lendo e deixou o livro de lado antes de erguer os olhos.

– Matando aula na praia? – perguntou ele com imenso interesse. – Imagino que você não tenha fotos que respaldem essa afirmação. Para fins de verificação, é claro.

– Claro – respondi em tom solene. – Não tenho fotos, mas tenho algo melhor. – Apontei para mim mesma. – Encontrei esse *trenchcoat* no meu brechó favorito. Tem um quê de espiã, não acha? Perfeito para me esgueirar escondida por aí.

Kai pareceu desapontado.

– Acho que sim – disse ele com um tom incerto. – É sem dúvida… estiloso.

– Hummm. – Inclinei a cabeça com uma expressão pensativa. – Talvez você goste mais quando vir o que estou usando por baixo…

Desamarrei o cinto, revelando a lingerie preta de seda e renda que vesti depois que encerrei meu turno. Era vendida por um preço exorbitante, mas, graças a Vivian, eu tinha um desconto vitalício para amigos e familiares na Delamonte, uma das marcas de luxo do portfólio de Dante.

Kai ficou imóvel, seu olhar fixo no tecido frágil como o de um predador na presa.

O casaco caiu no chão enquanto eu caminhava em direção a ele, meus saltos deslizando com facilidade pelo tapete macio.

– Estava pensando… Nós podíamos jogar um jogo hoje – sugeri, montando no colo dele e passando os braços em volta de seu pescoço.

– Que tipo de jogo?

Kai parecia extremamente calmo, mas sua respiração acelerou quando rocei a boca em seu maxilar.

– Aquele em que você não tem permissão para me tocar até gozar. – Beijei seu pescoço até a base da garganta. O cheiro dele era tão delicioso que eu queria me envolver nele como em um cobertor. – Se você me tocar, perde, e terá que ler apenas os livros que eu escolher durante um mês.

Kai andava muito estressado por conta do DigiStream e do trabalho. Com sorte, aquilo o faria relaxar.

– E se eu ganhar? – Suas palavras soaram roucas em meio ao ar pesado.

– Se você ganhar… – Enganchei os dedos em seus suspensórios e os estiquei. – Vou fazer o que você quiser por 24 horas.

Os olhos dele brilharam com um interesse sombrio.

– O que eu quiser?

Senti uma onda de medo misturada a uma potente dose de excitação.

– Sim.

Era uma oferta que eu não teria feito a mais ninguém, mas confiava nele. Kai não tiraria proveito da situação.

Além disso, eu não tinha intenção de perder.

Kai se recostou na poltrona. Sua expressão se fechou completamente enquanto ele me observava com o interesse distanciado de um professor examinando um aluno ou de um rei observando um camponês.

Faça o seu melhor, seus olhos me desafiaram.

Meu coração batia acelerado quando soltei seus suspensórios e comecei a abrir sua camisa. Lentamente, botão por botão, até que seu torso ficou nu e pude sentir o calor de sua pele exposta.

Nossas respirações e o tique-taque suave do relógio preenchiam a sala.

Kai possuía o cérebro de um erudito, mas o corpo de um atleta. Magro e torneado, seus músculos eram o resultado dos treinos de boxe e não de academia.

Passei a língua em seu mamilo e sorri com o tremor que isso lhe causou.

Segui caminho pelas curvas definidas de seu peito e abdômen até chegar ao cinto. Levei menos de um minuto para remover as barreiras e libertá-lo de seu cativeiro.

Seu pênis pulou para fora, grosso e cheio de veias, e já pingando. Minha boca encheu d'água com a lembrança de seu sabor e sua textura.

– Meu Deus, mal posso esperar para cair de boca em você – falei com voz rouca.

Segurei seu pau de tamanho impressionante com as duas mãos e girei a língua ao redor da cabeça, saboreando o tremor que percorreu o corpo dele.

Eu adorava chupar Kai. Nada me excitava mais do que vê-lo perder o controle e saber que eu era a responsável pelo seu prazer. Eu podia dar, receber e recuar conforme quisesse.

Naquele dia, eu não tinha intenção de recuar.

Minha cabeça subia e descia, lambendo e chupando e engolindo mais fundo a cada vez. Ergui os olhos, minha barriga se contraindo em um nó de calor diante da emoção nua e crua no rosto de Kai. Sua mandíbula estava tão rígida que pude ver o espasmo muscular.

Mais fundo... mais fundo...

Seu pau atingiu a base da minha garganta. Engasguei e meus olhos lacrimejaram quando senti o reflexo involuntário. Saliva vazava dos cantos da minha boca e escorria pelo meu queixo.

Meu clitóris latejava no ritmo de meus batimentos cardíacos, cada vez mais rápidos. Queria desesperadamente me tocar, mas, se fizesse isso, acabaria cedendo e imploraria outra vez para ele me foder.

Os nós dos dedos de Kai ficaram brancos ao redor dos braços da poltrona. Ele não tinha emitido nenhum som desde o início do nosso jogo. Havia algo profundamente excitante nos ruídos molhados do meu boquete preenchendo o silêncio enquanto ele claramente lutava para manter o controle.

Manchas dançaram diante da minha visão e por fim me afastei em busca de ar. O oxigênio invadiu meus pulmões, me deixando tonta, mas evaporou em seguida com as palavras de Kai.

– Eu não disse que você podia parar. – Sua voz carregava uma calma sobrenatural. – Continue chupando, Isabella.

Aquela ordem derramou-se em mim como lava derretida. Era para ser eu dando as ordens, mas minha resistência se desintegrou antes mesmo de se formar por completo.

Obedeci, engolindo-o por inteiro outra vez.

– Porra. – O gemido dele alimentou na mesma hora a ânsia que crescia entre minhas pernas. – Assim. Você engole o meu pau tão gostoso...

Ele não me tocou, mas suas palavras de encorajamento provocaram o mesmo efeito. Eram como seu punho fechado segurando firme o meu cabelo, guiando-me para cima e para baixo em uma velocidade crescente. Eram suas mãos em meus seios e seus dedos tocando meu clitóris até que eu estivesse tão molhada quanto meu rosto encharcado de lágrimas, saliva e fluidos.

Kai inclinou a cabeça para trás. Os tendões de seu pescoço se tensionaram e sua respiração curta se misturou a meus engasgos e gorgolejos até que finalmente seu gozo desceu pela minha garganta.

– Engula cada gota. Isso mesmo. – Ele emaranhou os dedos em meu cabelo. – Você fica tão bonita de joelhos, com a boca cheia da minha porra.

Dei um gemido. Um pequeno lampejo de orgulho brilhava em meu peito, e só depois de engolir tudo foi que me sentei de cócoras.

– Boa menina – murmurou Kai, acariciando minha cabeça.

O orgulho aumentou, mas não o suficiente para me fazer esquecer o propósito do jogo.

– Você me tocou – falei, ofegante, minha voz rouca por conta de meus esforços. – No final. Você perdeu.

O olhar dele ganhou um brilho de divertimento.

– Eu toquei você depois de gozar, querida. O que significa que eu ganhei.

– Como ass... – disse, hesitante, em dúvida.

Estava tão perdida em meus afazeres que não havia prestado atenção no momento exato. Kai puxou meus cabelos com mais força antes de soltá-los.

– Escolha um livro.

– O quê? – Hesitei, desorientada pela mudança repentina e atordoante de assunto.

– Um livro. – Ele meneou a cabeça para os tomos encadernados em couro nas prateleiras. – Escolha um.

A curiosidade me obrigou a selecionar um livro ao acaso.

– Abra.

Abri em uma página do meio. Por acaso, acabara pegando *Orgulho e preconceito*, de Jane Austen, um dos poucos clássicos de que gostava.

– Agora fique de quatro no sofá e abra as pernas.

Minha confusão aumentou mesmo enquanto um calor fluía pelo meu sangue, me incendiando. Naquela posição, eu ficava exposta para ele, as minúsculas faixas de tecido da lingerie incapazes de esconder como eu estava intumescida e encharcada até as coxas.

– Vamos jogar um novo jogo. – Kai parou atrás de mim. – É simples. Se você conseguir ler uma página inteira em voz alta sem parar ou gaguejar, eu deixo você gozar.

– O que...

Arfei quando ele deslizou a seda para o lado e passou uma pena sobre meu clitóris. *De onde ele tirou uma pena?*

Outro roçar e parei de me importar com esse detalhe.

Um gemido subiu pela minha garganta. Tentei engoli-lo, mas a outra mão dele agarrou meu quadril, me forçando a ficar imóvel.

– Comece a ler, Isabella. – Sua voz era dura como aço. – Ou ficaremos aqui o dia todo.

Ele é sádico. Esse foi o único pensamento que passou pela minha cabeça conforme tentava ler a página enquanto ele me torturava com a pena. Era firme o suficiente para provocar ondas de prazer, mas flexível demais para induzir um orgasmo, não importava o quanto eu me esfregasse e me pressionasse contra ela.

– "O Sr. Darcy, com grande amabilidade, pediu…"

A pena roçou um ponto particularmente sensível e minha frase terminou com um gemido. Pequenos arrepios percorreram minhas costas.

Eles se transformaram em um grito de choque quando a palma da mão de Kai acertou minha bunda nua com um tapa forte. Houve uma pontada de dor de tirar o fôlego, seguida por um lento florescimento de calor.

– Comece de novo – ordenou ele, com o comando severo de um professor implacável.

Comecei, mas nunca fui mais longe do que dois parágrafos antes de fazer uma pausa ou gaguejar. Cada erro me rendeu mais um tapa, até que meus olhos estivessem cheios de lágrimas e eu me contorcesse, completamente entregue. Dor e prazer se fundiam em uma ardência deliciosa e agoniante.

Eu já nem prestava mais atenção no texto. Havia chegado ao ponto em que cada palavra que saía da minha boca se alternava com um golpe vigoroso.

– Por favor – solucei. – Eu não consigo… Eu preciso…

– Consegue, sim.

A voz de Kai era tão inflexível quanto sua punição. Ele enfiou dois dedos em minha boceta exposta e encharcada.

Ah, meu Deus. Minhas entranhas deram um nó; minha respiração saiu em arquejos pesados e chorosos. *Tão perto…* Se ele ao menos se movesse. Eu ia… Eu poderia…

– A menos que você esteja errando de propósito. – Ele meteu ainda mais fundo. – Isso te excita, Isabella? Ficar assim de quatro, sendo punida feito uma estudante depravada?

– Não. Sim. Não sei – respondi com um gemido, tonta e excitada demais para conseguir pensar direito.

Lágrimas escorreram pelo meu rosto quando ele girou e curvou os dedos dentro de mim. Mexi os quadris outra vez, mas não adiantava. Não conseguia atrito suficiente para acender o pavio que fervia em meu ventre.

– Eu preciso gozar… me deixe gozar… *por favor*.

Mas não importava o quanto eu implorasse e suplicasse, Kai se recusava a ceder.

– Você pode gozar assim que concluir sua tarefa. Esse é o jogo. – Ele tirou os dedos de dentro de mim e retomou sua requintada tortura com a pena. – Você gosta disso, não é? Agora comece do início.

Eu não sei como, mas em determinado momento reuni força de vontade e presença de espírito suficientes para ler a página sem errar. As palavras jorraram, cada vez mais depressa, antes de atingirem um *crescendo* ofegante na última frase.

Kai voltou a meter os dedos em mim. Seu polegar pressionou meu clitóris e sua outra mão deu um último tapa na minha bunda.

Meu orgasmo me atravessou em um golpe brutal e entorpecente. Todo o meu corpo se arqueou com a intensidade; rajadas de luz explodiram atrás dos meus olhos enquanto o livro caía de minhas mãos dormentes, atingindo a almofada com um leve baque.

Quando consegui voltar a mim, uma eternidade depois, ainda estava trêmula por conta da intensidade do orgasmo. Os ecos dos meus gritos flutuavam no ar, trazendo uma onda de constrangimento ao meu rosto.

– Perfeito. – A voz de Kai soou mais suave.

Ele voltara ao normal, abandonando o professor cruel e exigente que havia me forçado a dançar sobre o fio da navalha do orgasmo por sabe lá quanto tempo. Mãos fortes e gentis alisavam e pressionavam a ardência.

– Eu sabia que você ia conseguir. Nota dez, Srta. Valencia.

– Vai se foder – murmurei, exausta demais para fazer minhas palavras soarem duras. – Nunca mais vou conseguir ler Jane Austen da mesma maneira.

Kai me virou e deu um beijo sorridente em meu beicinho.

– Olhe pelo lado bom. Sempre que você se deparar com um obstáculo, vai saber que jamais será mais difícil do que ler uma página inteira de *Orgulho e preconceito* em voz alta enquanto alguém tenta fazer você gozar.

Uma risada e um gemido simultâneos saíram dos meus lábios.

– Você é a única pessoa que conheço capaz de transformar o sexo em uma lição de vida motivacional bizarra.

– É um talento especial, junto com minha fluência em latim e a capacidade de proporcionar orgasmos incríveis.

– Hummm. Não sei se *incríveis*...

Dei um gritinho quando ele me pegou no colo e me jogou no sofá.

– Você precisa de outra lição? – ameaçou ele, seus olhos brilhando de um jeito divertido que derreteu meu coração.

Sexo e brincadeiras à parte, minha versão favorita de Kai era aquela, relaxada e confortável. Ele andava tão estressado o tempo todo que fiquei feliz em vê-lo feliz.

– Talvez. Nunca fui boa aluna.

Ele não resistiu quando o puxei para perto e passei um braço e uma perna ao seu redor, como se ele fosse um ursinho de pelúcia gigante. A sonolência me atingiu com a rapidez de um raio. Bocejei e me aconcheguei mais a ele.

– Mas vamos... – Outro bocejo. – Descansar primeiro. Preciso recarregar – murmurei contra seu peito.

Um silêncio confortável se estabeleceu. As últimas semanas tinham sido um turbilhão de sexo alucinante e encontros avassaladores, mas não se comparavam aos momentos tranquilos no meio. Eu poderia ficar para sempre ali ao lado dele, ouvindo seu coração bater.

– O que você vai fazer no Natal? – perguntou Kai depois de um tempo.

Ele brincava distraidamente com a ponta do meu cabelo e um calor me tomou com a intimidade casual de seu toque.

– Maratonar comédias românticas cafonas e estragar as tradicionais receitas de Natal da minha mãe – respondi. – Um dia ainda vou conseguir fazer um *buko pandan* tão bom quanto o dela. E você?

– Maratonar filmes de ação cafonas e pedir delivery – brincou ele. Outro silêncio se seguiu. Então ele perguntou, tão baixinho que quase não ouvi: – Por que você não passa o Natal comigo?

Olhei bem nos olhos dele.

– O quê?

– Passe o Natal comigo. Nós dois vamos estar na cidade e podemos chegar a um acordo em relação aos filmes.

Meu coração falhou sob o golpe de surpresa.

Sexo e encontros eram uma coisa. Passar as festas de fim de ano juntos era outra. Minha família podia até ter adiado a comemoração por questões logísticas, mas o Natal era sagrado para nós. As pessoas com quem passávamos a data eram importantes.

Além disso, Kai e eu já vivíamos em uma corda bamba. Estávamos nos divertindo até então, mas vínhamos de mundos diferentes. Era apenas questão de tempo até que tudo desse muito errado.

Senti um aperto no peito com a ideia.

Por outro lado... se o que tínhamos estava destinado a acabar, não faria sentido aproveitar cada segundo enquanto durasse?

Não pense demais. Faça o que parece certo. O conselho de meu pai surgiu espontaneamente em minha cabeça.

Ele estava falando sobre música, mas o mesmo princípio se aplicava ali.

Tomei uma decisão impulsiva. Não era o que a nova Isabella deveria fazer, mas a nova Isabella podia ir à merda.

Rocei os lábios nos de Kai, sorrindo.

– Eu adoraria passar o Natal com você.

CAPÍTULO 23

POR MAIS QUE EU ESTIVESSE ANSIOSO para passar as festas de fim de ano com Isabella, tínhamos mais um motivo para comemorar antes do Natal. Ela insistiu que juntássemos as duas coisas em uma só, mas eu não achava certo.

– É seu aniversário. Deve ser comemorado separadamente.

Passei os braços por sua cintura e apoiei o queixo na curva de seu pescoço com o ombro. Estávamos sentados na minha cama, as costas dela pressionadas contra o meu peito, nossos corpos relaxados e lânguidos depois da festa de aniversário que havia acontecido mais cedo naquela noite.

– Já comemoramos – disse ela com um bocejo.

Suas amigas tinham reservado um salão particular em um restaurante italiano exclusivo, seguido de uma experiência VIP em uma boate próxima.

– Não precisamos comemorar duas vezes.

– Esta noite foi ideia das suas amigas. Não é a mesma coisa.

Vivian havia me convidado por educação, mas as amigas dela não sabiam de nós, o que significa que passamos a noite inteira agindo como meros conhecidos. Eu não podia beijá-la, nem dançar ou falar com ela como queria. Mas Isabella estava feliz, e era isso que importava.

– Faça um pedido – falei, fazendo um carinho preguiçoso em sua pele. Ela era tão quente e macia que eu era capaz de ficar para sempre ali, abraçado com ela. – Qualquer coisa.

Isabella virou a cabeça para me olhar.

– Sério? Qualquer coisa?

– Café da manhã em Paris e jantar em Barcelona? Posso pedir que preparem meu jatinho para daqui a uma hora.

A risada roçou meu peito.

– Kai, nós *não vamos* para a Europa amanhã.

– Eu sei. Iríamos hoje à noite.

Ela se afastou para me encarar de frente.

– Pare com isso. Também não vamos para Paris esta noite.

Minha boca se curvou com a descrença estampada no rosto dela.

– Por que não? É final de semana.

Era egoísta da minha parte, mas eu queria todos os seus sorrisos e risadas só para mim. Como isso não era possível, me contentaria em fazê-la sorrir o máximo que pudesse. Suas amigas tiveram sua vez; agora, era a minha.

– Chegaríamos lá a tempo de comer croissants no café da manhã e dar um passeio em Montmartre. Poderíamos ficar olhando as pessoas, folhear livros da Shakespeare and Company, fazer compras nos brechós de Le Marais...

Fiz uma descrição sedutora de Paris, minha expectativa já aumentando com a ideia de escapar um fim de semana. Sem olhares indiscretos, sem regras inquebráveis. Apenas nós dois, curtindo a cidade juntos.

A expressão de Isabella vacilou por uma fração de segundo antes de se consolidar em recusa.

– Tentador, mas quero outra coisa. Uma coisa mais normal.

– Tipo uma apresentação privada no Lincoln Center?

Isso era ainda mais fácil do que ir para a Europa.

– *Não*. – Os olhos de Isabella brilharam com malícia e foi então que eu soube, sem sombra de dúvida, que havia cometido um erro terrível. – Eu quero ir para Coney Island.

Isabella

LOCALIZADA NO EXTREMO SUL do Brooklyn, entre Sea Gate e Brighton Beach, Coney Island era conhecida por seu parque de diversões, suas praias e seu calçadão. Durante o verão, fervilhava de gente, mas no inverno os brinquedos não funcionavam e a região se transformava em uma cidade fantasma.

Era isso que a tornava o local perfeito para um encontro de, digamos, um casal que estava tentando ser discreto.

– O que você está achando? – perguntei, animada. – Aqui não é divertido?

– *Divertido* não é a primeira palavra que me vem à mente – respondeu Kai, seco.

Naquele dia, ele estava vestido como uma pessoa normal, de suéter e calça jeans. Sim, o suéter era de caxemira e, sim, o jeans provavelmente custava mais do que o aluguel de uma pessoa comum, mas pelo menos ele havia se livrado do terno e da gravata.

Por mais sexy que ficasse de roupa social, ele ficava ainda mais bonito em trajes casuais.

– Ah, fala sério. A praia é péssima no inverno, mas os cachorros-quentes estavam bons, né?

– Nós podíamos ter comido cachorros-quentes em Manhattan, querida.

– Não é a mesma coisa. O cachorros-quentes de Coney Island são outra história.

Kai respondeu com um olhar meio divertido, meio exasperado.

Estávamos andando pelo calçadão, o parque de diversões de um lado e o Oceano Atlântico do outro. Não estava tão frio em comparação com as semanas anteriores, mas não reclamei quando ele passou um braço pelos meus ombros e me puxou para mais perto.

Um calor irradiou pelo meu corpo. Mordi o lábio, tentando e falhando em conter um sorriso bobo.

Paris parecia um sonho, mas era aquilo ali que eu queria. Um encontro normal e agradável onde podíamos ser um casal normal e agradável. Por mais que eu adorasse uma boa aventura, achava a normalidade altamente subestimada.

– Obrigada por vir comigo. Sei que não é a Europa, mas pensei que um passeio mais casual seria bom. Foram semanas agitadas.

O rosto de Kai suavizou-se.

– Quando eu disse *qualquer coisa*, estava falando sério. Incluía visitar Coney Island.

Sua boca se contorceu em uma pequena careta e uma risada me escapou.

– Não seja esnobe. Parece até que estou te obrigando a nadar no Atlântico no auge do inverno.

– Em primeiro lugar, sou um excelente nadador, mesmo em temperaturas extremas. Segundo, não sou esnobe, sou apenas exigente.

– Se por exigente você quer dizer *chato*, então tem razão.

Continuamos implicando um com o outro até chegarmos ao Aquário de Nova York, onde me diverti um pouco demais com os tanques interativos. Depois de muito implorar e argumentar, convenci Kai a enfiar as mãos na água e tocar a vida marinha.

– Você tem medo de peixes? – perguntei, reprimindo outra risada diante de sua expressão cautelosa.

– Não, não tenho *medo* de peixes, mas a textura deles... – Ele parou quando viu meu sorriso. – Você é um perigo.

– Talvez, mas também sou a aniversariante, então sou eu que mando. O que você acha de polvos?

Pelas quatro horas seguintes, arrastei Kai por Coney Island. Depois do aquário, patinamos no gelo e bebemos muitos chopes em uma cervejaria local.

Ele não era o tipo de cara que frequentava o Brooklyn ou tomava cerveja, mas, exceto na visita ao aquário, não reclamou nenhuma vez. Quando encerramos o dia com fatias enormes de pizza de uma pizzaria famosa, ele quase parecia estar se divertindo.

– Admita – falei com a boca cheia de queijo e pepperoni. – Você se divertiu, *sim*.

– Por sua causa. – Kai tirou uma fatia de pepperoni de sua pizza e colocou na minha. Ele odiava os recheios e eu adorava, o que significava que éramos parceiros perfeitos para dividir uma pizza. – Não por causa do lugar.

Senti um frio na barriga. Como ele conseguia dizer sempre a coisa perfeita sem sequer tentar?

Aquela era uma das coisas que eu mais amava nele. Kai era atencioso e cuidadoso porque esse era seu *jeito*. Não havia segundas intenções.

– Então, que nota você dá a este aniversário, em comparação com os outros? – perguntou ele depois que terminamos de comer e voltamos a caminhar.

O sol estava baixando no horizonte e queríamos ir embora antes do anoitecer.

– Uma nota muito alta. Na verdade... – Parei no calçadão e me virei para passar os braços em volta do pescoço dele, então fiquei na ponta dos pés e o beijei suavemente. – Foi perfeito. Obrigada.

– De nada. – Sua boca roçou a minha. – Feliz aniversário, querida.

Ele havia me presenteado com um lindo colar de ouro e ametista mais cedo, mas seu melhor presente foi me acompanhar e passar o dia comigo.

Um calor inabalável instalou-se em meus ossos. Não importava que fosse inverno ou que meu rosto estivesse ardendo por causa do vento. Eu teria saído flutuando em uma nuvem de felicidade ensolarada se Kai não estivesse segurando minha mão.

– A primeira parte do meu desejo de aniversário já foi realizada – comentei quando retomamos a caminhada. – Vamos resolver a segunda.

Infelizmente, não era algo que o dinheiro pudesse comprar. Kai me lançou um olhar questionador.

– Qual é a segunda parte?

– Fazer um *buko pandan* tão bom quanto o da minha mãe no Natal. Venho tentando há anos. – Eu me imaginei de um lado para outro na cozinha, com um avental fofo, e a expressão surpresa de Kai quando ele comesse a obra-prima que seria minha sobremesa. – Vai acontecer. Aguarde.

CAPÍTULO 24

Kai

ISABELLA, NA VERDADE, não conseguiu fazer um *buko pandan* tão bom quanto o da mãe.

Eu nunca havia provado a famosa receita da matriarca dos Valencias, mas uma única colherada da sobremesa fria me disse tudo que eu precisava saber.

– Eu não entendo. – Isabella olhava consternada para a iguaria. – Eu jurava que tinha acertado a proporção dos ingredientes desta vez! Como minha mãe faz isso?

Ela se sentou no banquinho da cozinha enrolada em um casaco felpudo de lã com estampa de rena e em desespero. Estava tão linda que não consegui reprimir um sorriso, apesar da situação delicada.

– Acho que há determinados superpoderes que só as mães têm. – Adicionei uma porção extra de marshmallows a uma caneca fumegante de chocolate quente e empurrei na direção dela. – Preparar receitas tradicionais é um deles.

De cara amarrada, Isabella tomou um gole da bebida entupida de açúcar.

– Está ruim?

Está. Eu tinha quase certeza de que o prato geralmente doce não deveria ser tão… salgado. Mas, embora eu operasse com base no princípio da sinceridade, de modo geral, nada nem ninguém conseguiria arrancar de mim aquela verdade específica.

– Está perfeitamente comestível. – Misturei leite em meu chá e rezei para que ela não me pedisse para explicar ou, Deus me livre, comer outra colherada. – Mas é Natal. Devíamos aproveitar o dia em vez de, hum... ficar cozinhando. Por que não pedimos comida?

Ela concordou com um suspiro.

– Acho que é uma boa ideia.

Escondi meu alívio e fiz o pedido no meu celular.

Tínhamos planejado encarar as receitas de Natal da mãe dela na noite anterior, mas acabamos... nos distraindo depois que ela apareceu na minha porta usando um vestido vermelho. Era verdade que o vestido era até modesto para os padrões de Isabella, mas não importava. Ela poderia vestir um saco de batatas que mesmo assim me tiraria o fôlego.

Era muito preocupante. Eu estava inclinado a financiar uma pesquisa sobre seu impacto em mim na próxima rodada de doações em prol da ciência.

Migramos da cozinha para a sala de jantar, que minha governanta havia decorado com uma enorme árvore de Natal depois do Dia de Ação de Graças. Esculturas de renas em mármore branco, elegantes guirlandas douradas e uma fileira de meias de veludo cobertas de neve contribuíam para a atmosfera festiva.

– Isso está tão lindo! – Isabella passou as mãos pelas meias. – Se eu fosse você, nunca mais as tiraria daqui.

Um calor brotou em minha barriga.

Todo ano eu pedia a mesma decoração. Mudá-la anualmente era um desperdício de tempo e energia, e nunca havia pensado muito no assunto. Mas ver tudo aquilo através dos olhos de Isabella me fez apreciar um pouco mais os detalhes.

– Eu poderia mantê-las – respondi –, mas aí não haveria decoração de outono, decoração de Halloween, decoração de Ano-novo Lunar...

– Bom argumento. – Ela baixou a mão com outro suspiro. – Eu odeio que você sempre tenha bons argumentos.

A comida chegou em uma velocidade surpreendente e, depois de algum debate sobre Netflix *versus* jogos de tabuleiro, demos início a rodadas cada vez mais competitivas de Scrabble, em meio a panquecas de canela, donuts de champanhe, ovos beneditinos e hash de batata-doce.

– Viscacha? Você está brincando? – Isabella bateu a mão no tabuleiro quando ganhei a terceira rodada consecutiva. – De onde você *tira* essas palavras?

– Você veio com *quetzal* na última rodada – apontei.

– Primeiro, eu viajei para a Guatemala na época da faculdade e, segundo, mesmo assim eu perdi. – Ela estreitou os olhos. – Você está trapaceando?

– Eu não preciso trapacear – respondi, ofendido. – Trapacear é para gente intelectualmente preguiçosa e desonesta.

Isabella chegou perto de me vencer algumas vezes, mas terminamos com um placar final de cinco a zero. Quase a deixei vencer no final, mas ela jamais aceitaria que eu perdesse por pena. Além disso, a ideia de voluntariamente abrir mão de uma vitória queimava meu estômago feito bile.

Mesmo com a revolta no momento do viscacha, ela aceitou o resultado numa boa.

– Tenho uma coisa para você – disse ela depois que terminamos de comer e guardamos o tabuleiro de Scrabble. – Sei que não falamos nada sobre presentes, mas vi isso aqui e não resisti.

Ela enfiou a mão na bolsa e me entregou um pacote embrulhado em papel pardo. Dizia "Para Kai. Feliz Natal!!" em sua peculiar letra arredondada. Corações vermelhos pontilhavam os *i* e combinavam com o laço.

Senti uma pontada no peito ao ver os corações desenhados à mão.

Desembrulhei o presente metodicamente, tomando muito cuidado para não rasgar o papel nem o laço. O embrulho caiu, revelando um livro diferente de todos que eu já havia visto.

Olhei para a capa, atordoado demais para falar algo coerente.

– Isso aqui é…

– Um exemplar autografado de *Violada por um velociraptor*, o mais recente livro erótico com dinossauros da Wilma Pebbles – confirmou Isabella. – Está super em alta, já que Wilma vende apenas um pequeno número de livros autografados por ano. Eu literalmente precisei ficar com três telas abertas ao mesmo tempo para conseguir comprar antes que esgotasse. Parabéns. – Suas covinhas se aprofundaram. – Agora sua coleção literária está completa. Além disso, você tem algo novo para traduzir quando o conselho te irritar. Aposto que será mais relaxante do que traduzir Hemingway.

Se os corações no embrulho tinham feito minhas muralhas de defesa racharem, o presente – e a explicação dela – as demoliu de maneira irreparável.

Havia ganhado inúmeros presentes ao longo da vida. Um Audi customizado em meu aniversário de 16 anos; um relógio Vacheron Constantin edição limitada quando fui aceito em Oxford; uma cobertura no topo do Peak, em Hong Kong, quando concluí o mestrado em Cambridge. Nenhum deles me emocionara tanto quanto um livro erótico contendo velociraptors.

– Obrigado – agradeci, tentando entender o estranho aperto em meu peito.

Eu sinceramente esperava não ser um princípio de infarto. Isso arruinaria para sempre o Natal para todas as partes envolvidas.

– Peraí, tem mais. – Isabella tirou um envelope pardo da bolsa.

– O velociraptor tem um irmão que também gosta de violar mocinhas? – provoquei.

– Ha-ha. Na verdade, ele *tem, sim*, mas você não está pronto para as peripécias *desse* livro. Não. Isso é, hummm, o meu livro até agora. – Isabella me entregou o envelope com uma expressão visivelmente tensa. – Não sei ao certo se conta como um presente, porque não posso garantir que seja bom, mas você queria ler, então aqui está. Só prometa que vai ler apenas *depois* que eu for embora.

Então o que pensei sobre o livro deixou de valer. Isabella confiar em mim para ver seu trabalho ainda em andamento era...

Porra. Engoli com dificuldade, a pressão em minha garganta aumentando.

– Prometo. – Coloquei o envelope embaixo do livro da Wilma Pebbles e peguei uma caixa debaixo da árvore. A maioria dos presentes era só de enfeite; apenas dois eram exceções. – Aproveitando, eu também tenho uma surpresa para você. Parece que tivemos a mesma ideia em relação a presentes.

O rosto de Isabella se iluminou.

– Eu *amo* surpresas. – Ela pegou a caixa e a balançou suavemente. – O que é? Maquiagem? Um sapato? Um laptop novo?

Dei uma risada.

– Abra para ver.

Isabella não se preocupou, como eu, em preservar o embrulho. Rasgou o papel metálico sem hesitação, revelando uma simples caixa preta.

Uma estranha onda de ansiedade tomou conta de mim enquanto ela removia a tampa e ficava completamente imóvel.

– Ai, meu Deus – disse ela, ofegante. – Kai...

Dentro da caixa, aninhada em uma cama de papel de seda, havia uma máquina de escrever vintage dos anos 1960. O fabricante tinha fechado as portas décadas atrás e menos de uma dúzia de seus produtos ainda circulava em leilões e antiquários. Eu paguei uma fortuna para que todas as suas funcionalidades fossem restauradas antes do Natal, mas valera a pena.

– Você disse que vive apagando o que escreve, então achei que isso poderia ajudar. – Dei um tapinha na lateral da caixa. – Não dá para apagar usando uma máquina de escrever.

– É linda. – Isabella passou os dedos pelas teclas, os olhos brilhando de maneira suspeita. – Mas não posso aceitar. É demais. Eu comprei um livro erótico com dinossauros para você, pelo amor de Deus. Não tem como ser uma troca justa.

– Não é uma troca. É um presente.

– Mas...

– É falta de educação recusar o presente de um anfitrião na própria casa dele. Se não acredita, eu posso te mostrar a página do meu manual de etiqueta que fala sobre isso.

– Você realmente tem... quer saber? Não me importa. – Ela balançou a cabeça. – Eu acredito. – Ela se inclinou e me beijou, parecendo emocionada. – Obrigada.

– De nada.

Segurei seu rosto com uma mão e aprofundei o beijo, tentando ignorar os pensamentos inapropriados que passavam pelo meu cérebro. Por exemplo, como era natural acordar ao lado dela ou como, depois de meses, eu enfim estava me sentindo tão em paz. Ou como eu poderia passar todos os Natais com ela, só nós dois, e ser feliz.

Eram pensamentos que eu não deveria ter. Não quando não podia prometer nada além do que tínhamos naquele momento.

Meu estômago se revirou. Afastei o desconforto e me recostei.

– Antes que eu me esqueça, tem outra coisa. – Meneei a cabeça em direção à caixa. – Dê uma olhada aí dentro.

Depois de algum farfalhar, Isabella encontrou uma caixa menor e mais fina. Era aproximadamente do tamanho de um Kindle, mas duas vezes mais grossa devido ao teclado acoplado.

– É uma máquina de escrever digital – expliquei. – Muito mais fácil de carregar.

– Por que não estou surpresa que você tenha pensado em tudo? – gracejou Isabella. Ela apertou minha mão, sua expressão se suavizando. – Obrigada outra vez. Esses são os melhores presentes que já ganhei, exceto talvez pelo quadro do Monty.

– Compreensível. É difícil superar um retrato a óleo de um aristocrata serpentino do século XIX.

– Exatamente.

Nossos olhares se encontraram e se fixaram. Mil palavras não ditas se amontoaram no pequeno espaço entre nós antes de desviarmos os olhos ao mesmo tempo.

Tínhamos transado várias vezes nas últimas 24 horas, mas eram os pequenos momentos que pareciam mais dolorosamente íntimos.

Um coração desenhado à mão.

Um simples obrigado.

Uma sensação intangível e generalizada de que estávamos no lugar certo.

– Vamos assistir a um filme – disse Isabella, quebrando a tensão. – Não é Natal de verdade sem uma maratona de filmes natalinos.

– Você escolhe. – Dei um beijo suave em sua testa e me levantei, tentando aliviar a pressão que retornava a meus pulmões. – Vou fazer pipoca. Mas *nada* de filmes envolvendo realeza.

Após a incansável cobertura jornalística da história de amor estilo conto de fadas da rainha Bridget e do príncipe Rhys de Eldorra, nos últimos anos, eu não aguentava mais esse assunto.

– Mas a maioria tem realeza! – protestou Isabella. – Não me olhe assim... Argh, está bem. Espero que você não tenha nada contra confeiteiros, ou estaremos *realmente* ferrados.

Um sorriso surgiu em meus lábios enquanto entrava na cozinha e ligava a pipoqueira. Era mais fácil respirar quando eu não estava perto dela. Deveria ter sido um alívio, mas o fluxo de oxigênio foi quase desconcertante.

Tinha acabado de colocar a pipoca em uma tigela quando meu celular tocou.

Número desconhecido.

Eu teria ignorado, imaginando que fosse um operador de telemarketing, mas havia pagado uma quantia exorbitante para bloquear de vez chamadas não solicitadas e ninguém tinha meu número de celular pessoal, exceto alguns amigos, familiares e seletos colegas de trabalho.

– Alô?

– Feliz Natal, Young.

Fiquei um pouco tenso com a surpresa de ouvir o sotaque suave e específico de Christian Harper. Não me dei ao trabalho de perguntar como ele conseguira meu número. Ele tinha um talento especial para descobrir informações privadas e era por isso que Dante recorria tanto a seus serviços.

– Feliz Natal – respondi, friamente educado. – A que devo o prazer?

– Só queria saber se você já teve a chance de abrir meu presente. Acredito que um mensageiro fez a entrega ontem.

Lembrei-me do mensageiro magro e de cabelos escuros e da pequena caixa que ele havia me entregado. Eu pretendia abri-la no dia anterior, mas Isabella chegara logo em seguida.

Eu não tinha pensado muito naquilo, uma vez que todos os anos recebia presentes semelhantes, mas naquele momento uma sensação de incômodo deslizou pela minha espinha.

– O que é?

– Abra para ver – disse ele, repetindo de maneira assustadora exatamente o que dissera a Isabella mais cedo.

Fiquei em silêncio. O dia em que abrisse um pacote não solicitado de Christian Harper seria o dia em que andaria nu pela Times Square por livre e espontânea vontade.

Christian suspirou, conseguindo infundir no som partes iguais de tédio e diversão.

– É um presente de um amigo em comum. Um pequeno chip com tudo de que você precisa para garantir sua vaga como um dos CEOs mais jovens da Fortune 500 que vai sair no final de janeiro. De nada.

A implicação me atingiu como um tijolo.

– Chantagem – falei, sem inflexão.

Eu ia *matar* o Dante. Ele era o único amigo em comum que faria algo do tipo. Ele tinha boas intenções, mas seus métodos eram, na melhor das hipóteses, questionáveis.

– Uma garantia de segurança – corrigiu Christian. – Dante disse que você é certinho demais para usá-lo, mas não custa nada ter uma carta na manga. Para mim não faz a menor diferença, mas depois não diga que nunca te dei nada. Agora, se me dá licença, tenho que voltar para a minha namorada. Boas festas.

Ele desligou antes que eu pudesse responder.

– Tudo bem? – perguntou Isabella quando voltei para a sala com a pipoca. – Demorou.

– Sim. – Acomodei-me ao lado dela e bani a ligação de Christian da minha mente. Não importava que ele tivesse enviado o equivalente a uma bomba nuclear de informações; eu jamais a usaria. – Está tudo bem.

CAPÍTULO 25

Isabella

– SE FICAR DIGITANDO RÁPIDO ASSIM, vai acabar torcendo o punho – disse Sloane, sem tirar os olhos do computador. – Vai com calma.

– Não posso. Tenho menos de um mês para terminar este livro e tenho só... – digo, parando para verificar a contagem de palavras – 42.604 palavras, e centenas delas são apenas tópicos.

Era a primeira semana do ano. As pessoas tinham voltado das festas e a cafeteria no Upper West Side onde Sloane e eu montáramos acampamento fervilhava. Ela tinha uma reunião com um cliente ali perto, em uma hora, e eu precisava de um lugar barulhento onde pudesse me concentrar.

Normalmente, usava o escritório de Vivian como meu espaço para escrever enquanto ela trabalhava, mas naquele dia ela estava fora. Então ali estava eu, a bunda plantada em um banquinho de madeira, o coração acelerado e as mãos trêmulas por conta de quatro xícaras de café expresso enquanto tentava dar forma ao meu manuscrito.

As festas de fim de ano tinham sido um sonho. Comi, dormi e flutuei pela cidade com Kai ao meu lado, sem me preocupar com nada. Mas agora que as férias tinham terminado e Manhattan retomara sua energia frenética e barulhenta, a impossibilidade absoluta de completar minha tarefa assomava diante de mim como o monte Everest.

Escrever 40 mil palavras em três semanas. *Meu Deus*, por que não fui mais disciplinada com a escrita antes?

Porque estava distraída.

Porque você sempre foge das coisas difíceis.

Porque é mais fácil continuar protelando as dificuldades para o dia seguinte, até que não haja mais dias seguintes.

O pânico e a autoaversão formaram um nó apertado na minha garganta. À minha frente, Sloane digitava, seu rosto uma máscara fria de eficiência. Tínhamos aproximadamente a mesma idade e ela era dona de um negócio super bem-sucedido. Vivian também. Como elas conseguiam dar conta de tudo e eu não? Qual era o segredo delas?

Eu tinha um salário estável e um estilo de vida decente, mas estava apenas sobrevivendo enquanto elas prosperavam. Não invejava o sucesso de minhas amigas, mas meus fracassos pesavam demais em meu peito. *Por que não consigo dar seguimento às coisas que realmente importam?*

– Como vão as coisas com o Xavier? – perguntei. Eu precisava de uma distração ou entraria em uma espiral de improdutividade. Nada bloqueava mais minha criatividade do que começar a duvidar de mim mesma. – Ele ainda está vivo ou você o matou e escondeu o corpo no porta-malas do seu carro?

– Por enquanto está vivo, mas me pergunte de novo em 24 horas – murmurou Sloane. – Estou a um passo de cortá-lo em pedaços com uma faca de açougueiro. Vai ser péssimo para a minha imagem, mas eu consigo dar a volta por cima. Ele é insuportável.

A loira vestindo Lululemon ao nosso lado ergueu os olhos e então se afastou lentamente em direção à outra ponta da longa mesa comunitária.

– Por que você aceitou trabalhar para ele, se o odeia tanto?

Sloane reclamava dele desde o dia em que o buscara no aeroporto. Eu imaginava que àquela altura os dois já teriam se entendido, mas a irritação dela parecia só aumentar.

– Um favor ao pai dele. – Seu tom curto desmotivou mais perguntas. – Não se preocupe. Eu consigo lidar com Xavier Castillo. Seu sorriso idiota, suas covinhas e seus presentes engraçadinhos *não vão* impedir que eu cumpra com minhas obrigações – disse ela, digitando ferozmente.

Arqueei as sobrancelhas, chocada. Nunca, em todos aqueles anos, tinha visto Sloane tão exaltada.

– Claro que não. – Fiz uma pausa. – Quais são mesmo as suas obrigações?

– *Ser uma profissional...* – Ela respirou fundo, prendeu o ar e soltou antes de alisar seu coque perfeito. Então continuou num tom mais ameno: – Reparar, cultivar e manter a reputação dele como um membro *valioso* da sociedade, não como um playboy perdulário sem qualquer objetivo ou ambição.

– Bem, se tem alguém capaz de fazer isso, é você – respondi, animada, ignorando sabiamente a realidade de que Xavier era, na verdade, um playboy perdulário sem aspirações visíveis. – Acredito em você.

– Obrigada.

Sloane e eu ficamos em silêncio outra vez.

Eu não sabia ao certo se estava escolhendo boas palavras, mas continuei digitando.

Kai não comentara nada sobre os capítulos que dei a ele no Natal, o que só me deixava mais ansiosa. Será que ele já tinha lido? Se sim, por que não dissera nada? Estava *tão* ruim assim? Se não, por que não comentara? Talvez ele não estivesse realmente interessado em lê-los. Talvez eu o tivesse colocado em uma situação constrangedora ao entregar a ele um manuscrito incompleto e não editado. Deveria perguntar a respeito ou isso seria ainda mais estranho?

– Isa. – Havia um tom estranho na voz de Sloane.

– Oi?

Ai, eu deveria ter ficado só com o erótico de dinossauros. O que eu estava pensando?

– Você viu as notícias?

– Não, por quê? Asher Donovan bateu o carro outra vez? – perguntei, distraída.

Nenhuma resposta.

Ergui os olhos. Um arrepio gelado percorreu minha coluna diante da expressão neutra de Sloane. Ela só usava aquele olhar quando havia algo muito, muito errado.

Em silêncio, ela virou o notebook para que eu pudesse ver a tela.

O famoso texto em vermelho e preto do *National Star* tomava todo o site. Manchetes chocantes e fotos desagradáveis de celebridades dominavam a página, o que não era incomum. Aquele tabloide ordinário era conhecido por…

Espera.

Meus olhos captaram um vestido familiar. Mangas compridas, caxemira verde-esmeralda, bainha na altura das coxas. Uma pechincha de quinze dólares das profundezas do porão da boutique Looking Glass.

Eu o usara em um encontro com Kai, duas semanas antes. Meu estômago se revirou.

Não eram fotos de celebridades. Eram fotos nossas. Kai e eu em Coney Island. Passeando pelo Jardim Botânico de Nova York, nossos rostos próximos, rindo. Ele me dando uma garfada de torta em um restaurante *dim sum* no Queens. Eu saindo do prédio dele com um ar todo amarrotado e levemente culpado.

Dezenas de fotos que haviam capturado alguns de nossos momentos mais íntimos. Pensamos que não haveria nenhum conhecido em lugares tão afastados, mas obviamente estávamos errados.

Minha pele ficou quente e fria ao mesmo tempo. A comida do café da manhã ameaçou subir pela minha garganta e arruinar o MacBook imaculado de Sloane.

Estou ferrada.

Assim que o clube ficasse sabendo, já era. Eu perderia o emprego e provavelmente jamais conseguiria outro em qualquer bar num raio de cem quilômetros. Pior ainda, se os repórteres tivessem feito uma mínima investigação, saberiam que...

– Respira. – A voz firme de Sloane me tirou de uma névoa de pânico. Ela fechou o notebook e colocou um copo d'água na minha mão. – Bebe. Conta até dez. Vai ficar tudo bem.

– Mas...

– Faça o que eu estou falando.

Em termos de conforto e aconchego, Sloane não era das melhores. Por outro lado, ela era *excelente* em gestão de crise. Quando terminei de beber a água, ela já havia elaborado um plano em dez tópicos para desarmar a bomba.

Primeiro passo: desacreditar a fonte.

– É o *National Star*, o que ajuda – disse ela. – Ninguém leva esse lixo a sério. Ainda assim, seria bom...

– Você não está chateada? – interrompi. A água revirava em meu estômago, me deixando enjoada. – Por eu ter escondido o lance do Kai de você e da Viv?

Sloane revirou os olhos.

– Isa, por favor. Qualquer pessoa com um cérebro funcional via que vocês estavam a fim um do outro. Só estou surpresa que você tenha demorado tanto para agir. Além disso, entendo por que você não nos contou. É uma situação delicada, por conta do seu trabalho. O que me leva ao meu segundo ponto. O Valhalla vai...

Ela foi interrompida novamente, desta vez pelo zumbido do meu celular. *Parker*. Falando no diabo.

Meu estômago se revirou ainda mais.

— Só um segundinho. — Respirei fundo e me preparei. — Alô?

Tão. Ferrada.

— Isabella. — A voz da minha supervisora ecoou na linha como cubos de gelo. Não havia nenhum traço de seu calor habitual. — Por favor, reporte-se ao Valhalla o mais rápido possível. Nós precisamos conversar.

Meia hora depois, entrei no escritório executivo do Valhalla Club sentindo um peso no fundo da barriga.

Reservado ao chefe do comitê administrativo, cargo ocupado por membros efetivos que se alternavam a cada três anos, o escritório revestido de mogno lembrava um cruzamento entre uma biblioteca georgiana e uma catedral. Uma enorme mesa escura dominava o fundo do cômodo.

Vuk Markovic estava sentado atrás dela com a postura rígida de um general descontente examinando suas tropas. Ele devia ser o atual chefe do comitê. Eu não prestava atenção na politicagem do clube, então não sabia nem quem eram os membros do comitê além de Kai e Dante — ambos, notei com um sobressalto, sentados à mesa em frente a Vuk. Eles ocupavam as cadeiras da direita; Parker estava sentada à esquerda, o rosto tenso.

Todos os olhos se voltaram para mim quando entrei.

Fui tomada pelo constrangimento. Evitei o olhar de Kai enquanto me aproximava, com medo de que qualquer contato visual pudesse libertar a pressão crescente em meu peito.

— Isabella. — Parker meneou a cabeça para a cadeira ao lado dela. — Sente-se.

Ela era a pessoa com a hierarquia mais baixa na sala, mas iniciou a reunião indo direto ao assunto:

— Você sabe por que está aqui?

Coloquei as mãos sob as coxas e engoli um nó de pavor. Não adiantava me fazer de desentendida.

— Por causa das fotos no *National Star*.

Parker olhou para Vuk. Seus olhos apáticos e misteriosos me observavam com uma concentração enervante, mas ele não disse uma palavra.

– O clube tem uma regra estrita de não envolvimento entre sócios e funcionários – afirmou Parker quando ele não se manifestou. – Está claro no seu contrato de trabalho, que você assinou no momento da contratação. Qualquer violação da referida regra...

– Não temos nenhum envolvimento. – A voz calma de Kai interrompeu-a. – Isabella e eu temos amigos em comum. Nos vemos frequentemente fora do clube. O Dante pode atestar isso.

Virei a cabeça involuntariamente na direção dele. Kai manteve a atenção em Parker, mas eu praticamente podia *sentir* fios de conforto me envolvendo.

Um nó de emoção se emaranhou em minha garganta.

– É verdade. – Dante parecia entediado. – Kai e eu somos amigos. Isabella e minha esposa são melhores amigas. É só juntar os pontos.

Eu não sabia exatamente por que ele estava ali. Kai, eu conseguia entender, já que aquilo o envolvia também. Será que Dante era uma espécie de testemunha abonatória? Tecnicamente, não estávamos em um julgamento, embora parecesse.

De qualquer maneira, fiquei grata por seu apoio, mesmo me sentindo culpada. Kai e eu sabíamos que havíamos quebrado as regras, e agora outras pessoas estavam sendo arrastadas para a situação.

Parker fez uma pausa, claramente tentando descobrir como responder sem ser tomada por idiota – as fotos revelavam uma relação muito mais íntima do que a de conhecidos casuais – ou irritar seus empregadores.

– Com todo respeito, Sr. Young, você e a Isabella estavam sozinhos naquelas fotos – disse ela, cuidadosa. – Vocês foram flagrados de mãos dadas...

– Eu estava ajudando Isabella a andar por um terreno acidentado, só isso – rebateu Kai, seu tom tão suave e confiante que quase escondia quanto sua desculpa era absurda. – Nos encontramos várias vezes no final do ano para planejar uma festa-surpresa para o aniversário da Vivian.

– Vocês estavam planejando uma festa-surpresa para *Vivian Russo* em Coney Island? – perguntou Parker, descrente.

Uma pausa curta, mas significativa, saturou a sala.

– Ela gosta de rodas-gigantes – disse Dante.

Outra pausa mais longa.

Parker olhou mais uma vez para Vuk, em um óbvio pedido de ajuda. Ele não respondeu. Para falar a verdade, achava que nunca tinha ouvido aquele homem pronunciar uma única palavra.

Não me passou despercebido que eu era a única na berlinda, embora Kai *também* estivesse errado. Mas ele era um VIP rico e poderoso, e eu não. A diferença no tratamento era esperada, embora não necessariamente justa.

– As fotos não são prova de que violamos a regra de não envolvimento – insistiu Kai. – É o *National Star*, não o *New York Times*. A última edição deles afirmou que o governo está colhendo ovos alienígenas em Nebraska. Eles não têm credibilidade.

A boca de Parker se estreitou.

Minha culpa se intensificou. Eu gostava da minha supervisora. Ela sempre foi boa comigo e havia mantido meu segredo durante todo aquele tempo. Eu odiava colocá-la naquela situação complicada.

– Eu entendo, senhor – disse ela. – Mas simplesmente não podemos deixar o assunto em aberto. Os outros membros...

– Deixe que eu me preocupo com os outros membros – respondeu Kai. – Eu...

– Não. Ela tem razão. – Minha interrupção cortou de repente a discussão. Meu coração palpitava de insegurança, mas segui em frente antes que perdesse a coragem. – Eu sabia as regras e os detalhes não importam. O que importa é a impressão que passa, que não é nada boa, nem para nós nem para o clube.

Kai me encarou. *O que você está fazendo?*

A mensagem silenciosa ecoou alta e clara na minha cabeça. Eu a ignorei, embora uma dor quente apertasse meu coração pela forma inflexível de Kai tentar me defender. Ele não mentia, mas mentiu. Por mim.

– O que estou tentando dizer é que sei o que fiz – falei, concentrando-me em Parker.

É apenas um emprego. Eu poderia conseguir outro. Provavelmente não teria os mesmos benefícios, horários e salário, mas eu sobreviveria. E se Gabriel me desse uma bronca por mudar de emprego de novo... bem, eu resolveria essa questão quando chegasse a hora.

– E estou disposta a enfrentar as consequências.

Houve um tempo em que eu teria ficado feliz em deixar que outras pessoas lutassem por mim, mas já era hora de assumir a responsabilidade pelos meus atos.

O olhar de Kai estava fixo no meu rosto. Ao lado dele, Dante se endireitou, revelando pela primeira vez uma centelha de interesse desde que eu entrara na sala. Sua presença era claramente uma questão de lealdade a Kai e não de qualquer interesse em particular no meu futuro no Valhalla.

Parker suspirou, o som misturado com pesar. Eu era uma de suas melhores funcionárias, mas ela era uma defensora das regras. E, como minha supervisora, levava a culpa pelas merdas que eu fizesse.

Ela olhou para Vuk em busca de confirmação. Ele baixou o queixo e, embora eu já estivesse esperando, *pedindo* por aquilo, as palavras seguintes abriram um buraco em meu estômago.

– Isabella, você está demitida.

CAPÍTULO 26

NÃO FUI ATRÁS DE ISABELLA depois que ela saiu. Meu instinto gritava para que eu fosse confortá-la, mas a razão me deteve. Havia olhos demais sobre nós naquele momento; eu não queria correr o risco de comprometê-la ainda mais naquela confusão.

Além disso, havia cerca de cem outras pessoas que eu precisava acalmar antes de poder me concentrar na minha vida pessoal.

Repórteres, membros do conselho, diretores da empresa, amigos e familiares... meu celular estava tocando sem parar desde que as fotos vazaram naquela manhã. Eu não era uma estrela de cinema ou do rock, mas ainda havia muita gente interessada na vida de pessoas ricas e escandalosas. E ainda mais se o escândalo afetasse o futuro de uma das maiores e mais famosas corporações do mundo.

– Onde você estava com a cabeça? – A fúria de minha mãe rugiu através da linha, sem se deixar intimidar pelos milhares de quilômetros que separavam Nova York e Londres. – Você entende o que fez? Faltam semanas para a votação. Isso pode arruinar *tudo*.

Uma enxaqueca tomou meu crânio e o apertou. Olhei pela janela da sala de conferências do Valhalla, meu estômago se revirando com um coquetel de emoções.

Eu não tinha dúvidas de que Victor Black estava por trás daquela confusão. O *National Star* era dele, e o desgraçado era mesquinho e vingativo o suficiente para ter mandado alguém me seguir depois de eu ter ferido seu ego.

– São fotos inocentes – respondi. – E é o *National Star*. Ninguém leva o *Star* a sério.

Era a mesma desculpa de antes. Infelizmente, minha mãe não se deixava influenciar tão facilmente quanto Parker.

– *Inocentes* seriam fotos suas lendo para crianças no Dia Mundial do Livro, não sassaricando por Nova York com aquela *mulher* – respondeu minha mãe friamente. – Uma bartender? Sério, Kai? Arranjei alguém como Clarissa para você e você preferiu uma oportunista qualquer? Ela tem cabelo roxo, pelo amor de Deus. E *tatuagens*.

A raiva atropelou a vergonha, incinerando-a em uma explosão violenta.
– Não fale assim dela – pedi, minha voz letalmente baixa.
Minha mãe ficou em silêncio por um instante.
– Não me diga que você *se apaixonou* por ela. – Uma pitada de escárnio ecoou em suas palavras.

Claro que não.

A negativa estava na ponta da minha língua, mas não importava o quanto eu forçasse, não conseguia expressá-la.

Eu gostava de Isabella. Não conseguia me lembrar de ninguém de quem gostasse mais. Mas havia uma diferença enorme entre *gostar* e *estar apaixonado*. Gostar era seguro, sem surpresas. Se apaixonar era uma queda, abrupta e potencialmente fatal, do alto de um penhasco, e eu não estava pronto para dar aquele salto.

Eu não sabia como categorizar meus sentimentos por Isabella. Tudo que eu sabia era que a ideia de nunca mais vê-la era como uma lâmina serrilhada cortando meu peito.

– Ainda podemos dar um jeito nisso. Como você disse, é o *Star*. – Minha mãe mudou de assunto, sem insistir na questão da Isabella, provavelmente porque tinha medo de receber uma resposta de que não fosse gostar. – Insista na falta de credibilidade deles. Tranquilize o conselho. E, pelo amor de Deus, pare de sair com aquela mulher.

Apertei o celular com mais força.
– Eu não vou terminar com ela.
Os últimos meses tinham sido um pesadelo. Isabella era a única coisa positiva na minha vida naquele momento. Se eu me afastasse dela...

Merda.

Afrouxei a gravata, tentando aliviar a pressão repentina no peito.

– Não é possível. – Minha mãe mudou do inglês para o cantonês, um sinal claro de que estava irritada. – Você está disposto a jogar fora o seu futuro por causa de uma garota? Tudo pelo que você trabalhou. Sua carreira, sua família, seu *legado*.

Cerrei os dentes.

– Você está exagerando. São apenas fotos.

E nem eram indecentes.

Droga, eu deveria ter tomado mais cuidado. Tinha sido arrogante e descuidado. Muito certo de que ninguém jamais ficaria sabendo.

No que eu estava pensando?

Esse é o problema. Você não estava pensando.

Eu vinha ficando distraído demais com Isabella, e a conta tinha chegado.

De súbito, minha mente se voltou para o bilhete que eu recebera na Saxon Gallery. Havia considerado se tratar de uma pegadinha, mas talvez fosse mais do que eu imaginara de início. O timing parecia extremamente suspeito.

Tome cuidado. Nem todo mundo é o que parece.

De quem poderiam estar falando? Victor? Clarissa? Alguma outra pessoa na galeria?

– São apenas fotos por enquanto – disse minha mãe, trazendo minha atenção de volta à ligação. – Quem sabe o que mais vai sair? Basta uma faísca para iniciar um incêndio, e *qualquer* escândalo, por menor que seja, pode fazer com que você perca votos cruciais.

A pressão se intensificou, obscurecendo minha visão. Não conseguia me concentrar. Minha habitual clareza fria havia desaparecido, deixando um tumulto em seu rastro. Havia milhares de vozes na minha cabeça, tentando se sobrepor umas às outras, como passageiros entrando no vagão do metrô na hora do rush.

Fique com ela. Termine com ela.

– Vou dar um jeito nisso.

– Você só tem...

– Eu sei quanto tempo tenho.

Eu raramente era ríspido com minha família. Crianças asiáticas simplesmente não respondiam aos pais, por mais crescidos ou bem-sucedidos que fossem. Mas se eu não desligasse o celular nos próximos cinco minutos, acabaria explodindo.

– Já disse que vou dar um jeito. Em duas semanas, as fotos serão uma mera lembrança e eu serei eleito CEO.

A outra opção era horrível demais para ser contemplada.

Perder. Receber ordens de Tobias. Virar motivo de chacota. Minha boca foi tomada por um gosto amargo.

– Espero que sim. – Minha mãe fez vista grossa para minha rara perda de paciência; havia coisas mais importantes em jogo. – Ou você entrará para a história como o Young que perdeu o controle do império da família. Lembre-se disso da próxima vez que sentir vontade de passear pela cidade com sua nova namorada.

Depois que desliguei, deixei todas as outras chamadas irem diretamente para a caixa postal e fui até a casa de Isabella. Pedi ao motorista que seguisse uma rota sinuosa, caso eu ainda estivesse sendo seguido, mas agora isso já não importava tanto. As fotos já haviam causado seu estrago.

Isabella parecia extremamente calma quando abriu a porta.

– Estou bem – disse ela antes que eu tivesse a chance de perguntar. Se não fosse pela vermelhidão em seu nariz e ao redor dos olhos, talvez eu tivesse acreditado. – É só um emprego. Vou arrumar outro. Está vendo? Já comecei a procurar. – Ela apontou para o site de busca de emprego no computador. – Estou pensando em acrescentar *fotogênica mesmo em fotos espontâneas* na seção de habilidades especiais. – Um pequeno tremor na voz estragou sua piada.

Eu não sorri.

– Isa.

– Já fui demitida antes. Não tantas vezes quanto pedi demissão, mas, você sabe, o resultado é o mesmo. – A sombra de um sorriso cruzou seu rosto. – Que diferença faz mais um fracasso no meu histórico? Não...

– Isa.

– Não muda nada, no final das contas. A única parte ruim vai ser se Parker falar de mim para os outros bares. Ela conhece todo mundo na indústria da vida noturna de Nova York. Eu não *acho* que ela...

– Isabella – chamei, abrindo os braços. – Vem cá.

Ela se calou, os olhos vidrados. Seu peito arfava por conta de toda aquela divagação, e ela não se moveu por um longo e arrastado segundo.

Então seu rosto se contraiu inteiro e ela caiu em meus braços abertos com um soluço silencioso que me quebrou feito estilhaços. Dei um beijo no topo de sua cabeça e a abracei enquanto ela chorava, desejando não me sentir tão impotente.

Ninguém estava acima das regras do Valhalla, nem mesmo o comitê administrativo. Eu poderia facilmente arranjar outro emprego para ela ou pagar suas contas para que não *tivesse* que arranjar um novo emprego, mas não seria uma boa ideia. Ela era independente demais para aceitar caridade. Além disso, eu conhecia Isabella bem o suficiente para saber que sua demissão do Valhalla não era a raiz do problema ali.

Ela confirmou minhas suspeitas menos de um minuto depois, quando levantou a cabeça, os olhos vermelhos e inchados pelas lágrimas.

Uma dor abriu caminho em meu peito e apunhalou meu coração.

– Desculpe – disse ela em meio a soluços. – Isso é tão idiota... Eu não queria chorar nessa sua camisa tão bonita e provavelmente muito cara.

Ela passou o polegar pelo algodão manchado de rímel, como se fosse magicamente apagar as manchas pretas.

– É só uma camisa. – Segurei o pulso dela, acalmando-a. – E não é idiota. Você teve um dia... difícil.

– Kai Young, o rei do eufemismo. – O sorriso choroso de Isabella se dissolveu quase no mesmo segundo em que se formou. – Não é nem a parte de ser demitida que me incomoda. Quer dizer, é óbvio que estou chateada, mas parte de mim já esperava que isso fosse acontecer. Eu só... – Ela engoliu em seco. – Eu me sinto um fracasso. O aniversário da minha mãe é daqui a algumas semanas, meu livro ainda não está pronto e vou ter que contar à minha família que fui demitida. E é ainda pior porque eles têm me dado muito apoio. Bem, tirando o Gabriel, mas isso é outra história. Eles sempre confiaram em mim e eu vivo os decepcionando.

– Você não está decepcionando ninguém. Não existe um limite de tempo para atingir o sucesso e eles são sua família. Querem que você seja feliz.

– Eu sou feliz quando estou com você ou com minhas amigas. Mas quando você vai embora e fico sozinha, me sinto apenas... perdida. – A última palavra soou como um sussurro dolorosamente vulnerável. – Como se eu não soubesse o que fazer da vida.

A dor se intensificou, penetrando meus ossos e veias como um veneno sem cura. Eu tinha bilhões no banco e as pessoas mais poderosas do mundo na discagem rápida, mas nunca me senti tão inútil.

– Você não está sozinha – respondi suavemente. – Eu estou aqui.

Qualquer outra pessoa teria tido que arrancar essas palavras de mim com um alicate. Mas com Isabella a admissão fluiu tão facilmente quanto uma lufada de ar.

Os olhos dela ganharam um novo brilho. Uma lágrima escorreu por sua bochecha e eu a sequei com o polegar, desejando poder oferecer mais do que palavras e uma promessa. Eu daria qualquer coisa para vê--la feliz – verdadeiramente feliz, não apenas momentaneamente alegre. Sem medos, sem ansiedades, apenas a liberdade de florescer em todo o seu potencial.

– Ficaremos perdidos juntos. – Um sorriso curvou meus lábios. – Para sua sorte, tenho um excelente senso de direção.

– Que bom, porque eu não tenho *nenhum*. – Sua expressão ficou ainda mais sombria antes que ela balançasse a cabeça. Sua tensa melancolia recuou um centímetro. – Todo homem acha que tem um grande senso de direção. Aposto que você se recusa a pedir ajuda mesmo quando está *de fato* perdido. – Isabella soltou uma risada. – De qualquer maneira, chega de falar de mim. E você? A diretoria deve estar pirando com as fotos. Não é exatamente o que se espera de um CEO. – A preocupação engoliu o humor fugaz em seus olhos. – Isso não vai afetar a votação, vai?

A pergunta envolveu meu coração e o apertou. Ela tinha sido demitida e estava preocupada *comigo*.

Naquele momento, eu quis acabar com todas as pessoas que já tinham feito com que ela se sentisse um fracasso, uma decepção ou qualquer coisa menos que perfeita.

– Provocou algumas complicações, mas nada que eu não possa resolver. – Suavizei a ruga em sua testa com um beijo. – Não se preocupe comigo, querida.

– Eu sei que deveríamos ter sido mais cuidadosos – disse ela baixinho. – Mas é ruim eu não estar arrependida do que fizemos?

– Não. – Meus lábios traçaram a curva de sua bochecha até o canto de sua boca. – Porque eu também não estou.

Havia revivido e dissecado os últimos três meses dezenas de vezes desde que as fotos vieram à tona. A sala do piano, as festas de fim de ano, nosso primeiro "encontro" no Brooklyn e o encontro subsequente na biblioteca... foram imprudentes, sim, mas também os únicos pontos de luz no cinza avassalador da minha vida. Eu não tinha notado o quanto meu mundo estava silencioso até Isabella aparecer, cheia de vida, cor e energia, como uma rosa desabrochando no meio de um deserto árido.

Eu não trocaria nenhum dos meus momentos com ela por toda calma e paz do mundo.

Pensei que odiasse caos, mas, de alguma forma, em algum ponto ao longo do caminho, tinha aprendido a amá-lo.

– O que vamos fazer? – sussurrou Isabella. – O *Star* ainda pode ter gente nos seguindo...

– Eu já cuidei disso.

A equipe especial que havia contratado imediatamente após ver as fotos era capaz de descobrir se tinha alguém na minha cola mais depressa do que um cão de caça conseguiria encontrar um osso. Deveria ter sido o suficiente, mas um impulso e um desejo desesperado de apagar a preocupação do rosto dela fizeram outras palavras saírem da minha boca.

– Vamos sair daqui.

Ela se assustou.

– O quê?

– Vamos passar o fim de semana fora. Dar um tempo, recarregar as energias e colocar as ideias em ordem. – Quanto mais eu pensava no assunto, mais gostava da ideia de uma escapada estratégica para algum lugar quente, longe de olhos curiosos e das garras da cidade. – Minha família tem uma propriedade nas ilhas Turcas e Caicos. Ninguém vai nos incomodar lá.

Isabella olhou para mim como se eu tivesse sugerido que andássemos descalços até a Califórnia.

– Não podemos simplesmente *ir embora*.

– Por que não?

– Porque não! – Pela primeira vez, ela foi cautelosa enquanto eu estava sendo espontâneo. – Você já está em maus lençóis por causa das fotos. Mesmo que não nos sigam até lá, alguém pode nos ver e vender mais fotos para os tabloides.

– Isso não vai acontecer. Confie em mim. – Meneei a cabeça em direção ao computador dela. – Você tem que terminar seu livro e achar um emprego novo. Eu tenho que apagar uma centena de incêndios e elaborar uma nova estratégia para a eleição. Podemos trabalhar nisso juntos. Será a nossa versão de um retiro executivo.

Isabella hesitou.

– Você ficaria surpresa com o quanto uma mudança de cenário pode aumentar a criatividade – comentei. – Imagine só. Você prefere trabalhar em um café superlotado no centro da cidade ou em uma bela ilha tropical?

– Eu não frequento cafés no centro. São deprimentes demais. – Ela estava cedendo. Eu podia ver em seus olhos. – Tem certeza de que ninguém vai nos ver?

– Tenho.

– Meu Deus, que dia maluco. – Ela balançou a cabeça, uma gargalhada escapando. – Acordei, fui demitida e agora estou pensando em fugir para as ilhas Turcas e Caicos.

– Na verdade, não há melhor momento para fugir do que depois de ser demitido. Férias ilimitadas.

Minha boca se curvou quando ela soltou outra risada, menor, mas genuína. Minha vida profissional podia estar em chamas, mas ver o sorriso de Isabella de algum jeito endireitava meu mundo, mesmo que apenas por um tempo.

– Você é bem persuasivo, né? – Os olhos dela ainda continham um traço de tristeza, mas o brilho habitual estava retornando aos poucos. Isabella não enxergava, mas era a pessoa mais forte e resiliente que eu já tinha conhecido. – Se você se cansar da vida de executivo, deveria trabalhar com vendas de viagens. Ganharia uma fortuna.

Meu sorriso subiu mais um milímetro.

– Vou me lembrar disso.

– Agora, a pergunta mais importante. – Isabella sorriu e uma perturbadora onda de calor encheu minha barriga. – O que se leva para uma escapadinha de fim de semana no Caribe?

CAPÍTULO 27

Isabella

QUANDO KAI DISSE que sua família tinha uma propriedade nas ilhas Turcas e Caicos, imaginei uma mansão de praia arejada com móveis de vime e belos jardins. Eu não tinha imaginado a porcaria de uma *ilha inteira*.

Apelidada de Jade Cay, "Recife de Jade", devido à cor das águas que a cercavam, a ilha abrangia mais de 150 hectares de vegetação exuberante, praias imaculadas e vida selvagem exótica. A residência principal em estilo balinês ocupava o ponto mais alto da ilha, oferecendo vistas espetaculares de 360 graus do Caribe e todas as comodidades de um resort de luxo cinco estrelas. Oito quartos, três varandas circundando o imóvel, duas piscinas de borda infinita, um chef particular que fez a lagosta mais deliciosa que já provei.

Eu poderia viver e morrer feliz ali.

Kai e eu tínhamos chegado na tarde do dia anterior, passado a noite nos acomodando e no dia seguinte já estávamos a toda. A manhã havia sido um borrão de escrita (eu), ligações (ele) e brainstorming (nós dois). Kai tinha razão: trabalhar arduamente em meu manuscrito em um paraíso tropical era muito melhor do que fazer isso no inferno invernal da Nova York pós-Natal.

Naquele momento, estávamos fazendo uma pausa para o almoço no terraço e nunca me senti tão relaxada, mesmo com meu prazo surgindo no horizonte como uma nuvem de tempestade. Ali, rodeada pelo mar e pelo sol, quase consegui esquecer as fotos do *Star* e a demissão.

Em algum momento entre o prato principal e a sobremesa, Kai pediu licença para usar o banheiro e voltou com uma pasta preta fina na mão.

– Guarde isso – falei, cutucando seu pé com o meu por baixo da mesa. – Nada de trabalho durante as refeições, lembra?

– Não é trabalho no sentido tradicional. É um presente.

Os olhos dele se iluminaram com um sorriso quando eu me animei feito um cachorro quando ouve a palavra *passear*.

– Um presente? Para mim?

– Você disse que estava tendo bloqueios criativos, então fiz algumas pesquisas e elaborei uma lista de maneiras de superar esse problema. – Ele me entregou a pasta. – Confirmei com vários neurocientistas que esses métodos são confiáveis em termos científicos.

Quase engasguei com meu suco fresco de toranja.

– Você consultou uma equipe de *neurocientistas* sobre o meu bloqueio?

Ele deu de ombros.

– Eu doo uma quantia significativa para diversas organizações científicas todo ano, então eles não se importam em atender a alguns de meus pedidos mais pessoais.

Abri a pasta e examinei as sugestões. A maior parte era de conselhos que eu já conhecia de pesquisar na internet. Meditar, reservar um período todos os dias para brincadeiras criativas, usar a técnica Pomodoro e assim por diante. Havia alguns que nunca tinha visto antes, mas não faria a menor diferença se Kai tivesse me entregado uma pilha de panfletos sobre aulas introdutórias de ioga.

Ele havia dedicado tempo para pesquisar soluções e consultar neurocientistas, pelo amor de Deus. Meus ex-namorados achavam que estavam me fazendo um favor quando compravam pizza a caminho da minha casa.

A última vez que alguém fizera algo tão atencioso sem esperar nada em troca foi quando certo bilionário me mostrou o cômodo secreto de sua família e o ofereceu como espaço para escrever.

Senti um nó na garganta. Abaixei a cabeça e pisquei para conter uma lágrima constrangedora. A última coisa que eu queria era começar a chorar em cima do meu prato de arroz e caranguejo. Já tinha chorado uma vez na frente de Kai aquela semana; duas seria demais.

Virei as páginas ruidosamente enquanto lutava com minhas emoções descontroladas. A pressão na minha garganta diminuiu quando parei no penúltimo item.

– Manter um ritmo frequente e rigoroso de atividades sexuais quando se sentir em um bloqueio – li em voz alta. – Orgasmos estimulam a criatividade, entre outras coisas. – Lancei um olhar desconfiado para Kai, que retribuiu com um olhar inocente. – Hummm. Quem será que inventou essa?

O sorriso dele foi lento e derretido feito mel aquecido.

– Não precisa se perguntar. É cientificamente comprovado, minha querida.

Minha querida.

Ao nosso redor, o mundo ficou estranhamente quieto. Nenhum pássaro cantava. Nenhuma onda batia nas praias distantes. Até o vento tinha parado.

Kai já havia me chamado de *querida* antes, mas nunca de *minha*.

Uma palavra. Cinco letras.

Às vezes, faziam toda a diferença.

O sorriso dele sumiu quando ele se deu conta. A tensão cresceu entre nós, envolvendo meu corpo e se acomodando em meu peito como um peso de concreto.

Não era desagradável, mas era o tipo de silêncio tão cheio de significado que abafava qualquer admissão que espreitasse abaixo da superfície. Não estávamos prontos para uma conversa daquelas.

Mudei de assunto antes que a pausa se estendesse demais e a gente precisasse admitir o que estava rolando.

– Bem, vamos ver se suas outras sugestões funcionam antes de testarmos a teoria do orgasmo – respondi tranquilamente. – E você? Como vão as negociações com o Mishra?

O DigiStream era um dos muitos incêndios que Kai tinha que apagar devido às fotos do *National Star*. Eu achava uma hipocrisia da parte deles dar tanta importância a com quem Kai passava seu tempo livre quando o CEO *deles* tinha sido hospitalizado por conta de uma overdose, mas quem era eu para opinar? Apenas uma bartender. *Ex*-bartender, pelo menos até conseguir um novo emprego.

Kai se ajeitou na cadeira e, simples assim, o mundo voltou ao normal. O som dos pássaros e do oceano voltou, e o vento soprou mechas de cabelo no meu rosto. A tensão derreteu como poças de gelo sob o sol.

– Eles destituíram o Whidby do cargo de CEO dois dias atrás – explicou Kai. – O Mishra o substituiu oficialmente e está reagrupando a equipe, o que significa que basicamente estou de volta à estaca zero. Está um caos por lá.

– Por que ele está tão relutante em relação ao negócio quando o cofundador estava tão pronto para assinar?

Kai e eu não falávamos muito sobre o trabalho dele. Ele dizia que eu ficaria entediada e eu concordava plenamente, mas estava de fato curiosa em relação ao acordo com o DigiStream.

– O Whidby foi fácil. Ele queria dinheiro. O Mishra é um purista. Ele não quer ceder o controle do DigiStream a uma corporação que vai, entre aspas, *arruiná-lo*.

Escolhi as palavras seguintes com cuidado.

– Você *vai* arruiná-lo?

– Não exatamente. O sucesso deles vem em grande parte da cultura e da dinâmica da equipe. Não quero acabar com isso – explica Kai. – Mas toda aquisição exige alguma espécie de mudança, tanto do comprador quanto do vendedor. As operações precisam ser simplificadas para se integrarem ao restante da empresa.

– Esse é o ponto crítico – supus.

Kai assentiu.

– O maior deles. O Mishra está preocupado com a integração. Ele quer um acordo no qual o DigiStream continue operando exatamente como agora. Obviamente, isso não é possível. Mesmo que eu concordasse, os membros do conselho não concordariam. Eles têm que aprovar o plano estratégico em todas as novas aquisições.

– Existe alguma maneira de fazer concessões quanto a mudanças específicas que o deixem preocupado, em vez de usar termos gerais?

Kai ergueu as sobrancelhas.

– Talvez. Os detalhes são um pouco complicados, mas estávamos trabalhando em um plano semelhante antes de a questão com o Whidby colocar as negociações em segundo plano. – Um pequeno sorriso curvou os lábios dele. – E você diz que não gosta de falar de negócios.

– Não gosto. Me dá sono noventa por cento das vezes. Você tem sorte de esta conversa estar nos outros dez. – A risada dele trouxe um sorriso de resposta ao meu rosto, mas que desapareceu quando me aventurei a perguntar: – Não estou dizendo que vai acontecer, mas, hipoteticamente, o que acontece se você não vencer?

– Mantenho meu título e meu cargo, mas serei motivo de chacota. – O rosto dele ficou pétreo. – Os outros candidatos podem só voltar ao trabalho e seguir em frente porque, no fundo, era pouco provável que ganhassem. Eu sou um Young. Serei para sempre conhecido como a pessoa que perdeu a empresa da família para alguém de fora.

– Você ainda será um acionista majoritário – apontei.

Eu havia pesquisado. Kai controlava mais de um quarto das ações da empresa, perdendo apenas para sua mãe.

– Não é a mesma coisa. – Um músculo se contraiu em sua mandíbula antes de relaxar. – As pessoas se lembram dos líderes, não dos eleitores.

– Acho que as pessoas vão se lembrar de você de qualquer maneira – respondi. – Você quebrou recordes mesmo sem ser o CEO, e há muitos diretores-executivos que são péssimos em seu trabalho. Suas realizações são mais importantes do que um título.

A expressão de Kai se suavizou. Ele abriu a boca, mas meu celular tocou e o interrompeu antes que ele pudesse dizer algo.

Fiquei surpresa e confusa ao ver o nome de quem estava ligando.

– É a Alessandra.

Éramos conhecidas, mas não conseguia imaginar nenhum motivo para ela me ligar do nada.

– Atenda – disse Kai. – Deve ser importante para ela estar ligando no fim de semana.

No final, a curiosidade venceu. Caminhei até o outro lado do terraço e atendi o celular.

– Ei, Ale.

– Oi. Você está podendo conversar agora?

Olhei para Kai e para meu almoço pela metade.

– Se for rápido, sim. O que houve?

– Sei que pode soar presunçoso da minha parte, então peço desculpas de antemão. – Um traço de constrangimento tingiu sua voz. – Mas eu fiquei sabendo que você e o Valhalla, hã… romperam, e que você está procurando um novo emprego.

Eu me animei.

– Estou. Você conhece alguém que esteja procurando uma bartender?

– Não. Mas… – Sua pausa carregava a hesitação de alguém debatendo quais seriam as próximas palavras. – *Eu* estou procurando uma assistente. Não quero recorrer a uma agência. Prefiro que seja alguém que conheço e em quem confio, e por isso pensei em você.

A decepção pesou em meu estômago.

– Obrigada, mas preciso ser sincera. Eu daria uma péssima assistente pessoal. Mal consigo manter o controle da minha agenda, que dirá a de outra pessoa.

– Ah, não, não seria assistente pessoal – corrigiu Alessandra de pronto. – Executiva. Eu deveria ter sido mais clara.

Franzi as sobrancelhas.

– Eu não sabia que você tinha um negócio.

– Não tenho. Ainda não, daí a necessidade de uma assistente. – Ela soltou uma risada constrangida. – Tenho muitas ideias, mas preciso de ajuda para implementá-las. A Vivian mencionou que você já trabalhou em uma startup, não foi? Então você tem alguma ideia de como é construir uma empresa do zero.

– Ela exagerou um pouco – respondi secamente. – Eu trabalhei como assistente de marketing e fiquei só alguns meses. Eu não aguentava aquele pessoal de *fintech*. – Mordi o lábio inferior. Eu precisava de um novo emprego, mas não queria prometer algo que não fosse capaz de cumprir. – Sinceramente, o Dominic seria mais útil. Ele construiu uma empresa multibilionária do zero.

E ele é seu marido.

Não mencionei essa última parte. Alessandra não falava muito sobre seu casamento, mas dava para perceber que havia problemas no paraíso.

– A mesma empresa multibilionária que o mantém ocupado demais para ajudar em projetos pequenos como este. – Um tom meio triste tomou sua voz, mas logo desapareceu. – Vou ser sincera. Eu gosto de você e acho que trabalharíamos bem juntas. Posso oferecer um bom salário e horários flexíveis para que você tenha tempo para trabalhar no seu manuscrito.

Meu coração palpitou e em seguida apertou. Era uma ótima oferta, mas o que eu sabia sobre abrir um negócio e trabalhar de assistente? Nada. Não queria começar outro trabalho apenas para fracassar outra vez. Era melhor ficar com o que eu sabia fazer.

– Olha só – disse Alessandra, às pressas. – Vou te enviar um e-mail com os detalhes e você pensa a respeito. Eu pretendo contratar alguém em breve, então, se você puder me dar uma resposta dentro de uma ou duas semanas, será ótimo.

Depois de outro momento de hesitação, concordei.

Desliguei e voltei para a mesa, onde terminei meu almoço e contei para Kai sobre a proposta dela. Ele ergueu as sobrancelhas quando mencionei que Alessandra estava começando o próprio negócio, mas não manifestou as mesmas reservas que eu tinha em relação ao trabalho.

– Você deveria aceitar. A Ale é uma boa pessoa, e é praticamente certo que trabalhar para ela será melhor do que qualquer emprego de bartender na cidade.

– Mas eu nunca trabalhei como assistente-executiva. – Meu estômago se revirou. – E se eu estragar tudo e destruir a empresa dela antes mesmo que decole?

– Você não vai estragar nada. – Como sempre, sua voz firme e confiante afrouxou alguns nós em mim. – Você precisa ter em você a mesma fé que tem nos outros, Isa.

Eu queria conseguir, mas era mais fácil ter fé quando não havia uma centena de "e se" atrapalhando tudo.

Kai devia ter detectado a confusão que me assolava porque empurrou a cadeira para trás e se levantou.

– Chega de trabalho por hoje – disse ele, estendendo a mão. – Vamos aproveitar a ilha. Eu tenho uma coisa para te mostrar.

Ao longo das quatro horas seguintes, Kai e eu tiramos proveito de todas as vantagens de termos uma ilha tropical isolada só para nós. Mergulhamos de snorkel, andamos de jet ski e relaxamos em águas tão claras que dava para ver as escamas dos peixes nadando ao nosso redor. Quando o sol desceu em direção ao horizonte, nos secamos e seguimos o belíssimo caminho até a casa principal.

– Esta é a coisa mais clichê que já fiz – comentei. – Uma longa caminhada na praia ao pôr do sol? Dava para colocar a gente na capa de um panfleto de lua de mel e dizer que somos um *casal de propaganda*. – Um suspiro sonhador escapou dos meus lábios. – Amei.

Se fosse qualquer outro homem e qualquer outra ilha e qualquer outro pôr do sol, eu estaria odiando. O que havia de interessante em caminhar? *Nada*.

Mas era Kai. O brilhante, lindo e atencioso Kai, com sorrisinhos preguiçosos e olhos perspicazes que enxergavam partes de mim que nem eu era capaz de ver. Um profundo brilho dourado encharcou a ilha, conferindo-lhe uma névoa onírica, e tive certeza, naquele momento, de que não havia absolutamente nada que eu preferisse estar fazendo do que caminhando ao lado dele.

– Eu imaginei que você fosse gostar – disse Kai com um daqueles sorrisos que eu tanto amava.

Não conseguia acreditar que já tivesse pensado que ele fosse chato ou entediante. Bem, tudo bem, eu conseguia, sim, mas desde então havia mudado de opinião.

– Mas eu ainda não te mostrei a melhor parte.

– Por acaso essa é a parte em que você coloca o pau para fora e tenta me seduzir na praia, é? – provoquei.

– Querida, se eu quisesse seduzir você na praia, você já estaria gemendo com meu pau na boca – disse Kai, arrastado, seu tom casual destoando da frase depravada.

Um calor percorreu minhas bochechas e apertou meu estômago.

– Você se acha mesmo muito talentoso.

– É nisso que dá ficar recebendo feedback contínuo e entusiasmado.

Fiz uma careta e bati o quadril no dele enquanto alcançávamos um afloramento rochoso no final da praia.

– Egomaníaco.

Kai riu.

– Já me chamaram de coisa pior. – Ele parou diante da maior das pedras. – Chegamos.

Olhei desconfiada para a formação calcária desgastada. *Aquilo* era o que ele queria me mostrar? Parecia uma rocha qualquer.

– Ah. É tão, hã... irregular.

– Não é a pedra, querida – disse ele, a voz seca. – *Isso*.

Foi então que notei os entalhes: as letras C+M gravadas na lateral voltada para o oceano, dentro de um coração. Era o tipo de declaração de amor fofa e cafona que se esperaria encontrar no banheiro de uma escola, não em uma ilha particular no Caribe.

– Encontrei alguns anos atrás – contou Kai. – Quando minha família comprou a ilha. Não sei quem são C e M, pois não são as iniciais dos antigos proprietários da ilha, mas gosto de imaginar que eles estão juntos e felizes em algum lugar.

Passei os dedos pela superfície rochosa áspera. Por algum motivo, os entalhes simples e sinceros me fizeram sentir um aperto no peito.

– Kai Young, o último dos românticos. Quem poderia imaginar?

– Foi o livro erótico com dinossauros que você me deu de presente no Natal. Abriu meus olhos para muitas novas possibilidades românticas.

– Engraçadinho. – Eu ri e depois hesitei. – Você leu mesmo?

Um sorriso surgiu em seus lábios.

– Você nunca vai saber.

Ele ainda não tinha dito nada sobre meu manuscrito. Àquela altura, eu preferia que ele já tivesse esquecido o assunto. Se tinha achado uma porcaria, eu não queria nem saber.

– Não sei quantos anos os entalhes têm, mas já duraram pelo menos meia década – disse Kai, o rosto sério e contemplativo. – Já deveriam ter desaparecido. Quem quer que sejam C e M, deixaram a sua marca.

Assim como Kai, eu esperava que o casal misterioso estivesse tomando mai tais e passeando juntos em alguma praia pelo mundo. Mesmo que não estivessem, os entalhes eram um monumento inesperado ao amor que um dia sentiram. Prova de que, não importava o que tivesse acontecido, houvera um tempo e um lugar em que eles se amaram tanto que imortalizaram esse amor em uma pedra.

Kai enfiou a mão no bolso e tirou um cinzel.

– O que você está fazendo? – perguntei, meio alarmada.

De onde ele tinha tirado um *cinzel*?

– Acho que devemos fazer companhia aos nossos amigos anônimos. – Ele estendeu a ferramenta. – Que tal?

Meu coração acelerou. Após um momento de hesitação, peguei o cinzel e pressionei cuidadosamente a ponta contra a rocha. A umidade amolecera o calcário, facilitando que fosse entalhado.

Kai e eu nos revezamos até que as letras tomassem uma forma nítida. Não precisamos debater qual seria a mensagem: já sabíamos.

K + I dentro de um coração.

Foi sem dúvida a coisa mais cafona que já fiz, mas isso não impediu que meu peito se apertasse de forma maravilhosa e dolorosa.

O entalhe não era um anel. Não era uma promessa. Não era sequer uma declaração de amor no sentido comum da palavra. No entanto, de alguma maneira, o fato de termos deixado a nossa marca juntos no mundo tinha mais significado para mim do que qualquer uma dessas coisas.

Era um gesto pequeno, mas era nosso e era perfeito.

A mão de Kai encontrou a minha. Nossos dedos se entrelaçaram e a pressão aumentou a ponto de eu pensar que ia explodir.

– Estou gostando cada vez mais desse seu lado romântico secreto – comentei, engolindo o nó na garganta. Tentei adotar um tom mais leve. – Se isso é resultado do livro erótico, pode esperar mais de Wilma Pebbles no futuro.

– Ótimo. Já terminei de traduzir o primeiro para o latim.

Meus olhos se voltaram para seu rosto risonho.

– Você quer dizer q...

Ele me interrompeu com um beijo e o restante das minhas palavras derreteu sob o calor insistente de sua boca.

O fim do ano em Nova York. O santuário de uma sala escondida. Uma ilha no coração do Caribe.

Pedaços mágicos de tempo e espaço que pertenciam apenas a nós dois.

E enquanto o sol morria, brilhando no horizonte, e as sombras do nosso beijo se transformavam nos azuis frios do crepúsculo, eu me peguei desejando poder morar naquele momento específico, com aquele homem específico, para sempre.

CAPÍTULO 28

Isabella

O RESTANTE DO FIM DE SEMANA passou em meio a uma adorável névoa de trabalho e diversão. Peguei as sugestões de Kai para o meu bloqueio e realmente as implementei em vez de apenas lê-las sem parar como se seus benefícios fossem de alguma forma transferidos por osmose.

Logo descobri que meditar não era para mim, mas as brincadeiras criativas ajudaram. Assim como a sugestão do orgasmo, para a satisfação dele (e a minha).

Quando voltamos para Nova York, eu já havia escrito 25 mil palavras e me questionado sem parar sobre a proposta de emprego de Alessandra. No final das contas, aceitei.

Kai estava certo. Eu precisava ter mais fé em mim mesma. Além disso, ela tinha oferecido um ótimo salário e eu estava sem nenhuma animação para vasculhar sites de busca de emprego.

Depois que aceitei, as coisas mudaram depressa. Três dias após voltar, tive meu primeiro dia de trabalho como assistente-executiva de Alessandra (o nome da empresa ainda estava pendente). Kai estava na Califórnia outra vez, para reuniões envolvendo o DigiStream, mas naquela manhã acordei com uma mensagem de voz dele *bastante* encorajadora.

Lembre-se: você leu uma página inteira de Austen enquanto levava uns tapas. Se conseguiu fazer isso, consegue fazer qualquer coisa.

Ele tinha razão, mas isso não me impediu de sentir calafrios enquanto acompanhava Alessandra pelo apartamento dela.

Os Davenports moravam em uma cobertura ampla e moderna em Hudson Yards, com janelas do chão ao teto, uma escada caracol de vidro e um terraço privativo com ofurô e lareira. Era absurdamente grande para duas pessoas e estava repleta de tantos itens de valor inestimável que eu tinha medo de tocar em qualquer coisa e acabar quebrando sem querer um ovo Fabergé de dois milhões de dólares.

– Que tipo de negócio você está interessada em começar? – perguntei.

Eu deveria ter confirmado essa informação *antes* de aceitar o emprego, mas a cavalo dado não se olhava os dentes, e eu tive outras prioridades nas ilhas Turcas e Caicos. Ou seja, comida, escrita e muito sexo.

– Você vai ver – respondeu Alessandra com um sorriso misterioso.

Ela era talvez a pessoa mais bonita que já tinha visto, mas um ar de melancolia amainava sua beleza.

– Não são drogas, né?

Relembrei a maratona de *Breaking Bad* que fiz com Kai no Ano-novo.

A risada dela soou musical.

– Infelizmente, química nunca foi meu forte. – Ela abriu a porta no final do corredor. – Não, é algo um pouco mais, hã, criativo.

A primeira coisa que notei ao entrar foi o odor. Inebriante e delicioso, transportou-me imediatamente de volta ao clima do Caribe. A segunda foi a variedade de buquês coloridos que cobriam a mesa e o parapeito da janela. Por fim, meus olhos foram atraídos para a parede oposta, onde estavam penduradas flores prensadas em elegantes molduras de madeira.

– Ah, uau – falei, sem fôlego.

Não sabia exatamente o que estava esperando, mas não era *aquilo*.

– É um hobby idiota – disse Alessandra, as bochechas vermelhas. – Não vou descobrir a cura para o câncer nem nada, mas é divertido e me ajuda a passar o tempo enquanto meu marido está trabalhando.

– Não é idiota. Esses quadros são *lindos*. – Passei os dedos por uma moldura de vidro que protegia um enorme herbário prensado em papel preto. – Quanto tempo você levou para fazer isso?

– Cerca de um mês, se incluir o tempo de secagem. Esse é um dos meus favoritos. São todas flores que desabrocham à noite, por isso o fundo preto. – Alessandra mordeu o lábio inferior. – Às vezes eu dou de presente para amigos. As pessoas parecem gostar, então pensei: por que não abrir uma loja on-line? Algo pequeno.

– É uma ótima ideia.

Ela não precisava do dinheiro, mas era claramente apaixonada por sua arte. Contei pelo menos uma dúzia de molduras com flores prensadas. Ela devia estar fazendo aquilo há pelo menos um ano.

Seu rosto relaxou.

– Obrigada. Que bom que você acha. É muito melhor que drogas, não?

Dei risada. Ela estava certa. Íamos trabalhar bem juntas.

Como era meu primeiro dia, passamos as duas horas seguintes alinhando minha agenda, a logística e as expectativas. Nenhuma de nós sabia de fato o que estava fazendo, mas nos divertimos descobrindo juntas.

Acordamos uma lista provisória de tarefas, que seria alterada se e quando necessário. Eu ajudaria com pesquisas, marketing e tarefas administrativas, incluindo brainstorming de nomes para o negócio. Alessandra queria manter tudo muito discreto, de início, mas assim que nos orientássemos e resolvêssemos a logística, ela contrataria mais pessoas. Até lá, seríamos apenas nós duas.

Eu não tinha horário definido. Desde que cumprisse meus prazos, poderia trabalhar quando e onde quisesse.

– Dito isto, você pode trabalhar aqui, se quiser. – Alessandra apontou para o apartamento. Estávamos de volta à sala de estar, que era tão grande que poderia facilmente ser cenário de uma partida de futebol americano. – Não se sinta obrigada, mas, se você cansar de ficar sozinha, minha porta está sempre aberta.

– Acho que vou aceitar a oferta. Odeio trabalhar sozinha. – Hesitei, debatendo se deveria fazer a próxima pergunta. – Tem certeza de que o Dominic não vai se importar?

Ela me deu um sorriso triste.

– Ele não vai nem notar.

O casamento deles não era da minha conta, mas não pude evitar sentir uma pontada de empatia. *Dinheiro não compra felicidade*. Era clichê, mas era verdade.

Meus olhos pousaram na foto de casamento apoiada na cornija da lareira.

– É linda essa foto de vocês.

Eles não tinham mudado muito fisicamente ao longo dos anos; Alessandra tinha a mesma pele impecável e uma estrutura óssea impressionante, e Dominic, o mesmo cabelo dourado e o queixo bem marcado. No entanto, eu mal reconhecia as pessoas na foto. Na imagem, o rosto de Alessandra brilhava de alegria e seu novo marido olhava para ela com óbvia adoração. Eles estavam jovens e pareciam felizes e incrivelmente apaixonados.

Era difícil conciliar aquela imagem com o frio magnata de Wall Street que dominava as manchetes de negócios e a mulher quieta e melancólica diante de mim.

– Obrigada. – O sorriso de Alessandra assumiu uma aparência tensa. Ela não olhou para a lareira. – Falando em fotos, deveríamos criar contas nas redes sociais, certo? Não sou muito boa em fotografia, mas posso contratar um profissional...

Segui a conversa depois da óbvia mudança de assunto. Era o casamento dela. Se não queria falar a respeito, eu não ia pressioná-la.

Quando saí da casa dela, duas horas depois, já era fim de tarde e eu estava elétrica com nossa reunião. Tinha muito trabalho a fazer, além de precisar terminar meu manuscrito, mas, depois de ter sido demitida, era bom me sentir útil outra vez.

Uma notificação do celular acabou com a minha onda assim que entrei na estação de metrô mais próxima. Eu havia configurado um alerta para notícias com o meu nome, contrariando o conselho de Sloane. Não pude evitar; eu *precisava* saber o que as pessoas estavam dizendo.

Tirei o celular do bolso. Esperava mais rumores sobre mim e Kai nos tabloides, talvez até alguém que tivesse nos flagrado juntos nas ilhas Turcas e Caicos. Os funcionários dele eram as únicas outras pessoas na ilha, mas não se podia ter certeza. Veículos de comunicação desprezíveis como o *National Star* tinham olhos e ouvidos por toda parte.

Mas a onda mais recente de manchetes não tinha nada a ver com nossa fugidinha de última hora e tudo a ver comigo. Especificamente, com a minha família e a minha história.

Senti a bile subir pela minha garganta.

Ai, merda.

CAPÍTULO 29

COLIN WHIDBY TINHA SIDO meu principal contato nas negociações com o DigiStream até sua hospitalização e subsequente demissão. Carismático, sociável e propenso a exageros, ele era o tipo de fundador de startups que estampava capas de revistas e cujos trechos de entrevistas estavam sempre viralizando.

Rohan Mishra era o oposto. Calado, tranquilo e metódico, o prodígio de 24 anos me observava com óbvio ceticismo.

Eu finalmente o convencera a marcar outra reunião, mas a conversa não estava progredindo muito mais do que por e-mails e videoconferências.

– Você tem a base de usuários e a tecnologia, mas não tem a capacidade de escala que o seu negócio exige – apontei. – Seu público atual está concentrado nos Estados Unidos, no Canadá e em algumas regiões da Europa. Nós podemos tornar vocês globais. Nossa presença em mercados emergentes...

– Eu não dou a mínima para mercados emergentes – interrompeu Rohan. – Eu já te falei. Não tem a ver com dinheiro. Colin e eu construímos esta empresa do zero. Saímos de Stanford e trabalhamos duro para chegar aonde estamos hoje. Ele pode ter ficado impressionado com todos os zeros que você fica exibindo, mas eu não estou. Fiz minha pesquisa, Young. Você acha que vou abaixar a cabeça e deixar uma corporação predatória como essa chegar assim e nos destruir do jeito que vocês fizeram com a Black Bear?

Merda, Tobias.

Minha mandíbula se contraiu. A tinta do contrato da Black Bear ainda nem havia secado e ele já estava realizando uma "reestruturação significativa". Demissões em massa, moral destruída. O caos completo.

– Eu não sou o responsável pela Black Bear. Eu te garanto que o DigiStream será integrado sob minha estrita supervisão.

– Não importa se é você ou outra pessoa no comando. É tudo a mesma coisa. – Rohan balançou a cabeça. – Vocês só se preocupam com seus resultados financeiros e com os de mais ninguém. Com a saída do Whidby, a empresa precisa de estabilidade, não de mais mudanças.

Senti a frustração me queimando.

Merda, Whidby. Eu deveria tatuar essa frase, considerando quantas vezes ela passava pela minha cabeça.

– Me dê uma lista de preocupações específicas – respondi. – Demissões, reestruturação de equipes, cultura da empresa. Vamos trabalhar nelas. Estamos negociando há mais de um ano e nós dois sabemos que uma fusão seria ótima para as duas empresas. Este é um negócio de bilhões de dólares que depende só de alguns pequenos detalhes.

– Pequenos, mas importantes. – Rohan tamborilou no apoio de braço. – Eu vi os tabloides e ouvi os rumores. Não é garantido que você se tornará CEO.

Senti um calafrio. Havia apagado os incêndios mais urgentes enquanto estava nas ilhas Turcas e Caicos, mas havia outros focos menores que não tinham sido controlados. Minha mãe ficara sabendo sobre Jade Cay, por isso passei a semana inteira evitando suas ligações. Tive que entrar em contato com Clarissa, que me deixara uma mensagem de voz enigmática no fim de semana, e com Paxton, que me mandara outra mensagem com a proposta de uma aliança. Do jeito que as coisas estavam indo, começava a considerar a ideia.

– Sinceramente, eu não achava que você fosse esse tipo de playboy – disse Rohan, seus olhos penetrantes. – Andando por aí com uma bartender? Muito diferente da imagem que você passava.

A irritação contraiu meu maxilar. Se havia uma coisa que eu odiava quase tanto quanto perder era ser chamado de dissimulado.

– Eu não tinha me dado conta de que minha vida pessoal estava sendo levada em consideração em nossas conversas.

– Não deveria, mas pensando em todo esse caos com o Whidby, tenho certeza de que você entende por que estou hesitando em fazer negócios com alguém que está envolvido em um escândalo.

– Eu estava namorando uma funcionária, não usando drogas – respondi sem emoção. Usei o pretérito deliberadamente, embora não fosse sincero. Ninguém precisava saber que meu relacionamento com Isabella se mantinha, pelo menos até a votação. – Ela não trabalha mais no Valhalla, o que torna a questão inútil.

– Talvez. – Os dedos dele tamborilaram mais depressa.

Andando por aí com uma bartender? Muito diferente da imagem que você passava.

Eu podia ler nas entrelinhas. Rohan não se importava com Isabella em si. A fofoca dos tabloides havia colocado meu caráter em questão, e ele estava com receio de ser enganado.

Infelizmente, por mais que eu tentasse tranquilizá-lo, ele não cederia.

– Podemos retomar nossa última rodada de negociações após a votação – disse Rohan depois de meia hora de um debate infrutífero. – Não vou assinar nada até ter certeza de que o novo CEO honrará os termos, tanto em espírito quanto no papel. Não posso arriscar e, como você disse, já estamos negociando há algum tempo. Se você for eleito e ainda assim não conseguirmos chegar a um acordo, sinto muito. O negócio está desfeito.

Saí do escritório de Rohan e fui direto para o bar do hotel para tomar algo bem forte. Minha cabeça latejava com uma enxaqueca terrível, que meu uísque não ajudou em nada a aliviar.

Quatro meses antes, eu tinha o acordo com o DigiStream encaminhado, a vaga de CEO ao meu alcance e minhas incômodas emoções sob controle. Naquele momento, meu controle sobre a vida profissional e pessoal estava se desfazendo mais rápido do que as costuras de um casaco surrado.

A situação degringolou no dia em que subi as escadas e ouvi Isabella tocando "Hammerklavier", no Valhalla. Se eu tivesse ficado no bar naquele dia, poderia estar em uma situação totalmente diferente agora.

O problema era que, se eu tivesse ficado no bar, Isabella e eu teríamos continuado sendo apenas conhecidos. Nada de sala secreta, nada de encontro no Brooklyn, nada de maratona de filmes de Natal nem de escapadas em ilhas, nem das dezenas de pequenos momentos que tornaram suportáveis aqueles meses infernais.

Minhas entranhas reviraram.

Esfreguei o rosto e tentei me concentrar. Eu estava ali a negócios, não para me preocupar com *o que deveria ter feito* nem com *o que teria acontecido se não tivesse feito*.

Meu telefone acendeu com um alerta de notícias. Olhei para a tela e congelei.

"Vazaram as mentiras da amante de Kai Young!", dizia o *National Star*.

Uma sensação amarga se espalhou pelo meu estômago. Cliquei na manchete e me deparei com uma foto gigante de Isabella trabalhando em um bar. Ela usava um shortinho minúsculo e cropped, e estava inclinada sobre o balcão com um grande sorriso. Vários universitários admiravam seu decote.

Eu não conseguia ver o rosto deles por completo, mas tive o desejo repentino e visceral de ir atrás de cada um e arrancar seus olhos.

Engoli minha raiva e fui até a matéria de fato.

Bartender, amante e... herdeira milionária? Você leu certo! O mais recente casinho de Kai Young está longe de ser uma funcionária inocente que caiu nas garras de um chefe predador. [Leia nossa matéria sobre como o herdeiro bilionário aparentemente "bonzinho" abusou de seu poder no exclusivo Valhalla Club para coagir a jovem a iniciar um relacionamento com ele.]

Pesquisamos um pouco o passado da pobre garota e descobrimos que Isabella Valencia não é tão pobre, afinal. Na verdade, ela é a única filha de Perlah Ramos, fundadora e CEO da rede de hotéis boutique Hiraya. A astuta matriarca manteve seu nome de solteira enquanto os filhos adotaram o sobrenome do marido...

A surpresa desceu gelada pelo meu estômago. Hiraya Hotels? Eu estava bebendo em uma de suas unidades naquele segundo.

A prole dos Valencias possui vários filhos talentosos, incluindo o primogênito e COO do Hiraya, Gabriel, engenheiro premiado e professor titular na Universidade da Califórnia, em Berkeley, e o célebre artista Oscar (nascido Felix Valencia). Não é de admirar que a mais nova – e única filha – tenha mantido sua verdadeira identidade em segredo! Além de uma série de breves experiências como bartender e outros bicos de duração ainda mais curta, suas realizações são vergonhosamente poucas. Deve ser difícil ser tão ofuscada pelos irmãos.

Exceto por Oscar, a família Ramos/Valencia é notoriamente discreta em relação à imprensa. Perlah Ramos não dá entrevistas há mais de oito anos. Isso explica por que ninguém havia feito a conexão com Isabella antes, mas não explica por que o esnobe Kai Young se rebaixou a se envolver com a criadagem. Herdeira ou não, ela está longe de ser o seu tipo habitual, ou seja, ex-alunas da Ivy League.

Aparentemente, a caçula dos Valencias deve ser bastante talentosa em outras atividades que não envolvem o cérebro...

Já tinha lido o suficiente.

A fúria superou a surpresa em um piscar de olhos. Minha visão foi banhada de vermelho enquanto um fogo branco e veloz queimava em minhas veias.

A Califórnia e o DigiStream que fossem para o inferno. Eu ia processar o *National Star* até a morte e destruiria a empresa de mídia de Victor Black, pedaço por pedaço, até que nem mesmo abutres tocassem sua carcaça podre. Depois eu iria atrás do próprio Victor Black e o mataria.

– Kai Young?

Uma voz desconhecida interrompeu meus pensamentos cada vez mais violentos e alarmantes.

Ergui os olhos. Um homem da minha idade estava ao meu lado, com terno e gravata tão bem passados quanto os que repousavam no meu armário.

Ao reconhecê-lo, as chamas da minha raiva se apagaram.

Não precisei perguntar quem era o recém-chegado. Eles tinham os mesmos olhos escuros, lábios cheios e pele morena. Ela era cheia de vida e de cor enquanto ele parecia estar chupando um limão azedo desde que saiu do útero, mas as semelhanças eram inegáveis.

– Gabriel Valencia, COO do Hiraya Hotels. – O irmão de Isabella me deu um sorriso discreto. – Nós precisamos conversar.

Quinze minutos depois, eu estava sentado numa cadeira no escritório de Gabriel.

A sede do Hiraya Hotels ficava em Los Angeles, mas eles tinham filiais em todo o estado. Enquanto COO, Gabriel devia ter um escritório na maioria, senão em todas elas.

Trocamos um olhar cauteloso por cima da mesa.

Não foi assim que imaginei conhecer a família de Isabella, mas pelo menos ele me interrompeu antes de eu cometer vários crimes e um assassinato.

– Primeiro, devo me desculpar pela minha forma pouco ortodoxa de abordar você – disse Gabriel, tenso. – Damos o máximo valor à privacidade de nossos hóspedes. No entanto, sou notificado sempre que um VIP faz check-in em qualquer um de nossos hotéis. Dadas as circunstâncias, você deve entender por que te procurei quando vi seu nome.

– Por circunstâncias, presumo que você se refira às provocações do *National Star*?

Eu me recusava a chamar aquilo de jornalismo. Jornalismo exigia um mínimo de objetividade; a publicação mais recente deles era pura difamação. Depois que meus advogados resolvessem a situação, não sobraria nada do *Star*. Eu me certificaria disso.

Victor havia conseguido uma vitória no curto prazo, mas cometera um erro crucial para o longo prazo.

Gabriel comprimiu os lábios em uma linha ainda mais reta.

– Por sua causa, fotos da minha irmã estão espalhadas por todo aquele tabloide. Eles estão jogando o nome da minha família na lama, cercando nossos hotéis, nossos escritórios corporativos, nossos telefones pessoais. – Como se ensaiado, o telefone do escritório tocou com um ruído estridente. Gabriel o ignorou. – E a matéria acabou de ser publicada!

– Lamento que vocês estejam tendo que lidar com o assédio, mas isso é uma questão do *National Star* – respondi calmamente. – Eu não vazei as fotos nem tive nada a ver com a publicação mais recente.

A mesma que revelava que Isabella era herdeira da fortuna da rede Hiraya Hotels.

As mentiras nojentas haviam me inflamado de tal maneira que acabei ignorando a notícia bombástica. Naquele momento, comecei a compreender com mais clareza a identidade de Isabella.

Por que ela mantivera tudo aquilo em segredo? Será que suas amigas sabiam a verdade e só eu que não?

O desconforto formou um nó no meu peito.

– Pode até ser que não, mas Isabella não estaria nesta situação se não fosse por você – disse Gabriel. – Nunca nos vimos, mas eu conheço a sua reputação. Não pensei que fosse do tipo que tira vantagem de seus funcionários.

Minha mandíbula se contraiu. Era a terceira vez que meu caráter era questionado em um único dia, e eu estava ficando cansado daquilo.

– Eu não tirei vantagem dela – respondi friamente. – Era um relacionamento consensual. Nunca coagi uma mulher a fazer nada que ela não quisesse.

– Era ou é?

Hesitei. Não sabia como Isabella queria lidar com a situação em relação a sua família, mas meu silêncio foi o suficiente.

As narinas de Gabriel se expandiram.

– Ela já namorou homens como você antes. Ricos, charmosos, acostumados a conseguir o que querem. Felizes em mantê-la em segredo até a merda atingir o ventilador. Isabella parece durona, mas no fundo é romântica, e, como irmão dela, é meu dever protegê-la, inclusive de si mesma. Ela tem o hábito de tomar más decisões.

Minha mão se fechou em torno do apoio de braço. Dar um soco na cara do irmão da minha namorada provavelmente não era a melhor opção, mas estava com ódio de como ele a infantilizava. Ela podia ter omitido informações, mas, depois de conhecer Gabriel, eu entendia o porquê. Também não ia querer que ninguém soubesse que eu era parente dele.

– Ela é adulta. – Fiz um esforço para manter a calma. – As decisões, boas ou ruins, são dela. Você não tem nenhum direito de interferir na vida da Isabella.

– Eu não interferi antes e olha só o que aconteceu. Toda a confusão com o Easton. A demissão do Valhalla. O envolvimento com *você*. – Gabriel tamborilou na mesa. – Quer me explicar por que você, o herdeiro dos Youngs, está passeando por Nova York com a minha irmã caçula quando poderia ter qualquer mulher que quisesse?

Porque ela é linda, inteligente e engraçada. Porque ver o sorriso dela é como ver o sol nascer, e só quando estou com ela é que me sinto vivo. Nenhuma outra mulher se compara.

– O fato de você ter que perguntar prova o quanto você a subestima – respondi calmamente.

Tive um breve vislumbre da surpresa no rosto de Gabriel antes que sua expressão se fechasse outra vez.

– Você pode achar que é diferente dos outros homens, mas não é – disse ele. – Fique longe da Isabella. Ela não precisa que outro idiota oportunista estrague a vida dela. Este é o seu primeiro e último aviso.

– E se eu não fizer isso? – perguntei sem me alterar.

A expressão fria dele combinava com a minha.

– Você vai descobrir em breve.

A ameaça mal me abalou. Gabriel poderia tentar me intimidar o quanto quisesse, mas eu já havia lidado com coisas bem piores do que irmãos superprotetores. Se Isabella quisesse que eu me afastasse, ela mesma me diria. Não precisava que outras pessoas tomassem decisões por ela.

No entanto, uma coisa que Gabriel disse ficou na minha cabeça durante o restante da tarde e depois noite adentro.

Quem é Easton, porra?

CAPÍTULO 30

Isabella

EU ME ESCONDI EM MEU APARTAMENTO e ignorei todos os e-mails, ligações e mensagens por dois dias inteiros. Eram todos incansáveis: minha família, meus amigos, a mídia. Alguns tinham boas intenções, outros nem tanto. Independentemente do caso, eu não conseguia reunir energia para enfrentar nenhum deles.

Os únicos contatos que fiz com o mundo exterior foram por conta do meu trabalho com Alessandra, que felizmente manteve nossa relação profissional e não perguntou sobre as matérias do *National Star*. Após a revelação da minha identidade, o tabloide continuou a publicar artigos e rumores, a maioria deles mentiras descaradas.

Havia frequentado uma clínica de reabilitação por conta de um vício em cocaína (eu tinha feito trabalho voluntário lá durante a faculdade). Tinha dormido com empregadores anteriores para ser contratada (eles *bem* que queriam). Participara de uma orgia com um time inteiro de beisebol depois do campeonato mundial, alguns anos antes (trabalhei de garçonete durante a noite da comemoração e tomei *uma* rodada de bebidas com eles).

As alegações eram tão ridículas que eu as ignorava imediatamente. Se alguém fosse ingênuo o bastante para achar que eu tinha um filho secreto no Canadá concebido durante uma orgia, era problema da pessoa.

No entanto, as verdades eram muito mais difíceis de engolir.

Além de uma série de breves experiências como bartender e outros bicos de duração ainda mais curta, suas realizações são vergonhosamente poucas...

Herdeira ou não, ela está longe de ser o seu tipo habitual, ou seja, ex-alunas da Ivy League.

Meu estômago estava tomado por náusea.

Enfiei uma mão sob a coxa e balancei o joelho enquanto Kai voltava da cozinha com duas canecas de chá.

Círculos escuros sombreavam seus olhos, e seu cabelo normalmente arrumado estava todo desgrenhado, como se ele tivesse passado os dedos pelos fios muitas vezes. A tensão marcava seus lábios e retesava seus ombros largos.

Senti um aperto no coração diante de seu óbvio cansaço.

Ele tinha voltado para Nova York naquela tarde e me mandara uma mensagem pedindo para nos vermos. Foi a primeira vez que nos falamos desde a última rodada de publicações do *National Star*, o que não era um bom presságio.

Aceitei o chá em silêncio.

Kai se sentou ao meu lado no sofá, as sobrancelhas franzidas.

– Como você está? – perguntou ele.

Uma onda constrangedora de emoção surgiu ao som de sua voz. Ele tinha passado menos de uma semana fora, mas parecia uma vida inteira.

– Estou bem. – Deixei escapar uma risada fraca. – Fiquei famosa enquanto você estava fora. A fama cobra seu preço.

Ele não sorriu com a minha tentativa idiota de fazer piada.

– Estou lidando com o Black. O *Star* vai se retratar pelas histórias que inventou.

Meu humor forçado acabou.

– Mas não pela que fala da minha família – respondi calmamente. – Aquela é verdadeira.

Um músculo se contraiu na mandíbula dele.

– Não. Aquela não. – Ele colocou a caneca na mesa de centro e passou a mão pelo rosto. – Por que você não me contou?

– Porque eu… eu não sei. Mantive esse segredo por tanto tempo que nem passou pela minha cabeça dizer nada. Sei que parece bobo esconder, mas a minha família é *extremamente* reservada. Essa última semana deve ter sido a morte para eles.

Culpa e vergonha borbulharam em meu estômago.

– Quando me mudei para Nova York, estava levando uma vida agitada e não queria que minhas atitudes prejudicassem a imagem da família. Se as pessoas soubessem quem eu era, eu estaria em todos os sites de fofoca. Também jurei que não ia usar o nome e o dinheiro da minha família para subir na vida, e não usei. Algumas pessoas podem me achar burra por não tirar proveito das coisas que tinha, mas eu não queria ser uma dessas garotas ricas que vivem do dinheiro dos pais sem *fazer* nada.

Minha mãe mantivera nossa vida pessoal longe dos holofotes durante décadas. Até Felix, meu irmão mais famoso, concentrava-se em seu trabalho durante as entrevistas. Eu queria explorar a cidade e *viver* sem me preocupar em manchar o nome da família, e não queria que as pessoas me tratassem de maneira diferente por eu ser uma herdeira.

Sem questionamentos, sem expectativas, sem pressão.

Vinha funcionando... até que não funcionou mais.

— Alguém já sabia, antes da matéria? — perguntou Kai, a expressão em seu rosto indecifrável.

— Viv e Sloane. — Envolvi a caneca com as mãos e me confortei com o calor. — Elas descobriram sem querer quando minha mãe apareceu para uma visita-surpresa, alguns anos atrás. Sloane a reconheceu. Parker também ficou sabendo depois que fez a verificação de antecedentes para me contratar, mas prometeu não falar nada para ninguém.

Meu fundo fiduciário era uma bênção e uma maldição. Eu ainda não tinha acesso a ele: isso só aconteceria se e quando eu "me estabelecesse" em uma carreira que amasse, conforme determinado por minha mãe e Gabriel. Se eu ainda estivesse pulando de emprego em emprego quando completasse trinta anos, o dinheiro seria doado para caridade.

Em tese, era bom saber que eu tinha uma segurança financeira. Na prática, a estipulação da idade aumentava a pressão. Eu tentava não pensar muito nisso porque, quando pensava, não conseguia respirar.

Não tinha nem tanto a ver com o dinheiro, mas com o que ele representava. Se eu o perdesse, significaria que eu havia fracassado, e fracassar tendo todas as portas abertas parecia especialmente terrível.

— Eu falei com o seu irmão quando estava na Califórnia.

A confissão de Kai me despertou da espiral de autocomiseração.

Levantei a cabeça.

— *O quê?*

Ouvi com descrença e raiva crescentes enquanto ele explicava o que tinha acontecido, desde o ultimato de Rohan Mishra até a aparição de Gabriel no bar.

Não me admirava que ele parecesse tão estressado. Os últimos dias tinham sido tão ruins para Kai quanto foram para mim.

– Ele não tinha o direito de fazer isso – falei, irritada. – Ele não tinha absolutamente *nenhum* direito de emboscar você desse jeito.

– Ele é seu irmão. E é superprotetor – respondeu Kai suavemente.

Superprotetor? Era melhor que Gabriel tivesse aprendido a *se* proteger, porque eu ia estrangulá-lo com uma daquelas gravatas de seda ridículas que ele tanto amava.

– Ele também mencionou um sujeito chamado Easton. – O olhar de Kai permaneceu firme enquanto meu sangue congelava. – Quem é ele?

Meus batimentos latejaram em meus ouvidos.

Estrangulamento que nada. Era pouco para o meu irmão. Eu ia fazê-lo assistir enquanto eu rasgava todos os ternos de seu armário com uma tesoura de jardim antes de sufocá-lo com os trapos.

Um gosto amargo brotou em minha garganta. Meu primeiro instinto foi mentir e dizer que não conhecia ninguém chamado Easton, mas eu estava cansada de viver à sombra do que acontecera. Eu já tinha permitido que aquele babaca ditasse grande parte da minha vida por muito tempo. Era hora de deixar o passado para trás de uma vez por todas.

– Easton é meu ex. O último homem com quem eu fiquei, antes de você, e a razão pela qual passei dois anos sem namorar ninguém. – A amargura se espalhou pelo meu peito e pela minha barriga. – Eu o conheci em um bar. Não estava trabalhando naquela noite, só me divertindo e conhecendo gente nova. Eu estava sozinha, já que Sloane e Vivian estavam viajando, e quando ele veio falar comigo eu o achei perfeito. Inteligente, bonito, bem-sucedido.

Os olhos de Kai escureceram, mas ele permaneceu em silêncio enquanto eu falava.

– Nosso relacionamento decolou rápido. Em duas semanas, ele estava me levando em viagens de fim de semana e comprando milhares de presentes caros para mim. Eu achava que o amava e fiquei tão cega de paixão que não percebi os sinais, que, olhando para trás, eram muito claros. Por exemplo, o fato de ele só me levar a lugares remotos para nossos encontros, ou de nunca me apresentar a seus amigos e colegas de trabalho, porque ele me queria "só para ele" por mais algum tempo. – Fiz uma careta diante da ingenuidade de minha versão mais jovem. – Ele transformava suas desculpas em romantismo quando a verdade era muito simples. Ele tinha uma esposa e dois filhos em Connecticut.

Um som amargo, metade riso, metade soluço, me subiu à garganta.

– Que clichê, né? O famoso casado infiel com uma família escondida no subúrbio. Mas essa não foi a pior parte. A pior parte foi quando a tal esposa pegou a gente transando.

Kai ficou pálido.

– É, eu sei. Ela suspeitou que ele estivesse tendo um caso e contratou um investigador particular para segui-lo. Naquela noite, ela tinha bebido um pouco demais. Ficou agressiva quando o investigador lhe enviou a localização do marido. Ela apareceu gritando e chorando. Como você pode imaginar, fiquei horrorizada. Eu não fazia ideia... – Eu me obriguei a respirar fundo. – Easton e a esposa começaram a brigar feio. Tentei ir embora, porque a minha presença só estava piorando as coisas, e foi então que ela... sacou uma arma.

Eu ainda me lembrava do brilho gelado do metal sob as luzes do hotel. O terror profundo que me roubou o fôlego e o silêncio frio e generalizado que tomou conta do quarto como um lençol branco sobre um cadáver.

– Eu e Easton tentamos acalmá-la, mas ela estava bêbada e com muita raiva. Quando eu vi, ele estava tentando arrancar a arma da mão dela. A arma disparou por acidente e...

Senti dificuldade para respirar.

Gritos. Choro. Sangue. Muito sangue.

– A bala de alguma forma a atingiu. Ela está viva, mas nunca mais voltará a andar.

Aquele pensamento me atingiu como uma bola de demolição, espalhando estilhaços e uma dor dilacerante pelo meu peito.

– Ela não podia... Quer dizer, ela não deveria ter sacado a arma, mas ela estava... Não foi culpa dela. O marido dela a traía *comigo*, e é ela que está sofrendo as consequências.

Um soluço sacudiu meus ombros. Fazia muito tempo que eu não falava sobre o assunto. Nem minhas amigas sabiam toda a verdade sobre o que tinha acontecido. Elas apenas achavam que eu tinha passado por um término difícil com um babaca infiel.

Tocar naquele assunto com Kai demoliu a barreira que sustentava minhas emoções e tudo... a culpa, a raiva, o horror, a vergonha... me arrastou como uma enchente varrendo uma planície.

Kai me envolveu em seus braços e me abraçou enquanto eu chorava. Easton, o Valhalla, o *National Star*, o prazo do meu manuscrito... todos os erros que eu havia cometido nos últimos anos. Tudo me inundou em um rio de tristeza até não sobrar nada, apenas dor.

– Não foi culpa sua – disse ele calmamente. – Você não sabia. Você não o obrigou a trair a esposa e não fez com que ela carregasse aquela arma. Você também é uma vítima da situação.

– Eu sei, mas *eu sinto* como se fosse minha culpa. – Eu me afastei, a voz rouca por causa dos soluços. – Eu fui tão burra! Deveria ter percebido...

– Pessoas assim são especialistas em trair. Você era jovem e ele tirou proveito disso. Não foi culpa sua – repetiu Kai com firmeza e enxugou uma lágrima da minha bochecha. – O que aconteceu com ele?

– Pelo que fiquei sabendo, ele se mudou para Chicago antes de seu negócio falir, e não tem contato com os filhos. Eles já têm mais de dezoito anos e acho que nunca o perdoaram pelo que aconteceu com a mãe.

Eu não sabia onde Easton estava no momento. Com sorte, apodrecendo nas profundezas do inferno.

– Entendi.

A expressão de Kai me causou uma pontada de medo.

– Não vá atrás dele – pedi. – É sério. Eu só quero deixá-lo no passado e não quero que você se meta em confusão.

Um lampejo de diversão floresceu nos cantos da boca de Kai.

– O que você acha que eu vou fazer se, hipoteticamente, for atrás dele?

– Não sei. – Sequei o rosto com as costas da mão. – Mutilá-lo?

– Essa ideia certamente passou pela minha cabeça – murmurou Kai.

– Eu...

O toque suave da campainha o interrompeu.

Fiquei tensa outra vez enquanto Kai e eu trocávamos olhares confusos. Estávamos sendo discretos até a votação para CEO – eu tinha entrado pela porta dos fundos do prédio, mais cedo – e uma visita inesperada naquele momento era mais motivo de alarme do que de satisfação.

Um tremor de medo me percorreu quando Kai atendeu a porta. Será que um repórter de tabloide tinha conseguido dar um jeito de passar pela segurança? Eu deveria me esconder?

Um leve murmúrio de vozes ecoou do hall de entrada. Não consegui ouvir as palavras exatas, mas o tom de surpresa de Kai era alto e claro.

Ele voltou à sala um minuto depois, o rosto sombrio.

Meu estômago se revirou quando vi quem estava atrás dele. De repente, desejei que *fosse* um repórter de tabloide; teria sido infinitamente preferível às recém-chegadas.

Eu nunca as havia visto pessoalmente, mas as reconheci das fotos nos jornais.

Leonora e Abigail Young.

Mãe e irmã de Kai.

CAPÍTULO 31

ESTÁVAMOS OS QUATRO SENTADOS na sala: Isabella e eu em um sofá, minha mãe e Abigail no outro à nossa frente.

Encarávamo-nos como exércitos adversários no campo de batalha, cada um esperando que o outro desse o primeiro tiro. Um silêncio tenso tomava conta do cômodo. O único som vinha do relógio a um canto, feito uma sentinela, tão impassível e sem emoção quanto um deus assistindo às brigas mesquinhas dos humanos.

Tique. Taque. Tique. Taque.

Eu sabia que minha mãe acabaria aparecendo. Leonora Young era incapaz de abrir mão do controle sobre minha vida pessoal. No entanto, eu não esperava que ela arrastasse minha irmã junto. Pela cara dela, Abigail preferia estar fazendo uma trilha pelos Andes no inverno do que estar ali.

– Ouvi dizer que sua reunião com o Mishra não foi nada bem. – Minha mãe foi direto ao assunto. Além da significativa contração de seus lábios assim que viu Isabella, ela havia ignorado sua presença desde que chegara. – Felizmente, tenho boas notícias que podem neutralizar o problema do DigiStream. Tobias está fora. Ele retirou a candidatura uma hora atrás.

O choque fez com que o impulso de me defender do comentário sobre Mishra desaparecesse de imediato.

– Ele *retirou* a candidatura? Por quê?

– Ele não deu justificativa. Apenas disse que sentia que não era a pessoa certa para o cargo neste momento.

Não fazia sentido. Ele tinha o acordo da Black Bear e faltava pouco mais de uma semana para a votação. De todos os outros candidatos, Tobias era o *menos* propenso a jogar a toalha. Ele não desistiria tão perto da linha de chegada, a menos que...

Uma leve desconfiança se formou em meu estômago.

As fotos. A retirada da candidatura.

Em questão de semanas, algo acontecera aos dois principais candidatos, perto o bastante da data da eleição para que tivéssemos pouco tempo para nos recuperarmos do baque. Talvez tivesse sido coincidência, mas o timing era muito conveniente.

No entanto, mantive o rosto neutro enquanto minha mãe prosseguia. Eu não queria fazer acusações até que tivesse algo além de meus instintos para me dar respaldo.

– Isso é bom – disse minha mãe. – Eu gosto do Tobias, mas ele era o seu maior concorrente. Os votos dele estão em disputa, o que significa que você precisa de uma investida de última hora.

– A gente veio ver como você estava, depois de tudo o que aconteceu – acrescentou Abigail. – A notícia do Tobias chegou na hora certa. Agora, podemos debater como trazer esses votos.

– Abby. – Eu a encarei com um olhar firme. – Você odeia falar de negócios.

Ela era uma socialite profissional. Sua experiência com campanhas começava e terminava com a presidência do comitê de um baile de gala. Minha mãe provavelmente a forçara a vir para me convencer a terminar com Isabella, pois sabia que eu não a ouviria, mas talvez ouvisse minha irmã.

– Mesmo assim, posso ter ideias – rebateu Abigail. – Você é meu irmão. Eu quero que você ganhe.

– A primeira coisa a fazer é gerar boa publicidade – disse minha mãe, interrompendo nosso debate. Quando Abigail e eu começávamos, a discussão podia durar horas. – Marquei um encontro público entre você e Clarissa.

Ao meu lado, Isabella se mexeu pela primeira vez desde que nos sentamos. Cerrei os punhos, mas me forcei a relaxar até que minha mãe terminasse de falar.

– Ela estava hesitante, o que dá para entender, dada a situação em que você a colocou, mas concordou. Isso vai ajudar a acabar com os rumores sobre você e a sua... amiga. – Os olhos dela percorreram Isabella com desdém. – Não que você pareça particularmente preocupado em ser flagrado pelos tabloides.

Ela tinha razão. Mesmo depois do escândalo do *National Star*, continuei sendo descuidado em relação a meus encontros com Isabella.

Se fosse esperto, não faria contato com ela até depois da votação, mas Isabella tinha o talento de me confundir. Talvez isso fosse parte do problema. Sempre que eu estava com ela, o mundo parecia... mais brilhante. Tudo podia estar queimando ao redor que eu não me importaria, desde que ela estivesse por perto.

– Primeiro, eu não vou sair com a Clarissa – respondi friamente. – Não é certo iludi-la. Segundo, Isabella está sentada bem aqui.

– Iludi-la? – Minha mãe arqueou uma sobrancelha bem-feita e mudou para o cantonês. – Essa sua paixão pela Isabella vai passar, e você vai se dar conta de que Clarissa é muito melhor para você no que diz respeito a criação, educação e temperamento. Você pode me achar autoritária, mas eu sou sua mãe. Só quero o que é melhor para você. Já vi muitos filhos rebeldes cometerem erros terríveis e não posso permitir que você faça o mesmo. Olhe para os Gohs. A filha deles fugiu com aquele pobre coitado que limpava a piscina, para no fim das contas engravidar e perder a herança. Os coitados dos pais dela não conseguem dar as caras na alta sociedade desde então.

– Clarissa e Isabella não são cachorros – respondi em cantonês, tentando manter a calma. – Não dá para colocá-las lado a lado e comparar a criação das duas. No entanto, se fizéssemos isso, será que posso lembrá-la de que Isabella é herdeira do Hiraya Hotels? Ela não é uma bartender humilde, como você pensava.

Eu não estava chateado com Isabella por ter escondido seu histórico familiar. De início, fiquei magoado por ela não ter confiado em mim o suficiente para me contar seu segredo, mas entendia seu motivo. Para ser sincero, a revelação fez com que nosso relacionamento ficasse mais justificável tanto para minha família quanto para o conselho. Um Young namorando uma bartender era um escândalo. Um Young namorando uma herdeira era esperado.

Minha mãe estreitou os lábios.

– Não se trata de dinheiro. É uma questão de adequação. Ela...

– Você não acha que o Kai é quem deve determinar o grau de adequação da parceira dele? – interrompeu Isabella. Ela sorriu para a surpresa que iluminou o rosto de minha mãe. – Sou filipino-chinesa. Falo inglês, tagalogue, hokkien, mandarim e cantonês. Estou surpresa que você não tenha considerado isso, dada toda a sua *educação* e criação.

Passei a mão pela boca, escondendo meu sorriso. Um sorriso semelhante apareceu nos lábios de Abigail.

Amávamos nossa mãe, mas também adorávamos quando as pessoas a confrontavam. Isso não acontecia com frequência.

Ela se recuperou com notável rapidez, como Leonora Young sempre fazia.

– Então você deveria saber por que você e meu filho não combinam – disse ela com uma voz gélida. – Se não fosse por você, não estaríamos neste… dilema. Desde a fundação da empresa, há mais de um século, ela é dirigida por um Young. Eu me recuso a permitir que uma aventura indecente como essa arruíne nosso legado.

– Engraçado – disse Isabella. – Você quer que Kai administre uma empresa da Fortune 500, mas o trata como uma criança que não consegue tomar as próprias decisões. Como você concilia essas duas coisas?

Meu sorriso se alargou.

Eu deveria estar pensando no DigiStream, na suspeita retirada da candidatura de Tobias e em tirar minha família do meu apartamento o mais rápido possível, mas tudo que conseguia pensar naquele momento era no quanto eu queria agarrar Isabella e beijá-la.

Minha mãe ficou, compreensivelmente, bem menos impressionada que eu com a reação de Isabella.

– Como você ousa falar comigo desse jeito? – Ela virou seus olhos furiosos para mim, as bochechas vermelhas de indignação. – *Esse* é o tipo de mulher por quem você está disposto a jogar seu futuro fora?

– Ninguém está jogando nada fora. – Meu sorriso de diversão se transformou em uma expressão séria. – Isabella não é responsável por nada disso. Um relacionamento é feito por duas pessoas. Ela não me forçou a sair com ela nem vazou essa história para o *National Star*. Ela também é mais uma vítima de Victor Black.

– Falando no Victor, o que você vai fazer em relação a ele? – perguntou Abigail.

Ela o desprezava quase tanto quanto eu, depois de o *Star* ter insinuado que ela estava desviando fundos de caridade, anos atrás.

– Estou cuidando disso.

Eu havia ignorado os esquemas de Victor no passado porque não eram dignos da minha atenção, mas ele tinha ido longe demais. Depois que eu acertasse as contas com Victor, ele não teria mais empresa *nem* reputação.

– Discutiremos o seu relacionamento mais tarde – disse minha mãe, com uma expressão rígida. Ela devia ter percebido que não conseguiria me convencer de nada com Isabella sentada ali. – No entanto, a nossa nota pública afirma que *nunca* houve um relacionamento e que as fotos são inocentes. A retirada da candidatura do Tobias coloca você novamente na liderança, mas não podemos ser complacentes. Precisamos avançar com as estratégias de mídia.

Como atual CEO, ela não deveria estar me ajudando, mas a reputação de nossa família estava em jogo. Violar as regras não fazia parte da natureza de Leonora Young, mas, quando pressionada, os fins sempre justificavam os meios.

– E você acha que sair com a Clarissa deveria fazer parte dessas estratégias? – perguntei com voz neutra.

Sem pensar, coloquei a mão sobre a de Isabella. A dela descansava em seu colo, gelada. Ela estava mais nervosa do que sua bravata deixara transparecer.

Um instinto protetor atingiu meu peito. Apertei levemente a mão dela, que apertou a minha de volta.

Minha mãe franziu os lábios.

– Sim. Clarissa entende a natureza desse encontro e concordou em ajudar. Precisamos recuperar a sua imagem. Cada pouquinho ajuda, ainda mais tão perto da votação.

– Eu acho difícil que...

– Você deveria ir.

Três pares de olhos chocados se voltaram para Isabella, incluindo os meus.

– Como é? – perguntei, certo de que tinha ouvido errado.

– Você deveria ir – repetiu ela. – Tanto você quanto Clarissa sabem que não é um encontro de verdade, o que resolve o problema de ela estar sendo iludida. É uma jogada de relações públicas e, se vai ajudar você a ganhar a votação, então vale a pena.

Um vislumbre de aprovação cruzou o rosto da minha mãe.

– Pela primeira vez, estamos de acordo.

– É uma boa ideia – interrompeu Abigail. – Um encontro equivale a pelo menos uma semana de imprensa.

Meu Deus do céu.

Não gostava nem um pouco da ideia de usar Clarissa para me promover. Era tosco, mas eu sabia como a mídia funcionava. Cada pouquinho ajudava mesmo.

– Tudo bem – respondi, me perguntando como minha vida profissional havia passado de fusões a jogadas publicitárias. – Um encontro. Eu vou.

Só esperava que aquilo não cobrasse seu preço mais tarde.

Dois dias depois da aparição de minha mãe e minha irmã, juntei forças e fiz uma visita a Richard Chu em sua casa na Quinta Avenida. Após o rancor inicial da visita-surpresa delas, nós quatro, incluindo Isabella, deixamos de lado nossas diferenças para definir meu plano para as duas semanas seguintes. O primeiro passo era o encontro com Clarissa. O segundo era uma reunião cara a cara com o membro mais poderoso do conselho da empresa.

Como minha mãe disse, a retirada da candidatura de Tobias aliviava um pouco a pressão, mas eu não podia me dar ao luxo de ser complacente.

– Que surpresa. – Richard cruzou os braços e me encarou, achando graça. Um toque de triunfo brilhava em seus olhos, fazendo meu estômago se revirar. – O intrépido Kai Young me procurando em *minha* casa. Que honra.

Minha mandíbula travou, reprimindo uma resposta ríspida.

Eu odiava o cheiro de mofo do escritório dele.

Odiava o olhar presunçoso em seu rosto.

Acima de tudo, odiava ter que procurá-lo em busca de ajuda, como um cachorro de rua implorando por restos.

Parte de mim preferia pular da ponte do Brooklyn a ceder, mas havia mais do que meu orgulho em jogo. Pelo menos era o que eu dizia a mim mesmo.

– Temos muito o que discutir. – Meu sorriso mascarava meu desgosto. – Tenho certeza de que você concorda.

– Engraçado como agora que seu futuro está em jogo você quer conversar. – Richard ergueu uma espessa sobrancelha grisalha. – Você não quis me ouvir quando eu disse que estávamos indo rápido demais com todo esse ruído digital.

Porque o seu conselho está mais desatualizado do que o seu gosto para decoração.

O escritório dele poderia se passar por um museu de artefatos do final do século XX e ninguém duvidaria.

– Como Tobias está fora da disputa, seria bom para nós dois colaborarmos – respondi, desviando de sua alfinetada. – Você e eu sabemos que sou a melhor pessoa para o cargo. Paxton é inexperiente demais, Russell é dócil demais, e Laura é talentosa em comunicação, mas não tem competência para ser CEO. Por outro lado, eu venho me preparando para isso desde que nasci. Você pode não gostar de mim, mas ainda quer o melhor para a empresa. Que seria eu na liderança.

Richard bufou.

– Nada como a arrogância da juventude. Está bem. – Ele ergueu as mãos. – Já que você veio até aqui, vou ouvir o que tem a dizer.

Seu tom condescendente me irritou, mas me forcei a ignorá-lo.

Expus minha proposta. Era simples. Se ele me prometesse seu voto, eu o nomearia conselheiro sênior durante meu primeiro ano como CEO, o que lhe daria uma influência considerável sobre as iniciativas da empresa. O primeiro ano, especialmente os primeiros cem dias, eram cruciais para um novo CEO. Era quando ficavam definidos o tom e as prioridades de sua liderança.

Trazer Richard para meu círculo íntimo era uma concessão significativa de minha parte, mas era a única forma de aliviar suas preocupações e garantir seu voto.

– Interessante – disse ele depois que concluí. – Vou pensar a respeito.

Minha coluna travou. Ele ia *pensar* a respeito? Um calor ferveu lento e espesso em minhas veias.

– Esta é a melhor oferta que você vai receber.

Eu não ia implorar. Não mais do que já tinha feito.

Richard me deu um sorriso enigmático.

– Tenho certeza. – Ele se levantou e estendeu a mão em uma óbvia dispensa. – Muito bom ver você, Kai. Boa sorte com a votação.

Mantive a calma ao descer pelo elevador e depois ao cruzar o saguão, mas o ar gelado de janeiro arrebentou as portas de meu controle. A frustração jorrou como uma onda descontrolada pelo meu sangue.

Eu: Está livre para um treino hoje à noite?

Dante respondeu menos de um minuto depois.

Dante: Emergência?
Eu: Pedido de amigo
Dante: Está bem. Vejo você às 7
Dante: Você fica me devendo. Era para eu ver um filme com a Viv hoje à noite
Eu: Tenho certeza de que ver Stardust pela vigésima vez teria sido tão emocionante quanto na primeira
Dante: Vai à merda

Guardei o celular no bolso, minha raiva diminuindo com a promessa de uma luta mais tarde. Algumas pessoas faziam terapia; Dante e eu trocávamos socos. Era mais rápido, mais eficiente e também servia de exercício físico.

Entrei no carro que me esperava e instruí o motorista a me levar de volta ao escritório.

Richard se achava muito influente, mas eu podia vencer sem ele.

Eu era Kai Young.

Eu nunca perdia.

CAPÍTULO 32

Isabella

EU NÃO IA CONSEGUIR. Mesmo com meu horário de trabalho flexível, com os métodos para desbloqueio aprovados por neurocientistas que Kai havia me apresentado e a perspectiva de enfrentar a arrogância de Gabriel e sua cara de "eu sabia que você não ia dar conta", não ia conseguir terminar meu livro a tempo.

Faltava menos de uma semana para o aniversário da minha mãe e, toda vez que me sentava diante de minha nova máquina de escrever, eu congelava. Não era mais uma questão de escrever e apagar texto; as palavras nem vinham, ponto-final. Faltavam apenas alguns capítulos, mas meu cérebro estava tomado por outras preocupações: os abutres do *National Star*, meu encontro horrível com a mãe de Kai, a incerteza de meu relacionamento com ele e, acima de tudo, o recente encontro dele com Clarissa.

Fui eu quem disse a ele que não tinha problema. Sabia que não era um encontro de verdade, que era apenas para fins de relações públicas, mas isso não me impediu de fazer certas comparações quando as fotos chegaram às páginas da alta sociedade, no início da semana. Kai e Clarissa em um jantar romântico em um restaurante italiano. Kai e Clarissa andando pela rua de mãos dadas. Eles eram elegantes e sofisticados – a combinação perfeita.

Uma combinação melhor do que você e ele, sussurrou uma voz traiçoeira.

Meu estresse e minhas inseguranças se acumularam como uma represa, bloqueando o fluxo de criatividade até que eu estivesse desesperada por inspiração.

Como não conseguia superar o bloqueio, mergulhei nas tarefas que Alessandra me delegara. Era muito mais fácil construir o sonho de outra pessoa do que o meu. Havia menos riscos, menos investimento, menos medo do fracasso.

Tínhamos chegado a um nome para a empresa – Floria Designs, em homenagem às flores e a Florianópolis, sua cidade favorita no Brasil. Criei os perfis nas redes sociais, fiz um site simples e montei uma conta de vendedor no Etsy. Estudamos planos de negócios, estratégias de marketing e demonstrações financeiras.

Às vezes eu ficava na casa de Alessandra até as dez ou onze da noite, mas nunca via sinal de Dominic. Era como se ele nem morasse lá.

– Ele passa a maior parte do tempo no escritório – disse Alessandra quando perguntei a respeito durante um café da manhã.

– Parece um desperdício gastar tanto dinheiro numa casa bonita e não aproveitar.

Quanto mais tempo passávamos juntas, mais confortável eu me sentia para falar sobre outras coisas além do trabalho. Eu não queria me intrometer, mas tinha a sensação de que Alessandra precisava de alguém com quem desabafar.

– A cobertura custou 21 milhões – disse ela. – O escritório rende mais de três bilhões. Com o que você acha que ele se importa mais?

Eu não tive resposta.

Comemos em silêncio, ambas perdidas em nossos próprios pensamentos, até que ela voltou a falar.

– E você? Hoje é um grande dia.

O pão de repente perdeu todo o sabor.

– Estou bem. Só nervosa pelo Kai.

Após meses de espera e planejamento, o dia da votação para CEO da Young Corporation finalmente havia chegado. Eu tinha configurado um alerta para os resultados, mas meu celular passara a manhã toda no silencioso.

– Ele vai vencer – disse Alessandra. – Não consigo imaginar outra pessoa sendo escolhida. Ele é um Young.

– Eu sei, mas vai ser bom ter essa confirmação.

Uma inquietação agitava minhas entranhas, o que atribuí ao jantar pesado da noite anterior.

Ela tinha razão. Kai estava muito à frente dos outros candidatos. Eu não tinha motivo para me preocupar.

Segundo Kai, os membros do conselho tinham comprado a história com Clarissa. Vínhamos evitando nos encontrar pessoalmente desde a visita-surpresa de sua família. Era muito arriscado, dado que estavam todos mais atentos após o encontro armado, então nos contentamos com ligações e mensagens.

Não vê-lo pessoalmente não ajudava em nada na minha ansiedade, mas eu estava mais preocupada *com ele* do que com qualquer outra coisa. Se Kai perdesse...

Não pense nisso. Ele não vai perder.

O café da manhã prosseguiu, silencioso. Alessandra e eu geralmente tínhamos muito o que conversar, mas estávamos distraídas demais para sermos boa companhia uma para a outra.

Olhei para o celular pela vigésima vez naquela manhã. *Nada.*

– Vamos repassar mais uma vez o plano das redes sociais – disse Alessandra depois que terminamos de comer. – Isso vai te ajudar a se distrair de outros assuntos.

– Boa. Nada como a expectativa de ficar famosa nas redes sociais para me distrair.

Lutei contra a vontade de pesquisar a Young Corporation no Google. Por que estava demorando tanto? O comitê de votação estava deliberando desde cedo e em Londres já era meio da tarde. Talvez meus alertas de notícias não estivessem funcionando.

– Vamos ser uma daquelas empresas divertidas e sarcásticas on-line, como a Wendy's. Já sei! – Estalei os dedos. – Podemos começar uma guerra mutuamente benéfica na internet com outra empresa de flores prensadas. Vai ter mais flores e mais drama do que um episódio de *Noivas neuróticas.* Quem não gosta disso?

Um ar de dúvida tomou o rosto de Alessandra.

– Não sei se essa é a melhor...

Nossos celulares vibraram ao mesmo tempo, interrompendo-a.

Nós duas nos encaramos por um segundo antes de irmos correndo verificar as notícias. Meu coração disparou quando vi o nome da empresa de Kai preenchendo minha tela.

Pronto.

O resultado da votação para CEO tinha saído.

CAPÍTULO 33

O PUNHO DE DANTE acertou o meu queixo. Minha cabeça foi lançada para trás e o gosto de cobre preencheu minha boca.

Deveria ter doído, mas a adrenalina atenuou o impacto. Sacudi a cabeça e revidei o golpe. O gancho brutal o atingiu no alto do peito, provocando um grunhido de dor.

O suor cobria meu rosto e meu tronco. Estávamos lutando havia mais de uma hora. Meus músculos agonizavam e o cheiro de sangue, suor e testosterona entupia minhas narinas. Assim que a adrenalina baixasse, eu apagaria por um dia inteiro, no mínimo.

Deixaria para me preocupar com isso mais tarde. Por enquanto, meu foco estava em derrotar Dante e em determinada reunião em Londres. Nem o atual CEO nem os candidatos tinham autorização para entrar na sala durante as deliberações, então eu não saberia de nada até que o comitê eleitoral anunciasse sua decisão.

Acertei outro soco na bochecha de Dante; ele me golpeou nas costelas.

O ritmo familiar de nossos socos e ganchos, um após o outro, era quase suficiente para me fazer esquecer a votação. Quase.

– Você poderia ter se poupado da tortura de esperar se tivesse usado o material que eu te dei – disse ele, ofegante, esquivando-se de um soco. – Eu literalmente te ofereci a vaga em uma bandeja de prata. Ou em um envelope de papel pardo, para ser mais preciso.

Foi a primeira vez que ele reconheceu ter enviado o "presente" de Natal por meio de Christian.

– Eu te falei que não preciso me rebaixar à chantagem.

A ideia de usar a informação passou pela minha cabeça depois que minhas fotos com Isabella foram divulgadas, mas a descartei rapidamente. Recorrer à chantagem era o mesmo que admitir a derrota. Significava que eu não era bom o suficiente para vencer por conta própria.

– Não é chantagem. É uma garantia de segurança.

Sangue vazava de um corte na testa de Dante e o início de um hematoma escurecia sua mandíbula. Vivian ia me infernizar mais tarde pelas condições em que devolveria seu marido, mas eu duvidava que eu estivesse muito melhor. A sessão daquele dia era só mais uma catarse selvagem.

– Engraçado. Foi exatamente o que o Harper disse.

– E ele tem razão. – Dante hesitou e fez uma careta. – Não conte a ele que eu disse isso. O ego do desgraçado ia disparar.

Eu bufei.

– Pensei que você seria contra chantagem, dado o que aconteceu com o pai da Vivian.

O rosto de Dante ficou sombrio com a menção ao sogro.

– Em determinadas situações, seria. Mas a chantagem também pode ser surpreendentemente eficaz no curto prazo. Você só precisa ser inteligente o bastante para antecipar as consequências de longo prazo.

Ou eu podia ignorar a ideia e não ter que lidar com consequência nenhuma a longo prazo.

Antes que eu pudesse responder, o toque do meu celular ressoou no ambiente encharcado de suor e acabou com toda a leveza.

Paramos em meio a nossos movimentos. O ar sumiu dos meus pulmões quando meu olhar se voltou para o banco onde havia colocado meu celular.

Poderia ser um operador de telemarketing, minha assistente ligando com alguma pergunta ou uma dúzia de outras possibilidades, mas meu instinto me dizia que não.

Eram onze da manhã em Nova York, o que significava que o horário de trabalho em Londres estava perto do fim. O momento perfeito para anunciarem o novo CEO.

Meu coração batia forte o suficiente para abafar o toque do celular. Um gosto metálico brotou em minha língua, me inundando com partes iguais de expectativa e mau pressentimento.

Depois de tudo – das artimanhas, dos escândalos, dos reveses –, aquele momento havia chegado. A hora da verdade.

– Kai.

A voz grave de Dante atraiu minha atenção de volta para ele. Seus olhos estavam fixos em algo por cima do meu ombro e eu segui o olhar dele até a porta.

Uma âncora fez meu estômago afundar até o chão de lona preta do ringue. Um zumbido baixo encheu meus ouvidos.

Isabella estava à porta, o peito arfando com respirações rápidas. Eu não sabia como ela tinha entrado, mas sabia por que ela estava ali. Estava estampado em seu rosto.

Eu havia perdido a votação.

Isabella

O SILÊNCIO ERA ENSURDECEDOR.

Dante murmurou uma desculpa qualquer sobre encontrar Vivian para almoçar e saiu depressa, deixando Kai e eu sozinhos na academia de boxe.

Ele ficou parado feito uma pedra no meio do ringue. O suor brilhava em seu tronco nu e umedecia seu cabelo, fazendo-o parecer um guerreiro recém-saído de uma batalha.

Eu tinha chegado no final de sua luta com Dante. Era a primeira vez que via Kai lutar boxe e a cena me tirara o fôlego. A precisão, a força, a elegância letal – era como assistir a um mestre executar uma dança lindamente coreografada.

Se eu estivesse ali por qualquer outro motivo, teria saboreado a experiência, mas tudo que sentia era um nó gelado de pavor na boca do estômago.

– Quem? – O rosto e a voz de Kai estavam desprovidos de emoção.

Engoli com dificuldade, tentando superar o nó na garganta.

– Alguém chamado Russell Burton.

Então ele reagiu. Um minúsculo movimento de ombros, e alguma compreensão sombria e ardente cintilou em seus olhos.

O nome o surpreendera.

Eu esperei outra reação – xingamentos, gritos, *qualquer coisa* que indicasse que ele entendia o que tinha acontecido. Em vez disso, Kai desceu do ringue, enxugou o rosto com uma toalha e tirou a tampa da garrafa d'água. Se não fosse por seus movimentos rigidamente controlados e pela tensão em seu pescoço, daria para pensar que ele não tinha me ouvido.

Caminhei na direção dele com a cautela de quem se aproxima de uma cascavel.

Quando vi a notícia sobre a escolha de Russell, meu estômago embrulhou como se eu mesma tivesse perdido. Não conseguia imaginar como Kai devia estar se sentindo. Era a família *dele*. A empresa dele. O legado dele.

Alessandra foi solidária e me deu o dia de folga. Então entrara em contato com Dominic e, de algum jeito, o convenceu a me dar acesso ao Valhalla, onde eu sabia que Kai estava lutando boxe com Dante.

Eu não sabia o que fazer ou como poderia ajudar, mas queria estar por perto.

– Talvez seja um engano – arrisquei. Tinha corrido para lá assim que pude e não li o artigo na íntegra. – Talvez eles...

– Não é um engano. – Kai parecia estranhamente calmo.

Ele ergueu os olhos, sua pele retesada sobre as maçãs do rosto. O movimento irregular de seu peito, subindo e descendo, traía as emoções que ele tentava mascarar.

Meu coração apertou.

– Kai...

Ele esmagou o resto das minhas palavras com a boca. O beijo foi tão repentino, tão inesperado, que tropecei para trás até conseguir me estabilizar outra vez.

Já havíamos nos beijado muitas vezes. Beijos doces, escaldantes, famintos, lânguidos... A natureza de nossos encontros fluía de acordo com nosso humor, mas ele nunca tinha me beijado *daquele jeito*. Mãos emaranhadas em meu cabelo, dentes arranhando meus lábios, músculos vibrando de eletricidade. Desesperado e febril, como se estivesse se afogando e eu fosse sua única tábua de salvação.

Pedaços de sua máscara de pedra caíram no chão ao nosso redor. Emoções transbordaram pelas frestas, fazendo minhas mãos correrem os ombros dele, os dentes dele correrem meu pescoço e seu punho se fechar na bainha da minha saia.

Kai a puxou para cima e me apertou contra o ringue de boxe ao mesmo tempo. Um rasgo de seda, um farfalhar de roupas, e de repente ele estava dentro de mim, me fodendo com uma intensidade que me deixou sem fôlego. Meu corpo tremia com a força de cada estocada e eu lutei para me segurar em algo, qualquer coisa, que pudesse me firmar enquanto lidávamos juntos com sua raiva.

Uma sinfonia de grunhidos, gritos e o som de pele contra pele ecoava pelo cômodo vazio. Com uma mão, eu segurava seu cabelo, enquanto a outra agarrava as cordas do ringue acima de mim. Já tínhamos feito sexo selvagem antes, mas aquilo não era sexo. Era uma catarse.

Forte. Urgente. Implacável.

Ainda assim, não demorou muito para que o prazer tomasse meus sentidos. Uma estocada a mais detonou meu orgasmo, que se espalhou pelo meu corpo em uma série de tremores e calafrios.

Kai gozou logo depois, soltando um "Merda" rouco enquanto seu esperma escorria pela minha coxa.

Ficamos abraçados por um instante, nossas respirações entrecortadas no silêncio. Um calor lânguido inundou minhas veias, embora amortecido pelo nó na minha garganta.

Quando Kai levantou a cabeça outra vez, seus olhos estavam tomados de remorso. O nó se apertou.

– Isa...

Não precisei perguntar o motivo por trás de sua culpa.

– Está tudo bem – falei, tranquilizando-o. – Eu tomo pílula.

Ele não tinha sido o único a se deixar levar. Eu sequer pensara em camisinha até aquele momento.

– Eu não devia ter... Eu não... – Ele passou a mão pelo rosto. – Merda.

Ele me observou, reparando em meu pescoço e em meu peito. Olhei para baixo e estremeci ao ver os chupões marcando minha pele.

– Você está bem?

– Mais do que bem, se meu orgasmo servir de referência – brinquei, na esperança de desfazer sua carranca. Não funcionou. Fiquei mais preocupada ainda. Quando minha euforia pós-sexo começou a esvanecer, a gravidade da situação voltou com força total. – Eu que deveria te fazer essa pergunta.

Seria uma questão idiota porque *era claro* que ele não estava bem. Acabara de perder o controle da empresa da família. Mas eu não tinha experiência em lidar com questões como aquela e preferia que Kai falasse sobre o assunto sem fingir que estava tudo bem. Tinha aprendido por experiência própria que reprimir as emoções só levaria a mais problemas no futuro.

Kai engoliu em seco.

– Russell Burton.

Meu coração se partiu com a descrença entorpecida em sua voz.

– Sim – respondi suavemente.

Eu não sabia quem era Russell, mas o odiava mais do que qualquer outra coisa no mundo naquele momento. Não, correção: eu odiava o *comitê* mais do que qualquer outra coisa. Queria que todos eles se engasgassem com suas más decisões e canetas corporativas horrorosas.

Kai não chorou, gritou nem disse mais nenhuma palavra, mas, quando enterrou o rosto em meu pescoço e meus braços envolveram suas costas, senti a intensidade de sua dor como se fosse minha. Ela reverberou pelo meu corpo, apertando meus pulmões e ardendo em meus olhos. Ele sempre era tão tranquilo e sereno que vê-lo arrasado, ainda que só um pouquinho, provocou uma dor que me atingiu direto no coração.

Eu queria ter o poder de voltar no tempo ou de colocar algum juízo na cabeça dos membros do comitê. Como isso não era possível e não havia nenhuma palavra que pudesse melhorar as coisas, simplesmente o abracei e deixei que ele sentisse aquela dor.

CAPÍTULO 34

EU *PERDI*.

A frase se repetiu tantas vezes em minha mente que perdeu a forma e o significado. No entanto, o impacto continuava o mesmo.

Cada vez que ela ecoava na minha cabeça, provocava o mesmo soco na barriga. Liberava a mesma emoção sombria e desagradável que deslizava pelas minhas veias e formava um poço sem fundo no meu estômago.

Era a *sensação* de perder, infinitamente pior que a palavra em si.

Virei meu uísque. Não eliminava o amargor que cobria minha garganta, mas me protegia dos olhares e dos cochichos. Até certo ponto, pelo menos.

Três dias haviam se passado desde os resultados da votação para CEO, e nesse tempo eu tinha prosseguido normalmente com meu trabalho. Participei de reuniões, parabenizei Russell e recebi inúmeras ligações, e-mails e mensagens. À noite, eu ia para a casa da Isabella, ou ela ia para a minha, porque agora que a votação chegara ao fim eu não me importava com quem nos via juntos.

Não falávamos de trabalho, mas, nas horas nebulosas entre o começo da madrugada e o início da manhã, quando me enterrava nela e Isabella derretia em meus braços, encontrávamos maneiras de nos consolar sem palavras.

A bartender deslizou outro copo de uísque pelo balcão. Agradeci com um leve meneio de cabeça e olhei ao redor do bar. O Valhalla estava lotado. Era sempre assim às sextas-feiras, e por isso eu tinha deliberadamente ido até lá naquela noite.

As pessoas podiam falar o quanto quisessem, mas eu me recusava a lhes dar a satisfação de me esconder e lamber minhas feridas feito um cão que levou uma surra.

Eu era Kai Young, afinal.

Consegui tomar um gole de meu recém-chegado drinque antes que uma voz familiar e arrogante arruinasse meu apetite.

– Ora, ora. Veja quem já está todo saidinho depois da derrota. – Victor Black ocupou o assento ao lado do meu, cheirando a arrogância e a perfume ruim. – Você é mais corajoso do que eu pensava, Young.

– Você tem passado muito tempo em Nova York ultimamente. – Arqueei uma sobrancelha com desdém. – Washington finalmente baniu você dos limites da cidade?

Trocar insultos com alguém como Victor era muito indigno, mas eu precisava de uma distração, já que Isabella e Dante estavam fora da cidade. Ela tinha pegado um voo para a Califórnia para o aniversário da mãe na noite anterior, e Dante e Vivian estavam passando o fim de semana em Paris.

– O que posso dizer? Nova York tem andado muito interessante ultimamente. – O hálito de Victor era uma nuvem de vodca. Fiz uma careta. O sujeito estava claramente bêbado, embora não tivesse muito cérebro mesmo quando sóbrio. – Deve ser humilhante perder a empresa da sua família para alguém de fora. Ainda mais para Russell Burton. – Ele balançou a cabeça, fingindo descrença. – Se eu fosse você, nunca mais daria as caras em público.

– Quem me dera – respondi friamente, lutando contra o lento avanço da raiva sob a minha pele. – E se *eu* fosse *você*, me preocuparia mais com a minha própria empresa. Ela não existirá por muito mais tempo.

Meus advogados já estavam detonando o *National Star* por calúnia e difamação, mas aquilo era apenas uma distração enquanto cavávamos as coisas que poderiam arruinar todo o império da Black & Co. As fundações já estavam podres. Só precisávamos achar o local onde implodir e ver tudo ruir.

Victor torceu a boca.

– Aquele processo ridículo por difamação? Isso não é nada. Você sabe quantos processos enfrentamos e *vencemos* todos os anos?

– Mais do que tem de neurônios se debatendo nesse seu miolo mole, tenho certeza.

Dei outro gole no Macallan e senti um grande prazer ao ver a vermelhidão adornando as bochechas de Victor.

– Quer saber qual é o seu problema? – Ele se inclinou, os olhos brilhando, maliciosos.

– Tenho certeza de que você vai me informar.

– Você se acha esperto demais. Acha que é melhor do que todo mundo porque estudou em escolas sofisticadas e nasceu na porra de um berço de ouro. Você não tem ideia do que significa *batalhar* por algo, como Burton e eu fazemos, e estava tão cego por esse complexo de superioridade... por essa sua crença de que é intocável porque está muito acima de todos... que não enxergou o que estava bem na sua frente. Eu até te dei uma dica na Saxon Gallery – concluiu ele, balançando a cabeça.

Então foi ele que me deixou aquele bilhete. Tinha feito isso para me sacanear, não havia dúvidas. Eu deveria ter ligado os pontos antes; além de Isabella, ele era a única pessoa perto o suficiente para alcançar meu bolso.

Mas não foi isso que chamou minha atenção. Foi o que ele tinha dito antes.

– Seu orgulho será sua ruína, Young – avisou ele. – E estarei aqui para registrar cada passo do caminho.

Deixei ele falar. Victor estava muito confiante, gabando-se de forma cartunesca demais, para se dar conta de seu deslize.

Você não tem ideia do que significa batalhar *por algo, como Burton e eu fazemos.*

Russell morava em Londres, então eu não o havia visto pessoalmente desde a eleição. Ele parecera chocado e abalado quando liguei, mas tinha algo estranho. Estava chocado *demais*, como alguém tentando convencer os amigos de que não sabia de uma festa-surpresa. Não dei muita atenção na hora porque queria desligar o mais rápido possível, mas pensando melhor...

Russell Burton, COO. Cuida de todos os assuntos internos, supervisiona as funções administrativas e operacionais do dia a dia da empresa...

Fui atingido por uma clareza repentina e ofuscante.

Reprimi um xingamento e me levantei, ignorando a ladainha de Victor. Ele já havia mudado de assunto para falar sobre uma bobagem qualquer a respeito de sua casa nos Hamptons.

Vinte minutos depois, tranquei a porta da minha cobertura e liguei para

Tobias. Eram duas da manhã em Londres, mas ele atendeu, como esperado. O sujeito não dormia nunca.

– O que você quer?

A irritação ecoou quente e amarga em sua voz. Era o tom de alguém que tinha sido forçado a desistir de algo que queria apenas para ver outra pessoa bem abaixo dele conseguir.

Eu conhecia bem o sentimento.

– É sobre a retirada da sua candidatura para CEO. Nós precisamos conversar.

CAPÍTULO 35

Isabella

NA MANHÃ DE SEXTA-FEIRA, cheguei à Califórnia com uma mala de mão, um bloco de concreto na barriga e nenhum manuscrito finalizado em mãos.

Eu tentei. Tentei mesmo. Mas não importava o quanto eu me esforçasse: não conseguia resolver o último quarto do livro. Minha criatividade havia se esgotado por completo, deixando um rastro de ideias descartadas e frases incompletas.

Por sorte, a sexta-feira foi tão agitada que ninguém perguntou sobre o manuscrito. Minha família comemorava o Natal-aniversário-ano-novo-palooza em ordem cronológica, ou seja, caí direto nas festividades de Natal no segundo em que desembarquei. Depois de deixar a bagagem no meu quarto de infância e tomar um banho rápido, ajudei minha mãe e meus irmãos a preparar nosso tradicional banquete de fim de ano: bolinho de arroz *bibingka*, macarrão *pancit bihon*, frango assado *lechon manok*, salada *buko pandan* e rolinhos *lumpiang ubod* recheados com camarão, legumes, coco e carne de porco.

Ajudar, no caso, significava cortar legumes e lavar pratos. Infelizmente, o talento que eu tinha para a cozinha era o mesmo que tinha para correr uma maratona.

O preparo da comida levou à refeição de fato, seguida por uma troca de presentes em que todos tínhamos que adivinhar o que havia nos pacotes antes de abri-los. Foi um turbilhão de risadas, álcool e alegria, e a última noite que passamos juntos como uma família antes da confusão generalizada.

Na manhã seguinte, estávamos reunidos na sala para o aniversário da minha mãe, cansados, mas entusiasmados. Ao menos em grande parte.

Um nervosismo se agitava em minhas veias enquanto minha mãe examinava sua pilha de presentes. Gabriel estava sentado ao lado dela, entregando-lhe um novo item sempre que ela terminava de se maravilhar com o anterior.

Romero, Miguel, Felix e eu estávamos espremidos no sofá em frente a eles – Felix rabiscando em seu bloco de desenho, Romero mexendo no relógio de pulso e Miguel esparramado, como se estivesse à beira da morte. Tinha enchido a cara na noite anterior.

Minha *lola* e meu *lolo* ocupavam o canto. A cada poucos minutos, meu *lolo* cochilava e minha *lola* batia em seu braço, acordando-o bruscamente.

– Ah, que lindo! – Minha mãe ergueu contra a luz o colar de lua crescente pintado à mão, presente de Felix. – Obrigada.

– Que bom que você gostou – disse ele, tranquilo. – Achei que casava bem, levando em consideração que é o seu aniversário e o da empresa.

O logotipo do Hiraya Hotels era uma lua crescente e quatro estrelas, uma para cada filho da família Valencia. Seu vigésimo primeiro aniversário seria no final do mês.

Felix era adotado, mas o mais atencioso de todos nós.

– Ah, *iho*.

Minha mãe o abraçou, seus olhos brilhando de emoção. Ela era a melhor amiga dos pais de Felix antes de eles morrerem e, às vezes, compensava a ausência dos dois dando-lhe cuidado e atenção extras.

Nem meus irmãos nem eu ficávamos ressentidos por isso. Amávamos Felix tanto quanto ela e nos sentíamos igualmente culpados de lhe dar um tratamento especial. Sabíamos o que era perder um dos pais; não conseguíamos imaginar perder ambos.

– O último é da Isabella – disse Gabriel, entregando à minha mãe uma caixa grande com um embrulho alegre e me lançando um olhar indecifrável.

Ninguém havia mencionado o *National Star* nem Kai desde que eu chegara. Via de regra, não discutíamos assuntos chatos durante as comemorações do Natal ou do Ano-novo Lunar, o que significava que naquele dia eu estaria a salvo.

Meu nervosismo se intensificou, me deixando à flor da pele. Desejei que Kai estivesse ali, mas não queria que meu fracasso prejudicasse seu primeiro contato com minha família. Ele já tinha problemas suficientes para resolver e nem sempre eu poderia usá-lo como escudo. Eu precisava enfrentar sozinha.

– Pare de balançar o pé – resmungou Miguel ao meu lado. – Você está sacudindo o sofá e me dando dor de cabeça.

– Talvez você não devesse ter tomado tanta sangria ontem à noite – respondi. – Acho que o problema é *esse*, não o meu pé balançando.

Ele murmurou algo que soou como um xingamento misturado a um gemido.

– Isa, isso é maravilhoso!

Minha mãe admirou a luxuosa caixa de presente que eu havia comprado em seu spa-resort favorito em Palawan. Consistia em uma linha completa de produtos de higiene pessoal, cuidados com a pele e o perfume exclusivo da marca. O resort não fazia vendas on-line, então tive que pedir a um de meus primos nas Filipinas para comprá-la e enviá-la para mim.

– Eu estava mesmo querendo um desses. Meu perfume está quase acabando.

– O timing foi perfeito, então. – Abri um sorriso, rezando para que ninguém perguntasse sobre o *outro* presente que eu deveria entregar a ela naquele dia.

Prosseguindo. Prosseguindo. Prosseguindo...

– É, muito bacana. – A voz firme de Gabriel interrompeu minhas orações silenciosas. – Mas acho que a Isa tem outro presente.

Minha mãe franziu a testa. Miguel levantou a cabeça enquanto meu *lolo* abria um olho, despertado pela perspectiva de confusão. Sete olhares se fixaram em mim.

A saliva virou serragem na minha boca.

– Que outro presente? – perguntou Romero, com uma ruga de confusão na testa.

– O livro no qual ela vem trabalhando há três anos. – Gabriel não tirou os olhos dos meus. – Você disse que traria o manuscrito completo hoje, não foi?

Tum-tum. Tum-tum. Tum-tum.

Meu coração batia tão forte em minha garganta que achei que acabaria engasgando. Meus dedos apertaram a beirada do sofá enquanto uma gota de suor escorria pelas minhas costas.

Parte de mim queria se enfiar em um buraco e nunca mais sair; outra queria dar um soco no meu irmão e tirar aquela expressão convencida da cara dele.

– Isabella? – insistiu Gabriel.

Um gosto metálico inundou minha língua.

– Eu não trouxe – respondi calmamente. – Não está concluído.

O silêncio tomou conta da sala, pontuado pelo chilrear dos pássaros do lado de fora da janela.

Um calor tomou meu rosto em uma cruzada implacável. Tentei respirar fundo, mas o oxigênio parecia escasso, minha pele esticada demais. Vergonha e culpa cresceram dentro de mim, testando meu autocontrole e vazando pelas rachaduras feito espuma saindo de um bicho de pelúcia rasgado.

Havia suportado o rompimento com Easton, o pesadelo envolvendo o *National Star* e o encontro com a mãe de Kai, mas nunca me sentira tão insignificante quanto naquele momento.

– Tudo bem – disse Felix, sempre pacificador. – Você está quase terminando, não é?

Assenti levemente. Eu estava travada no *quase* havia semanas, mas eles não precisavam saber disso.

Gabriel cruzou os braços.

– Achei que estivesse quase terminando quatro meses atrás.

– Fala sério, cara. – Miguel olhou para ele. – Deixa de ser babaca.

– Não estou sendo babaca – respondeu Gabriel friamente. – Só estou querendo confirmar o que a Isa me disse no final de setembro.

Outro silêncio assentou, pesado de apreensão.

– Ele tem razão. Eu disse isso, sim. Eu... – Meus dedos apertavam o couro com força. – Eu não estava tão perto quanto imaginava.

Eu poderia culpar uma série de coisas e pessoas pelo meu fracasso: os tabloides, meu trabalho, meu relacionamento com Kai, meu irmão, por definir o prazo. Mas, no final das contas, a culpa era minha. Fui eu que não tive disciplina para terminar. Fui eu que me deixei distrair por sexo e festas. Fui eu quem decepcionou a mim mesma e aos outros várias e várias vezes.

Gabriel era duro, mas estava certo.

Senti meus olhos esquentarem e arderem e de repente fiquei feliz por Kai não estar ali. Não queria que ele testemunhasse minha implosão espetacular e percebesse a confusão em que tinha se metido. Eu era parte do motivo pelo qual ele havia perdido a eleição para CEO, e não valia a pena.

— O presente do spa está ótimo — disse minha mãe, lançando ao filho mais velho um olhar de reprovação. — Venham. Vamos comer. *Tigil muna sa bigating usapan.*

Já chega de conversas difíceis por hoje.

Ela me tranquilizou com um tapinha ao se retirar. Rugas de preocupação envolviam sua boca, mas ela não falou mais sobre o que acabara de acontecer. Depois da morte repentina do meu pai, ela passou a odiar qualquer coisa que perturbasse a harmonia da família; acho que tinha medo de que quaisquer palavras impensadas acabassem sendo as últimas que diríamos uns aos outros.

No entanto, o espectro de sua decepção me acompanhou durante o restante da tarde e me seguiu até a varanda naquela noite, depois de as festividades terem cessado e a minha mãe e os meus avós terem ido para os seus quartos.

Eu me encolhi em um banco, me consolando com o formato familiar do assento e a maciez das almofadas. Holofotes com sensores de movimento iluminavam o quintal, lançando um brilho amarelo-pálido sobre a piscina onde eu aprendi a nadar, a casa da árvore onde me escondia quando estava chateada e os vários cantos e recantos onde meus irmãos e eu brigamos, brincamos e crescemos juntos.

Uma melancólica sensação de nostalgia tomou conta de mim. Fazia muito tempo que não morava ali, mas cada vez que visitava era como se nunca tivesse saído.

A porta deslizante de vidro se abriu.

— Ei. — Felix saiu, sua figura alta e magra iluminada pelas luzes da casa. — Você está bem?

— Estou. — Encolhi os joelhos contra o peito, meu coração apertando com sua voz preocupada. — Estou bem.

Ele se sentou ao meu lado. Havia trocado suas lindas roupas de festa e colocado uma camiseta desbotada e short.

— Você não parece bem.

— É alergia.

— Você não tem alergia.

— Sabe-tudo.

A risada suave de Felix arrancou um pequeno sorriso de mim.

– Se tem a ver com o que aconteceu mais cedo, não dê tanta importância – disse ele. – Você sabe como o Gabe é.

– Mas ele está certo. – Uma nova pressão surgiu atrás dos meus olhos. Pisquei, determinada a não chorar. Já me sentia patética o suficiente, não precisava que meu irmão mais legal ficasse com pena de mim. – Eu deveria ter terminado o livro e não terminei. Nunca consigo terminar as coisas. Não sei por que... – Apertei os joelhos contra o peito com mais força. – Não sei por que é tão difícil para mim, quando é tão fácil para vocês.

– Isa. – Felix me encarou com um olhar incrédulo. – Não é fácil para nenhum de nós. Você sabe quanto tempo levei para descobrir o que queria? Como foi difícil para o Miguel escolher uma especialidade? Até o Gabe tem dificuldade em fazer com que as pessoas o escutem, porque ele é jovem demais.

– E o Romero?

– Ah, ele é uma aberração. Tenho quase certeza de que nasceu com um computador no lugar do cérebro.

Uma risada aliviou um pouco da tensão em meus ombros.

– Ele vai considerar isso um elogio.

– Não tenho dúvidas. – Felix sorriu. – A questão é: você está no caminho certo. Você começou a escrever um livro, o que é mais do que a maioria da população consegue realizar. Pode parecer que estamos, entre aspas, *na sua frente*, mas também somos mais velhos. Temos mais experiência de vida. – Ele apertou minhas bochechas. – *Baby ka pa lang.*

Você é só um bebê.

– *Para.* – Eu o afastei com outra risada. – Não aja como se você fosse tão velho e sábio assim. Você só tem quatro anos a mais que eu.

– Dá para viver várias vidas em quatro anos. – Felix recostou-se e esticou as pernas. – A questão é que você não está para trás. Você ainda é jovem. Tem bastante tempo para se descobrir.

Era o que eu achava quando tinha 22 anos e estava convencida de que seria a próxima grande apresentadora de um talk show. Agora tinha 29 e não estava nem perto de descobrir nada.

Fiquei grata por Felix tentar me tranquilizar, mas, quanto mais conversávamos sobre o assunto, pior eu me sentia. O apoio de alguém tão bem--sucedido parecia condescendente, mesmo quando essa não era a intenção.

– Eu sei – respondi, mais porque queria encerrar a conversa do que por concordar com ele. Meus olhos pousaram em seu pescoço nu. – Cadê o seu cordão?

O mentor dele, um sujeito desses alternativos do tipo "fique em sintonia com o universo", dera o cordão de presente a ele após sua primeira exposição. Eu nunca tinha visto Felix sem a peça.

Ele coçou a nuca, suas bochechas inexplicavelmente vermelhas.

– Eu, é… Eu perdi.

Meu radar de irmã entrou em alerta máximo. Ele estava mentindo, mas, antes que eu pudesse investigar, a porta se abriu novamente. Gabriel apareceu, sua silhueta iluminada por trás parecendo uma mancha sombria na frente da porta.

Felix se levantou rapidamente.

– Está ficando tarde e estou exausto. Vejo vocês amanhã. Fica firme – acrescentou ele em um sussurro ao passar por mim.

Se com *firme* ele quis dizer com pavor absoluto e total, então tudo bem.

O terceiro e mais tenso silêncio do dia brotou quando Gabriel assumiu o assento vago de Felix e a porta se fechou depois que meu outro irmão entrou.

Escondi as mãos sob as coxas. Ele tamborilou no banco.

Olhei para a piscina.

Ele encarou duramente a lateral do meu rosto e por fim falou:

– Estou tentando te ajudar, Isa.

– Ajudar? – A indignação arrancou a palavra da minha garganta. – Como me humilhar na frente de todo mundo vai me *ajudar*?

– Eu não humilhei você. Perguntei sobre algo que você nos prometeu. – A boca de Gabriel se estreitou. – Todo mundo sempre te mimou porque você é a mais nova, mas agora você é adulta. Palavras e atitudes têm consequências. Promessas têm que ser cumpridas. Fomos pacientes durante anos enquanto você "se descobria" em Nova York. – Ele fez aspas no ar com os dedos. – Obviamente, não deu certo.

Cada palavra me atingiu com a força e a precisão de uma bala guiada. As frágeis paredes da minha indignação desabaram tão rapidamente quanto tinham se erguido, deixando-me exposta e em carne viva.

Agora você é adulta.

Promessas têm que ser cumpridas.

Esse sempre foi meu problema, não foi? Eu nunca conseguia cumprir uma promessa feita a mim mesma.

Prometi que teria terminado o livro até aquele dia e não consegui. Disse que abdicaria dos homens depois do meu ex e não fiz isso. Prometi priorizar meu trabalho no Valhalla e, bem, todo mundo sabia que fim *aquilo* tinha levado.

Não me arrependia de ter ficado com Kai, mas o peso de meus fracassos deixava buracos em meu peito.

– Você sabe o que diz a cláusula – disse Gabriel. – Descubra sua paixão e tenha uma carreira estabelecida até os trinta, conforme eu e a mamãe decidimos, ou perderá sua herança.

Aquela cláusula era o maior poder que Gabriel detinha sobre mim. Quando nossa mãe a adicionou, ele já trabalhava para ela e, na prática, atuava como chefe da família, por isso fazia sentido incluí-lo como juiz e árbitro.

O peso em meu peito aumentou cada vez mais, fazendo lágrimas surgirem em meus olhos.

Eu não me importava tanto com o dinheiro. Obviamente, não queria perdê-lo, mas perder minha herança significava mais do que abrir mão de milhões. Significava, sem sombra de dúvida, que eu havia fracassado quando todos os outros tiveram sucesso.

– Você não precisa me lembrar disso – falei baixinho. – Eu sei.

– Você ainda tem um ano. Volte para casa. Vamos resolver isso juntos.

– Voltar para casa não vai mudar nada, Gabe. – Eu não podia sair de Nova York. Com exceção da minha família, todos e tudo que eu amava estavam lá. – Só vai piorar as coisas.

Ele estreitou ainda mais a boca.

– Em Nova York você não presta contas a ninguém. Não tem ninguém te estimulando. Se ficar lá, você nunca…

– Pare.

Mil vozes amontoadas na minha cabeça lutavam por atenção. A minha. A de Gabriel. A de meus pais. Kai. Leonora Young, Parker, Felix e todas as outras pessoas que decepcionei de uma forma ou de outra.

Eu não humilhei você. Perguntei sobre algo que você nos prometeu.

Corra atrás dos seus sonhos.

Você vai terminar. Você é forte demais para não dar um jeito.

Você e meu filho não combinam.

O clube tem uma regra estrita de não envolvimento. Está claro no seu contrato de trabalho.

Está quase terminando, não é?

– Apenas pare. – A emoção embargou minha voz. – Eu não vou voltar. Me deixe resolver as coisas sozinha, está bem?

Eu não sabia o que ia fazer, mas sabia que não conseguiria fazer nada com Gabriel me rondando. Seu julgamento acabaria com qualquer liberdade de pensamento.

Uma longa pausa se seguiu.

Então ele se levantou, sua sombra me envolvendo sob as luzes do pátio.

– A escolha é sua – disse ele, seu tom frio e reprovador. – Mas não diga que eu não avisei.

Um segundo depois, a porta se fechou atrás dele, deixando-me sozinha em meio à escuridão e à tristeza.

CAPÍTULO 36

– EU QUERO QUE ISSO SEJA FEITO de forma limpa. Nada de chantagem, nada de burlar a lei. Não quero que nenhuma atividade ilegal possa ser vinculada a mim.

– Se você insiste. – O sotaque suave de Christian Harper cruzou a linha. – Preciso dizer que já faz um tempo que não negocio com alguém de princípios tão inflexíveis. Chega a ser revigorante.

Somente Christian pronunciaria a palavra *princípios* com tanto desdém.

Recostei-me na cadeira e bati a caneta na mesa. Tentava manter o mínimo de contato com ele, mas quando se tratava de desenterrar trilhas digitais e cavar podres alheios, Christian era incomparável. Era a única pessoa capaz de conseguir o que eu precisava antes da cerimônia de nomeação do novo CEO, na semana seguinte.

Trechos da minha conversa com Tobias na sexta-feira me vieram à mente. De início, ele relutou em falar, mas a amargura e o ressentimento se provaram métodos eficazes para soltar a língua dele. Em meia hora, ele já tinha contado o verdadeiro motivo da retirada de sua candidatura: um envelope contendo fotos espontâneas de sua filha tiradas ao longo de dois meses e um bilhete anônimo ameaçando machucá-la se ele não abandonasse a corrida pelo cargo de CEO.

Uma fúria borbulhante escaldou minhas veias, mas me forcei a ignorá-la para poder me concentrar na tarefa em questão. Eu precisava planejar meus passos seguintes com cuidado, ou tudo iria por água abaixo.

– Preciso das provas até o final do expediente de amanhã – comuniquei. – Você consegue?

– Fala sério. Esse trabalho é brincadeira de criança. – Christian parecia entediado. – Eu já encontrei o que você precisa. Acontece que o seu intrépido COO andou envolvido em um programa bem grandinho de espionagem e sabotagem corporativa. Ele contratou investigadores particulares para seguir os principais membros do conselho e executivos seniores durante meses. Pode ser que você reconheça alguns dos nomes. Tobias Foster, Laura Nguyen, Paxton James... Kai Young.

– Todos os candidatos a CEO – falei, sem emoção. – Que coincidência.

Eu já havia suspeitado de Russell depois do deslize de Victor. Independentemente de sua improvável eleição, Victor o mencionara com uma familiaridade que ia além da simpatia profissional entre pessoas de origens modestas que haviam batalhado para chegar ao topo. O cargo de Russell como COO também lhe dava acesso a praticamente qualquer coisa na empresa, incluindo arquivos confidenciais, e-mails internos e registros de bate-papo. Nem mesmo investigadores particulares eram capazes de desenterrar informações desse tipo.

Isso era uma grande vantagem sobre os membros votantes, a maioria dos quais não teria votado nele em vez de em mim, em Paxton ou em Laura sem uma forte motivação.

No entanto, eu precisava de uma confirmação externa das minhas suspeitas e do escopo de suas atividades, o que Christian acabara de me dar.

– Ele foi esperto – afirmou Christian. – Incluiu um investigador falso atrás dele próprio para que seu envolvimento não fosse óbvio se alguém descobrisse a espionagem e escondeu os pagamentos usando várias contas de fachada. Levei cerca de uma hora para desmascará-lo. Os detalhes estão no cofre, junto com as comunicações dele com Victor e vários membros do conselho.

Abri o cofre digital que Christian havia compartilhado comigo e olhei os arquivos.

Chantagem. Coerção. Conspiração. Russell tinha andado ocupado.

– Imagino que vou ver algumas dessas fotos nos noticiários em breve... – disse Christian, soando bastante indiferente.

– Só depois da cerimônia de nomeação.

Olhei para uma foto de Victor e Russell se encontrando debaixo de uma ponte. Era uma cena tão clichê que quase dei risada. Eles pareciam até atores de um drama policial de baixo orçamento.

– Eu não quero estragar o momento da revelação ao vivo.

– Claro. – Desta vez, a voz de Christian soou um tanto satisfeita. – É muito mais dramático assim.

Discutimos alguns detalhes pendentes antes de eu desligar e me deslogar do cofre. Minha fúria anterior diminuiu e foi substituída pela clareza de alguém de cabeça fria.

Pedir a Christian que passasse o meu caso na frente me custaria caro no futuro. Seus honorários eram exorbitantes, mas ele negociava mais favores do que dinheiro.

Eu pensaria nisso depois. Na semana anterior, havia afundado no choque pela perda. Naquela semana, tinha conseguido um novo propósito: expor Russell e forçar a votação de um novo CEO. De acordo com o estatuto da empresa, se um novo CEO fosse considerado incapaz de exercer o cargo antes de sua nomeação oficial, o comitê teria quatorze dias para selecionar um substituto.

Victor estava certo em relação a uma coisa. Minha arrogância havia me custado o cargo de liderança na primeira vez porque eu me recusara a pedir ajuda; não cometeria o mesmo erro duas vezes.

Peguei o celular novamente, sendo tomado por um sentimento de vitória iminente. Tinha seis dias para montar meu plano, mas a parte mais difícil já estava feita.

Agora era hora de recuperar a empresa da minha família.

CAPÍTULO 37

Isabella

QUANDO O NATAL-ANIVERSÁRIO-ANO-NOVO-PALOOZA terminou, eu estava mental, física e emocionalmente exausta. Muitos sorrisos forçados, dias de dezesseis horas e olhares preocupados de meus outros irmãos quando achavam que eu não estava reparando.

Tentei dormir durante o voo de volta para Nova York, mas minha mente estava atormentada pela indecisão quanto a meus próximos passos.

Eu *queria* terminar meu livro, mas, se ainda não tinha conseguido, provavelmente jamais conseguiria. Deveria simplesmente desistir em vez de perder meu tempo correndo atrás de algo que nunca conquistaria.

Eu gostava de trabalhar com Alessandra e era boa no meu trabalho. Talvez eu me tornasse assistente em tempo integral. Era mais fácil seguir instruções do que criar algo do zero, e preferia trabalhar para ela do que para Gabriel.

Em Nova York você não presta contas a ninguém.

A escolha é sua. Mas não diga que eu não avisei.

Meu peito apertou enquanto destrancava a porta do meu apartamento e acendia as luzes.

Eu já sabia o que Gabriel diria. Ele me repreenderia por desistir, me pressionaria para trabalhar no hotel e insistiria para que eu voltasse para casa em vez de desperdiçar meu tempo em Nova York, tudo naquele tom irritantemente calmo de quem se acha muito mais esperto que todo mundo.

Às vezes, seu comportamento inabalável me lembrava Kai, embora Kai fosse infinitamente menos irritante e mais encorajador.

Meu coração ficou apertado outra vez quando pensei em Kai e no que eu tinha que fazer, mas afastei o pensamento.

Não se preocupe com isso até que seja necessário.

Tomei banho, desfiz as malas e disse oi para Monty. Eu o havia alimentado antes de partir, então ele passaria mais uma semana satisfeito.

– E aí, meu bem, sentiu saudades de mim?

Acariciei sua pele fria com uma das mãos enquanto ele se enrolava em meu outro braço e exibia a língua em saudação. Répteis não eram capazes de sentir emoções como os humanos, mas eu poderia jurar que seus olhos brilharam de preocupação quando ele olhou para mim. Ou talvez o cansaço estivesse me fazendo ver coisas.

Fiz um último carinho em Monty antes de soltá-lo de volta em seu viveiro.

Tirei da bolsa o novo thriller de Ruby Leigh, que comprara no aeroporto, e estava me preparando para mergulhar em uma noite tranquilizante de sexo e assassinatos quando a campainha tocou.

Resmunguei.

– *Sempre* toca depois que já estou acomodada.

Joguei o cobertor de pelo sintético para o lado e caminhei, descalça, até a porta. Olhei pelo olho mágico, esperando ver a senhora do 4B que sempre me pedia para consertar o Wi-Fi dela.

Cabelo preto. Óculos. Maçãs do rosto marcadas. Kai.

Meu coração afundou vários centímetros.

– Comprei pizza no caminho – disse ele quando abri a porta. – Muçarela e alho, sua favorita.

Ele entrou, parecendo ainda mais inacreditavelmente bonito do que o normal, em uma camisa social azul-clara e terno cinza-escuro. Devia ter vindo direto do trabalho.

– Obrigada. – Abri um sorriso fraco, tentando ignorar os nós de tensão que se formavam em meu estômago. – Você chegou na hora certa. Eu estava prestes a pedir comida.

Kai me deu um beijo rápido. Não tivéramos oportunidade de conversar durante o fim de semana porque eu estava ocupada demais com minha família, mas ele agiu de modo espontâneo e relaxado quando nos acomodamos em minha mesa de jantar e devoramos a pizza. Eu não o via tão sereno assim desde antes da eleição.

– Você parece contente. Aconteceu alguma coisa no trabalho?

Um sorriso apareceu em seu rosto.

– Podemos dizer que sim.

Ouvi, boquiaberta, enquanto ele contava o que havia acontecido nos últimos dias. Quando Kai terminou, meu queixo estava praticamente arrastando no chão.

– Espera. Russell estava *espionando* os candidatos e chantageando os membros do conselho para que votassem nele? Como assim?

Minha cabeça girava. Eu não conseguia compreender aquele nível de sujeira; parecia algo saído de um programa de TV, não da vida real.

– Ele se concentrou em derrubar o Tobias e eu, já que éramos seus maiores adversários – explicou Kai. – Ele não tinha como me chantagear para retirar a candidatura, já que a empresa é da minha família e as pessoas jamais acreditariam que eu tinha desistido por vontade própria, então me atacou de uma forma diferente. Ele não mexeu com a maioria dos membros do conselho. Só pressionou os que já estavam em cima do muro para votar nele.

– Incluindo Richard?

As feições de Kai endureceram.

– Não. Richard supostamente votou no Paxton.

Ou seja, o contato de última hora de Kai com Richard não tinha dado em nada. Isso devia ter deixado Kai profundamente irritado, considerando a forma como ele engolira seu orgulho para pedir o apoio do sujeito.

– Você não disse que o Russell não queria ser CEO? – perguntei.

Russell trabalhava na Young Corporation havia mais de uma década. De acordo com Kai, ele odiava lidar com assuntos externos, então por que se esforçaria tanto para ser a cara da empresa?

A boca de Kai se comprimiu em uma linha fina.

– Cometi um erro de julgamento.

Vindo de alguém acostumado a estar certo o tempo inteiro, era uma grande admissão.

Os nós em meu estômago se apertaram enquanto ele descrevia seu plano de expor Russell e forçar uma nova votação, que Kai certamente venceria se a primeira parte de seu plano fosse bem-sucedida.

Não duvidei nem por um segundo que ele *teria* sucesso. Era o Kai. Quando focava em alguma coisa, sempre conseguia.

Além de Russell, a única razão para ele ter perdido foi porque eu o distraí. Se não fosse por mim, ele poderia ter pegado Russell antes e não teria que lidar com tudo aquilo.

– Chega de falar de trabalho. E você? – perguntou Kai. – Como foi o Natal-aniversário-Ano-Novo-palooza?

Por alguma razão, ouvi-lo pronunciar Natal-aniversário-Ano-Novo-palooza com aquela voz sofisticada fez minha garganta fechar.

Ele tinha se exposto a tantas situações ridículas e imprudentes por minha causa, e eu não valia a pena.

– Foi bom.

Remexi a borda da pizza, incapaz de encará-lo.

– Você usou esse mesmo tom quando perguntei se gostava de James Joyce – disse ele em um tom seco.

Estremeci com o comentário. Ler *Ulisses* havia consolidado minha opinião de que, primeiro, clássicos não eram para mim e, segundo, fluxos de consciência me faziam querer arrancar os olhos.

– Foi bom rever a minha família. – *Exceto Gabriel.* – Mas eu... – Parti outro pedaço da borda. – Eu, hã... Eu não terminei meu manuscrito a tempo.

Com a loucura em torno da votação para CEO, não havíamos discutido o avanço do meu livro antes de eu viajar. Sentia-me ainda pior ao admitir meu fracasso para Kai do que para minha família. Ele tentara muito ajudar, com as máquinas de escrever e as sugestões para superar meu bloqueio criativo, e mesmo assim eu o decepcionei.

– Tudo bem – disse ele, gentilmente. – Você vai terminar. Não era um prazo definitivo.

Antes, sua fé inabalável havia me fortalecido. Agora, só fazia com que eu me sentisse pior, porque eu não a merecia.

– Talvez não com uma editora, mas para a minha família era.

Dei a ele um breve resumo do que acontecera no aniversário da minha mãe. A ansiedade vibrava, estridente e tensa, como se eu estivesse sentada naquela sala, murchando sob o olhar inquisidor da minha família mais uma vez.

Quando finalmente ergui os olhos, meu estômago se revirou com a sombra que cobria o rosto de Kai.

– Seu irmão é um babaca – disse ele.

A frase foi tão direta e pouco característica dele que me arrancou uma gargalhada.

– Sim, ele se orgulha disso. – Meu sorriso derreteu tão facilmente quanto se formou. – Mas ele não estava errado. Nem… – Eu me forcei a respirar fundo. *Só fale logo.* – Nem a sua mãe. Sobre nós dois.

E, de repente, o ar mudou. A leveza desapareceu, dando lugar a uma tensão espessa e arrepiante que me estrangulou como uma videira espinhosa.

Kai ficou estranhamente imóvel.

– E o que isso significa?

Meu coração vacilou.

– Significa que a gente não combina – falei, forçando as palavras a passarem pelo nó em minha garganta. – E deveríamos… deveríamos sair com outras pessoas.

Tropecei na última metade da frase. Saiu instável e entrecortada, como se tivesse sido arrastada por arame farpado ao subir pela minha garganta.

Eu não sabia de onde vinha aquela afirmação, porque a última coisa que eu queria era sair outra pessoa ou ver *Kai* com outra pessoa, mas falar era a única maneira de manter minhas emoções sob controle.

Kai estava com o olhar sério, uma planície insondável de granito.

– Sair com outras pessoas.

– Você está passando por muita coisa na empresa e no trabalho, e eu tenho muitas coisas para resolver. – Despejei as justificativas antes que perdesse a coragem. – Somos uma distração um para o outro. Quer dizer, foi divertido enquanto durou, mas nunca tivemos futuro. Somos muito diferentes. Você sabe disso.

As palavras tinham gosto de cianeto: amargo e venenoso o suficiente para fazer meu coração parar de bater.

– Era só isso, então? – perguntou Kai baixinho. Ele ainda não tinha se movido. – Estávamos só nos *divertindo*?

A infelicidade fechou minha garganta. Eu estava me afogando outra vez, me odiando e me sentindo impotente. Se eu fosse alguém de fora me observando fazer o que estava fazendo, gritaria para eu parar de ser estúpida. Eu tinha um homem lindo, brilhante e *incrível* – um homem que me apoiava e me encorajava, que me beijava como se eu fosse seu oxigênio e que fez com que eu me sentisse compreendida pela primeira vez na vida, e eu o estava afastando.

Não porque não gostasse dele, mas porque gostava dele demais para atrapalhá-lo ou fazer com que se ressentisse de mim no futuro. Um dia, ele acordaria e perceberia que eu era muito menos do que ele pensava, e isso acabaria comigo. Eu estava salvando nós dois de um inevitável desgosto antes que nos envolvêssemos demais.

Vocês já estão envolvidos demais, sussurrou uma voz antes que eu a calasse.

– Sim. – Forcei a resposta a passar por meus lábios rígidos. – As festas de fim de ano, a sala secreta, a ilha privativa... foram experiências incríveis e não me arrependo de nenhuma delas. Mas não dá para manter nada disso. Nunca... – A frase morreu, inundada de lágrimas. – Nunca teria como durar para sempre.

Algo quente e úmido escorregou pela minha bochecha, mas não me incomodei em secar. Meus olhos estavam muito cheios, meu peito, muito apertado. Eu não conseguia respirar rápido ou fundo o suficiente, e tinha certeza de que morreria ali, naquela mesa, com a alma vazia e o coração em pedaços.

Um músculo se contraiu na bochecha de Kai, sua primeira reação visível desde que eu começara o assunto.

– Não faça isso, Isabella.

Mãos de aço esmagaram meus pulmões ao ouvir meu nome naquele tom rouco e dolorido.

– Você vai ser mais feliz com alguém como a Clarissa – continuei, me odiando mais a cada segundo. Minha voz estava tão grave e embargada que soava irreconhecível aos meus próprios ouvidos. – Você precisa de alguém como ela. Não como eu.

Outra lágrima escorreu pelo meu queixo e caiu no meu colo. Depois outra e outra, até que eram muitas para contabilizar e se fundiram em um rio incessante e interminável de tristeza.

– Pare com isso. – Os dedos de Kai se curvaram em punhos fechados com articulações brancas. – Se eu quisesse alguém como a Clarissa, eu estaria com a Clarissa, mas não estou. *Eu quero você.* A sua risada, o seu sarcasmo, as suas piadas inapropriadas e seu estranho amor por livros eróticos com dinossauros...

Uma pequena risada floresceu no deserto da minha dor. Só Kai era capaz de me fazer rir em um momento como aquele. *E pensar que já o achei chato.*

O sorriso fugaz dele encontrou o meu antes de desaparecer.

– Estamos tão perto, Isa. O Valhalla, o *National Star*, a votação para CEO... Nada nos impede de ficar juntos. Não desista de nós. Não agora. Não desse jeito.

Meu breve momento de leveza morreu.

A dor em sua voz combinava com a que me consumia. Era pior do que as vezes em que quebrei o braço ou cortei a mão sem querer, porque não era física. Era emocional, e foi tão fundo em minha alma que eu tive certeza de que nunca mais conseguiria desenterrá-la.

Uma dor dilacerante, que avassalava a alma e que desafiava a capacidade de respirar.

Eu queria acreditar em Kai. Queria mergulhar em sua confiança e deixar que ela me levasse, porque compreendia a ironia de terminar quando os obstáculos para nossa relação tinham sumido. Mas não se tratava de obstáculos externos. Tratava-se de quem éramos como pessoas, e éramos fundamentalmente incompatíveis.

Uma faixa invisível envolveu meu corpo, esmagando meu peito.

Ele era bem-sucedido e motivado; eu era inconstante e leviana.

Ele alcançava todos os objetivos que pretendia; eu mal conseguia manter um emprego por mais de um ano.

Nossas vidas haviam se entrelaçado por um breve e glorioso momento, mas, no fim das contas, seguíamos caminhos diferentes. Em algum momento, nos afastaríamos demais para ficarmos juntos sem que um ou ambos sofressem.

Eu me abracei, tentando me manter firme quando estava lentamente me despedaçando.

– Me desculpe – sussurrei.

Minha querida.

Me desculpe.

Dois pares de palavras. Duas configurações. Ambas devastadoras de maneiras totalmente diferentes.

Senti mais do que ouvi o impacto da minha frase sobre Kai. Uma onda de choque cruzou o ar e marcou o rosto dele com uma agonia ardente. A reação dele foi angustiantemente silenciosa e devastadoramente intensa; tudo muito nítido no movimento irregular de seu peito e no brilho de seus olhos.

Ele estendeu a mão para mim, mas eu me abracei com mais força e balancei a cabeça.

– Não dificulte ainda mais as coisas. – Lágrimas escaldavam minha pele. – Por favor, Kai. Por favor, só vá embora.

Meus soluços se libertaram. Ondas de dor se desenrolaram dentro de mim, batendo contra minhas defesas e me arrastando sob sua fúria terrível e feroz, até que me afoguei em angústia.

Kai não era do tipo que ficava quando não queriam sua presença. Era orgulhoso demais, bem-educado demais. Mesmo assim, ele permaneceu ali, sua angústia um espelho tangível da minha, antes de finalmente partir e o ar esfriar.

Não ouvi a porta se fechar. Não senti a madeira dura machucando minha pele quando caí no chão nem ouvi meus soluços ofegantes.

A única coisa que existia na ausência de Kai era o nada.

CAPÍTULO 38

Kai

A CERIMÔNIA DE NOMEAÇÃO do novo CEO era realizada no salão de um hotel em Londres. Todos os executivos da Young Corporation estavam presentes, assim como alguns funcionários locais e VIPs "amigos da empresa".

Era a ocasião perfeita para uma humilhação, mas eu não conseguiria saborear o momento tanto quanto gostaria.

Por favor, só vá embora.

A lembrança da voz e do rosto angustiados de Isabella me consumia feito ácido. Não tinha falado com ela desde que saí de seu apartamento, na semana anterior, mas ela me assombrava a cada segundo de cada dia.

Tudo me lembrava ela: livros, álcool, até a cor roxa. Estava sendo particularmente insuportável naquela noite, porque o pavão roxo do logotipo da empresa adornava tudo, desde o púlpito até as bolsinhas de presentes em cada assento.

Contraí a mandíbula e me concentrei no palco, tentando ignorar o aperto agonizante em meu peito.

Até então, a noite avançava tranquilamente. O jantar havia transcorrido sem maiores problemas, e minha mãe estava concluindo seu discurso com notável compostura. Se Leonora Young estava chateada por ceder o controle da empresa de sua família a alguém de fora, não demonstrava. Sua voz soou genuinamente sincera quando ela agradeceu ao conselho e aos funcionários pelo apoio durante sua gestão e chamou Russell ao palco.

Eu sabia a verdade. Por dentro, ela estava flamejando de raiva.

Meus ouvidos ainda estavam zumbindo pela nossa ligação pós-votação. Ela não sabia das manipulações de Russell e culpara Isabella pela minha derrota.

Eu disse que ela era uma distração... Se você tivesse me ouvido, jamais teria perdido... Nossa família nunca vai se recuperar...

Não nos faláramos desde então.

O salão saudou seu discurso com aplausos estrondosos. Minha mãe apertou a mão de Russell, seu rosto uma imagem de profissionalismo cuidadosamente construída, antes de voltar para sua mesa.

Minha mão se fechou na haste de minha taça de vinho enquanto Russell subia ao púlpito após a saída dela, tendo uma recepção menos calorosa.

Altura mediana, constituição mediana, cabelo castanho e olhos castanhos. Ele era o tipo de pessoa que se misturava tão perfeitamente no ambiente que praticamente desaparecia. Eu nunca o havia considerado uma ameaça, mas por fim enxergava sua fachada nada memorável pelo que realmente era: um disfarce magistral, aprimorado e aperfeiçoado ao longo de anos operando despercebido.

Minha pele formigava.

Era Russell quem falava, mas todos os olhares estavam voltados para mim, à espera de uma reação que eu jamais teria.

Se as pessoas queriam um show, logo o teriam. Só não seria protagonizado por mim.

Do outro lado da mesa, o olhar de preocupação de Vivian – com Isabella, com a votação para CEO ou com as duas coisas – abria um buraco em minha bochecha. O Russo Group era responsável por mais de cinquenta por cento da publicidade impressa da nossa empresa, por isso Dante recebia convites para todos os eventos importantes. Ele normalmente recusava, mas tinha aparecido naquela noite pelo "entretenimento", nas palavras dele.

Dante e Vivian eram os convidados de honra da minha mesa, como a maioria dos grandes anunciantes. Minha mãe reinava em uma mesa ocupada por membros do conselho, enquanto Tobias, Laura e Paxton ocupavam assentos perto do palco. Eles assistiam a Russell falar com expressões que alternavam raiva, desgosto e contemplação. Ele não havia considerado Laura nem Paxton ameaçadores o suficiente para chantageá-los, mas eu me perguntava o que eles diriam quando descobrissem que Russell andara os espionando.

– Quero agradecer em especial aos membros do conselho que acreditaram em mim... – prosseguiu Russell, sem saber que seus quinze minutos de fama estavam prestes a chegar ao fim.

Ignorei a preocupação de Vivian e examinei o salão. Ficava grato pelo afeto dela, mas eu tinha um único objetivo aquela noite.

Minha expectativa aumentou quando a porta de serviço do salão se abriu e meia dúzia de garçons entrou. Cada um carregava uma pilha de pacotes do tamanho de um cardápio, que foram distribuídos discretamente aos convidados enquanto Russell falava.

A reação deles foi rápida.

Uma confusão, seguida de murmúrios estupefatos, tomou conta do público quando todos receberam os papéis.

Russell hesitou conforme o barulho foi aumentando, mas seguiu em frente.

– ... prometo cumprir minhas funções como CEO da melhor maneira possível...

Os murmúrios ficaram mais altos. As pessoas estavam ficando agitadas; talheres tilintaram, corpos se remexeram e tosses e arquejos pontuaram a tensão crescente.

– Desgraçado. – A risada suave de Dante cortou o tumulto. – Não achei que ele tivesse coragem para isso.

Na semana anterior, eu lhe dera um panorama da situação de Russell, mas não compartilhara os detalhes divulgados aos cento e tantos convidados presentes.

– O que está acontecendo? – sussurrou Vivian. – Achei que fosse uma cerimônia de transferência do cargo.

– E é, *cara mia*. – Dante ainda estava rindo. Ele passou um braço em volta da esposa e beijou sua cabeça. – Só não será do jeito que você estava imaginando.

Dei um gole no vinho e voltei minha atenção para o palco. A satisfação tomou meu peito quando vi o suor cobrindo o rosto de Russell. *A situação está prestes a piorar muito para você.*

Com a ajuda de Christian, eu tinha editado um vídeo especial com destaques das transgressões de Russell: pagamentos a detetives particulares;

instruções para que os referidos detetives seguissem membros do conselho e executivos de alto escalão; e-mails conspirando com Victor, um concorrente da nossa empresa, para prejudicar minha reputação.

O clamor chegou a um ponto em que abafou o discurso de Russell.

Ele finalmente parou de falar, seus olhos percorrendo o salão. Uma mistura de alarme e raiva apareceu em meio às rachaduras de seu comportamento afável.

– O que é isso? – questionou ele. – O que está acontecendo?

De modo geral, eu não sentia prazer diante do infortúnio alheio, mas, no caso dele, era merecido.

Alisei a gravata com a mão. Ao sinal combinado, os técnicos diminuíram as luzes e ligaram a tela de projeção atrás de Russell.

A apresentação de slides com os pontos altos da carreira da minha mãe deu lugar a fotos do encontro de Russell e Victor. Ao recado ameaçador para Tobias, ampliado e em alta resolução. A recados semelhantes enviados aos principais membros do conselho, coagindo-os. Russell fizera com que eles dividissem seu apoio entre ele, Paxton e Laura, a fim de que ele vencesse por uma pequena margem, diminuindo assim as suspeitas.

O salão veio abaixo.

Laura deu um pulo, com uma expressão mortífera, gesticulando freneticamente para Paxton, que parecia atordoado. Do outro lado dela, os olhos de Tobias brilhavam, sua boca contorcida com um prazer sombrio. Um copo se estilhaçou a várias mesas dali e diversos membros chantageados do conselho tentaram fugir discretamente antes que o olhar cortante de minha mãe os paralisasse.

Ao contrário da maioria dos convidados, ela não reagiu às revelações na tela. Sua expressão refletia a de alguém na fila do supermercado, mas seus olhos, quando encontraram os meus, brilhavam de surpresa e de um orgulho feroz e inabalável.

Ela não precisou perguntar se eu era o responsável pelo caos. Ela já sabia.

Levantei-me e o salão ficou em silêncio tão rapidamente que foi quase cômico. Todos os olhos se voltaram para mim enquanto eu subia ao púlpito e pegava o microfone das mãos congeladas de Russell.

Ele não tinha se mexido desde que o projetor fora ligado. A cor havia desaparecido de seu rosto, mas, fora isso, ele parecia ter dificuldade em compreender a mudança abrupta no curso dos acontecimentos.

– Peço desculpas por interromper seu discurso – falei, falsamente educado. – Entendo que você esteja bastante entusiasmado por ter sido eleito CEO. No entanto, antes de concluirmos oficialmente a nomeação, talvez você queira compartilhar com a empresa suas atividades extracurriculares. Parece adequado, considerando que todos têm um papel crucial nelas.

Como as evidências estavam à vista de todos, fiz um resumo bem breve. Espionagem, conspiração com um concorrente, uso de registros de funcionários para fins pessoais e antiéticos. A lista era longa.

– Isso é absurdo. – O nervosismo deixou a risada de Russell estridente. – Eu entendo que você esteja chateado por perder a votação, Kai, mas me incriminar por...

Fiquei tamborilando no púlpito. Um segundo depois, um vídeo substituiu as fotos na tela.

Russell e Victor no escritório-satélite da Black & Co. na Virgínia discutindo detalhadamente como e quando publicar as matérias sobre mim e Isabella. A conversa logo mudou para o pagamento de Victor – uma quantia considerável em dinheiro e a promessa de Russell de lhe dar diversos furos de reportagem no futuro, caso fosse escolhido como CEO.

Obrigado, Christian.

As fotos e os documentos eram contundentes, mas o vídeo foi o golpe fatal.

Pânico inundou os olhos de Russell. Ele se virou, mas devia ter percebido que não tinha para onde ir, porque não tentou fugir enquanto eu encerrava o show da noite.

– Você tem razão. Eu *estou* chateado por perder a votação – afirmei, minha voz soando férrea. – Estou chateado por ter perdido para alguém que trapaceou para ganhar. Você era um bom COO, Russell. Poderia ter competido de forma justa em vez de mentir e manipular as mesmas pessoas que prometeu servir.

– De forma justa? – A frase trouxe uma violenta onda vermelha ao seu rosto. – *De forma justa?* Não há nada de *justo* nesse processo e você sabe disso. Trabalhei duro para a empresa por vinte anos, dez deles como COO. Eu deveria ser o primeiro na linha sucessória, mas no minuto em que você apareceu, recém-saído da faculdade, com seus diplomas chiques e seu sobrenome, as pessoas começaram a se curvar como se você já estivesse no comando. Bem, estou farto disso.

As mãos de Russell se fecharam em punhos.

– Esse processo para CEO foi uma farsa. Todo mundo sabia que você ia vencer apenas por ser um Young. Eu só fui incluído por pena, apesar de tudo que fiz pela empresa. Enquanto Leonora estava ocupada viajando e você correndo atrás de negócios improváveis, *eu* mantive as luzes acesas e os escritórios funcionando. Eu mereço reconhecimento, porra, e me *recuso* a servir um arrogante pretensioso que acha que é melhor que todo mundo!

Sua voz foi aumentando a cada palavra, até ecoar feito uma trovoada pelo salão. Uma veia latejava em sua testa e gotas de saliva escapavam de sua boca. O fedor de raiva e indignação derramava-se sobre ele em ondas espessas, fazendo meu estômago se revirar.

Aquele era um homem que vinha reprimindo seus sentimentos por anos, se não décadas. Um homem que acreditava tão piamente em seu martírio que não via nada de errado no que fez. Em sua opinião, ele tinha todo o direito de mentir, trapacear e chantagear para chegar ao topo porque "merecia".

Eu não era imune aos meus defeitos. Olhando em retrospecto, admitia que ele era tão merecedor do cargo de CEO quanto eu. A única diferença era que eu não tinha fodido com a vida de outras pessoas para tentar conquistá-lo.

Mantive meu olhar firme no dele.

– Você diz tudo isso – falei, cada sílaba uma faca afiada. – No entanto, considerava o Tobias um adversário forte o suficiente para ameaçá-lo e o obrigou a retirar a candidatura. Se o problema fosse eu, você poderia ter se preocupado só comigo e deixado ele em paz. Mas não fez isso, não é? Porque você sabe que, por trás dessas suas justificativas e desculpas, você simplesmente não é tão bom assim.

O golpe baixo acertou com precisão infalível. O que ainda restava de cor no rosto de Russell desapareceu. Sua boca abriu e fechou, mas nada saiu.

Eu normalmente não recorreria a ataques *ad hominem*, mas ele tinha feito da minha vida e da de Isabella um inferno nas últimas semanas. Mesmo que não tivesse me atacado, eu nunca o perdoaria pelo que ele e Victor fizeram com ela.

O momento de silêncio acabou provocando uma reação comedida do conselho. Para minha surpresa, Richard Chu foi o primeiro membro a se manifestar e declarar inválida a seleção de Russell. Outros o seguiram e as coisas andaram rapidamente depois disso.

Quando os convidados confusos deixaram o salão, meia hora depois, Russell já havia sido destituído de seus títulos e responsabilidades na empresa, seu vice havia sido nomeado para o cargo interino e a votação do novo CEO fora marcada para dali a duas semanas. Haveria também uma investigação criminal sobre as atividades de Russell, além de um acerto de contas com o conselho, um quarto do qual havia sucumbido à chantagem por motivos variados, mas esses eram assuntos para outro dia.

– Kai. – Minha mãe me interpelou depois que eu me despedi de um Dante extremamente satisfeito e de uma Vivian em estado de choque. – Foi uma noite e tanto.

– Obrigado. Se eu perder a votação pela segunda vez, talvez eu siga a carreira de produtor de espetáculos – respondi secamente. – Parece que tenho talento para isso.

Ela abriu um sorriso leve.

Em meio à situação com Isabella, à visita-surpresa de minha mãe e à minha derrota inicial, nosso relacionamento tinha sido levado ao limite no último mês. No entanto, senti um pequeno degelo quando nos encaramos no salão já vazio, ambos orgulhosos demais para ceder primeiro, mas exaustos demais para continuarmos brigados.

– Você se saiu bem – disse ela por fim. Fazer o primeiro elogio após uma discussão era sua versão de pedido de desculpas. – Eu nunca teria suspeitado de Russell. Depois de tantos anos...

– Ele enganou muita gente, inclusive a mim – respondi, também admitindo minha falibilidade.

Outro silêncio se estabeleceu. Nenhum de nós estava acostumado a ceder e aquelas concessões estragaram nosso jeito padrão de relacionamento.

– Foi uma noite longa. Conversaremos ainda esta semana, depois que as coisas se acalmarem – disse minha mãe.

Concordei com um meneio de cabeça e ficamos por aí.

Foi uma conversa curta, mas era tudo de que precisávamos para voltar ao normal. Era assim que a família Young funcionava. Não fazíamos pedidos de desculpas sinceros ou prolongados; reconhecíamos o problema, resolvíamos e seguíamos a vida.

Saí do salão logo depois dela e voltei para minha suíte, mas não tinha chegado nem à metade do caminho quando minha adrenalina baixou. A sensação de sucesso por expor Russell desapareceu, substituída por uma dor penetrante e familiar.

Agora que estava sozinho, longe do barulho e da distração de outras pessoas, a voz de Isabella voltou à minha cabeça como um fantasma do qual não conseguia fugir.

Por favor, só vá embora.

A dor se tornou aguda.

Contraí a mandíbula e fui direto para o frigobar da suíte, mas não importava quantas doses eu tomasse, nunca conseguia atenuar o impacto da lembrança.

Seis dias. Quatro horas. Uma eternidade.

Aquela noite deveria ter sido uma de minhas maiores vitórias, mas, no ambiente tranquilo e luxuoso do meu quarto, achei difícil comemorar qualquer coisa.

CAPÍTULO 39

Isabella

— VOCÊ TRABALHOU SEM PARAR essa última semana. – Alessandra me olhou com preocupação genuína. – Quando foi a última vez que dormiu mais de três horas em uma noite?

Esfreguei meus olhos turvos.

– Eu não preciso dormir. Preciso terminar o site.

O cheiro delicioso de café expresso, pães e bolos envolvia o ambiente, mas cada pedaço de croissant tinha gosto de papelão. Não havia desfrutado de uma única refeição desde que voltara do Natal-aniversário-ano-novo-palooza, e a ideia de forçar mais comida garganta abaixo fez meu estômago se revirar.

Coloquei o prato de lado e tomei um gole de café.

Alessandra, Sloane e Vivian se entreolharam. Ocupávamos uma mesa de canto em uma nova cafeteria em Nolita, que estava lotada naquela manhã de sábado. Casais elegantemente vestidos, modelos e uma subcelebridade de uma nova série de drama de sucesso amontoavam-se em torno de mesas de madeira clara enquanto garçons circulavam com lattes e mimosas. Vasos de plantas pendurados no teto de vidro davam ao espaço arejado uma sensação de estufa.

Era o local perfeito para colocar a conversa em dia depois do retorno de Vivian de Londres e da viagem de trabalho de Sloane a Bogotá, mas todas estavam focadas em mim.

– Não, você precisa dormir – disse Sloane, direta como sempre. – Se essas bolsas embaixo dos seus olhos aumentarem mais, você vai precisar pagar taxa extra de bagagem.

Fiquei constrangida e precisei de toda a minha força de vontade para não olhar meu reflexo na câmera do celular.

– Muito obrigada.

– De nada. – Ela tomou um gole de seu café puro. – Amigas não deixam as outras andando por aí parecendo um guaxinim, mesmo que estejam na fossa.

Meu parco café da manhã subiu pela minha garganta.

– Eu não estou na fossa.

Não era como se cada respiração parecesse perfurar meus pulmões feito cacos de vidro. Eu não acordava todas as manhãs sentindo falta do calor dele nem pegava o celular para lhe mandar uma mensagem e de repente lembrava que não estávamos nos falando. Eu não o via em todos os lugares para onde olhava – nas páginas dos meus livros, nos acordes suaves de um piano ou no reflexo de uma vitrine pela qual passava. E eu definitivamente não ficava acordada, insone e inquieta, repassando cada memória que compartilhamos como se aquela fosse a minha vida, em vez da realidade em ruínas ao meu redor.

Não estava na fossa porque eu tinha feito aquilo comigo mesma. Eu não tinha o *direito* de estar na fossa.

Mas eu estaria mentindo se dissesse que não queria ouvir Kai fazer suas gracinhas sarcásticas mais uma vez. Só para que minha última lembrança dele não fosse a angústia em seu rosto e a consciência de que eu a tinha causado.

É cientificamente comprovado, minha querida.

Um soluço ecoou do meu peito. Virei a cabeça, olhos marejados, até recuperar o controle sobre minhas emoções. Quando voltei a erguer os olhos, minhas amigas me observavam com expressões suaves, mas que deixavam claro que sabiam de tudo.

Eu tinha pulado os detalhes de por que terminei com Kai. Apenas disse a elas que não estávamos dando certo e que eu precisava de um tempo sozinha, o que era verdade, mas dava para ver que elas não acreditavam.

Eu não as julgava. Também não acreditava em mim.

Felizmente, nenhuma delas me constrangeu e todas agiram como se eu não tivesse tido praticamente um colapso nervoso na mesa.

Sloane ergueu uma sobrancelha perfeitamente modelada.

– Foi por isso que você passou a última semana trabalhando como se estivesse cumprindo um prazo para o diabo? – perguntou ela, retomando sua preocupação com meus hábitos recentes.

– Sou muito boa de trabalho – respondi, agradecida por não ter que falar sobre meus sentimentos de manhã tão cedo. – É crime, por acaso?

– Não, mas você está trabalhando à exaustão – disse Vivian gentilmente. – Não é saudável.

Essa é a ideia. Uma vez exausta, eu não teria energia para pensar em Kai ou no pesadelo que era a minha vida. Não precisaria passar as horas acordada me perguntando onde ele estava e como estava, ou as horas dormindo sonhando com seu rosto, sua voz e seu toque.

Exausta era bom. Exausta era seguro.

– Estou bem – respondi. – Se eu desmaiar no meio do trabalho, *aí* vocês podem me repreender.

– Eu não...

– Como foi em Londres? – interrompi a resposta de Vivian.

Ela viajara com Dante para a cerimônia de nomeação do CEO da Young Corporation, o que não era a melhor opção para uma mudança de assunto, mas não consegui evitar.

Tinha lido a respeito da armação de Kai no noticiário. Em uma semana, ele derrubara um alto executivo e recuperara seu lugar na liderança na corrida pelo cargo de CEO. Enquanto isso, eu tinha queimado arroz, evitado as ligações de minha mãe e estabelecido um recorde pessoal de quantos dias seguidos era capaz de usar a mesma calça de moletom. Estava orgulhosa dele, mas aquilo tudo só ressaltava quanto éramos incompatíveis.

– Foi... interessante – disse Vivian. – Posso afirmar com segurança que nunca participei de um evento parecido.

– Isso é bom – respondi, engolindo o restante de minhas perguntas.

Como Kai estava? Ele estava acompanhado? Perguntou de mim?

Era hipócrita da minha parte esperar que a última resposta fosse sim. Fui eu que terminei, mas isso não mudava o fato de que sentia tanta falta dele que não conseguia respirar.

Vivian parecia prestes a dizer mais alguma coisa, mas, felizmente, Sloane recebeu um alerta de notícias sobre algum grande escândalo político e a conversa mudou para especulações sobre o futuro de um senador famoso.

O alívio devolveu parte do meu apetite. Tentei de novo comer meu croissant e achei um pouco mais palatável na segunda vez.

Minhas amigas tinham boas intenções, mas falar sobre Kai, mesmo que indiretamente, ativava meu vício. A única maneira de me libertar era arrancando o mal pela raiz, embora fosse mais fácil falar do que fazer. Eu ainda não tinha conseguido desligar os alertas de notícias programados com o nome dele.

Vou fazer isso esta noite.

Havia dito isso a mim mesma nas últimas três noites, mas daquela vez eu realmente cumpriria.

Enquanto Sloane discursava sobre o panorama da política moderna, eu vasculhei minha caixa de entrada para ver se havia algum e-mail urgente.

ÚLTIMO DIA! COMPRE UM, LEVE DOIS. 50% de desconto em nossa coleção!

Entre na nova estação com esses arranjos!

Re: Site Floria Designs

Eu estava prestes a clicar no mais recente e-mail do web designer de Alessandra quando o assunto da mensagem abaixo chamou minha atenção: *Envio de original para a Agência Literária Atlantic Prose.*

Meu coração subiu à garganta. Nunca havia feito contato com nenhuma agência literária, mas não pude resistir a clicar no que era obviamente um e-mail de spam.

Prezada Isabella,

Obrigada pelo envio. Li os capítulos iniciais do seu livro e adorei o seu estilo de escrita. Fiz alguns comentários no feedback em anexo. Você pode me reenviar depois de revisar?

– jill s

– O que foi? – perguntou Alessandra.

Minhas amigas encerraram a conversa sobre o senador e me encararam com as mais variadas expressões de curiosidade.

– Um e-mail de uma pessoa dizendo que é agente literária. – Meu batimento cardíaco subiu da garganta até os ouvidos. Eu não deveria ter tomado tanto café; estava a uma palpitação da morte. – Ela disse que leu meus primeiros capítulos e gostou, o que é mentira, porque nunca fiz contato com nenhuma agente.

O universo tinha um péssimo senso de humor. Eu já estava perdendo a cabeça por não conseguir terminar o livro; ele não precisava chutar cachorro morto.

– Qual é o nome da agente? – perguntou Sloane.

Como assessora de imprensa de alto nível, ela conhecia todo mundo em Nova York.

– Jill S? O S é de Sherman, segundo o endereço de e-mail dela. Eu não... O que foi? Por que você está me olhando desse jeito?

Os olhos de Sloane tinham se aguçado no segundo em que mencionei o nome de Jill.

– Isabella – disse ela lentamente. – Jill Sherman é uma das maiores agentes de thrillers da atualidade. Ela representa a Ruby Leigh. – Um raro traço de empolgação tomava a voz dela.

O choque tirou o ar dos meus pulmões. Ruby Leigh era minha autora favorita de thrillers eróticos, e foi quem me introduziu ao gênero. Eu tinha uma prateleira inteira dedicada aos livros dela. Ainda não tinha pesquisado agentes porque queria terminar meu manuscrito primeiro, mas consultar a agente de Ruby estava no topo da minha lista de tarefas pós-conclusão.

– Mas... eu não...

Como a agente de Ruby Leigh conseguira o meu e-mail? Será que era apenas alguém se passando por ela? Nesse caso, eu não entendia o porquê; o e-mail não continha links de *phishing* nem nenhuma solicitação de pagamento.

Quanto mais eu pensava a respeito, mais verdadeiro parecia.

Pedaços de croissant e café se agitaram ao lado de uma pequena e perigosa semente de esperança.

– Deixa eu ver o e-mail. – Sloane analisou a mensagem depois que passei o celular para ela. – É ela mesma. O e-mail é esse, a assinatura é essa. Ela sempre assina em letras minúsculas e só com a inicial do sobrenome, sem ponto final. Pessoas de fora do meio não teriam como saber disso.

– Isso não faz sentido. – Minha pulsação disparou quando assimilei as implicações do que ela estava dizendo. *Não é um golpe.* – A menos que ela tenha invadido meu computador, não tem como ela ter conseguido esses capítulos.

– Você mostrou seu manuscrito para alguém? – perguntou Alessandra.

– Não, eu... – O resto da frase foi engolido por uma lembrança espontânea.

Não sei ao certo se conta como um presente, porque não posso garantir que seja bom, mas você queria ler...

– Kai – sussurrei.

Uma dor intensa e inquietante reverberou em meu peito.

Ele não tinha dito nenhuma palavra a respeito do meu livro depois que lhe entreguei os primeiros capítulos. Por que os enviaria a uma agente sem me avisar?

– Porque ele gostou, Isa – disse Vivian suavemente, e eu percebi com um sobressalto que havia expressado meus pensamentos em voz alta. – Você conhece o Kai. Ele não teria mostrado a ninguém se não achasse bom.

Só que ele mostrou, e não a uma pessoa *qualquer*. À maior agente literária do gênero.

Sloane devolveu meu celular. Eu o peguei, minha garganta ardendo com as lágrimas não derramadas.

Não tinha a ver só com Kai ou com Jill. Tinha a ver com o fato de *alguém* acreditar em mim. O suficiente para enviar meu manuscrito para uma agência quando eu não tive coragem de fazer isso por conta própria; o suficiente para reservar um tempo e fazer comentários detalhados quando a caixa de entrada dela devia viver lotada de pedidos semelhantes.

Kai sempre disse que tinha fé em mim, mas vê-lo demonstrar era diferente de simplesmente ouvir. Eu tinha passado tantos anos internalizando meus fracassos que não acreditava em ninguém que não confirmasse minhas inseguranças. Havia conforto nas coisas familiares, mesmo que elas fossem uma droga. Ser insignificante era mais fácil do que me expor ao julgamento alheio.

– Bem, e o que você está esperando? – A voz de Sloane me puxou de volta à cafeteria.

Engoli as lágrimas e pisquei, tentando me reorientar no presente.

– O quê?

– O pedido da Jill, para revisar e reenviar para ela. – Sloane meneou a cabeça em direção ao meu celular. – Eu passei os olhos pelos comentários. Não é muita coisa. Você provavelmente consegue terminar de editar em uma semana.

– Que coincidência – disse Alessandra em tom inocente. – Você também está de folga da Floria na semana que vem. Eu vou... tirar umas férias.

Franzi as sobrancelhas.

– Você não tirou férias no final do ano?

– *Isa!*

Os suspiros de Sloane, Alessandra e Vivian formaram um coro exasperado.

– Está bem, está bem! Já entendi. – Uma pontada de animação brotou em meu sangue, apagando um pouco da minha melancolia. A agente da *Ruby Leigh* queria o *meu* manuscrito revisado. Por que eu ainda estava sentada ali? – Vocês se importam se... Eu tenho que...

– Se você não for embora agora, eu mesma te boto para fora – disse Vivian. – Vai!

– Boa sorte! – disse Alessandra. – Tome muita cafeína!

Acenei para elas por cima do ombro enquanto saía às pressas. Na pressa de pegar o próximo metrô para casa eu quase derrubei um casal que passava e pedi desculpas correndo. O homem gritou qualquer coisa, nada satisfeito, mas não me dei ao trabalho de parar.

Eu tinha um livro para editar – e concluir.

Na semana seguinte, acampei na cafeteria local durante o dia e me entupi de bebidas energéticas em minha mesa à noite.

Foi saudável? Não. Funcionou? Sim.

Jill não me dera um prazo para o reenvio, mas eu não queria correr o risco de cair outra vez em um bloqueio criativo. Precisava terminar as alterações e o restante do livro enquanto ainda estava feliz com o e-mail dela.

Andava tão paranoica sobre aquele livro que fora necessária a validação de uma pessoa de fora, profissional e neutra, para derrubar meu bloqueio criativo. As palavras jorravam como de um hidrante quebrado e, exatamente seis dias e oito horas depois de abrir o e-mail de Jill, respondi com meu manuscrito completo e revisado. Era um risco, considerando que ela não tinha pedido o livro completo, mas eu estava cansada de não arriscar. Quem não arrisca não petisca.

– Quer outro latte? – perguntou Charlie, meu barista favorito, enquanto recolhia meia dúzia de canecas vazias que lotavam minha mesa. Eram quase sete da noite; eu estava ali desde as oito da manhã. – Vamos fechar em dez minutos, mas posso preparar uma última bebida para você.

– Não, tudo bem. – Recostei-me, tonta e incrédula, enquanto olhava para a troca de e-mails na tela. Precisava aguardar a resposta de Jill, mas meu livro estava no mundo. Não havia como voltar atrás. – Terminei por hoje.

Fazia muito tempo que eu queria terminar meu manuscrito. Agora que tinha conseguido, sentia uma inexplicável pontada de tristeza. Eu tinha esquecido o quanto *gostava* de escrever. Conhecer os personagens, deixar que eles me levassem em suas reviravoltas, construir um mundo inteiro... Isso não se comparava a nada que eu já tivesse feito.

– Tem certeza? É por minha conta. Estou te devendo uma. – Charlie me deu um sorriso tímido. – Eu, hã... pedi minha namorada em casamento. Falando em tagalogue. E ela aceitou.

– Ai, meu Deus! – exclamei, me endireitando novamente.

Eu vinha ensinando frases aleatórias em tagalogue a Charlie toda vez que ia à cafeteria, mas não tinha dado muito importância quando ele perguntou como dizer "Quer se casar comigo?". Ele também já me perguntara como dizer "Sou jogador de futebol americano", o que ele definitivamente não era.

– Que incrível. Parabéns!

– Obrigado. – Ele estava roxo feito uma berinjela. – Enfim, como eu disse, o próximo café é por minha conta. Eu teria pagado um desses... – explicou ele, apontando para minhas canecas vazias – se você não tivesse pedido antes do meu turno.

– Imagina. Em vez disso, pode me retribuir me mostrando fotos do casamento. Eu sou intrometida nesse nível.

Charlie riu e concordou. Enquanto ele fechava a loja, peguei o celular e mandei uma mensagem para o nosso grupo.

Eu: Consegui. Mandei. 😌
Vivian: O manuscrito?
Vivian: Que incrível. Parabéns!
Sloane: Viu só? Eu disse que você ia conseguir
Sloane: Eu sempre tenho razão
Alessandra: Deveríamos sair e comemorar :)

Meu sorriso esmaeceu. Não tivera vontade de sair desde o término com Kai. Todas as vezes que tentava, me lembrava de nossa noite juntos na Verve e no Barber, e meu coração parecia estar sendo arrastado por brasas outra vez.

A frenética névoa criativa o havia afastado temporariamente de meus pensamentos, mas agora ele tinha voltado com força total.

Eu deveria ligar para ele. Para agradecer, para contar do meu feito, apenas para ouvir sua voz e não me sentir tão sozinha. Mas não queria que ele confundisse as coisas nem queria iludi-lo quando nossas diferenças ainda existiam. Além disso, ele talvez nem quisesse falar comigo. Não tinha notícias de Kai desde o término, provavelmente porque afirmei que queria espaço. Ainda assim, eu não conseguia evitar sentir uma pontada de decepção toda vez que meu celular tocava e não era ele.

Forcei-me a respirar fundo pelo nariz e endireitei os ombros. Nada de se afundar. *Não essa noite*. Aquela era uma noite de celebração.

Eu: Deveríamos sair COM CERTEZA
Eu: Se vocês não tiverem nada contra o Brooklyn… eu conheço o lugar perfeito

Ninguém se opôs, então juntei minhas coisas, fui para casa e me arrumei em velocidade recorde.

Uma hora depois, meu Uber me deixou no meu bar favorito em Brooklyn Heights. Eu preferia a vida noturna de Bushwick, mas fazer com que Sloane pisasse em um bairro fora de Manhattan já era difícil o suficiente. Se eu a obrigasse a ir para Bushwick, corria o risco de ela entrar em combustão espontânea.

Como esperado, ela já estava me esperando em uma mesa de canto. A mulher era assustadoramente pontual. Vivian e Alessandra apareceram minutos depois, e logo estávamos aquecidas e embriagadas depois de duas rodadas de bebidas.

– Estou tão orgulhosa de você! – Vivian passou um braço ao meu redor, seu rosto corado pela tequila. – Não se esqueça de nós quando for famosa.

– Ainda estou bem longe de ficar famosa – respondi com uma risada.

– Uma vez eu tive um cliente que foi de postar vídeos no YouTube para assinar um contrato multimilionário com uma grande gravadora em dois meses – disse Sloane. – Confie em mim. *Bem longe* não é tão longe quanto você imagina.

– O mercado editorial é muito mais lento do que isso, mas agradeço o apoio – comentei, sorrindo.

Alessandra ergueu a taça.

– Um brinde. A correr atrás dos nossos sonhos e arrasar.

Aplausos e risadas se misturaram ao tilintar de nossos copos. O calor tomou conta do meu peito. Eu podia não ter um namorado ou um contrato assinado com uma editora, mas tinha minhas amigas, e elas eram absolutamente incríveis.

Levei a bebida aos lábios e examinei o salão. Pessoas iam e vinham, cada uma mais estilosa e bonita que a outra, mas uma risada suave chamou minha atenção para a entrada.

Senti meu coração afundar.

Cabelo escuro. Óculos. Camisa branca impecável. Ao lado dele, uma mulher conhecida riu outra vez, o som tão elegante quanto seu vestido preto de grife e suas joias.

Não. Não pode ser.

Mas não importava quanto tempo eu olhasse ou o quanto desejasse que não estivessem ali, eles não desapareciam. Eram reais.

Kai estava ali. Com Clarissa.

CAPÍTULO 40

Isabella

O BARULHO QUE VINHA do restante do bar se transformou em um rugido abafado.

Kai e Clarissa. Clarissa e Kai. Aqui. Juntos.

O pensamento se repetia enquanto eu tentava processar a visão diante de mim. Eles ainda não tinham me visto – minha mesa ficava em um canto ao lado da entrada, e eles tinham ido direto para o bar sem olhar ao redor.

A tequila se revirou em meu estômago quando Kai inclinou a cabeça e disse algo para Clarissa. Eles estavam de costas para mim, então não pude ver a reação dela, mas os dois formavam um belo casal. A mesma elegância, o mesmo refinamento, o porte esbelto dela complementando perfeitamente o dele.

Uma ferida profunda reabriu, causando uma dor intensa em meu peito. Eu estava congelando, apesar do álcool e do calor humano no bar, e arrepios percorreram meu corpo em ondas minúsculas e incômodas. Tentei pegar meu casaco, mas meus braços estavam tão pesados e sem vida quanto blocos de concreto.

Alessandra foi a primeira a perceber meu silêncio e franziu a testa.

– O que houve?

A náusea prendeu minha resposta no fundo da garganta, deixando-me muda, mas minhas amigas foram espertas o suficiente para seguir meu olhar até o bar. O cabelo, a constituição física e as roupas de Kai eram inconfundíveis mesmo de costas.

Um silêncio de perplexidade apagou nossa alegria.

– Podemos ir embora – disse Vivian após uma pausa longa e tensa. – Tem outro bar a algumas ruas daqui que parece legal, ou podemos voltar para Man...

– Não. – Finalmente recuperei o controle sobre minhas faculdades mentais. – Vamos ficar. Chegamos aqui primeiro e não tem... não tem motivo para a gente não ficar no mesmo ambiente ao mesmo tempo.

Nenhum motivo além da sensação de que alguém está golpeando meu coração com uma marreta. A cada movimento do corpo dele. Cada virada de cabeça. Um golpe certeiro após o outro.

Forcei o oxigênio a passar pelos meus pulmões contraídos.

Kai e eu tínhamos terminado. Quando terminamos, eu *disse* a ele que deveríamos sair com outras pessoas e que ele ficaria melhor com Clarissa. Não tinha o direito de ficar brava.

Ainda assim, vê-los juntos logo após nosso rompimento doía. Doía pra caralho.

Sloane fez sinal para o garçom.

– Mais uma rodada de margaritas, por favor – disse ela. – Extraforte.

Os olhos de Alessandra estavam cheios de compaixão.

– É a primeira vez que você...?

Assenti, engolindo o nó na garganta. De todos os bares do mundo, ele tinha que entrar naquele.

Houve um tempo em que eu teria achado absurdamente romântica a maneira como o universo ficava nos aproximando. No momento, queria torcer seu pescocinho cósmico.

Clarissa riu de novo de algo que Kai disse, e eu não aguentei mais. Levantei-me abruptamente.

– Eu já volto.

Minhas amigas não me impediram nem me seguiram enquanto eu caminhava depressa até o banheiro. Por sorte, ficava ao lado da nossa mesa, então não tive que passar pelo casal feliz no caminho até lá.

Meu coração batia forte, em um ritmo intenso e doloroso.

O que eles estavam fazendo no Brooklyn? Não fazia o tipo de nenhum dos dois. Eles estavam em um encontro ou tinham saído como amigos? Será que era a primeira vez que saíam ou mais uma de muitas?

Não importa. Não é da sua conta.

Mas, não importava quantas vezes eu repetisse, não conseguia acreditar.

313

Levei um tempo usando o banheiro e lavando as mãos. Nunca pensei que encontraria refúgio em um banheiro de bar, mas seria capaz de me enfiar em uma caixa de metal sem janelas se fosse para evitar Kai e Clarissa por mais um segundo.

Era um bar pequeno; eles certamente me veriam em algum momento. Isso não significava que eu deveria acelerar o processo.

Meu reflexo me encarou no espelho manchado acima da pia. Eu estava dois tons mais pálida do que o normal, fazendo com que eu parecesse sofrer de uma doença terrível, à beira da morte.

Estava pegando um batom para dar um pouco de cor ao meu rosto quando a porta se abriu e Clarissa entrou.

Congelamos ao mesmo tempo – minha mão a meio caminho da bolsa, o passo dela interrompido enquanto passava ao lado do secador de mãos.

Então o susto passou e retomamos nossos movimentos, mas o silêncio constrangedor persistiu. Parte de mim preferia sair correndo a ter que olhar para ela novamente; outra parte, maior, ficou ali por pura e mórbida curiosidade.

Ouvi a descarga do vaso. Clarissa apareceu ao meu lado enquanto eu terminava de reaplicar o batom. Minha cara estava melhor depois do novo toque de vermelho, embora minhas bochechas continuassem pálidas e minha pele estivesse pegajosa de tanto nervoso.

Em vez de aliviar a tensão, o barulho da torneira a exacerbou.

Meu Deus, como eu odeio silêncios constrangedores.

– Mundo pequeno – comentei por fim. Minha tentativa de tom leve saiu rouca de tensão. Pigarreei. – Sem querer ofender, mas não achava que você tivesse a ver com o Brooklyn.

– Foi sugestão do Kai. – Assim como ele, Clarissa tinha sotaque britânico, mas o dela era mais prolongado, mais fluido. – Ele disse que tinha um ótimo bar de drinques aqui.

Claro que disse. Fui eu que comentei com ele sobre esse bar quando estávamos juntos, o que só piorava a situação.

– Ah. – Lutei contra uma pontada aguda ao ouvir o nome dele. Imaginei os dois debatendo as opções para o encontro ao telefone, e a dor se intensificou. – Bem, vocês formam um belo casal.

Eu teria ficado constrangida com aquela flagrante tentativa de pescar alguma informação se não estivesse me sentindo tão mal.

Clarissa enxugou as mãos e abriu a bolsa.

– Obrigada. Kai *é mesmo* muito bonito, mas... – Ela pegou um elegante tubo preto de batom. – Cá entre nós, ele é um pouco chato.

A indignação fluiu quente sob a minha pele. Eu o acusara da mesma coisa, muito tempo atrás, antes de realmente conhecê-lo, mas ouvi-la dizer aquilo com seu sotaque arrogante me fez perder a cabeça.

– Ele não é chato. Ele é *introvertido*. É diferente.

– Talvez. – A cor dos lábios de Clarissa continuou delicada e suave, seu tom neutro contrastando com meu vermelho-tijolo. – Mas é que ele só fala de livros e trabalho. É cansativo.

Você não pareceu cansada quando estava rindo com ele agora há pouco.

– Não há nada de errado em falar sobre livros. – Peguei uma toalha de papel e enxuguei as mãos já secas. Precisava de algo para fazer ou começaria a gritar. – Ler é o hobby dele, e Kai é um cara *ocupado*. Ele ajuda a administrar uma empresa multibilionária. É *claro* que ele vai... – Parei de falar com a risada de Clarissa. – Qual é a graça?

– Você deveria ver como está ficando vermelha. – Os olhos dela brilhavam. – Desculpe. Eu sei que não é engraçado, mas Kai anda tão mal por sua causa que é bom ver que você não o esqueceu completamente.

Odiei notar que meu coração pulou com suas palavras. Eu não *queria* que ele estivesse mal, mas, se ele estava e Clarissa admitia, então significava que...

– Não estamos em um encontro – acrescentou ela, decifrando com precisão meu silêncio. – Estamos saindo como amigos. Ele queria me agradecer por concordar com toda aquela encenação, depois das fotos do *National Star*. Na verdade... – Ela colocou o batom de volta na bolsa. – Estávamos falando sobre como faz *muito* mais sentido sermos amigos.

Minha raiva desapareceu, substituída por alívio e uma pitada de dúvida.

– Então você não está nem um pouco interessada nele?

Clarissa balançou a cabeça.

– Eu e Kai crescemos juntos – respondeu ela. – Nossos pais tentam nos juntar desde que éramos crianças. Para eles, é um acordo comercial. Uma aliança entre duas antigas e poderosas famílias sino-britânicas em um mundo onde não há muitos como nós. Mas nunca fomos próximos e passamos anos sem nos falar até eu me mudar para cá.

Ela mordeu o lábio inferior.

– Admito que fiquei curiosa em relação a ele no início. Ele é bonito, bem-sucedido e uma boa pessoa, o que é extremamente raro para alguém com o dinheiro e o status dele. Mas percebi que, embora ele pareça perfeito, a gente não tem nenhuma química. Não como... como deveria ser.

Um delicado rubor coloriu as bochechas dela.

– Ah – soltei. Para uma escritora, minha capacidade de encontrar as palavras certas era terrivelmente ruim. – Bem, faz sentido, mas você não precisava me contar tudo isso. – *Estou tão feliz que você tenha contado!* – Não importa. – *Se eu repetir isso o suficiente, vira verdade.* – Eu e Kai não estamos... não estamos mais juntos. Obviamente. – *Porque eu sempre estrago as coisas boas da minha vida.*

Vasculhei minha bolsa de maquiagem, procurando por nada em particular. A adrenalina de encontrar Clarissa desapareceu e uma pressão esmagadora voltou ao meu peito.

Ela e Kai não estavam em um encontro, mas isso não apagava os motivos pelos quais não podíamos ficar juntos. Significava apenas que eu tinha mais tempo antes que ele começasse a namorar outra pessoa de verdade.

– Se não importasse, você não teria ficado tão chateada quando eu disse que ele era chato – comentou Clarissa gentilmente. Ela fechou a bolsa e me encarou de frente. – Você ainda gosta dele.

– Eu nunca disse que não gostava. Não é por isso...

Deixei a frase morrer, distraída pelo brilho branco em torno de seu pulso. Era um colar enrolado em forma de pulseira e não combinava tanto com sua roupa elegante. Também era feito de algo suspeitamente familiar.

Conchas *puka*.

Me voltou uma lembrança do Natal-aniversário-ano-novo-palooza.

Cadê o seu cordão? Eu, é... eu perdi.

Clarissa era quem cuidava da relação com os artistas da Saxon Gallery, a mesma galeria que havia sediado a exposição de Felix em dezembro.

Meu olhar voltou ao dela. Seus olhos arregalados e sua expressão aflita foram a confirmação de que eu precisava.

Outro silêncio pesado entre nós.

Um minuto antes, eu estava preocupada com Kai e Clarissa. Agora tinha descoberto que ela estava com meu *irmão*?

O que está acontecendo esta noite? Talvez eu não estivesse realmente no bar. Talvez eu tivesse desmaiado na cafeteria e estivesse tendo o sonho mais vívido da minha vida.

Daquela vez, foi Clarissa quem quebrou o silêncio.

– Por favor, não conte a ninguém ainda. – Ela girou a pulseira, seu rubor se intensificando. – A minha família ainda acha que estou interessada em Kai, e eu não...

– Não vou contar a ninguém.

Eu sabia muito bem o que era manter um relacionamento em segredo.

Ela me deu um sorriso agradecido. Havíamos nos cruzado algumas vezes antes daquela noite, mas ela parecia mais relaxada em comparação com os encontros anteriores. Provavelmente era influência de Felix; ele era capaz de fazer até um molusco se abrir.

Não falamos mais nada até sairmos do banheiro. Quase esbarrei em Clarissa quando ela parou abruptamente. Seus olhos oscilaram entre mim e Kai, que estava conversando com outro cliente no bar.

– Sabe de uma coisa? Não estou me sentindo bem – disse ela. – Você pode pedir desculpas ao Kai por mim e dizer que tive que ir embora?

– O quê? Não, espera! Você mesma pode avisar a ele. Ele está bem... ali – concluí enquanto ela saía pela porta feito uma rajada de vento.

Em um segundo estava lá, no seguinte havia desaparecido.

Droga. Eu sabia que Clarissa tinha ido embora para me forçar a falar com Kai, e a estratégia funcionou. Eu não podia deixá-lo sentado lá, imaginando o que teria acontecido com ela.

Caminhei na direção dele, minhas pernas lentas e pesadas como se eu estivesse me movendo debaixo d'água. O nervosismo fez meu estômago apertar e os olhares curiosos e preocupados de minhas amigas pesavam em minha pele enquanto eu ensaiava mentalmente o que ia dizer.

Encontrei Clarissa no banheiro. Ela não está se sentindo bem. Foi embora.

Ela não estava se sentindo bem, então foi embora e me pediu para te avisar.

Ela me pediu para te dizer...

Ela disse que eu ainda gosto de você e ela tem razão.

Kai deve ter sentido o calor do meu olhar porque ergueu o rosto quando me aproximei. Nossos olhos se encontraram e o tempo desacelerou em um longo e interminável segundo de saudade.

Pele ruborizada. Pulso acelerado. Coração na boca.

E, de repente, qualquer chance que eu tinha de evitá-lo desapareceu por completo, sem deixar rastros.

O rosto de Kai não deixou transparecer qualquer emoção quando parei ao seu lado e assumi o lugar vago de Clarissa. Eu teria ficado de pé – seria mais fácil e rápido escapar desse jeito –, mas temi que meus joelhos falhassem e eu desabasse em cima dele como uma daquelas donzelas desmaiando em romances antigos.

– Encontrei a Clarissa no banheiro. – *Atenha-se ao roteiro.* – Ela não estava se sentindo bem e me pediu para te avisar que precisou ir embora.

Felizmente, não errei minhas falas. *Infelizmente*, elas saíram roucas e ásperas, como se eu estivesse à beira das lágrimas.

– Entendi. – A expressão de Kai era uma fortaleza impenetrável. – Obrigado por me avisar.

O som de sua voz era tão lindo e familiar que me tirou o fôlego. Foi necessária toda a força de vontade do mundo para não pensar no quanto queria cair nos braços dele. Beijá-lo e fingir que nosso término nunca acontecera e que ainda vivíamos em nossa bolha feliz em Jade Cay.

K + I.

É cientificamente comprovado, minha querida.

A pressão em meu peito aumentou e fui salva pela bartender, que apareceu um milésimo de segundo antes de eu fazer algo ridículo como chorar no meio do salão lotado.

Controlei minhas emoções e pedi um gim-tônica de morango. Não sabia o que tinha me dado para pedir *aquela* bebida em particular, mas era tarde demais para mudar de ideia.

Os ombros de Kai ficaram visivelmente tensos. Uma fissura se abriu em sua máscara de pedra, e lembranças permearam o ar entre nós como tinta atirada em uma tela em branco.

O que você gostaria que eu preparasse pra você?

Um gim-tônica. De morango.

Você acha relaxante traduzir um romance de 500 páginas para o latim à mão?

Você vai terminar. Você é forte demais para não dar um jeito.

Estamos tão perto, Isa.
Não desista de nós. Não agora. Não desse jeito.

Respirei fundo, trêmula, contendo as lágrimas, e peguei meu drinque com a bartender.

– Recebi um e-mail curioso na semana passada, de uma agente literária. Jill Sherman. Imagino que você não saiba nada a respeito.

Eu deveria ter voltado para minha mesa, mas não queria deixá-lo, não ainda. Estar perto dele novamente era como voltar para casa durante uma tempestade. Quente. Seguro. *Certo.*

Kai relaxou um pouco.

– Depende – disse ele, seu tom comedido. – O que ela queria?

– Ela me pediu para revisar o texto e reenviar. – Tomei um gole para reunir forças. – Fiz as alterações e enviei o manuscrito completo esta noite. Por isso que estamos aqui. – Apontei para minhas amigas que rapidamente desviaram o olhar e fingiram que não estavam nos observando. – Para comemorar.

Uma onda de orgulho suavizou o rosto de Kai.

– Você terminou o livro.

– Pois é. – Consegui abrir um leve sorriso. – Graças a uma máquina de escrever digital muito útil.

Ela tinha me forçado a continuar escrevendo, em vez de ficar voltando e apagando tudo o tempo todo.

– Não foi a máquina de escrever que escreveu a história, Isabella – disse ele, em um sussurro. – Foi você.

Senti um aperto no coração. Na última vez em que nos falamos, eu terminei com ele e o expulsei do meu apartamento, mas ainda assim Kai estava me encorajando, como se eu não tivesse transformado nossa vida em um inferno.

– Por que você fez isso? – perguntei. – Pensei que nem tivesse lido o manuscrito. Você nunca disse nada...

– Se eu tivesse contado, você teria tentado me impedir. – Kai balançou levemente a cabeça. – Talvez eu tenha me intrometido demais ao enviá-lo para Jill sem te consultar, mas não queria que você ficasse ansiosa com isso. A sua história é *boa*, ela gostando ou não. – O rosto dele se suavizou ainda mais. – Embora eu esteja feliz que ela tenha gostado.

– Eu também – sussurrei.

Não tinha ficado chateada com ele por ter enviado os capítulos para a agente; estava mais chateada comigo mesma por não ter tido coragem de enviá-los antes.

Costumava pensar que era eu que levava Kai a sair de sua zona de conforto, e talvez eu o tivesse levado a isso mesmo. Mas ele fez exatamente o mesmo por mim, só que de uma maneira diferente.

Não havia como crescer sem arriscar nem como progredir sem mudar.

Eu terminei com ele *porque* tinha medo de mudar. Eu me orgulhava de ser ousada e aventureira quando, na verdade, era uma covarde que fugia da rejeição antes de ser rejeitada.

Kai nunca expressou dúvidas em relação a mim. Na verdade, ele acreditava tanto em mim que tinha enviado meu manuscrito para uma das principais agentes literárias do país. Fui eu que projetei minhas inseguranças nele... e essas inseguranças se baseavam em quê? Nas palavras de Gabriel? Na reprovação de Leonora Young? No meu histórico de nunca concluir nada?

No fim das contas, apenas a última opção me importava, porque era a única coisa sobre a qual eu tinha controle. Eu não conseguiria mudar a maneira como as outras pessoas me enxergavam, mas poderia mudar a maneira como vivia minha vida.

Eu era capaz. A semana anterior tinha sido prova disso. Finalmente terminara um projeto importante para mim e, se consegui fazer isso uma vez, poderia fazer de novo.

Aquela constatação me encheu com uma explosão de confiança que quase apagou a dor em meu peito.

Quase.

– Fiquei sabendo do que aconteceu em Londres – comentei baixinho. – Parabéns. Espero que tenha comemorado.

Se alguém merecia tudo de bom no mundo, era ele.

– Ainda não sou CEO. – Seu sorriso continha uma tristeza tão dolorosa que atingiu em cheio todas as células do meu corpo. – E não ando no clima de comemoração.

Baixei os olhos, incapaz de encará-lo por mais tempo sem me sentir partida em pedaços.

Daquela vez, o silêncio entre nós explodiu não com lembranças, mas com palavras não ditas. Milhares delas, girando e pairando sem ter para onde ir.

Enquanto isso, o bar foi enchendo. O público controlável de antes havia aumentado para proporções ensurdecedoras, e a música mudara de um jazz suave para um funk com uma batida acelerada.

O barulho. As pessoas. A sensação aguda e crescente sob a minha pele.

Aquilo tudo me comprimiu até que algo se rompeu e, em uma fração de segundo, tomei uma decisão.

Ergui o rosto, meus olhos encontrando os de Kai outra vez.

– Vamos para algum lugar mais tranquilo – pedi, torcendo, contra todas as probabilidades, para estar fazendo a coisa certa. – Nós precisamos conversar.

CAPÍTULO 41

EM VEZ DE IRMOS PARA OUTRO BAR, Isabella e eu caminhamos pela ponte do Brooklyn, ali perto. O frio do inverno diminuía consideravelmente o tráfego de pedestres, mas, ainda assim, alguns casais, fotógrafos e turistas nos faziam companhia enquanto andávamos em direção a Manhattan.

A temperatura girava em torno de dois graus, tão baixa que nossa respiração formava um vapor branco no ar. Apesar disso, um calor corria pelas minhas veias, isolando-me do frio.

Estar perto de Isabella outra vez valia o sacrifício de enfrentar qualquer clima brutal.

Teria que agradecer a Clarissa depois. Contei a ela o que havia acontecido com Isabella no caminho para o bar, principalmente porque ela era a única pessoa imparcial com quem eu podia conversar sobre a situação, e não acreditei nem por um segundo que ela tinha ido embora por estar passando mal.

Esbarrar com Isabella naquela noite foi um golpe de sorte, e eu não tinha intenção de desperdiçar a oportunidade.

– Então, quando exatamente será a nova votação? – perguntou Isabella com um olhar de soslaio.

– Amanhã.

Enfiei as mãos mais fundo nos bolsos para evitar tocá-la. Suas bochechas estavam vermelhas e seu cabelo estava emaranhado pelo vento. O delineador havia borrado em algum momento entre o bar e a ponte, dando-lhe uma aparência adorável de guaxinim.

E ela estava tão linda que fez meu coração parar por um segundo, apenas por tempo suficiente para confirmar que ela era a dona de cada batida.

Isabella parou bruscamente.

– Amanhã? Amanhã *amanhã*?

– Sim. – Um leve sorriso surgiu em meus lábios diante de seus olhos arregalados. – Amanhã amanhã. Sexta-feira. O grande dia. Chame como quiser.

As últimas duas semanas tinham sido um turbilhão. Russell fora oficialmente demitido e estava sendo criminalmente investigado pelo que havia feito. A maior parte dos membros do conselho chantageados havia renunciado, desencadeando uma assembleia emergencial dos acionistas para a eleição de seus substitutos. A Young Corporation e a Black & Co. estavam envolvidas em uma acirrada disputa judicial, com meia dúzia de processos em andamento. Era uma grande confusão, mas, quanto mais cedo lidássemos com tudo aquilo, mais cedo poderíamos seguir em frente.

O caos só era um bom negócio quando envolvia outras pessoas, não nós mesmos.

– O que você está fazendo aqui? Não deveria estar garantindo votos e fazendo outras... coisas de pré-eleição? – Uma rajada de vento jogou a pergunta de Isabella no ar.

– Não há mais nada que eu possa fazer a esta altura.

Daquela vez, eu estava extremamente calmo em relação à votação. A decisão estava restrita aos candidatos originais, com exceção de Russell: Tobias (que havia reingressado na disputa), Laura, Paxton e eu. Eu estava confiante, mas um quarto dos membros do conselho eram novos e eu não sabia para que lado eles tendiam.

No entanto, ao longo das últimas duas semanas, havia descoberto que perder o cargo de CEO não era a pior coisa que poderia me acontecer.

O pior era perder Isabella, e isso já tinha acontecido.

Uma dor familiar surgiu em meu peito. Era uma tortura estar tão perto dela sem poder tocá-la, mas pelo menos ela estava *ali*, em carne e osso, em vez de assombrando meus pensamentos.

– Podemos continuar discutindo a votação, mas acho que você não me chamou aqui para falar de trabalho – comentei.

Notei que Isabella engoliu em seco.

Nossa última conversa pairava ao redor, encerrando aquele bate-papo casual e deixando feridas abertas e corações partidos em seu rastro.

A gente não combina.

Quer dizer, foi divertido enquanto durou.

Por favor, só vá embora.

Mesmo semanas depois, a lembrança de suas palavras me atingia no peito com uma brutalidade desenfreada.

– Eu não sei por que te chamei aqui. – Isabella baixou os olhos. – Mas eu... Quando te vi, eu...

A dor se expandiu para minha garganta.

– Eu sei – falei calmamente. – Também sinto sua falta, querida.

Um pequeno soluço ecoou e, quando ela levantou a cabeça, meu coração se partiu levemente com as lágrimas que desciam em seu rosto.

– Me desculpe – sussurrou Isabella. – Naquela noite, eu não queria... Eu... – Sua frase foi interrompida por outro soluço.

O som me atravessou feito uma bala, e eu teria aberto mão de qualquer coisa, meu título, minha empresa, todo o meu legado, para poder aplacar sua dor por apenas um minuto.

– Shh. Está tudo bem.

Eu a tomei em meus braços e ela enterrou o rosto no meu peito, os ombros tremendo. Isabella sempre era muito exuberante, com sua risada desinibida e sua personalidade alegre, mas me pareceu tão pequena e vulnerável naquele momento que uma dor aguda tomou minhas entranhas.

Torcia para que ninguém nunca descobrisse o poder que aquela mulher tinha sobre mim, ou eu estaria perdido.

Na noite em que saí do apartamento dela, afoguei minhas mágoas no uísque e amaldiçoei cada pessoa que havia desempenhado algum papel no nosso encontro. Parker, no Valhalla, por tê-la contratado, Dante e Vivian por sempre me forçarem a ficar no mesmo ambiente que ela, seus pais por terem lhe dado a vida. Se não fossem eles, eu não teria conhecido Isabella e não teria um buraco do tamanho de Júpiter no peito.

Vivi, revivi e dissequei cada segundo do nosso relacionamento, até que as memórias se foram e fiquei vazio. E, depois que tudo se esvaiu – a raiva, a mágoa, a dor –, a única coisa que sobrou foi um entorpecimento, sombrio e escancarado.

Eu não culpava Isabella por sua decisão. Não mais. O último mês havia cobrado seu preço, e ela estava se recuperando da visita à família. A única coisa que eu odiava mais do que estar longe dela era saber que Isabella não fazia ideia de quanto era incrível, e isso acabava comigo.

Encostei a cabeça no topo da dela e apertei meus braços ao seu redor quando outra rajada de vento frio nos atingiu. A ponte estava vazia; éramos as únicas pessoas corajosas ou idiotas o suficiente para ficar ali enquanto a temperatura caía.

Cercados por água, com as luzes distantes de Manhattan de um lado e as do Brooklyn do outro, naquele silêncio, exceto pelos soluços suaves de Isabella e pelos assobios do vento, tive a estranha sensação de que éramos as únicas pessoas que restavam no mundo.

– Você não chegou a me fazer a pergunta – falei quando o choro dela se transformou em fungadas.

Isabella levantou a cabeça, os olhos inchados e uma expressão confusa.

– O quê?

– Da noite dos balões, em Bushwick. – Sequei uma lágrima perdida em sua bochecha com o polegar. – Você nunca fez a sua pergunta.

Isabella soltou um misto de risada com soluço.

– Não acredito que você se lembra disso.

– Eu me lembro de tudo que envolve você.

Seu sorriso desapareceu, dissolvendo-se em meio às ondas de tensão ao nosso redor. Um frio intenso tomou conta de mim, tanto por conta do clima quanto pela expectativa agonizante do que ela diria em seguida.

– Seja sincero – pediu ela suavemente. – Você realmente vê um futuro para nós?

Abri a boca, mas ela balançou a cabeça.

– Não me dê uma resposta pronta. Eu quero que você pense. Nossas famílias, nossos objetivos, nossas personalidades. São completamente distintas. É fácil dizer que vamos conseguir superar as diferenças agora, quando tudo é novo e excitante, mas como vai ser daqui a cinco, dez anos? Eu não... – Sua respiração tremeu quando ela inspirou. – Eu não quero que a gente acabe magoando um ao outro.

Suas palavras perfuraram meu peito.

Ela não estava errada. Éramos opostos em quase todos os aspectos, desde nossos hábitos e hobbies até nossos temperamentos e gosto literário. Houve um momento, não muito tempo atrás, em que suas excentricidades me repeliam tanto quanto me atraíam. Ela era tudo que eu não deveria querer, mas isso não importava.

Eu a queria de qualquer maneira. Tanto que não conseguia respirar.

Mas naquele momento Isabella não queria emoção. Ela queria razão, um motivo concreto que dissesse que daríamos certo, então recorri a meu antigo manual de retórica de Oxford e refutei seus argumentos um por um.

– Eu te entendo, mas a sua premissa é falsa – respondi. – Nossas famílias não são tão diferentes assim. Temos a mesma cultura, mesma criação e mesmo nível de riqueza.

Os Valencias não eram bilionários, mas seus hotéis tinham arrecadado várias centenas de milhões de dólares só no ano anterior. Eles viviam mais do que bem.

– Talvez a sua família seja menos formal que a minha, mas isso não é nenhum problema.

– Sua mãe me odeia – argumentou Isabella. – Isso vai ser uma questão, mais cedo ou mais tarde.

– Ela não te odeia. As preocupações dela não têm nada a ver com você pessoalmente. Ela só estava preocupada com a influência que nosso relacionamento teria sobre a votação para CEO e o meu futuro. – Um sorriso irônico curvou minha boca. – A votação não é mais um problema, e ela vai mudar de ideia. Mesmo que não mude, eu sou adulto. Não preciso da aprovação da minha mãe para ficar com quem eu quero. – Minha voz suavizou ao completar: – E eu quero você.

Os olhos de Isabella cintilavam de emoção. O luar beijava suas maçãs do rosto, traçando as linhas delicadas de sua face e seus lábios como eu tão desesperadamente desejava fazer com minha boca.

Quase ri quando esse pensamento passou pela minha cabeça. Nunca imaginei que teria ciúmes da natureza, mas a situação era essa.

– Outras mulheres se encaixariam melhor no seu mundo – retrucou ela. – Mulheres sem tatuagens e cabelo roxo e… e cobras de estimação. Que nunca são flagradas falando sobre sexo nos piores momentos.

Dessa vez eu ri. Baixinho, mas ri. Só Isabella para me fazer dar risada no meio da conversa mais importante da minha vida. Era um dos muitos motivos pelos quais eu estava encarando a ponte do Brooklyn no auge do inverno.

Um delicado sorriso tocou os lábios dela e em seguida desapareceu.

– Eu nunca vou deixar de ser eu, Kai, e não quero que você deixe de ser você. Então, como podemos ficar juntos quando nossos mundos são tão diferentes?

– Construindo o nosso próprio mundo – respondi simplesmente.

– Isso não tem lógica.

– Eu não ligo. Não é questão de *lógica*. É de amor, e o amor não é nada lógico.

O vento carregou as palavras assim que elas saíram da minha boca, mas seu impacto permaneceu – no ofegar audível de Isabella, no nervosismo percorrendo meu corpo. Eu me sentia exposto e vulnerável, como se minha pele não fosse mais uma barreira entre mim e o mundo exterior, mas prossegui mesmo assim:

– Eu te amo, Isabella Valencia. – Simples e direto, despido de qualquer pretensão, exceto pela verdade nua e crua que me encarava todo aquele tempo. – Cada parte de você, desde sua risada até seu humor e a maneira como você não consegue parar de falar sobre preservativos.

Uma das gargalhadas que eu tanto amava escapou, embargada de emoção. Um sorriso apareceu em meu rosto antes que eu voltasse a ficar sério.

– Você se acha um problema, mas eu queria muito que conseguisse se ver da maneira como eu te vejo. Inteligente. Forte. Linda. Imperfeita segundo seus próprios padrões, mas incrivelmente perfeita para mim.

Uma nova lágrima escorreu pela bochecha de Isabella. Ao contrário de seus soluços anteriores, aquela foi silenciosa, mas me despedaçou mesmo assim.

Eu nunca tinha me apaixonado antes. Mas, quando me apaixonei, foi como tudo mais que eu fazia na vida. De forma plena. Absoluta. Irrevogável.

– Sempre me orgulhei de ser o melhor. Eu tinha que ser o número um. Eu tinha que vencer. Colecionava prêmios porque os via como um reflexo do meu valor e achava que nada era melhor do que a vitória. Então eu conheci você. – Engoli a emoção que ardia em minha garganta. – E todo o resto... perdeu o sentido. Passamos por alguns momentos sombrios, mas você *sempre* foi a parte mais brilhante da minha vida. Mesmo quando terminamos. Mesmo quando eu fui embora. Só saber que você existia neste mundo já era o suficiente.

Isabella levou a mão à boca, os olhos brilhando sob a luz prateada.

– Antes de você, eu nunca tinha vivido de verdade – continuei. – E não quero mais imaginar como é viver sem você. – Encostei a testa na dela, meu peito doendo de ânsia e desejo e milhares de outras emoções que só ela era capaz de despertar. – Fique comigo, querida. Por favor.

Um pequeno soluço escapou e tomou a noite.

– Idiota – disse ela, o rosto molhado de lágrimas. – Você já tinha me convencido nos "preservativos".

O alívio fez com que o peso caísse dos meus ombros. Meu corpo cedeu e as mãos que estrangulavam meus pulmões afrouxaram o suficiente para que uma risada me escapasse.

– Não me surpreende. Você gosta mesmo de preservativos, especialmente dos...

– Kai.

– Oi?

– Cala a boca e me beija.

Isabella.

Oi?

Cale a boca e me deixe te beijar.

Foi o que fiz, profunda e ternamente, enquanto as lembranças de nós dois voltavam ao meu peito e se acomodavam no lugar perfeito para elas.

CAPÍTULO 42

NO DIA SEGUINTE, TIREI UMA FOLGA pela primeira vez em toda a minha história na Young Corporation.

Minha equipe conseguiria sobreviver sem mim por um dia. Eu tinha coisas mais importantes a fazer.

– *Sizígia* não é uma palavra! – Isabella bateu a mão na coxa. – Você está inventando, só pode.

Os cantos da minha boca se curvaram.

– Acho que o dicionário discorda.

– Sim, bem, eu odeio o dicionário – murmurou ela. – Está bem. Você venceu. *De novo*.

Seus lábios formaram um beicinho adorável. Estávamos na terceira partida. Pães e bolos pela metade e duas canecas gigantes de chocolate quente cobriam a mesa de centro, e o fogo crepitava na lareira de mármore. Flocos de neve dançavam do lado de fora das janelas, cobrindo a cidade de branco.

Depois do passeio gelado da noite anterior pela ponte do Brooklyn, nem Isabella nem eu estávamos com vontade de sair, então nos escondemos no meu apartamento com comida, bebidas e jogos de tabuleiro.

– Você quase me ganhou desta vez, se serve de consolo – respondi, inclinando-me e dando-lhe um beijo. – Você estava inspirada quando montou "qi".

– *Quase* não serve de nada – resmungou Isabella, mas seu beicinho se transformou em um suspiro quando aprofundei o beijo.

Ela tinha gosto de calor, chocolate e algo que era maravilhosa e unicamente *ela*. Minha mão deslizou por sua coxa até chegar à bainha de algodão macio de uma das minhas velhas camisas de botão. Vê-la usar minhas roupas despertava algo primitivo e possessivo em mim; ela era tão linda, tão perfeita e tão absolutamente minha.

Isabella passou os braços em volta do meu pescoço. Nosso jogo de tabuleiro teria se transformado em uma brincadeira totalmente diferente se meu celular não tivesse tocado, nos separando com um susto.

Paralisei ao ver o identificador de chamadas, mas atendi sem deixar transparecer nenhuma reação.

– Parabéns. – Richard Chu deixou de lado as cortesias e foi direto ao assunto. – A empresa continuará com um Young, afinal.

E pronto.

Depois de meses de esquemas, estratégias e desdobramentos, eu era oficialmente o novo CEO da Young Corporation, sem nenhum alvoroço, apenas uma chamada curta e simples.

– E aí?

A ansiedade esculpia a expressão de Isabella. Eu tinha dito a ela que a votação seria naquele dia; ela devia ter adivinhado o motivo da ligação.

– O que aconteceu? O que ele disse?

Finalmente permiti que um sorriso surgisse em meu rosto.

– Eu venci.

As palavras mal tinham saído da minha boca quando ela deu um grito e me derrubou no chão com uma força surpreendente para alguém tão pequeno.

– Eu sabia! – Seu rosto brilhava de orgulho. – CEO Kai Young. Como você está se sentindo?

– Bem. – Meu sangue esquentou quando envolvi os quadris dela com as mãos. Era difícil elaborar uma resposta detalhada com ela montada em mim, vestindo apenas uma camisa e calcinha. – Mas prefiro sentir você.

Isabella revirou os olhos, embora suas bochechas tivessem corado com a resposta.

– Jura que você está pensando em sexo agora? Você acabou de se tornar *CEO*! É o que você sempre quis! Por que não está, sei lá, abrindo uma garrafa de champanhe e pulando de felicidade?

– Porque você está sentada em cima de mim, querida. – Ri novamente quando ela fez uma careta. Meu Deus, como eu a adorava... – Falando sério, eu estou feliz, mas tinha feito as pazes com o resultado mesmo antes da ligação do Richard.

Quando uma votação se arrastava por tanto tempo, a expectativa esmorecia. Além disso, eu já tinha o que queria naquela sala comigo.

– Então vocês estão se dando bem agora? – perguntou Isabella. – Ele não estava envolvido na história do Russell, certo?

– *Se dando bem* é um tanto exagerado – respondi em um tom seco. – Mas nós nos entendemos.

Richard e eu jamais concordaríamos na maioria dos assuntos, mas ele era um dos poucos membros do conselho de quem Russell não conseguira encontrar nenhum podre e havia conduzido o conselho de forma admirável durante a recente tempestade. Por outro lado, eu havia provado que estava disposto a lutar pela empresa e a trabalhar com ele, mesmo que apenas na logística e em garantir que Russell e Victor pagassem por seus atos.

A filiação de Victor ao Valhalla tinha sido encerrada. O clube não via com bons olhos a prática de sabotagem entre membros e, com a ajuda de Christian, eu havia descoberto muita coisa relacionada ao *National Star*. Supostamente, o tabloide estava envolvido em um esquema de suborno policial e grampos telefônicos na busca de furos, e andava encarando problemas aos olhos da justiça e da população. Era provável que acabasse fechando e levando Victor Black à falência. Eu até o confrontaria pessoalmente, mas ele não valia nem um segundo a mais do meu tempo nem minha energia.

Quando contei a Richard, ele riu e me ofereceu um charuto de felicitações. Não gostávamos um do outro, mas nos respeitávamos.

– Falando nisso... – Levantei Isabella e gentilmente a coloquei do meu lado. – Tenho mais uma ligação a fazer antes de continuarmos nossa emocionante partida de Scrabble.

Ela se retraiu.

– Kai, eu te amo, mas, por favor, nunca mais pronuncie *emocionante partida de Scrabble*.

Eu ainda estava sorrindo ao fazer a chamada de vídeo para minha mãe. Ela já devia ter ficado sabendo da notícia, mas queria confirmar e ver a reação dela.

Era hora do almoço em Londres, então esperei que atendesse do escritório. Em vez disso, ela atendeu depois de mais de dez toques – um tempo recorde para ela – no que parecia ser um... quarto? Uma *bay window* tomava a parede atrás dela, refletindo as luzes noturnas de uma cidade que não era Londres.

– Kai. – Minha mãe soou agitada. – Pensei que você estivesse de folga. O que foi?

– Já saiu o resultado. Eu ganhei. – Passei direto para a questão mais importante naquele momento. – Onde você está?

E com quem?

A suíte, o rubor nas bochechas, a hora tardia...

Meu Deus, minha mãe tinha um amante.

Meu estômago embrulhou, ameaçando expulsar o café da manhã. Eu não ficava tão horrorizado desde que Abigail me visitara, alguns anos antes, e reorganizara minhas gravatas por comprimento, em vez de cor, só para me irritar.

– Sim, eu recebi uma ligação do Richard mais cedo. Parabéns. – A expressão de minha mãe suavizou-se. – A empresa ficará em boas mãos.

Por uma fração de segundo, meu choque superou o horror. Leonora Young não era o tipo de mãe que mimava os filhos quando se tratava de negócios. Eu não me lembrava da última vez que ela havia me apoiado tão abertamente; não importava quão longe Abigail ou eu chegássemos, sempre era preciso mais. Mais honra, mais prêmios, mais poder.

Aquela era a primeira vez que eu sentia que havia feito o suficiente.

Um calor incômodo tomou meu peito, apenas para desaparecer segundos depois, quando uma voz masculina grave se juntou à conversa.

– Nono, são onze da noite. – Um lampejo de cabelo grisalho entrou no enquadramento. – Diga a quem quer que esteja ligando... Ah.

O homem ao lado da minha mãe me encarou com culpa, espanto e vergonha.

Voltei a ficar horrorizado, ainda mais do que antes.

– *Pai?*

O rosto de Edwin Young assumiu um tom vívido de escarlate.

– Oi, Kai. Isso é, hummm... inesperado.

À minha frente, o queixo de Isabella despencou. *Seus pais?*, perguntou ela sem produzir som. Parecia não saber se dava risada ou se fazia careta.

Não consegui responder.

Meus pais. Juntos. No que era obviamente um quarto de hotel, fazendo...
Meu estômago se revirou novamente.

– Entendo que seja uma surpresa. – Meu pai deu um pigarro. Aos 62 anos, ele estava em forma graças às partidas regulares de tênis e a uma dieta sem carne vermelha. – Mas sua mãe e eu estamos, hã... Nós estamos...

– Ah, pelo amor de Deus, Edwin – interrompeu minha mãe, impaciente. – Espero que você seja mais eloquente ao fazer propostas aos clientes. – Ela me encarou outra vez. – Seu pai e eu retomamos um relacionamento romântico. Isso não significa necessariamente que vamos voltar, já que o sexo...

– Pode parar por aí. – Levantei a mão livre. A palavra *sexo* saindo da boca da minha mãe foi o suficiente para me fazer querer lavar os ouvidos. – Não preciso dos detalhes. – Foquei na cidade atrás dela. Não tinha prestado atenção antes, mas o horizonte era inconfundível. – Você está em *Xangai*?

As bochechas dela ficaram vermelhas.

– Estou. Vim para cá no início da semana, em uma viagem de última hora.

Não precisei perguntar se a viagem era a negócios ou lazer. Eu não via minha mãe tão relaxada e à vontade desde... nunca. Uma ideia de repente me ocorreu.

– É por isso que você está deixando o cargo?

Meu olhar oscilou entre ela e meu pai, que olhava para o teto com aparente fascínio. Não conseguia imaginar minha mãe abrindo mão da carreira por um homem, mas coisas mais estranhas já tinham acontecido. Um mês antes, eu também não conseguia imaginar o dócil e tímido Russell Burton chantageando metade do conselho.

– Não. Não exatamente. – Minha mãe ficou em silêncio por um momento, como se estivesse pensando se devia prosseguir. – Passei por um susto no ano passado – disse ela, por fim, a voz baixa. – Os médicos encontraram o que pensaram ser um tumor na minha garganta. Acabou sendo um erro no exame de imagem, mas isso colocou muitas coisas em perspectiva.

Senti um aperto no peito.

– Você nunca me contou isso, nem para Abigail.

– Que bom que não contei, considerando a absoluta incompetência do médico. – Minha mãe franziu os lábios. – Obviamente, mudei de equipe médica depois disso, mas não quis preocupar você nem sua irmã antes de ter a confirmação. Seu pai, por acaso, passou por Londres uma semana depois do diagnóstico errado, e como eu precisava conversar, mas não confiava em ninguém que não fosse da família...

– Acabamos nos reaproximando – concluiu meu pai. – Eu ainda gostava da sua mãe, apesar de estarmos separados. Não queria que ela passasse por algo assim sozinha.

– De início foi tudo platônico, mas ficou óbvio que ainda tínhamos sentimentos um pelo outro. – Minha mãe soltou um suspiro. – Para resumir, nós nos separamos quando éramos jovens e teimosos. Minhas prioridades mudaram desde então, ainda mais depois desse susto. Quero passar mais tempo fora do escritório e com a família. Além disso... – Um sorriso triste perpassou seus lábios. – Estou no comando há muito tempo. Empresas que não mudam correm o risco de ficar estagnadas, e chegou a hora de termos um CEO com novas ideias.

Passei a mão pelo rosto, tentando entender tudo o que havia acontecido nas últimas 24 horas. Com a reconciliação com Isabella, a votação para CEO e a bomba dupla que minha mãe tinha jogado, minha vida saíra tanto do eixo que eu não conseguia pensar direito. No entanto, aquilo não me incomodava tanto quanto teria incomodado alguns meses antes.

Empresas que não mudavam corriam o risco de ficar estagnadas, mas o mesmo podia ser dito das pessoas. Minha vida seguira linhas retas por mais de três décadas, e um pouco de caos fazia bem à alma.

– Já que estamos sendo sinceros, tem mais uma coisa que preciso contar. – Virei a tela para que meus pais pudessem ver Isabella, que os cumprimentou com um sorriso fraco e um aceno. – Eu voltei com a Isabella. E desta vez vamos ficar juntos.

Minha mãe não pareceu surpresa.

– Eu já imaginava – disse ela secamente. – Clarissa ligou para os pais dela ontem e disse que um casamento entre a família Teo e a Young não estava nos planos.

– Eu não te conheço nem sei quando e por que vocês terminaram – disse meu pai a Isabella. – Mas fico feliz que tenham voltado.

O sorriso dela fez as covinhas em suas bochechas aparecerem.

– Obrigada.

Como já era tarde em Xangai, não prolonguei a conversa. Prometi não comentar com Abigail sobre meus pais até que minha mãe contasse a ela, e desliguei.

O alívio afrouxou o punho ao redor do meu coração. Talvez fosse por estar de férias, pela minha vitória ou por uma combinação de fatores, mas a reação de minha mãe ao nosso relacionamento fora surpreendentemente tranquila. Além de alguns suspiros e caretas de reprovação, ela se absteve de suas alfinetadas habituais. Devia ter percebido que não adiantaria reclamar, e Leonora Young era esperta o suficiente para não perder tempo lutando uma batalha perdida.

– Foi muito melhor do que o esperado – comentou Isabella quando começamos outra rodada de Scrabble. – É incrível como o sexo relaxa as pessoas.

Quase cuspi minha bebida.

– Você está tentando me traumatizar? – perguntei, horrorizado. – É da minha mãe que você está falando.

– Desculpe, achei que já estivesse traumatizado por ver seus pais na cama... – Ela se interrompeu com uma gargalhada quando a puxei para mim e a prendi no chão.

– Se você continuar essa frase, vou esconder todos os seus thrillers até que você leia cada palavra de *A divina comédia* – ameacei. – A versão traduzida em latim.

Sua risada desapareceu.

– Nem brinca.

– Experimente.

– Se você fizer isso... – Ela enganchou as pernas ao redor da minha cintura, seus olhos brilhando, desafiadores. O calor correu direto para minha virilha. – Nada de sexo até você devolver meus livros.

– Querida, nós dois sabemos que você desistiria antes de mim.

Isabella arqueou a sobrancelha.

– Quer apostar?

Nunca retomamos nossa partida naquele dia.

Eu normalmente gostava de terminar tudo o que começava, mas horas depois, quando estávamos suados e saciados na minha cama, não dava a mínima para o fato de termos deixado pratos sujos e um jogo de Scrabble pela metade na sala de estar.

Afinal, tínhamos o resto da vida para concluí-lo.

EPÍLOGO

Dois anos depois

– AI, MEU DEUS. Chegou. – Olhei fixamente para a prateleira. – *Chegou mesmo*.

– Claro que chegou. Foi por isso que viemos. – Vivian me empurrou em direção à estante. – Vai lá! Esse é o seu momento.

Não me mexi. Não conseguia processar direito a visão diante de mim.

A lombada vermelha. O nome impresso em branco. Os anos de trabalho e edição, todos reunidos em um livro.

Meu romance de estreia, *Amante de companhia*, bem ali no meio da seção de thrillers da minha livraria favorita.

Uma mão quente tocou minhas costas.

– Parabéns – disse Kai. – Você é oficialmente uma autora publicada.

– Eu sou uma autora publicada – repeti. De início, as palavras pareceram efêmeras, mas então se solidificaram, assumindo o sabor terreno da realidade. – É o meu livro. Ai, meu Deus. – Minha frequência cardíaca acelerou. – Eu consegui. *Eu consegui!*

Meu estupor acabou e atirei os braços em volta dele enquanto assimilava o tamanho da minha conquista. Kai riu, seu rosto tomado de orgulho enquanto eu gritava e fazia uma dancinha feliz.

Não me importava em ser ridícula, porque depois de toda a agonia, dos fracassos e dos contratempos, eu era finalmente uma *autora publicada*.

Dois anos antes, Jill Sherman tinha adorado o manuscrito revisado e feito uma proposta para me representar oficialmente. Ela tentou vender o livro aqui e ali e, depois de algum interesse, mas nenhuma proposta das grandes editoras, assinei com uma menor, mas muito respeitada, que estava construindo seu catálogo de thrillers. Agora, depois de intermináveis alterações e revisões, ele estava no mundo.

Eu não seria uma Nora Roberts ou um Dan Brown da noite para o dia, mas não tinha problema. Havia terminado minha história, gostava muito dela, e isso era tudo que importava.

Eu já estava escrevendo a sequência. Kai ia lendo em partes, conforme eu escrevia, o que tornava o processo muito mais suave do que da primeira vez. Era difícil me perder em paranoias quando ele estava sempre lá para me resgatar.

Mas, mesmo que ele *não estivesse* lá, teria sido mais fácil. Eu tinha desenvolvido uma rotina que funcionava e me pressionava menos para escrever um primeiro rascunho perfeito. Tudo era editado e revisado muitas vezes antes de ir para gráfica, afinal.

Depois que abri mão da necessidade de perfeição, as palavras fluíram. Ainda havia dias em que eu queria arrancar os cabelos por conta de frases que não se formavam ou de uma cena que não se solidificava, mas, na maior parte do tempo, eu ficava extremamente animada em trabalhar na história.

Depois de anos à deriva, finalmente tinha encontrado meu propósito: criar, tanto para mim quanto para os outros.

– Vamos tirar uma foto – sugeriu Alessandra. – Precisamos celebrar este momento.

Ela, Vivian e Sloane tinham ido juntas para me dar apoio moral.

Eu não trabalhava mais na Floria Designs, mas sempre soubera que seria um emprego temporário. Alessandra havia reunido uma excelente equipe desde minha saída e seu pequeno negócio estava prosperando. O mesmo não podia ser dito de seu relacionamento com Dominic, mas isso era outra história.

Peguei um dos exemplares da estante e posei com ele. Foi provavelmente a foto mais cafona que já tirei; mal podia esperar para imprimir e emoldurar.

– Vire cinco centímetros para a esquerda – ordenou Sloane. – Agora levante o queixo, sorria… Sorria um pouco mais… Perfeito.

Ela era tão perfeccionista que demorava uma eternidade até ficar satisfeita com suas fotos, mas ficavam tão boas que ninguém reclamava.

Continuei segurando o livro depois da foto, apreciando seu peso e sua textura. Tinha recebido alguns exemplares da editora antes, mas até aquele momento não parecera *real*.

Aquilo era meu, do conceito à execução. Peguei uma ideia e criei um mundo inteiro, onde outras pessoas poderiam entrar e se perder. Todo livro deixava uma marca na história e eu havia deixado a minha.

Um nó se formou em minha garganta quando minha pequena semente de orgulho floresceu em uma árvore formada, com raízes e tudo.

Meu celular tocou com uma chamada de vídeo. O rosto de Felix preencheu metade da tela quando atendi. As cabeças de Miguel e Romero surgiram atrás dele, tentando ver também.

– E aí? – disse ele, pulando o cumprimento habitual. – Cadê? Mostra pra gente!

– Está aqui. – Dei um sorriso, girando a câmera para mostrar os exemplares de *Amante de companhia* organizados na prateleira. – Se você for legal comigo, eu autografo um para você.

– Ser da família não serve para nada? Que maldade – disse Miguel, balançando a cabeça. – Acabou de ser publicada e já está se esquecendo de nós.

– É o fluxo natural – acrescentou Romero. – A fama sobe à cabeça.

– Ah, calem a boca, vocês dois. Parem de implicar com sua irmã. – A voz da minha mãe ecoou antes que ela aparecesse. Felix deu um passo para o lado e o rosto gentil dela substituiu o dele na tela. – Ah, olhe só – disse minha mãe, suspirando. – Seu nome na capa! Estou tão orgulhosa de você! Agora, trate de enviar exemplares para nossos familiares nas Filipinas, ou eles vão me infernizar quando eu voltar...

– Isa! – Minha *lola* empurrou minha mãe para o lado e olhou para mim. Suas rugas pareciam ter duplicado desde a última vez que eu a vira, mas seus olhos estavam lúcidos como sempre. – Deixe-me ver. Hummm. São abotoaduras na capa? Não consigo saber. Minha visão não anda boa ultimamente. Arturo! – gritou ela, chamando meu avô. – Venha aqui. São abotoaduras, você acha?

Dei risada, sentindo um calor no peito enquanto minha família se acotovelava e discutia do outro lado da tela. Eles eram caóticos às vezes, mas eram o meu caos e tinham me apoiado firmemente naquela jornada editorial. A maioria deles tinha, pelo menos.

Meu sorriso desapareceu quando Gabriel surgiu. Ele foi o último a se juntar à ligação e sua postura severa e solene contrastava fortemente com as provocações de meus outros irmãos.

– Parabéns – disse ele. – Publicar um livro é uma grande conquista.

– Obrigada. – Apertei o livro com mais força junto ao peito com meu braço livre. – Provei que você estava errado, não é? – falei em um tom leve, mas nós dois sabíamos que eu não estava brincando.

– Provou mesmo. – Para minha surpresa, uma pequena curva em sua boca suavizou a severidade de sua expressão. – E nunca fiquei tão feliz por estar errado.

Minha voz parou na garganta. Fiquei tão atordoada com a resposta de Gabriel que não consegui encontrar o que dizer.

Ele *odiava* estar errado. Pensei que quisesse me ver falhar apenas para provar que estava certo em relação à minha instabilidade, mas ele parecia genuinamente feliz por mim. Bem, ao menos o mais feliz que Gabriel era capaz de parecer, o que ainda era um tanto severo para os padrões normais.

Talvez eu não fosse a única na família que subestimara um irmão.

– Ah. – Tossi, sentindo um calor se irradiar pelo corpo. – Hã, obrigada.

Talvez eu devesse ter previsto a reação dele. Tinha recebido minha herança no ano anterior, depois que ele e minha mãe concordaram que meu manuscrito concluído e o contrato do livro cumpriam os termos do contrato. Minha mãe foi quem mais falou durante nossa ligação, mas Gabriel também foi a favor de me dar o dinheiro. Isso contava, certo?

– De nada – disse ele. – Vejo você daqui a uns meses para o aniversário da mamãe. Espero que já tenha começado seu segundo livro até lá. Só um não faz uma carreira.

Revirei os olhos enquanto nosso momento de conexão se evaporava. Gabriel não tinha mudado *tanto* assim, afinal.

Quando desliguei, minhas amigas seguiram até um display de não ficção que exibia o novo livro de memórias de viagem de Leo Agnelli e o relato de um ex-executivo da Black & Co. detalhando a morte da empresa. Alessandra não parava de verificar e guardar o celular. Provavelmente era Dominic ligando – e sendo ignorado – pela centésima vez. Ótimo. O sujeito merecia sofrer um pouco.

Kai, por outro lado, estava folheando o último lançamento de Ruby Leigh.

– Não – falei. – De jeito nenhum. Você não tem permissão para estragar a obra dela traduzindo para o latim.

– Não entendo como isso poderia estragar a obra – disse ele, parecendo ofendido. – Posso traduzir Wilma Pebbles, mas não posso traduzir Ruby Leigh? Você ama as duas.

Ele não andava fazendo muitas traduções para o latim ultimamente porque estava ocupado demais no escritório. O trabalho de um CEO não terminava nunca, em especial depois que a aquisição do DigiStream e sua integração com a Young Corporation dominaram sua vida durante meses. Felizmente, tudo correu tão bem quanto ele esperava.

Pelo visto, ele estava com tempo para voltar a se dedicar a seus hobbies, mas eu me recusava a deixá-lo tocar em minha autora favorita.

– Eu amo as duas, mas só deixo você traduzir a Wilma para poder ver você lutando para encontrar a melhor solução para *pau de dinossauro* em latim.

Outra risada escapou da minha garganta quando ele colocou o livro de volta na prateleira e me puxou para si, fingindo uma cara ameaçadora.

– Sorte sua que este é o seu grande dia, ou eu não deixaria essa passar. – Kai acariciou minha nuca com o polegar. – Qual é a sensação de ser uma autora publicada?

– Algo absurdamente incrível.

Meu rosto relaxou. Tinha ido morar com Kai no ano anterior, mas não importava quantas manhãs eu acordasse ao seu lado ou quantas noites dormíssemos juntos, não conseguia acreditar que aquele homem maravilhoso era meu.

– Eu não teria conseguido sem você.

– Teria, sim. – Sua boca roçou a minha em um beijo gentil. – Mas estou feliz por termos feito isso juntos.

Ele tinha estado presente durante as madrugadas, as crises por excesso de cafeína e os colapsos no meio da edição. Sim, eu poderia ter sobrevivido a tudo aquilo sozinha, mas ele tornou o processo muito melhor. Como sempre.

Sorri e retribuí seu beijo.

– Eu também.

– VOCÊ ESTÁ TRAPACEANDO? – questionou Miguel. – É *impossível* vencer tantas vezes seguidas. É estatisticamente impossível.

– Eu não trapaceio. – Retirei todas as peças do tabuleiro de Scrabble. – Apenas tenho um vocabulário extenso.

– Nem se dê ao trabalho de discutir – disse Isabella por cima dos resmungos e protestos de sua família. – Ele é insuportável quando se trata de jogos de tabuleiro.

– Quando se trata de *qualquer* jogo – murmurou Romero, obviamente ainda remoendo a derrota no tênis de mais cedo.

A família de Isabella e eu estávamos reunidos na casa da mãe dela, em Los Angeles, para o Natal-aniversário-ano-novo-palooza que finalmente tinha sido abreviado para NAANP. Quando sugeri essa solução na comemoração do ano anterior, eles me encararam como se eu fosse uma aberração. Tudo indicava que encurtar o nome absurdamente longo para uma sigla nunca tinha passado pela cabeça deles.

Era meu segundo ano comemorando com eles, e eu estava à vontade o suficiente para não me conter mais quando se tratava dos jogos e atividades.

Começamos o dia com apresentações de piano, em homenagem ao pai de Isabella. Ela tocou uma peça de Chopin e eu dei seguimento com "Hammerklavier". Minha interpretação havia melhorado muito desde a surpreendente constatação, anos atrás, de que Isabella tocava melhor do que eu. Depois de praticar muito, eu a aperfeiçoara a ponto de até mesmo seu *lolo* aplaudir o desfecho com lágrimas nos olhos.

Isabella insistia que minha melhora se devia não à prática, mas a ter encontrado o que "estava faltando".

Emoção.

Isso era ridículo. A perfeição era resultado de prática, não de emoção. Mas eu a abracei mesmo assim.

– O que vamos jogar agora? Acho que não aguento perder mais uma rodada para o Sr. Dicionário aqui – brincou Clarissa.

De calça jeans, blusa e sandálias, ela nem parecia a socialite de pérolas e tweed que se mudara para Manhattan dois anos antes.

Clarissa e Felix começaram a namorar oficialmente pouco depois que Isabella e eu voltamos. Ela tinha se mudado para Los Angeles no ano anterior e atualmente trabalhava no museu local, onde ele era o artista residente. Os pais dela tinham ficado revoltados, mas não havia muito que pudessem fazer a respeito, e ela gostava da Califórnia. Parecia mais feliz e relaxada ali do que jamais esteve em Nova York.

– Dardos – sugeri, trocando um rápido olhar com Felix. – O último jogo.

Daquela vez, foi Isabella quem resmungou.

– Tenho certeza de que você está fazendo de propósito – disse ela enquanto saíamos para o quintal. – Você só escolhe as atividades em que eu não sou... Ai, meu Deus.

Ela parou de andar abruptamente e olhou, boquiaberta, para a imagem à sua frente.

Com a ajuda dos irmãos dela, eu tinha reproduzido a parede de balões do nosso primeiro encontro não oficial em Bushwick. Acordamos ainda de madrugada para arrumar tudo, mas a expressão de surpresa no rosto dela fez valer a pena.

– Como você fez isso? – perguntou Isabella, sem fôlego.

– Com muita cafeína e a ajuda dos seus irmãos. Achei que todo mundo devia passar por essa experiência pelo menos uma vez na vida. Além disso, Gabriel é um grande fã de *O diário da princesa 2*.

Ele me olhou feio, parado próximo aos dardos.

– Eu não sou *fã* – retrucou ele. – Gosto do enredo. Só isso.

Nosso relacionamento conturbado tinha melhorado desde que ele me confrontara no bar do hotel, dois anos antes, mas éramos parecidos demais em muitos aspectos para sermos melhores amigos.

– Claro. – Romero abriu um sorriso sarcástico. – É por isso que você nos obriga a assistir todo Natal.

– Eu não *obrigo* vocês a nada – rebateu Gabriel. – Não tenho tempo para essa palhaçada. A *lola* precisa da minha ajuda.

Ele deu meia-volta e marchou rigidamente até onde a avó de Isabella tentava abrir um pote de molho.

– Se não for para o Gabe ficar irritado com alguma coisa, nem precisa ter o NAANP – disse Isabella, rindo. Ela ficou na ponta dos pés e me deu um beijo rápido. – Obrigada por aturar minha família. Eu sei que às vezes eles são meio demais.

– Eu gosto deles. Eles são divertidos. – Passei um braço em volta de sua cintura e sorri para ela. – Além disso, você aguentou a renovação de votos dos meus pais, então eu estava em dívida com você.

Nós dois estremecemos com a lembrança.

Meus pais tinham renovado os votos oficialmente sete meses antes, em uma cerimônia suntuosa em Jade Cay. A cerimônia foi linda; os preparativos que a antecederam, não. Minha mãe conseguira convencer Isabella a ajudar ela e Abigail a planejar o evento, portanto *eu* fui obrigado a ajudar no evento. Ainda tinha pesadelos com tule e estampas florais.

– Chega dessa melação. Estou ficando enjoado. – Miguel deu um dardo para cada um. – Vamos lá. Vamos seguir com o show. O sol está prestes a se pôr.

Isabella havia melhorado nos dardos, mas sua pontaria ainda era bem mais ou menos. Eu estava torcendo para que naquele dia suas habilidades estivessem mais para menos.

O nervosismo vibrava sob a minha pele quando ela se ajeitou e ergueu o braço. A luz do sol do fim de tarde a encontrou, banhando seu cabelo preto-púrpura de dourado e imprimindo sombras em sua pele bronzeada. Ela franziu as sobrancelhas e, apesar da minha ansiedade, não pude deixar de sorrir diante de sua concentração.

Estávamos juntos havia dois anos, mas ainda era difícil acreditar que ela era minha.

O dardo zuniu pelo ar e ricocheteou inofensivamente na parede.

Fui tomado de alívio, seguido por uma segunda onda de nervosismo.

– *Droga* – reclamou Isabella, aparentemente alheia à minha agitação e ao fato de sua família ter voltado para dentro de casa. – Achei fofo você ter gastado tempo para arrumar isso aqui. De verdade. Mas no ano que vem você *precisa* escolher algo em que eu seja boa, tipo uma maratona de compras ou de leitura.

– Vou me lembrar disso. – Tirei um pedaço de papel dobrado do pote e entreguei a ela. Um minúsculo ponto azul marcava o canto. – Enquanto isso, aqui está sua pergunta.

Ela suspirou e desdobrou o papel.

– Eu juro, se eu tiver que falar sobre o meu maior medo de no... – Sua frase morreu pela metade.

Eu tinha escrito o que queria dizer antes de dizer e, quando ela ergueu o olhar do bilhete, com os olhos brilhantes e a boca trêmula, eu já estava ajoelhado. Um diamante deslumbrante brilhava na caixa aberta em minha mão.

Tínhamos precisado enfrentar muitas situações difíceis para chegar aonde estávamos, mas minha pergunta seguinte foi a mais difícil e fácil de todas.

– Isabella Valencia, você quer se casar comigo?

CENA BÔNUS

Isabella

— MUDEI DE IDEIA. Boxe é meu esporte favorito. — Recostei-me e admirei a vista por cima de uma lata de Coca-Cola. — Não acredito que passei tanto tempo sem saber disso.

Vivian me lançou um olhar de soslaio.

— Você *não tem* um esporte favorito. Você disse que, abre aspas, esportes são para pessoas chatas que não têm nada melhor para fazer do que assistir a outras pessoas vivendo e jogando, fecha aspas.

— Sim, bem, é por isso que eu *também* disse que mudei de ideia. — Tomei um gole açucarado de refrigerante antes de colocá-lo de lado. — Nada melhor do que um bom espetáculo.

Era quinta-feira à noite e Vivian e eu tínhamos trocado nossos habituais drinques de happy hour pela escura academia de boxe do Valhalla. Ver homens suados se esmurrando normalmente não era bem a minha ideia de diversão, mas a situação mudava de figura quando um dos homens era meu namorado.

Inclinei-me para a frente e apoiei o queixo na mão com um suspiro sonhador.

A vários metros de distância, Kai se esquivou de um gancho de Dante e rebateu com um direto no queixo, que Dante evitou. Seus troncos nus brilhavam de suor e a concentração transformava suas feições em máscaras de pedra. Eu praticamente podia *sentir o cheiro* da testosterona no ar.

E era muito sexy.

– Isso aí, querido! – comemorei quando Kai finalmente acertou um soco. – Acaba com ele!

Ele não respondeu nem tirou os olhos de Dante, mas pensei ter visto sua boca se curvar em um sorriso antes de voltar a se estreitar.

Vivian bateu o joelho no meu.

– Olha lá, hein. É do meu marido que você está falando. – Ela estremeceu quando um novo corte se abriu no supercílio de Dante. – Não acredito que você me convenceu a vir para cá. Podíamos estar tomando margaritas no Chelsea neste exato momento.

– Ah, fala sério. Não me diga que você nunca teve curiosidade de ver as lutas deles.

Eu tinha passado os últimos dois anos implorando a Kai para que me deixasse vê-lo lutar boxe (o pouco que vira no dia em que ele perdeu a primeira votação para CEO não contava). Na semana anterior ele havia finalmente cedido. Eu suspeitava que o boquete que eu estava fazendo na hora tivesse ajudado na decisão, mas concessões feitas durante o sexo ainda eram válidas. Não era permitido voltar atrás.

Toda a súplica tinha valido a pena. Ver a força agressiva de Dante contra a graça suave e letal de Kai era como assistir a uma batalha entre o fogo e a água. Era hipnotizante.

Dito isso, ficaria feliz em retornar ao meu happy hour de sempre na semana seguinte… *depois* de terminar de apreciar cada segundo da delícia visual que estava sendo aquela noite.

– Eu tinha um pouco de curiosidade – admitiu Vivian. – Mas posso afirmar com segurança que boxe não é para mim. É violento demais. – Ela se encolheu de novo quando Kai quase acertou um segundo soco. – Não admira que Dante volte para casa cheio de cortes e hematomas com tanta frequência.

– Esse é o objetivo – respondi.

Eu era noventa por cento pacifista; os dez por cento restantes eram reservados para pessoas que mereciam um pouco de violência, como criminosos agressivos e babacas que não davam gorjeta aos garçons. Entretanto, não me opunha a uma briga de vez em quando. Além disso, Kai e Dante eram amigos, eles não iam se matar nem nada.

– Você pode dar beijinhos para sarar os machucados dele quando chegar em casa – acrescentei com um sorriso provocador. – Tenho certeza de que Dante não vai se importar.

As bochechas de Vivian ficaram rosadas.

– É ele quem insiste em lutar boxe toda semana. Pode cuidar dos próprios ferimentos – disse ela com altivez, mas lançou outro olhar preocupado para o ringue.

Meu sorriso se alargou. Era muito fofo ver a elegante e sofisticada Vivian preocupada com o marido. Claro que era muito mais fofo agora que eu tinha um parceiro de quem cuidar também.

– Como vai o noivado? – perguntou ela, mudando de assunto. – Ainda na fase de lua de mel?

Eu não conseguia evitar um frio na barriga ao ouvir a palavra *noivado*.

– Pode-se dizer que sim.

Fazia um mês que Kai e eu estávamos oficialmente noivos. Fiquei tão chocada quando ele me pediu em casamento no NAANP que levei um minuto inteiro para fazer com que o *sim* saísse da minha boca, mas depois que consegui foi tudo uma loucura. Mal me lembrava do que acontecera naquele dia, além de muitas lágrimas, risadas e do sexo (depois que ficamos sozinhos, claro. Voyeurismo em família não era *mesmo* a minha praia).

Em algum momento seria necessário enfrentar a realidade de que tínhamos um casamento para planejar, mas, até lá, estávamos contentes em aproveitar o novo status de relacionamento.

Noivos. Outro frio na barriga.

Sair escondido com Kai, lá no início, tinha sido emocionante, mas nada superava simplesmente estarmos juntos. Era um relacionamento normal e saudável, e eu nunca tinha estado tão feliz. Pessoalmente, achava que chamar aquilo de *bênção* era um eufemismo, mas guardava essa opinião para mim. Estava aprendendo a não compartilhar *tudo* sobre minha vida pessoal.

No entanto, não resisti a contar a Vivian uma pequena notícia. Ela era minha melhor amiga, o que significava que mal contava como alguém de fora.

– Falando no Kai, o aniversário dele está chegando. Adivinha o que eu comprei para ele – falei com um sorriso orgulhoso.

– Estou com medo de perguntar.

Baixei a voz para um sussurro conspiratório.

– Cuecas com *estampa de dinossauro*. Encomendei sob medida em um daqueles sites que parecem meio suspeitos, mas são reais.

– *Isa*. – Vivian parecia não saber se ria ou ficava chocada. – O que nós conversamos sobre esses sites? Lembra o que aconteceu da última vez que você fez uma encomenda em um deles?

– Dessa vez eu pesquisei antes de fazer o pedido – respondi na defensiva.

Aprendi minha lição depois de um desastre envolvendo um vibrador, alguns anos antes. O brinquedo supostamente de última geração era exatamente como na foto... só que dez vezes menor. As únicas "pessoas" que poderiam aproveitá-lo eram minhas bonecas Barbie do quinto ano.

– Além disso, acho que o Kai vai gostar da piada. A gente tem uma coisa com dinossauros.

Aos poucos, mas sem desistir, eu estava fazendo Kai se inteirar do mundo dos eróticos com dinossauros. Ele lia os livros para me agradar, mas eu suspeitava que parte dele realmente gostava.

– Sobre *isso* eu não vou perguntar. – A voz de Vivian continha uma risada.

– É melhor mesmo. – Tirei uma mecha de cabelo do olho. – Tentei encontrar preservativos com estampa de dinossauro, mas é muito difícil de...

Uma leve tosse interrompeu meu discurso sobre a terrível inexistência de preservativos reptilianos. Ergui os olhos, surpresa ao ver Kai e Dante parados diante de nós com expressões de diversão e perplexidade, respectivamente.

Estava tão envolvida na conversa com Vivian que não percebi o fim da luta.

– Falando sobre preservativos outra vez, querida? – implicou Kai. Dessa vez, seu sorriso era óbvio. – A esta altura, a Trojan lhe deve uma comissão.

Senti minha pele esquentar, mas superei o constrangimento ao me levantar do banco.

– Bem, se você quiser falar com o CEO por mim, eu não vou me importar. – Fiquei na ponta dos pés para lhe dar um beijo rápido. – Parabéns pela vitória, querido. Não duvidei de você nem por um segundo. Nem mesmo quando o Dante te jogou nas cordas.

Kai riu e passou um braço em volta da minha cintura, me puxando para mais perto. Ele me deu um segundo beijo mais profundo que deixou meu estômago em frenesi.

– Obrigado pela sua fé inabalável, mas terminamos empatados.

– Um empate não é uma derrota, o que significa que é basicamente uma vitória. Certo, Viv?

Olhei para Vivian, que estava ocupada examinando os cortes de Dante. Não era possível que doessem *tanto assim*, mas o grandalhão e malvado CEO do Russo Group parecia contente em ficar quieto sendo cuidado pela esposa. Ele estava com a mão apoiada no quadril dela e inclinou a cabeça na direção de Vivian quando ela murmurou algo que o fez sorrir.

– Deixa pra lá – completei. Naquele ritmo, eu teria sorte se eles se lembrassem de que havia outras pessoas no recinto. – Você me entendeu.

– É difícil argumentar com uma lógica tão convincente – brincou Kai. – Vou tomar banho e me trocar, mas ainda está cedo. O que você está a fim de fazer mais tarde? Tem uma orquestra convidada no... Ah. Acho que essa careta significa um *não*.

– Nada de apresentações musicais esta noite. – Meu interesse por música clássica oscilava apenas alguns graus acima do meu interesse em dissecar livros didáticos de latim de mil páginas. – Estou a fim de algo mais interativo.

Um brilho iluminou os olhos dele.

– Não *esse* tipo de interação. Você e essa sua mente suja. – Engoli uma risada quando a decepção tomou o rosto de Kai. – Você precisa fazer por merecer.

– Desde quando?

Ele parecia um estudante a quem negaram uma sobremesa.

– Desde sempre. Que tipo de garota você acha que eu sou? – respondi com um tom afetado, apesar de ter cedido embaraçosamente rápido na noite anterior, quando ele voltou para casa com minha pizza favorita. E na outra semana, quando nossa noite de cinema em casa terminou com nós dois estreando o sofá (de novo). E na semana anterior, quando... Bem, já deu para entender.

– Uma garota muito teimosa. – Kai ergueu uma sobrancelha. – Então nada de apresentações e nada de sexo. Só sobra...

– Scrabble – concluímos em uníssono.

Kai riu outra vez quando dei um resmungo e enterrei o rosto em seu peito.

– Nós somos *tão* sem graça... A gente não era um casal jovem e divertido?

– Vamos à festa do Xavier neste fim de semana – disse ele. – Garanto que vai preencher nossa cota de diversão por pelo menos duas semanas. Ele leva as festas a sério.

Soltei um suspiro dramático.

– Acho que você tem razão.

A verdade era que, por mais que fingisse reclamar, eu adorava nossas noites em casa. Comida, vinho e jogos de tabuleiro seguidos de horas de sexo incrível? Era uma vitória quádrupla. Só não podia deixar passar sem *algum* protesto. Eu tinha uma reputação a manter.

Além disso, aquela seria a noite em que eu *finalmente* o venceria no Scrabble. Tinha certeza disso.

Kai

OS MINUTOS PASSAVAM COM TIQUE-TAQUES ensurdecedores enquanto Isabella olhava para o tabuleiro, a testa franzida com adorável concentração.

Tínhamos deixado Dante e Vivian no Valhalla, duas horas antes, e mergulhamos em uma partida de Scrabble assim que chegamos ao apartamento. Foi um de nossos jogos mais disputados até então.

– Eu odeio te apressar, querida, mas, se você não fizer um movimento logo, viraremos fósseis ao lado das peças.

– *Shh*. – Ela não tirou os olhos das letras. – Pare de tentar me distrair com esse sotaque britânico sensual. Não vai funcionar.

– Eu não estou...

– Ei. – Ela ergueu um dedo. – Distração. Trapaça. Injusto.

Balancei a cabeça, minha boca se curvando em um sorriso. A competitividade que eu normalmente sentia quando jogava... bem, tudo havia derretido com Isabella ao longo dos anos. Quando estava com ela, eu conseguia aproveitar nossos jogos em vez de ficar cem por cento concentrado em vencer.

Tique. Taque. Tique. Taque.

Ela estava apenas alguns pontos atrás e, depois de mais dois minutos excruciantes, dispôs as peças.

Jazzístico. Trinta e três pontos.

Fiquei perplexo, depois senti orgulho.

– Parabéns. Você ganhou.

Isabella finalmente ergueu os olhos, parecendo confusa.

– Eu ganhei?

– Sim. – Dei um tapinha no tabuleiro. – Por alguns pontos, na verdade.

– Eu ganhei – repetiu ela. Aos poucos, ela foi assimilando a informação e sua descrença sumiu. – Ah, meu Deus, eu ganhei. Eu ganhei, eu ganhei, *eu ganhei*!

Dei uma risada quando ela me agarrou em um abraço/beijo. Pela primeira vez, não fiquei chateado por perder. Se eu tivesse que perder para alguém, escolheria perder para ela. Sempre.

– Eu destronei você como campeão do Scrabble, logo mereço um prêmio.

Isabella me envolveu com os braços e as pernas. Minhas costas estavam pressionadas contra o sofá, então eu ainda estava sentado, apesar da força de seu ataque.

– O que você vai me dar?

– Depende. – Deslizei a mão pelas costas e pela nuca dela. – O que você está a fim de fazer?

– Hummm. Acho que estou a fim de... – Sua respiração falhou quando minha outra mão desceu pela curva de sua bunda. – Algo interativo.

– Outra partida de Scrabble? – Avancei o toque por sua coxa.

– Quase isso, mas com menos palavras. Mais ação.

Isabella suspirou com o toque de meus dedos em sua pele macia. Ela estava usando um vestido, o que era conveniente para diversas atividades que eu tinha em mente.

– Ah. – Balancei a cabeça, compreendendo. – Então você quer jogar pôquer.

– *Kai*.

Seu olhar brincalhão se transformou em um gemido enquanto minha mão subia ao meio de suas pernas. Um rubor tonalizou suas bochechas e ela deixou a cabeça pender para trás, os olhos fechados, quando empurrei sua calcinha para o lado e acariciei seu clitóris.

Minha risada baixa ecoou entre nós antes de eu apertar ainda mais sua nuca com a outra mão e beijá-la novamente. Mesmo depois de dois anos, ela tinha um sabor tão doce quanto da primeira vez. Ainda mais, porque, por mais atraído que eu estivesse por ela em nosso primeiro beijo, eu me apaixonara ainda mais a cada dia desde então.

Os dedos de Isabella deslizaram pelo meu cabelo, nossas roupas caíram no chão, e logo eu estava dentro dela, extraindo gritos e gemidos enquanto metia nela contra o sofá.

Calor, suor e pele nua e lisa. Eu nunca me cansava. Eu nunca me cansava *dela*. Não importava há quanto tempo estivéssemos juntos, eu jamais assimilaria o fato de que ela era minha, e conhecia seu corpo tão bem que não demorou muito para que ela estivesse gritando meu nome mais uma vez.

Gozei logo depois dela e desabamos no chão, exaustos, mas saciados.

– Nada mal, Young – disse Isabella, sem fôlego. – Nove de dez. Tirei um ponto por essa última posição no final. Acho que estou com o formato de uma peça do Scrabble marcada na minha bunda.

Dei uma risada.

– Acho que vou ter que tirar onze de dez na próxima vez, para compensar. – Passei um braço em volta de sua cintura e puxei-a contra o meu peito. – Sabe, em breve você também será uma Young.

Sra. Isabella Young. O mero pensamento fez meu coração disparar.

Cresci acreditando que o casamento seria uma obrigação, assim como pagar impostos ou contas. Nunca imaginei que ver meu anel no dedo dela me deixaria sem fôlego.

– Só depois de sair viva do planejamento da festa. – Ela ergueu o queixo para me olhar nos olhos. Uma centelha de preocupação diminuiu seu contentamento. – Seja sincero. É para eu ter muito medo da sua mãe durante essa fase?

– Não vai ser tão ruim assim – respondi, tranquilizando-a. – Ela vai querer opinar na lista de convidados, que vai ser a maior preocupação dela.

Isabella e minha mãe haviam desenvolvido uma relação civilizada e até amigável ao longo dos anos. Minha mãe relaxara um pouco desde que deixara o cargo de CEO, e eu suspeitava que ela achava o jeito espontâneo de Isabella revigorante, depois de ter passado a vida inteira cercada por pessoas que sempre concordavam com ela, embora jamais fosse admitir nada disso.

Ela tinha recebido a notícia do noivado com uma tranquilidade surpreendente, mas havia insistido, *sim*, na questão dos convites. Nem Isabella nem eu resistimos. Algumas batalhas não valiam a pena ser travadas.

– Está bem. – Isabella mordeu o lábio inferior. – Eu só quero garantir que corra tudo bem. Não quero me transformar em uma noiva neurótica nem entrar numa megabriga com a sua mãe antes do casamento.

Tínhamos marcado a data para dali a um ano e meio. Começamos a visitar possíveis locais para a festa, mas ainda não havíamos entrado nos preparativos. Nós dois queríamos aproveitar a fase do noivado sem nos preocuparmos com talheres e arranjos de flores, mas esse período acabaria em breve.

– Há muitas decisões a tomar. Onde casar, quem convidar, que comida servir... – O estresse permeava sua voz.

– Nós vamos resolver tudo. – Beijei o topo de sua cabeça. – Não me importa se vamos nos casar em uma igreja, em um castelo ou em um centro comunitário no Brooklyn, desde que estejamos juntos.

O rosto de Isabella suavizou-se.

– Às vezes você é muito fofo, quando não está sendo insuportável.

– Às vezes? Quem foi que encomendou a coleção completa de livros autografados da Wilma Pebbles de presente de aniversário sem você nem precisar pedir?

– Eu deixei o site aberto no meu computador e adicionei a coleção aos favoritos para que você pudesse ver quando eu fosse tomar banho.

– Eu não fico bisbilhotando o seu computador – respondi, embora *talvez* eu tivesse dado uma olhadinha nos favoritos dela. – Estou ofendido com a sua avaliação do meu caráter.

A risada dela preencheu a sala.

– Bem, longe de mim manchar a imagem perfeita de Kai Young. Ah! – Ela estalou os dedos. – Isso me deu uma ideia. O que você acha de colocarmos Jurassic Park como tema do casamento? Mas Jurassic Park *de luxo*, se é que você me entende. Imagine só como o bolo ficaria incrível se tivesse marcas de garras revelando um red velvet no meio e...

Um sorriso brotou em meus lábios enquanto Isabella divagava. Ela era a única pessoa que eu conhecia capaz de imaginar um casamento luxuoso com tema de dinossauro (não que eu concordasse totalmente com a ideia. Eu não era um grande fã de répteis; o Monty era uma das poucas exceções).

Isabella e eu éramos diferentes em muitos aspectos, mas eram nossas diferenças que nos faziam dar certo. Apesar de todos os meus prêmios, conquistas e condecorações, sentia que faltava alguma coisa até conhecê--la. Só quando ela apareceu em minha vida foi que percebi qual era a peça que faltava.

Equilíbrio.

Ela era o yin do meu yang, o dia da minha noite. Éramos duas metades de um todo e, com ela, eu finalmente estava completo.

Agradecimentos

BECCA: MINHA COMPANHEIRA DE BRAINSTORMING, líder de torcida e também adoradora de sushi. Você é incrível e sou muito grata por ter você em minha vida. Um dia, terminarei de recolher os copos de café da minha mesa e poderemos comemorar com temakis :)

Brittney, Salma, Rebecca, Sarah e Aishah: já passamos por muitos livros juntas, e eu não poderia ter melhores leitoras alfa/beta. Muito obrigada pelo constante apoio e feedback!

Cait: seu entusiasmo pelos meus casais sempre me faz sorrir. Ver você reagir a Kai e Isa foi uma das minhas partes favoritas do processo, e é impossível agradecer o suficiente por você ter compartilhado seu conhecimento e suas percepções sobre a cultura filipina. Os Valencias não seriam os mesmos sem você.

Theresa: sua capacidade de fazer observações atenciosas, com um retorno tão preciso, é incrível, então obrigada!

Amy e Britt: trabalhar com vocês é uma alegria. Obrigada pela atenção aos detalhes e por fazer minhas histórias brilharem.

Cat: você é genial. Só isso.

Kimberly: minha agente extraordinária. Obrigada por tudo o que você faz.

A Christa, Pam e à equipe da Bloom Books: obrigada pelo amor e pela atenção que vocês dedicam aos meus livros. É realmente um sonho realizado vê-los nas livrarias.

A Ellie e à equipe da Piatkus: obrigada por compartilhar minhas histórias com o mundo. Ver meus livros em tantos países é uma experiência incrível, e mal posso esperar para conhecer e comemorar pessoalmente com alguns de vocês em breve.

À Nina e à família da Valentine PR: vocês fazem com que o lançamento de meus livros seja uma tranquilidade, e sou extremamente grata.

Por fim, aos meus maravilhosos leitores: vocês são a melhor parte de ser escritora. Eu não poderia fazer nada disso sem vocês, então obrigada por sempre iluminarem meu dia.

Bjs, Ana

Leia a seguir um trecho do próximo livro da série Reis do Pecado

Rei da Ganância

CAPÍTULO 1

Alessandra

EM ALGUM MOMENTO DO PASSADO, eu tinha amado meu marido.

Sua beleza, sua ambição, sua inteligência. As flores silvestres que ele colhia para mim no caminho para casa depois de trabalhar durante a madrugada e a trilha de beijos delicados que ele traçava pelo meu ombro quando eu ignorava teimosamente o despertador.

Mas o passado estava muito distante e, naquele momento, quando o vi atravessar a porta pela primeira vez em semanas, tudo o que senti foi uma dor aguda e profunda nos lugares onde antes residia o amor.

– Chegou cedo – comentei, embora fosse quase meia-noite. – Como foi o trabalho?

– Bom.

Dominic tirou o casaco, revelando um terno cinza imaculado e uma camisa branca impecável. Ambos feitos sob medida, ambos de preço acima de quatro dígitos. Tudo do melhor para Dominic Davenport, o suposto Rei de Wall Street.

– Trabalho é trabalho – acrescentou ele.

Ele me deu um beijo automático nos lábios. O aroma familiar de frutas cítricas e sândalo alcançou meus sentidos e me fez sentir um aperto no coração. Ele usava o mesmo perfume que eu lhe dera de presente havia uma década, durante nossa primeira viagem ao Brasil. Antes eu achava que era lealdade romântica, só que agora eu era mais realista e pensava que ele apenas não se dava ao trabalho de encontrar um perfume novo.

Dominic não se importava com nada que não lhe rendesse dinheiro.

Ele olhou de relance para as taças de vinho manchadas de batom e os restos de comida chinesa na mesa de centro. Nossa governanta estava de férias e eu estava no meio da arrumação quando Dominic chegou.

– Você recebeu amigos? – perguntou ele, parecendo apenas ligeiramente interessado.

– Só as meninas.

Minhas amigas e eu tínhamos comemorado um marco financeiro do meu pequeno negócio de flores prensadas, que estava próximo de completar dois anos, mas não me preocupei em compartilhar a conquista com meu marido.

– Íamos sair para jantar, mas acabamos ficando em casa.

– Deve ter sido divertido.

Dominic já havia passado para o celular. Ele tinha uma política rígida de não enviar e-mails, então provavelmente estava verificando os mercados de ações asiáticos.

Um nó se formou em minha garganta.

Ele ainda era impressionante, tão bonito como da primeira vez que o vi na biblioteca da faculdade onde estudávamos. Cabelo loiro-escuro, olhos azul-marinho, traços bem definidos em uma expressão pensativa semipermanente. Não sorria facilmente, mas eu gostava disso. Não havia falsidade; se ele sorria, era para valer.

Quando foi a última vez que sorrimos um para o outro como costumávamos fazer?

Quando foi a última vez que ele me tocou? Não para transar, mas como uma demonstração casual de carinho.

O nó ficou preso, restringindo o fluxo de oxigênio. Engoli em seco e forcei meus lábios a se curvarem.

– Falando em jantar, não se esqueça da nossa viagem neste fim de semana. Temos uma reserva para sexta à noite em Washington.

– Não vou esquecer. – Ele tocou em algo na tela.

– Dom. – Minha voz ficou firme. – É importante.

Ao longo dos anos, eu havia tolerado muitos compromissos perdidos, viagens canceladas e promessas não cumpridas, mas nosso aniversário de dez anos de casamento era um momento único. Imperdível.

Dominic finalmente ergueu os olhos.

– Eu não vou esquecer. Prometo. – Algo brilhou em seus olhos. – Dez anos já. É difícil de acreditar.

– Sim. – Minhas bochechas quase racharam de tanto forçar o sorriso. – É mesmo. – Hesitei por um instante, então acrescentei: – Está com fome? Posso esquentar alguma coisa para você comer, e você me conta como foi seu dia.

Ele tinha o péssimo hábito de se esquecer de comer quando estava trabalhando. Eu podia apostar que não consumira nada além de café desde o almoço. No início de sua carreira, eu costumava ir até o escritório e garantir que ele comesse, mas as visitas pararam depois que a Davenport Capital decolou e Dominic se tornou um homem ocupado demais.

– Não, tenho assuntos de uns clientes para resolver. Como alguma coisa mais tarde.

Ele estava de volta ao celular, a testa franzida em uma carranca profunda.

– Mas...

Achei que tivesse acabado de trabalhar por hoje. Não é por isso que você está em casa?

Engoli a pergunta. Não adiantava fazer certas perguntas, pois eu já sabia as respostas.

O trabalho de Dominic nunca terminava. Era a amante mais exigente do mundo.

– Não me espere acordada. Vou ficar no escritório por um tempo. – Seus lábios tocaram minha bochecha quando ele passou por mim. – Boa noite.

Ele já tinha se retirado quando respondi.

– Boa noite.

As palavras ecoaram em nossa sala suntuosa e vazia. Era a primeira noite em semanas que eu estava acordada a tempo de ver Dominic chegar em casa, e nossa conversa terminara antes de realmente começar.

Pisquei para afastar lágrimas constrangedoras. E daí que meu marido parecia um desconhecido? Às vezes *eu* não reconhecia nem a mim mesma quando me olhava no espelho.

No fim das contas, eu era casada com um dos homens mais ricos de Wall Street, morava em uma bela casa que a maioria das pessoas invejaria e era dona de um negócio pequeno mas próspero, que eu amava. Eu não tinha nenhum motivo para chorar.

Recomponha-se.

Respirei fundo, endireitei os ombros e peguei as embalagens vazias de comida da mesinha de centro. Quando terminei de limpar tudo, a pressão atrás de meus olhos havia desaparecido como se nunca sequer tivesse existido.

CAPÍTULO 2

Dominic

EXISTE UM ANTIGO PROVÉRBIO que diz que coisas ruins vêm de três em três e, se eu não desprezasse tanto superstições, poderia ter acreditado nele depois daquele dia de merda.

Primeiro, uma falha técnica ridícula reiniciou nosso e-mail e os sistemas de calendário naquela manhã, e levamos horas até colocar tudo em ordem.

Depois, um de meus principais *traders* pediu demissão porque "estava esgotado" e "encontrou sua verdadeira vocação" como professor de ioga, o que parecia piada.

E, naquele momento, uma hora antes do fechamento dos mercados americanos, saiu a notícia de que uma empresa da qual detínhamos muitas ações estava sendo investigada pela Comissão de Valores Mobiliários. As ações estavam em queda livre, portanto a nossa posição caía a cada minuto, e meus planos de ir embora mais cedo se desintegraram mais depressa do que lenços de papel em uma máquina de lavar roupa. Como CEO de um grande conglomerado financeiro, eu não podia me dar ao luxo de delegar a gestão de crises.

– Me falem tudo.

Em trinta segundos, passos rápidos me levaram da minha sala para a reunião emergencial de equipe, três portas adiante. Meus músculos estavam tão contraídos que era um milagre eu não estar cheio de cãibras. Tinha perdido milhões em minutos e não tinha tempo para enrolações.

– Está rolando um boato de que a CVM vai partir com tudo para cima deles – disse Caroline, minha chefe de equipe, entrando rápido no meu ritmo. – O novo presidente está querendo chegar causando. Que melhor maneira de fazer isso do que enfrentando um dos maiores bancos do país?

Pelo amor de Deus. Os novatos sempre passavam o primeiro ano no emprego como um elefante em uma loja de porcelana. Eu tinha uma boa relação com o antigo presidente, mas o novo era uma maldita pedra no sapato, e ele só estava no cargo havia três meses.

Olhei o relógio ao abrir a porta da sala de reunião. Eram três e quinze da tarde. Eu tinha que pegar o voo para Washington com Alessandra às seis. Se eu não estendesse a reunião e fosse direto para o aeroporto, em vez de parar primeiro em casa, como vinha planejando, daria tempo.

Droga. Por que o presidente tinha que virar a mesa logo no meu aniversário de casamento?

Assumi meu lugar na cabeceira da mesa e peguei meu isqueiro. Já era um gesto instintivo, eu nem precisava pensar.

– Me deem os números.

Esqueci completamente o voo para Washington conforme acendia e apagava o isqueiro enquanto minha equipe debatia os prós e contras de liquidar as ações ou enfrentar a tempestade. Não havia espaço para preocupações de ordem pessoal em meio a emergências, e o peso sólido e reconfortante da prata focava meus pensamentos na tarefa em questão, em vez de nos sussurros traiçoeiros que lotavam meu cérebro.

Os sussurros estavam sempre presentes, enchendo minha cabeça de dúvidas, dizendo que eu estava a uma má decisão de perder tudo. Que eu era e sempre seria motivo de piada, a criança órfã abandonada pela própria mãe biológica e que tinha sido reprovada duas vezes no sexto ano.

O "aluno problemático", lamentavam os professores. O "idiota", zombavam meus colegas.

O "preguiçoso", lastimava meu orientador.

As vozes ficavam mais altas em momentos de crise. Eu governava um império multibilionário, que incluía dezenas de subsidiárias e milhares de funcionários pelo mundo todo, mas circulava diariamente pelos corredores assolado pelo medo de enfrentar um colapso financeiro.

Aceso. Apagado. Aceso. Apagado. Meus cliques acelerados no isqueiro correspondiam aos meus batimentos cardíacos.

– Senhor. – A voz de Caroline cortou o zumbido em meus ouvidos. – Qual é o seu veredito?

Pisquei para afastar as memórias indesejadas que espreitavam nos cantos da minha consciência. A sala voltou ao foco, revelando as expressões ansiosas e aflitas de minha equipe.

Alguém tinha conseguido montar uma apresentação de última hora, embora eu já tivesse dito várias vezes que detestava slides. O lado direito estava preenchido com uma mistura reconfortante de gráficos e números, mas o lado esquerdo continha vários e longos tópicos de discussão.

As frases se embaralhavam à minha frente. Não pareciam corretas; eu tinha certeza de que meu cérebro havia acrescentado algumas palavras e apagado outras. Minha nuca esquentou enquanto meus batimentos cardíacos trovejavam com tanta fúria que pareciam estar tentando perfurar meu peito e arrancar as palavras da tela em um só golpe.

– O que eu disse sobre o formato das apresentações? – Mal consegui me ouvir acima do barulho. O som ficava mais alto a cada segundo e apenas o aperto doloroso no isqueiro me impedia de explodir. – Nada. De. Tópicos.

Pronunciei as palavras e a sala ficou em um silêncio mortal.

– Eu... Me desculpe, senhor. – O analista apresentando os slides ficou quase translúcido de tão pálido. – O meu assistente...

– Eu não dou a mínima pro seu assistente.

Eu estava sendo um babaca, mas não tinha tempo de me sentir mal por isso. Não quando meu estômago estava se revirando e uma enxaqueca já se espalhava por trás da minha têmpora.

Aceso. Apagado. Aceso. Apagado.

Virei a cabeça e me concentrei nos gráficos. A mudança de foco, combinada com os cliques do isqueiro, me acalmou o suficiente para eu conseguir pensar com clareza outra vez.

CVM. Ações em queda. O que fazer com a nossa posição.

Não conseguia me livrar totalmente da sensação de que em algum momento eu faria uma merda tão grande que acabaria com tudo o que tinha, mas não seria naquele dia.

Eu sabia o que fazer e, ao explicar a estratégia para manter nossa posição, afastei todas as outras vozes da minha cabeça – inclusive aquela que dizia que eu estava me esquecendo de algo muito importante.

CAPÍTULO 3

Alessandra

ELE NÃO VINHA.

Eu estava sentada na sala, minha pele gelada enquanto acompanhava os minutos se passarem. Já passava das oito. Deveríamos ter partido para Washington duas horas antes, mas eu não tinha visto Dominic nem ouvido falar dele desde aquela manhã, quando ele saiu para o trabalho. Minhas ligações tinham sido encaminhadas para a caixa postal e me recusei a ligar para o escritório, como se fosse uma conhecida aleatória implorando por um minuto do tempo do grande Dominic Davenport. Eu era a esposa dele, caramba. Não deveria ter que ficar atrás dele nem adivinhar seu paradeiro. Por outro lado, não era preciso ser um gênio para saber o que ele estava fazendo naquele momento.

Trabalhando. Sempre trabalhando. Mesmo no nosso aniversário de dez anos de casamento.

Mesmo depois de eu enfatizar como aquela viagem era importante.

Finalmente eu tinha um bom motivo para chorar, mas nenhuma lágrima caiu. Eu me sentia apenas... entorpecida. Parte de mim esperava que ele esquecesse ou adiasse, e isso era o pior de tudo.

— Sra. Davenport!

Nossa governanta, Camila, entrou na sala com os braços carregados de roupa de cama recém-lavada. Ela tinha voltado das férias na noite anterior e passara o dia arrumando a cobertura.

— Achei que a senhora já tivesse saído.

— Não. — Minha voz soou estranha e distante. — Acho que não vou viajar neste fim de semana, no fim das contas.

— Por que...

Ela se interrompeu, seus olhos de águia notando a bagagem ao lado do sofá e os nós brancos de meus dedos apertando os joelhos. Seu rosto redondo e matronal suavizou-se em um misto de compaixão e pena.

— Ah. Nesse caso, farei o jantar para a senhora. Moqueca. Seu prato favorito, não é?

Ironicamente, o ensopado de peixe era exatamente a receita que a empregada que trabalhava na minha casa quando eu era menina preparava quando algum garoto me magoava. Eu não estava com fome, mas não tinha energia para discutir.

– Obrigada, Camila.

Enquanto ela partia para a cozinha, tentei organizar o caos que dominava minha cabeça.

Cancelo todas as nossas reservas ou espero? Ele está só atrasado ou não vai viajar mesmo? Será que eu ainda quero mesmo *fazer essa viagem, ainda que ele vá?*

Dominic e eu tínhamos combinado de passar o fim de semana em Washington, onde nos conhecemos e nos casamos. Eu tinha tudo planejado: jantar no restaurante do nosso primeiro encontro, uma suíte em um aconchegante hotel-boutique, onde seria proibido olhar o celular ou trabalhar. Não seria chique, e sim íntimo e casual; era para ser uma viagem para *nós dois*. Como nosso relacionamento vinha se desgastando cada vez mais, minha esperança fora de que aquilo nos reaproximasse. De que fizesse com que nos apaixonássemos de novo, como no passado.

Mas percebi que isso era impossível, porque nenhum de nós dois era mais a mesma pessoa. Dominic não era o garoto que se cortou várias vezes com papel fazendo versões de origami das minhas flores favoritas para o meu aniversário, e eu não era a garota que passava pela vida distraída, toda otimista e sonhadora.

– *Ainda não tenho dinheiro para comprar todas as flores que você merece – disse ele, soando tão solene e formal que eu não pude deixar de sorrir ao ver o contraste entre seu tom e o jarro de flores de papel colorido em suas mãos. – Então eu as fiz.*

Minha respiração ficou presa na garganta.

– *Dom...*

Devia haver centenas de flores ali. Eu não quis nem pensar em quanto tempo ele levara para fazê-las.

– *Feliz aniversário,* amor. – *disse ele, enfatizando a última palavra em português. Sua boca se demorou na minha em um beijo longo e doce. – Um dia, vou comprar mil rosas de verdade para você. Eu prometo.*

Ele havia cumprido essa promessa, mas quebrara outras mil desde então.

Uma gota salgada finalmente desceu pela minha bochecha e me tirou de meu estupor.

Levantei-me, a respiração ficando mais curta a cada passo enquanto corria até o banheiro mais próximo. Camila e a equipe estavam ocupadas demais para perceber meu colapso silencioso, mas eu não conseguia suportar a ideia de chorar sozinha na sala, cercada por bagagens que não iriam a lugar nenhum e esperanças destruídas vezes demais para serem reparadas.

Tão, tão idiota...

O que me fez pensar que aquela noite seria diferente? Nosso aniversário de casamento provavelmente significava tanto para Dominic quanto um jantar qualquer em uma sexta à noite.

Uma dor profunda se transformou em pontadas quando tranquei a porta do banheiro atrás de mim. Meu reflexo no espelho me encarou de volta. Cabelos castanhos, olhos azuis, pele bronzeada. Minha aparência era a mesma de sempre, mas eu mal me reconhecia. Era como ver uma estranha usando meu rosto. Onde estava a garota que havia resistido aos sonhos de sua mãe de que virasse modelo e insistira em ir para a faculdade? Que levava a vida com uma alegria sem remorsos e um otimismo desenfreado, e que uma vez deu um pé na bunda de um cara por ele ter esquecido seu aniversário? Aquela garota jamais teria ficado sentada esperando por um homem. Ela tinha objetivos e sonhos, mas em algum momento ao longo do caminho se esquecera deles; foram consumidos pela gravidade da ambição de seu marido.

Se eu o agradasse, se organizasse os jantares certos com as pessoas certas, se fizesse as conexões certas, seria útil para ele.

Passei anos ajudando-o a realizar seus sonhos e não tinha vivido – apenas servido a um propósito.

Alessandra Ferreira se fora, substituída por Alessandra Davenport. Esposa, anfitriã, socialite. Uma pessoa definida apenas por seu casamento com o importante Dominic Davenport. Tudo o que fiz na última década tinha sido por ele, que não se importava o suficiente para me ligar e dizer que se atrasaria para a porra do nosso aniversário de dez anos de casamento.

A barragem se rompeu.

Uma lágrima solitária se transformou em duas, depois em três, depois em uma inundação quando caí no chão aos prantos. Cada desgosto, cada decepção, cada gota de tristeza e ressentimento que eu vinha nutrindo se derramou em um rio de sofrimento permeado de raiva. Eu havia reprimido tantas coisas ao longo dos anos que tive medo de me afogar nas ondas de minhas próprias emoções.

Senti os azulejos frios e duros contra a parte de trás de minhas coxas. Pela primeira vez em muito tempo, me permiti *sentir*, e com isso veio uma clareza ofuscante.

Eu não podia mais seguir assim.

Não podia passar o restante dos meus dias no automático, fingindo estar feliz. Precisava retomar o controle da minha vida, mesmo que isso significasse destruir a que eu tinha naquele momento.

Sentia-me frágil e vazia, partida em pedaços que doíam demais para serem recolhidos.

Em determinado momento, meus soluços diminuíram e depois cessaram por completo, e, antes que eu pudesse me questionar, levantei-me do chão e saí do banheiro. A cobertura era climatizada e mantinha uma temperatura perfeita de 23 graus o ano inteiro, mas pequenos arrepios assolaram meu corpo enquanto eu pegava meus pertences no quarto. O restante de meus itens essenciais já estava embalado e esperando na sala.

Não me permiti pensar. Se pensasse, perderia a coragem, e não podia me dar ao luxo de fazer isso àquela altura.

Um brilho familiar chamou minha atenção quando puxei a alça da mala. Olhei para minha aliança de casamento, uma nova pontada de dor rasgando meu peito enquanto ela cintilava, parecendo me pedir para reconsiderar.

Hesitei por uma fração de segundo antes de firmar o queixo, tirar a aliança do dedo e colocá-la ao lado da foto de meu casamento com Dominic na cornija da lareira.

Então finalmente fiz o que deveria ter feito havia muito tempo.

Fui embora.

CONHEÇA OS LIVROS DE ANA HUANG

Reis do Pecado
Rei da Ira
Rei do Orgulho

Para saber mais sobre os títulos e autores da Editora Arqueiro,
visite o nosso site e siga as nossas redes sociais.
Além de informações sobre os próximos lançamentos,
você terá acesso a conteúdos exclusivos
e poderá participar de promoções e sorteios.

editoraarqueiro.com.br